KB146192

글로벌 시대의 한국연극 공연과 문화 II

글로벌 시대의
한국연극 공연과 문화 II

대중화, 국제화 가속시기 – 1990년대와 IMF이후

심정순 연극 평론 · 비평집

푸른사상

책머리에

2003년의 시점에서 되돌아 볼 때, 이 책『글로벌 시대의 한국연극공연과 문화』의 1권과 2권에서 다루는 1980년대 후반부터 2002년까지의 시기는, 1988년의 민주화 선언을 기점으로 하여 1997년의 IMF와 2002년의 월드컵 행사 개최에 이르기까지, 글로벌 시장경제 체제와 대중문화 패러다임의 점진적 확산을 가져온, 한국판 개방, 개혁의 시기였다고 서술할 수 있을 것이다.

글로벌화의 과정은, 우리 나라 같은 중진국의 입장에서는, 국가수준을 글로벌 수준으로 업그레이드한다는 의미와 함께, 서구중심의 시장경제 체제와 대중문화 패러다임의 확산이 가져오는 부정적인 측면 모두를 의미한다고 하겠다. 이 책에서는 '글로벌화'란 말 대신에 '국제화'란 말을 사용했다.

이 책의 두 권에서 다루어 진, 한국연극 공연 비평과 동시대의 해외 연극공연비평은 '필자의 눈높이에서 본' 글로벌화가 갖는 긍정적, 부정적 측면 모두를 문화적 배경으로 하여, 각각의 개별적 연극공연이 '글로벌' 이라는 시대적/문화적 환경과 궁극적으로 어떠한 상호관련이 있을까를 염두에 두고 쓰여진 일종의 미시사적 공연사라고도 할 수 있다. 물론 어느 특정된 시기에 공연된 모든 연극공연을 총망라 할 수는 없었지만, 동시대 한국연극공연사와 그 배경이 되는 공연문화사에 관한 한 작지만, 충실한 기록이 되었으면 한다.

2003년 6월

저 자.

글로벌 시대의 한국연극 공연과 문화 Ⅱ

목차

제3부 글로벌 연극 공연과 문화

가. 동시대 해외 연극계 경향

나. 베세토 연극제

다. 글로벌 무대의 한국 공연들

라. 세계 저명 극단/연극인사 인터뷰

제1부 한국 연극의 대중화, 국제화

가속시기 (1991~2002)

1장 문민정부, IMF 및 국민의 정부 시대의 한국연극 공연과 문화(1991~2002)

『글로벌 시대의 한국연극 공연과 문화』제 1권에서는 1980년대 군사정권시절 말기를 크게 보아 한국식 개방, 개혁의 '국제화'시작 초기로 잡고 이 시기에 한국연극 공연의 현장사를 살펴보았다. 제 2권인 이 책에서는, 1990년대에 걸쳐 21세기초에 이르는 시기의 한국연극 공연들을 논하기에 앞서, '지구촌 문화'라는 전체적 맥락을 짚어보고, 그러한 맥락 속에서 한국연극의 구체적 공연현장을 가늠해 보고자 한다. 1990년대는 그야말로 국제정세에 일대 변혁이 일어났던 시기다. 1980년대 말 베를린 장벽의 붕괴에 이어, 1990년에 서독에 의한 동독통일이 이루어졌다. 이어 다음 해에 소비에트 연합이 해체되고, 독립국가연합이 1992년에 탄생되게 된다. 이러한 동구 사회주의권의 붕괴로 세계는 바야흐로 '탈냉전' 시대로 접어들게 되었고, 이와 함께 자유시장 경제 체제에 바탕을 둔 '글로벌화'가 하나의 시대적 논리(?)로 확산되는 결과를 맞고 있다. 지역간의 블록화 경향도 강화되어, 유럽에서는 유럽 연합(EU)이 1993년 공식 출범하게 된다. 북한정세와 관련해서는 1994년 김일성이 사망함으로서 김정일 체제로의 변화가 진행된다. 국내에서는, 제6공 노태우 정부에 이어, 제7공 김영삼 정부인 문민정부가 들어서고, 1997년 말 IMF 위기를 겪고, 이어 제8공 김대중 정부의 국민의 정부가 들어서게 된다.

이러한 급변하는 세계정세 속에서 '세계화' 혹은 '글로벌화'라는 말은 우리에게 어떤 의미를 가지고 있는가?

이에 대한 대답은 그리 간단치 않다. 우선 '세계화'란 말은 여러 방면에 걸쳐 다양하고 복잡한 측면을 포함하고 있기 때문이다. 또한 역사적·시간적 위치에 따라서 각기 다른 의미로 해석될 수 있기 때문이다. 여기서는 주로 문화적 차원에 한정시켜 이야기 해 보고자 한다. '세계화'에 관한 토론이 우리 사회에서 활발하게 전개되기 시작한 때는, 문민정부 시절인 1990년대 초로 기억된다. 아마도 우리 나라 학문계와 문화계에서도, 포스트모더니즘 논의가 활발히 전개되던 비슷한 시기였던 것 같다. 그 당시 '세계화'란 말은, '세계적 사회, 문화 수준으로 빨리 우리 나라의 국가 수준을 업그레이드'하고자 하는 국가적 염원과 연계되어 받아들여졌던 것 같다. 그러나 IMF를 겪으면서, 이제 21세기 작금에 이르러서는 '세계화'란 말은 탈식민주의적 의미로 더욱 부각되는 것 같다. 이와 같이 중진국인 우리 나라의 경우, **'글로벌화'**라는 말은, 20세기 전반부 일제 치하 한국적 근대화의 시기에 선진 서구문화를 받아들여 국가를 발전시키고, 일제로부터 독립하고자 했던 국가적 필요성과 연관되는 모더니즘 시대의 긍정적 의미의 연장과 함께, 국경과 개개 국가의 여러 차이성을 가로지르는 전세계적 단일 시장 경제체제와 미국식 대중문화에 의해 획일화된 단일 경제권·문화권을 지향하는 일종의 제국주의 주도적 문화 흐름이라는 부정적 의미를, 모두 포함하고 있다고 생각된다.

글로벌화의 진행과 함께, 21세기에 중요 화두는 '문화'와 '경제'라는 인식이 강조되게 된다. 이에 따라 문화계에 대한 우리 정부 차원의 제도적 지원도 상당히 강화되었다고 하겠는데, 연극계만 이야기하자면, 문화관광

부는 국가의 문화 정체성 진작을 위해 1991년을 '연극영화의 해' (이후 10년간 각기 다른 장르의 문화예술의 해 지정)로 지정하고, 1997년에는 세계 연극제(Theater of Nations)와 ITI 세계총회 한국 개최를 적극 지원하였다.

이러한 급변하는 대내외적 정세와 그에 따른 세계 문화적 조류는 한국연극 공연계 내부적으로는 어떠한 영향을 미쳤는가? 이에 대한 답은 여러 각도에서 논의 될 수 있겠으나, 그 한 중요한 흐름이라면 아마도 문화 개방으로 인한 **'국제화, 대중화'의 가속화**라고 할 것이다. 이러한 흐름은 1990년대 초에 국내 문화계와 학술계에 '포스트모더니즘' 선풍을 몰아 왔다. 연극계에서는, 90년대 초에 '포스트모던 연극' (예: 극단 76의 〈지피족〉, 극단 서울 앙상블의 〈런던 양아치〉 등) 붐이 잠시 일더니, 이는 곧 무대 위의 예술을 빙자한 '여성의 몸 벗기기' 현상으로 돌변하여 한동안 외설이냐 예술이냐의 논란이 일었다. 대표적인 예가, 공연 〈미란다〉(1994)에 관한 논란이다.[1] 그동안 군사정권 시절에 눌려있던 표현의 자유에 대한 열망이 일종의 반작용처럼 터져 나오면서, 전문 연극 무대에서도 '옷 벗기/옷 벗기기'가(주로 여성의 몸) 한동안 유행처럼 번졌다. 예로, 1992년 서울 연극제의 경우만 보아도, 대부분의 공식 참가작 연

---

1) 공연 〈미란다〉(1994년)의 경우는, 지방에서 서울 대학로 연극가로 잠시 원정 온 비(非) 연극인에 의한 공연이었다. 이 공연의 실제 무대는, 연극예술을 빙자한 저질 벗기기 쇼에 버금 갔는데도 불구, '표현의 자유'니 '공권력에 의한 예술 탄압'이라는 '엄청난' 말들이 오갔었다. 이러한 사실은, 2003년의 현금의 시점에서 돌아볼 때, 당시 우리사회가 과거 수십 년의 군사독재 정권 하에서 얼마나 억압돼 있었나를 역설적으로 말해준다 하겠다. 1987년 '민주화 선언' 이후, 일단 우리 사회가 개방 분위기로 접어들면서, '표현의 자유'에 대한 토론이 때를 만난 듯 봇물처럼 터져 나왔던 것이다. 또한 지금 돌아보면 아이러니 한 것은, 당시의 미디어에서 '표현의 자유' 논조를 폈던 상당수의 토론자들은, 실제로 이 공연의 현장을 직접 관람하지도 않은 채, 예술과 외설에 대한 이상주의적 탁상 논리를 폈던 것으로 기억된다. 당시 예술/외설 공연 논란에 관한 글은 본인의 졸고 『페미니즘과 한국연극: 심정순 연극 평론/비평집』(삼신각, 1999)에 수록되어 있다.

극공연들에서, 작품의 진행상 꼭 필요하다고 생각되지 않는 '여성 몸 벗기기' 장면들이 목격되었었다. 그러나 90년대 초기 우리 사회와 문화가 섹슈얼리티 문제에 대해 보였던 이러한 민감한 반응은 곧 수년 사이에 대중문화매체를 타고 빠르게 수입, 확산된 서구 및 일본 대중문화의 산재한 영향 등으로 그 강도가 상당히 희석되게 된다.

우리 연극계의 대중화와 연관시켜 이야기 될 수 있는 또 다른 현상은, 1980년대 중반부터 대학로를 중심으로 서서히 증가하기 시작한 소극장들이, 1990년대 초반부에 이르면, 대중관객들을 위한 공연장으로 확고히 자리 잡게된다는 것이다. **대중소극장의 확립**이라고 할까. 이는 서구의 소극장들이 순수, 실험, 비상업 연극 공연을 위한 공간으로 자리잡은 것과 좋은 대조를 이룬다. 즉 상업 연극/순수연극/실험 연극 등의 구분이 확실치 않은 우리 연극 공연계의 구조에서, 소극장은 모든 종류의 연극을 시시때때로 공연하는 만능적 공연 공간이었다. 문화선진국들의 다양한 지원정책에 비해 볼 때, 모든 극단이 경제적 사활을 스스로 책임지는 우리의 연극

외설 시비로 연출자가 구속되는 사태를 빚었던 〈미란다〉

경영적 구조에서 볼 때, 우리의 소극장은 시작부터 상업적 공연 공간이 될 수밖에 없었다고도 말할 수 있다. 이러한 대중 소극장 확립이 가능했던 이유 중의 하나는, 우리 사회가 1980년대 고속 경제성장을 거치면서

중산층의 증가와 더불어 바야흐로 '소비사회'로 접어든 사실과도 상관이 된다. 왜냐하면, 소비가 미덕이 되는 소비사회는, 문화적 소비 욕구를 가진 대중관객들을 양산해 내기 때문이다. 이러한 대중화 현상은 우리 연극 공연에 여러 양상으로 나타나게 된다. (본문 중, '요즈음 연극에 나타난 대중문화 현상'(한국연극 1992. 11월 참조)

늘어나는 대중문화의 수요와, '21세기 문화의 세기 혹은 문화전쟁(?)'에 대한 사회적 기대감 등 복합적 요인으로 1990년대 초반부터 서서히 늘어나기 시작한 대학의 연극/영화 관련학과들은 90년대 말에 이르면 약 40~50개에 이르게 된다. 이는, 기존 연극계 현장에서 활동하는 중·장년 연극작업자들을 대거 대학 교육자로 자리바꿈하게 하는 한 모멘텀을 제공하게 되고, 90년대 중반에 이르게 되면, 한국연극 현장은 이삼 십대의 젊은 연극인들의 활력으로 가득 차게 되는, 일종의 **'회춘 현상'**을 맞게된다. 이러한 활력적인 젊은 에너지의 덕으로, 우리 연극계는 해마다 신진 극단과 공연숫자가 늘어나는 현상을 맞고 있지만, 그 연극적 전문성에 있어 노련미나 성숙미까지 동시에 갖추고 있지는 못한 것이 일반적인 경우라 하겠다.

우리 연극계의 '국제화'라는 차원에서도 목격되는 여러 현상들이 있었다. 실제로 우리 연극계에서 국제화와 대중화는 거의 동시에 진행되고 있기 때문에 겹치는 부분이 있지만, 이 글에서는 편의상 나누어 이야기 하고자 한다. 여기서 '국제화'라는 말은 다른 나라들과의 상호연극교류(수입과 수출 포함)를 중심으로, 우리 연극공연과 문화(관객포함)의 질과 수준을 국제수준으로 발전시키는데 포함되는 다양한 과정을 말한다. 80년대에는 주로 아시안 게임이나, 올림픽 등 국제 스포츠 행사에 부수된 문화축전을 통해, 우리 관객들이 해외의 유수 공연을 접할 기회가 있었다면, 90년대에는 주로 **연극 페스티발 형식**을 통해 이러한 해외 유수 공연과 문화를 접할 기회를 갖게 된다. '1991 연극의 해', '1997년 세계 연극제'가 그러한 대표적인 경우지만, 이외에도, 춘천 국제 인형극제, 마임 페스티벌, 과천 마당극 축제, 거창 국제연극제, 수원 화성 국제 연극제 등 전국 각지에 지역문화 발전을 중심으로 상당수의 국제 연극 페스티벌이 열리게 된다. '서울 연극제'가 1997년부터 '서울 국제 연극제'로 명칭을 변경하고, 이어 2001년부터는 '서울 공연 예술제'로 연극제와 무용제를 통합한 것은 이러한 국제적인 조류에 발맞추기 위한 것이라 볼 수 있다.

이와 같이 늘어나는 연극공연의 국제교류는, 우리 연극계의 현장 작업자들고 연극 학자들에게 '문화상호주의'(Interculturalism)라는 개념을 소개했다. 쉽게 말하면, 각기 다른 연극 전통이 만나서 서로 상호작용하여, 각기 다른 문화영향력을 받아들임으로써, 연극 문화의 여러 다른 층위에서 일어나는 변화에 관한 이론과 실제를 총칭한다. 그 한 예가, 2000년 서울 국제 연극제에, 세계적인 '이미지 연극'의 대표작가/연출가인 로버트 윌슨과 마부 마인즈(Mabou Mines) 극단 등이 내한함으로서, 우리 연극계에 이미지 연극 스타일을 소개하고 이후 우리의 연극공연 스타일에 상당한 영향을 끼친 경우다. 이외에 또 다른 연극문화 상호주의의 한 현장이 한국의 주도로 1994년에 시작된 한중일 국제 연극제인 '베세토 연극제'로서, 동북아 연극권을 대변하는 국제 연극 페스티발로 의미가 깊다.

또 다른 의미에서 해외 연극계와 우리 연극계의 관계를 새롭게 설정해 주는 한 중요한 계기가, 우리 나라가 1996년에 가입한 **세계저작권에 관한 베른조약**이다. 이 조약의 발효로, 우리 연극계는 국제적 관행에 따라, 해외연극을 공연하기 위해 저작권료를 지불하게 되었다. 이는 우리 창작극 지원에 대한 필요성을 더욱 크게 부각시키는 계기가 되었으며, 동시에 해외 고전인 셰익스피어나 기타 정전적 작품에 대한 '재창작' 작업의 눈에 띄는 증가로도 이어진다.

아이러니 하게도, 1997 세계 연극제가 성공적으로 끝난 직후, 우리 나라는 IMF를 맞게된다. 이로서 우리사회는 구조조정을 거쳐 글로벌 경제

질서로 편입되게 되고, 많은 외국기업의 한국진출과 함께 서구 시장경제 체제로의 편입이 가속화된다. IMF 이후, 우리 연극계와 글로벌 연극계의 교류나 상호 흐름도 더욱 빨라져서, 브로드웨이나 웨스트엔드의 히트 공연이 더욱 빨리 국내 연극계에 소개되기 시작한다. 한편 한국공연의 해외 진출과 해외 극단/연극인과의 공동작업 등도 점차 증가 추세에 있는 것은 고무적인 현상이다.

한국 뮤지컬 〈명성황후〉의 해외공연이나, 〈난타〉 같은 한국공연의 해외 수출도 특기할 만한 사실이며, 글로벌 스탠다드에 바탕을 둔 해외 유수 공연의 한국 수입 및 공연에 관한 건은, 90년대 말 개관한 LG 아트센터가 100억(?)을 들여 브로드웨이에서 뮤지컬 〈오페라의 유령〉을 장기공연으로 수입한 것을 비롯, 막강한 자금력으로 이 방면에서 괄목할만한 역할을 수행하고 있다. 또한 IMF 이후, 구조조정의 여파가 연극계에도 밀어닥쳐서, 국립극장과 정동극장이 민간 위탁경영으로 바뀐 것도, 글로벌 경제 질서의 한 특징인 '민영화'의 한 한국적 실천이라 하겠다.

이 책은 상기한 흐름과 관점에서, 제 II 부에서는, 1991년부터 2002년까지 한국 연극 공연을 우리의 문화적 맥락과 연관 속에서 분석하고, 제 III 부에서는 한국을 벗어난 글로벌 문화적 맥락에서 해외연극경향, 글로벌 무대에서 한국관련 공연들을 살펴보고, 필자가 만난 세계 저명 극단과 저명 인사들 인터뷰들을 싣고 있다. 이는, 비교 문화적 시각에서 우리의 연극 문화적 정체성을 파악해보고자 하는 필자의 노력의 일부라고 할 수 있겠다. 또 이 책에서 다루는 1991~2002년 시기에 공연된 여성소재 관련 연극에 관한 평론문들은 본인의 졸저 『페미니즘과 한국연극』(연극평론/비평집)(삼신각, 1999)에 대부분 수록되어, 이 책에 재 수록하지 않았음을 밝혀둔다. 또한 공연평이 부분적으로 겹치는 곳이 있음을 밝혀두고자 한다.

제2부 연극공연 분석과 문화비평

포스트모던 문화로서 연극문화 국제교류
— 1991년의 시점에서

작금의 세계 문화현장에서 흥미롭게 진행되고 있는 상반된 두 경향이 있다. 그 하나는 포괄적인 지구촌 (글로벌 빌리지) 문화의 창달을 향한 움직임이요, 다른 하나는 이에 맞서 민족 문화를 수호하려는 경향이다. 크게 보면, 이러한 양극적인 경향조차도 상대적 다원주의로 특징 지워지는 포스트모던 문화의 개념으로 파악될 수 있지만, 이 글에서는 지구촌적인 거시적 관점에서 포스트모던 연극문화 현상을 우리 연극과 관련시켜 간략히 이야기하고자 한다.

포스트모던 문화 현상의 한 중요한 특징은 '중심의 해체와 주변의 확산'이라는 개념이다. 여기서 '중심'이란 정치적, 사회적, 경제적 및 문화적 등등의 영역을 전통적으로 지배해 왔던 중심(세력, 이데올로기 등등)을 의미한다. 이러한 현상은 예외 없이 연극계에서도 어느 나라를 막론하고 경험되고 있다.

지난 1991년 11월 8일 서울에서 열렸던 아시아—태평양지역 국제평론가회의에서, 필자는 1980년대 한국 연극의 발전 과정을 상기한 포스트모던적인 현상으로 분석 '제도권(중심)의 해체와 다양성의 추구'라는 제목으로 발제한 바 있다.

즉 필자는 80년대를 우리 사회가 한국식 후기 산업·자본주의 체제를 갖추어 가는 시기로 볼 때, 또한 80년대 후반의 일련의 사건들(6·29선언, 88년의 검열제 폐지 및 표현의 자유 획득 등)로 사회민주화가 가속되었다는 사실을 고려할 때, 우리 연극계에서도 실질적으로 '중심 해체'의 포스트모던적 풍토는 마련되었다고 보았다. 실제로 우리 연극계를 오랫동안 지배해왔던 중심적 전통인 초기 사실주의형식의 연극(제도권 연극 전통도 포함)은 80년대 후반에 이르러 형식면에서 변형사실주의, 서사극, 마당극 등 다양한 형식으로 전이를 보여준다. 또한 검열제 폐지(1988) 이전에는 주로 역사적 사건이나 인물 등에 한정적, 일률적이던 우리 연극의 소재와 내용이, 검열제 폐지 이후에는 지금까지 다룰 수 없었던, 다양한 사회 기층문화의 문제들(여성 문제, 운동권 문제, 노사문제 등)을 다루는 소재의 다양성을 보여준다.

이러한 중심 해체의 현상은 호주의 경우에도 마찬가지로 나타나고 있다. 호주 연극평론가인 제레미 에클즈(Jeremy Eccles)에 의하면 지금까지 호주 연극계를 지배해 왔던 앵글로 색슨 계통의 백인들의 연극적 중심 전통이 해체되고, 사회 기층을 이루어 왔던 원주민들의 연극 및 이민 그룹들의 연극이 부상했다는 것이다.

필리핀의 경우도 80년대에 들어 지금까지 지배적 연극문화였던 영어 연극이 후퇴하고, 경시되어 왔던 필리핀 자국어 연극이 대두하고 이와 동시에 실험 연극 및 다양한 세계적 고전 연극이 공연된다고 한다. 일본 평론가인 요시오 오자사는 일본 연극문화를 '주변의 확산'인 다원주의로 설명했는데, 그에 의하면, 현재 도쿄에서는 한달 평균 300여 편의 연극이 공연되며, 이들은 각기 형식과 내용이 다양해서, 한 사람의 평론가가 그 흐름을 다 파악할 수 없을 정도라는 것이다.

이와 같이 세계적인 현상으로 나타나고 있는 다원적 연극문화의 추구는 궁극적으로 앞서 말한 포괄적 지구촌적 연극문화의 다양성의 창달과도 연관이 된다. 그리고 '연극문화의 국제적 교류'는 이에 중요한 수단이 된다. 왜냐하면 연극문화의 교류를 통하여 다양한 연극 형식과 그것이 제기하는 문화적·사회적 이슈에 접하고 익숙하게 됨으로서, 궁극적으로 다양성을 아우르는 지구촌적 연극문화의 성립이 가능하게 되기 때문이다.

여기서 말하는 연극 문화의 교류란, 단순한 공연이나 연극 인사의 교류 이외에도 표현방식과 그에 따르는 이데올로기의 차용과 이를 새로운 문화에 맞게 재구성하여 완전한 전이를 이룩하는 과정도 포함한다. 예를 들면 브라질의 연출가이자 극작가인 아우구스토 보알은 브레히트의 서사극 형식과 이론을 차용하여, '억압된 사람들의 연극' 개념을 발전시켰고, 연출가 피터브룩은 동·서양의 연극 전통을 혼합하여 〈마하브라타〉를 연출했다.

이렇게 따져 볼 때, 우리의 현대 연극사는 서구의 연극 형식을 차용, 한국적 형식으로 정착시키는 연극 문화 교류의 역사였다고도 풀이할 수 있다. 외국의 연극문화 전통을 차용, 우리의 사회 및 문화적 상황에 맞게 정착시키는 과정에는 필연적으로 문화적인 충돌 또는 전문 용어로 '문화적 쇼크'의 과정과 해체 및 궁극적인 재구성의 과정이 포함된다. 우리는 86아시안 게임과 88올림픽 문화예술 축전을 통해 외국의 다양한 연극공연들을 접하게 되었고, 이러한 경험은 우리에게 일종의 문화 쇼크로 작용, 그 이후 우리 연극 공연 형식의 다양화에 촉진제로 작용한 것도 사실이다.

88년 이후 연극문화의 교류는 더욱 빈번해 지고 있고, 앞으로 더욱 가속화될 전망이다. 그러한 결과 올해 우리는 분단 이후 처음으로 소련 국립극단의 〈벚꽃 농장〉 공연과 실험극 공연인 〈햄릿〉을 보았다. 우리 극단의 해외 공연도 늘고 있어, 극단 산울림이 작년의 아비뇽 연극제 공연에 이어 올해는 더불린 연극제에 〈고도를 기다리며〉를 가지고 참가했고, 여타 극단들의 이웃 일본 공연은 상당히 빈번하게 진행되고 있다.

흥미로운 현상은 연극 공연의 교류 뿐 아니라, 외국의 전문 연극 인사의 초청을 통한 우리 연극진과의 공동 작업도 늘고 있다는 사실이다. 얼마 전 실험 극단이 공연한 〈안토니오와 클레오파트라〉는 영국인 무대 디자이너를 초청, 공동 작업을 했으며, 88예술단의 〈백두산 신곡〉 역시 외국의 무대 디자이너를 기용했고, 요즘 공연 중인 국립극단의 〈오이디프스 왕(王)〉은 처음으로 희랍 연출가를 초청, 우리의 캐스트 및 스태프와 공동작업을 시도했으나, 도중에 희랍 연출가의 귀국(?)으로 흐지부지 되고 말았다.

이러한 인적인 연극 교류는 우리 공연의 전문성과 상업성을 동시에 높이고자 하는 노력으로 풀이되지만, 간과해서 안될 사실은 '연극적 문화쇼크'는 각기 다른 연극문화 배경을 가진 연극인들이 함께 공동 작업을 할 때 더욱더 첨예하게 발화될 수 있다는 점이다. 그래서 지금까지 외국 연극 인사를 초청한 공연 치고, 초청인사와 잡음을 일으키지 않고 끝난 예가 별로 없다. 외국 연극인들과의 거래 및 협약에서부터 공동 작업에 이르기까지 우리가 경험하는 현실적 차원의 문화적 쇼크는, 단순하게는 언어의 차이에서부터 계약에 관한 개념, 리허설에 임하는 태도 및 구체적 무대화 과정에서 연극적 전문 수준의 차이 등 이루 말할 수 없이 복잡하다.

상기한 문화적 차이로 인한 어려움은, 우리 연극이 세계화 수준으로 업그레이드하는 과정에서 극복되어야 할 과도기적 경험으로, 중요한 것은 이러한 문화적 충돌을 완화하기 위해서는 우리와 다른 연극문화와 작업풍토를 '열린' 마음으로 수용하는 자세일 것이며, 또 다른 한편으로는 그러한 문화적 차이를 지적으로 이해하기 위한 구체적인 문화학습이 선행되어야 할 것이다.

(문화예술. 1991. 1.)

1991 연극의 해 중간평가

'1991 연극 영화의 해'가 이미 중반기에 접어들고 있다. 연극 영화의 해가 갖는 의미라면, 지금까지 우리 사회가 산업화와 경제 성장에만 치중해온 결과 뒷전에 밀려 후진성을 면치 못하고 있는 대중문화의 새로운 진작을 위한 한 노력이라 볼 수 있을 것이다.

'연극의 해'에 연극계가 계획하는 사업은 다양한데, 상반기만 보더라도, 현재 진행 중인 '사랑의 연극제'를 비롯, 어린이 연극제, 국제 인형극제, 마임 페스티벌 등이 있고, 후반기로 가면서 절정을 이루어 가을에 개최되는 국제 연극제, 국제 연극 심포지엄, 원어 대학극 경연대회 등 그야말로 연극계 잔치가 벌어진다. 이러한 다양한 연극 행사를 통해 연극의 해가 노리는 중요 목표중의 하나는 연극의 대중화와 대중문화로서의 정착이다. 중반기에 접어든 이 시점에서 이러한 소기의 목표는 상당히 성취되고 있는 듯하다. 우선 연극 애호 관객의 숫자가 꾸준히 늘고 있는 점이 이를 증명한다.

여기에는 또한 이미 문화 선진국들에서 실행되고 있는 기업과 정부단체들의 기부금에 의한 관객지원제도(입장권 가격의 일부를 공적 지원 제도에 의해 충당함으로서, 관객은 표를 싼값에 살 수 있고, 연극 공연단체도 손해를 보지 않는 제도)가 한 몫을 담당하고 있다 하겠다(2003년의 시점에서 볼 때, 이제 이 제도는 '사랑의 티켓'으로 확립되었다). 5·6월에 걸쳐 진행 중인 '사랑의 연극축제'는 개방적 축제로 서울시내의 극단에게 참가가 개방되어 있다. 그래서 주제와 형식뿐 아니라 공연의 질적인 수준역시 다양한 것이 이번 연극제 참가공연들의 특징이다.

몇 예를 들어보면, 극단 민예가 공연한 〈하나님 비상이예요〉는 마당극적 소재와 형식을 무대화한 공연이며, 극단 금파의 〈안티고네〉는 희랍의 고전극을 소재로 하고 있고, 극단 광장의 〈아가씨와 건달들〉은 뮤지컬이고, 연우무대의 〈한씨 연대기〉는 우리의 창작극이고, 극단 산울림의 〈그대 아직도 꿈꾸고 있는가〉는 여성 연극이고, 여인 극장이 공연한 〈맥베드〉는 영국의 고전 셰익스피어 작품이다. 또한 극단 성좌가 공연한 〈세일즈맨의 죽음〉은 미국 연극이고, 우리 극장의 〈한밤의 북소리〉는 독일의 브레히트 연극이며, 극단 자유가 공연한 〈따라지의 향연〉은 불란서 연극이다.

이번 연극제 참가 작품들의 몇 가지 특징을 다음과 같이 요약해 볼 수있다.

우선, 지금까지 힘들게만 생각되어 온 외국의 고전 작품들, 즉 셰익스피어, 희랍극 혹은 불란서 고전희극 등을 우리의 대·소극장 무대에서 대중화하고자 하는 시도다. 극단 금파의 〈안티고네〉, 극단 학전의 〈한여름밤의 꿈〉, 여인 극장의 〈맥베드〉, 민중 극단의 〈로미오와 줄리엣〉, 극단자유의 〈따라지의 향연〉 등이 그러한 예다. 또한 참가 공연 작품들이 다양한 표현 형식과 소재를 바탕으로 하고 있다. 여성 연극, 청소년 연극, 사회 정치극, 뮤지컬, 심리극 등.

또 다른 특징이라면, 연극제에 참가한 40여 편의 공연 중 한두 편을 제

외한 모든 공연이 소극장 공연들로, 우리 연극 공연의 형식이 소극장 공연으로 자리 잡고 있음을 확연히 알 수 있다. 이중 우리 창작극은 10여 편 정도로, 극단 까망의 〈우리들의 일그러진 영웅〉, 극단 민예의 〈하나님 비상이예요〉, 산울림 소극장의 〈그대 아직도 꿈꾸고 있는가〉 및 연우 무대의 〈한씨 연대기〉 등은 소설을 각색한 공연들로, 정치·사회 현실에 대한 풍자 및 고발극들이고, 극단 목화의 〈백구야 껑충 날지 마라〉와 광장의 〈오구〉는 표현 형식에 대한 강한 실험정신을 보여준 공연이다.

창작극 공연에서 나타나는 공통된 특징이라면, 수년 전까지 우리 연극 형식의 주류를 이루어왔던 초기 사실주의 형식을 탈피, 다양한 비사실주의적 표현양식을 시도하고 있는 점이다. 그러나 요즘 서구에서 유행하는 '포스트모더니즘'은 우리와는 사회·문화적 역사 발전과정이 다름으로 해서, 작금의 우리연극 공연에서 나타나는 비사실주의적 '형식에 대한 실험'을 딱히 포스트모더니즘이라고 보기는 어렵다. 다만 형식 실험의 과정에서 서구의 포스트모던적 '해체'작업의 요소를 도입하고 있다고 볼 수 있을 것이다.

무엇보다도 ,연극의 해 중간시점에서 볼 때 의미 있는 일이라면, 연극의 대중화가 제 궤도에 오르고 있다는(일시적 현상인지는 모르지만) 점일 것이다.

(예술평론, 1991. 여름호.)

고전극의 제 맛을 살려내지 못한 〈오이디프스왕〉

남의 나라 고전 연극을 우리 무대에 올리는 일은 그리 만만치 않다. 왜 나하면 작품의 바탕이 되는 문화적 차이에다 시대적인 차이까지 겹쳐, 작품이 나타내는 세계관, 구체적인 풀롯 및 인물들과 그들의 행동의 의미를 우리의 입장에서 제대로 재구성하기가 몹시 힘들어지기 때문이다.

얼마 전 국립극장이 공연한 희랍 고전극인 소포클레스 원작의 〈오이디 프스왕〉은 이러한 의미에서 상당히 야심적인 시도였다. 더구나 희랍인 연출가 데오도시아스를 초청, 우리의 연극진과 공동작업을 하도록 기획한 것은, 위에서 말한 연극 문화적 갭을 메우기 위한 노력이었던 것으로 풀이된다. 비록 이 연출가가 도중에 귀국해 버려서 작품의 성공적인 무대화를 결과하지는 못했다 하더라도……

무대화된 실제 공연을 논하기에 앞서, 공연과 밀접한 관련이 있는 희랍극의 본질적인 몇몇 특징을 짚고 넘어가야 하겠다. 희랍극의 기원은 〈코러스〉(일종의 합창)로서, 적절한 몸짓에 맞추어 시로 된 운문 대사를 낭송하는 시극이 희랍극의 원형적인 모습이다. 다시 말해 현대의 오페라와 발레적 요소를 모두 갖고 있는 희랍 고전극은 코러스의 분위기 창조와 대사의 음악성, 이에 맞는 몸 동작이 그 중요한 특징이다.

주로 대사의 낭송을 통한 극 진행은 액션이 별로 없기 때문에 자칫하면 지루하고 단조로운 느낌을 낳을 수 있다. 이를 방지하는 장치가 곧 코러스의 다양한 역할이다. 코러스는 각기 배우들과 상대역을 하기도 하고, 극중 액션에 대해 방관적 논평자의 역할 및 극에서 일어날 사건을 미리 예언하기도 한다. 또한 코러스가 낭송하는 운문대사의 음악성과 몸 동작은 단조로운 극 진행에 변화를 주는 요소이다.

무대화된 실제 공연을 보고 제일 먼저 떠오르는 의문은 연출의 기본의도에 관한 질문이다. 연출은 이 공연을, 희랍 고전극의 기본 개념에 맞게 재창조하려 했는가? 아니면 창의적인 현대적 스타일의 연출을 하려 했는가? 결론부터 말하면 이것도 저것도 아니라는 것이다. 우선, 산문체로 번역된 대사는 극의 분위기를 무미건조하게 만들고 있는데도 극도로 절제된 무대장치 · 음악 · 조명 등 무대적 수단들이 이를 효과적으로 보완하지 못하고 있다. 또한 중심 인물들과 코러스의 관계를 다양하게 구사하여, 극의 단조로운 진행을 커버하는 대신, 인물들에만 중점을 두어 동작선을 구성하고, 코러스의 율동과 공동 대사낭독을 역동적으로 강화하는 대신, 무대 윗편에 방치함으로서, 한층 더 무력한 무대를 만들고 말았다.

연출자는 희랍의 오케스트라 원형무대를 상상했는지 알 수 없으나, 이번 공연은 국립극장의 액자무대 속에 재현된 원형무대임을 고려할 때 무대적 구조들을 더욱 적극적으로 활용, 공연성을 강조함으로서 번역 산문극이 갖는 단조로움을 극복할 수도 있었을 것 같다.

무엇보다도 중요한 것은 이 작품의 의미와 오이디프스라는 인물을 통한 그 의미의 구체화이다. 〈오이디프스왕〉은 운명 비극으로서 얄궂은 운명에 의해 파괴되는 주인공은 성격적으로 비극을 일으키는 결함을 갖고 있다. 즉 오이디프스가 아버지를 죽이고 어머니와 결혼하여 자녀를 낳게

되는 비극은, 자신의 지성과 판단에 대해 가졌던 지나친 자만심의 결과이다. 그러나 진실을 알게 된 오이디프스는 자신의 과오에 대해 책임을 지고 스스로 자기 눈을 찔러 멀게 한 후, 두 자녀들을 크레온에게 맡기고, 정처 없는 방랑길에 오른다. 이 이야기의 핵심은 비극적 운명에 당면하여 인간적 존엄성을 잃지 않고 숙연히 책임 있게 대처하는 오이디프스왕의 모습으로, 이를 통해 실존적 인간승리의 '비극적 승화'를 성취하게 된다.

그러나 국립극장 공연에서 오이디프스는 자신의 기구한 운명이 밝혀지자 쇼크를 받고 정신없이 울부짖으며, 눈을 찌르는 것으로 무대화된다. 이러한 오이디프스의 모습에서 관객은 비극적 승화나 고양감 보다는 멜로드라마적 비애감 정도만을 경험할 수 있을 뿐이다.

결론적으로, 연출의 김철리는 희랍 고전작품이 주는 감정적 위압감 때문인지 연출의 의지를 제대로 발휘하지 못했고, 공연은 약간의 몸 동작을 첨가한 대사 읽기 정도의 수준에 머무르고 말았다. 오이디프스 역의 주진모는 궁극적으로 존엄성을 잃지 않는 오이디프스왕의 이미지를 창출하기에는 역부족이었던 것 같고 크레온 역의 권성덕과의 팽팽한 연기 발란스도 작품의 요구만큼 창출하지 못한 것으로 여겨진다.

(객석. 1991. 1.)

〈우리의 브로드웨이 마마〉

　우리는 흔히 '코미디'하면, 얼른 〈순악질 여사〉나 〈탱자 가라사대〉 등의 TV 프로나, 심형래, 이주일 같은 개그맨을 연상하는 것이 보통이다. 그러나 전문적인 의미에서 말하자면, 코미디 즉 희극은 고급 희극, 중급 희극과 저급 희극(일명 소극/farce)으로 나누어진다. 앞서 말한 TV 프로나 인물은 한 바탕 웃어버리고 끝나는 소극(笑劇)의 범주에 속한다. 반면 고급 희극은, 소극의 대사처럼 언뜻 들어서 폭소를 자아내지는 않지만, 가만히 음미해 보면 위트와 풍자가 넘치는 대사가 웃음 속에 어떤 메시지를 전달한다.

　극단 로뎀이 공연 중인 〈우리의 브로드웨이 마마〉는 위트 있는 대사와 코믹하면서도 제각기 개성이 뚜렷한 인물들이 조화 있게 어우러져 이루어내는 품위 있는 코미디이다. 극의 설정은 1950년대 미국의 한 중산층 가정을 배경으로, 그 속에 사는 사람들의 가족관계이다. 어머니인 케이트, 아버지인 잭, 할아버지 벤, 두 아들인 청년 스탠리와 유진, 그리고 이모인 블랑쉬가 등장 인물이다. 극의 플롯(plot)은 이들 인물이 제각기 꾸며내는 다양한 이야기들로 구성되지만, 극 진행의 중심을 이루는 인물은 어머니인 케이트다. 그래서 극 중 장면들은, 케이트와 잭, 케이트와 할아버지 벤, 케이트와 두 아들간의 관계가 중심을 이루며 진행된다.

이 극에서 가장 코믹한 효과를 창출하는 인물은 두 아들 스탠리와 유진이다. 유진은 "할아버지, 바깥 날씨가 추워서, 골목길에서 키스하던 남녀가 얼어붙어 서 있어요."라는 대사에서처럼 과장되고 재치 있는 대사가 그의 주된 특기다. 그는 백화점 점원직을 그만두고, 코미디작가로 성공하여, '끝내주는 여자'와 결혼하는 것이 꿈이다. 스탠리 역시 어머니와 아버지 사이에 무슨 일이 진행되는지 아랑곳하지 않고, 음악회사 창고 점원직을 그만두고, 브로드웨이에서 최고의 코미디 작가로 성공하겠다는 꿈에 부풀어 정신이 없다.

할아버지 벤 역시 코믹한 인물이다. 딸인 케이트 집에 얹혀 살면서도, 아직도 사회주의적 정의를 부르짖고, 그래서 부자 딸 블랑쉬가 자기 집에 와 계시라고 모시러 와도 고집을 부리며 가지 않는 귀엽고 고집스런 할아버지이다. 또 사위인 잭한테는 케이트를 떠나서는 안 된다고 말리면서, 자신은 60이 넘은 할머니를 블랑쉬 집에 맡겨놓고 보러가지도 않는 인물이다. 그러나 이러한 할아버지의 모습이 희극적인 터치로 귀여워 보이게 그려지고 있는 점도 특징이라 하겠다.

인물들 중 가장 진지한 인물로 부각되고 있는 인물이 이 집의 여주인 케이트이다. 그런데 극중에서 케이트는 이미 54세가 된 남편 잭이 다른 여자를 만나고 있다는 사실 때문에 남편과 심각한 냉전 상태에 있다. 케이트와 잭의 심각한 관계는, 나머지 다른 인물들의 코믹한 효과와 극적인 대비를 이루면서, 극의 감정적 재미를 더해준다.

두 아들은 뭣도 모르고 이러한 어머니, 아버지, 할아버지의 모습을 풍자한 코미디극을 써서 성공, 드디어 코미디 작가의 길로 접어든다. 아버지는 '여자 잠옷을 입고 있는 남자'로 자신의 모습을 폭로한데 대해 아들에게 불만을 갖고, 아들은 이를 설명하느라 진땀을 빼는 소동이 일기도 한다. 결국 두 아들은 코미디 작가가 되어 집을 떠나고, 남편 잭은 다른 여자를 찾아 집을 떠나고, 집에는 어머니 케이트와 할아버지 벤만 남게 되는 것으로 극은 끝난다. 이 집을 끝까지 지키는 인물은 어머니 케이트로, 그녀는 지나온 삶, 그리고 홀로 남게 된 삶을 조용히 받아들이며, 묵묵히 자기의 삶을 계속해 간다.

이러한 어머니에 대해 유진은 이렇게 말한다. "어머니는 그러한 삶을 원망하거나 후회하지 않고, 그 속에서 조용한 기쁨을 발견하셨던 것입니다." 이렇게 볼 때, 이 작품은 코미디이자 홈 드라마로서, 차분하고 강인한 엄마 케이트의 드라마이기도 하다. 작중에서, 어머니가 아들 유진에게 자신의 젊은 날의 로맨스를 정겹게 회고하는 장면은 훈훈한 모자의 인간미를 전달해 줄 뿐 아니라, 우리의 어머니와 아들들에게 교육적인 효과까지도 줄 수 있는 장면이다.

그러면 작가 닐 사이몬(Neil Simon)은 작품을 통해서 궁극적으로 무엇을 우리 관객에게 말하고자 하는가?

작고 큰, 또한 기쁘고 슬픈 일들이 끊임없이 일어나는 한 가족의 삶의 모습을 통해, 삶은 그렇게 슬프지 만도, 또한 그렇게 기쁘지 만도 않은 하나의 수레바퀴의 여정과도 같은 것임을 보여주고 있다고 하겠다. 그러나 이 작품에서 중요한 것은, 종결부에 가서 각자 새로운 삶을 찾아 나서는, 출발의 행위가 갖는 희망을 작가가 강조한다는 점이다. 또한 극중 내내 훈훈한 인정미를 잃지 않고 극을 진행시켜 간다는 점이다. 이러한 점이, 이 작품을 단순히 웃어넘기는 소극이 아닌, 품위 있는 고급 코미디로 특징 지워 준다 하겠다.

〈술〉, 〈고도를 기다리며〉 등에서 명연기로 인정받고 있는 연극배우 주호성의 연출 감각은 연출 데뷔 작품치고는 놀라울 정도로 작품의 감정적 에너지를 잘 포착, 생동감 있게 무대화한다.

(대학으로 가는 길. 1991. 4.)

청소년 연극
— 〈외로운 별들〉

미국 유학은 입시 지옥으로부터의 바람직한 해방인가 아니면 비겁한 도피책인가? 상당히 어렵고도 쉬운 이 질문은 바로 청소년 연극 〈외로운 별들〉이 관객들에게 묻는 질문이다. 공연 〈외로운 별들〉은 연극을 통해 청소년들의 삶, 그들만의 고민과 문제를 조명해 왔던 동랑 청소년 극단이 〈방황하는 별들〉, 〈꿈꾸는 별들〉, 〈이름 없는 별들〉 등에 이어 윤대성 작, 김우옥 연출로 무대화한 '별들 시리즈' 작품이다.

이 공연은 우리의 학생들에게 가장 심각한 문제인 입시지옥의 문제와 그로부터 파생되는 미국 유학의 실상을 파헤친다. 연극 〈외로운 별들〉의 플롯은 입시생 두 남형제의 이야기로 구성되어 있다.

형인 성재는 학업 성적이 좋지 않아 한국에서의 대학진학을 포기하고, 친구인 영민과 미국 유학을 간다. 동생인 성민 역시 형인 성재의 뒤를 따라 미국 유학 갈 꿈에 부풀어, 한국에서 학교를 그만두고 방탕한 생활로 날을 보낸다. 연극은 형인 성재가 영민과 함께 경험하는 미국 생활의 실상과 공부 안 하는 동생 성민이 겪는 입시 준비생의 빗나간 삶의 장면들을 교차적으로 배열, 구성하고 있다.

성재와 영민이 당면하는 미국 속의 한국인의 삶의 모습은, 한국에서

상상하던 입시지 옥으로부터 해방된 자유로운 삶과는 거리가 멀다. 이들이 라스베가스에서 만난 한 한국 청소년 정신병자 아이의 경우, 어머니는 생활비를 벌기 위해 술집에서 일하고, 아버지

청소년 연극 〈외로운 별들〉(1991)

는 무직인데, 자식 교육을 위해 미국에 왔으면서 실상 아이는 혼자 내버려두고, 각기 생활을 위해 바삐 뛰어야 하는 형편이 되었다. 그러던 중 술집에서 일하던 어머니와 아버지의 갈등이 심화되어 가정은 파탄에 이르고, 아이는 정신병자가 된다.

성재와 영민이 미국에서 목격하는 또 다른 삶의 형태는, 홍콩에서 이민 왔다는 억대부자를 부모로 둔 두 남매의 이야기다. 컴퓨터 게임룸을 열댓 개나 운영한다는 두 홍콩 남매의 부모는 돈 버는 일에 미쳐서, 지식들을 버려두고, 두 남매는 외로움을 견디지 못하고 마약에 빠져든다. 성재와 영민은 또한 햄버거 집에서 일하는 두 한국 입양아를 만나게 된다. 이들은 성재와 영민을 한없이 부러워하며, 자기들은 '조국의 인간쓰레기들이 버린 찌꺼기'이며, '먹는 문제, 입는 문제로 고민 안 하는 한국 유학생들이 부럽다'고 거듭 거듭 강조한다.

한편 한국에 남아있는 성민은 성민대로, 미국 유학의 실상을 모르는 채, 입시지옥에서 해방되는 무한한 자유로움만을 꿈꾸면서, 학교도 그만 두고 온갖 비행을 저지른다. 그는 여자가 있는 술집, 댄스홀 등을 전전하다가 경찰에 붙들리기까지 한다.

미국의 성재와 영민에게 뜻하지 않은 위기가 닥친다. 영민은 학교에서 알게 된 중국 여학생 리칭을 사랑하게 된다. 그러나 리칭은, 이미 같은 학교 안의 깡패 두목인 흑인학생 브라이언의 여자친구다. 브라이언은 영민에게 여자친구를 빼앗겼다는 분노로 복수할 것을 결심한다. 이를 눈치 챈 성재는, 학교 댄스파티에 영민과 리칭이 함께 가지 말 것을 권고하나 영민은 '사랑에는 국경이 없다'면서, 리칭과 댄스파티에 나타난다. 브라이언은 기다렸다는 듯이 영민에게 싸움을 걸고, 댄스파티는 순식간에 피투성이의 싸움터로 변한다. 영민이 개 패듯이 맞는 것을 본 성재가 격분하여 싸움에 뛰어들고, 정신없이 치고 받는 싸움의 와중에서 성재는 브라이언이 떨어뜨린 칼을 집어들어 그를 찌른다.

한국에서 미국으로 떠날 날만을 기다리던 성민은 어느 날 집으로 걸려 온 국제전화로 형 성재가 살인을 했다는 이야기를 듣게 되고, 유학의 깨진 꿈 때문에 아연실색하는 것으로 공연은 끝이 난다. 마지막 장면에서 성재와 성민의 대사는 극명한 대비를 이루면서, 이 공연의 주제를 부각시킨다. 성민의 '미국은 내 꿈이에요'하며 발악하는 대사와 미국의 어느 감옥에서 성재가 '내가 생각하는 미국은 이런 곳이 아니야. 나 한국으로 돌아가고 싶어요. 내가 미국에 온 이유가 무엇이에요?' 하며 울부짖는 대사가 바로 그것이다. 이 공연의 특징이라면, 이상과 같이 상당히 심각한 주제 의식을 던지면서도, 그것을 무대화하는 과정이 우리의 청소년들의 감각에 맞도록 효과적으로 구체화돼 있다는 점이다.

청소년들이 잘 사용하는 유머와 위트 있는 대사는 가끔 관객들에게 폭소를 일으키는가 하면, 록음악과 댄스 장면 역시 빠르게 진행되는 극중 장면들에 생동감을 더해 준다. 후반부에서 전개되는 결투 장면은 그 폭력성으로 인해 스릴과 서스펜스가 절정에 이른다. 또한 끝 장면에서 수많은 한국의 미국대학 출신 박사들이 "미국이 좋습니다", "미국은 자유롭습니다"라고 번갈아 대사를 외치는 풍자적 장면은, 역설적으로 그들이 관객에게 던지는 질문이다.

극적 재미와 많은 시각적 볼거리(스펙터클)와 함께 작품의 심각한 메시지가 예술적으로 어우러진 공연성이 뛰어난 연극이다. 재공연이 될 것으로 기대된다.

(대학으로 가는 길. 1991.6.)

우리 정서와 취향으로의 재구성
― 뮤지컬 〈웨스트 사이드 스토리〉

우리 나라에서 뮤지컬이 본격적으로 공연되기 시작한 것은 80년대 중반 이후부터이다. 연극에 조금이라도 관심이 있는 사람이면 수년간 절찬리에 장기 공연을 했던 〈아가씨와 건달들〉이나 〈피터팬〉 등의 뮤지컬을 기억하고 있을 것이다.

공연 형식으로서 '뮤지컬'을 어떻게 설명할 수 있을까? 간략히 말해서 뮤지컬은 서구 산업자본주의 사회가 '대중관객'을 위해 발달시킨 오락성과 상업성이 강한 총체적 연극공연 형식이다. 그래서 음악성 및 율동이 그 기본적 특징을 이룬다. 뮤지컬 배우 역시 다기능적이어야 하는데, 연기력과 가창력 및 율동성을 골고루 갖추어야 한다.

롯데월드 예술극장이 장기공연 중에 있는 〈웨스트 사이드 스토리〉는 전형적인 미국 뮤지컬이다. 뉴욕 맨하탄의 빈민지역인 웨스트 사이드를 배경으로 펼쳐지는 스토리는, 반대파인 두 청소년 갱단의 갈등을 배경으로 이루어질 수 없는 사랑을 감행하는 토니와 마리아의 사랑 이야기다.

스토리를 좀 더 구체적으로 살펴보면 철천지원수 관계인 두 가문의 아들과 딸인 로미오와 줄리엣의 슬픈 사랑 이야기를, 미국적 현대도시의 뒷골목 상황으로 재구성한 것이다. 몬테큐 가문과 카플렛 가문은 뉴욕 뒷골목의 '젯트파'와 '상어파' 청소년 갱단으로 바뀌고, 로미오와 줄리엣이 처음 상면하게 되는 카플렛 가(家)의 축제는 뉴욕의 한 실내 체육관의 댄스 파티로 바뀌며, 로미오와 줄리엣이 사랑을 나누는 저 유명한 '발코니의 장면'은 뉴욕 뒷골목 빈민가 건물의 비상탈출구로 대치된다. 실제로 셰익스피어의 연극들은 이 외에도 많은 현대 작가들에 의해 번안이나 각색 혹은 요즈음 흔히 말하는 '원작의 해체' 작업에 기본 틀을 제공한다.

그러니까 롯데월드 예술극장에서 공연되는 〈웨스트 사이드 스토리〉는 셰익스피어 원작을 미국적으로 번안한 뮤지컬을 다시 우리 관객의 정서와 취향에 맞게 한국 무대에서 해체 및 재구성한 것이라 할 수 있다. 결과적으로 재구성된 스토리는 사건 전개에 치중, 뉴욕의 웨스트 사이드 뒷골목 장면에서 마리아와 토니의 만남, 사랑의 속삭임, 두 갱단의 싸움, 토니가 마리아의 친척을 죽이게 되고 결국 토니도 죽게 된다는 빠른 장면의 전개로 구성되어 있다. 이와 같이 장면의 빠르고 신속한 전개는 공연에 스피디한 활력을 주지만, 또 다른 한편으로는 마리아와 토니 및 그 밖의 중요 인물들의 섬세한 내부 세계 및 감정묘사가 결여되어 있어 연극적 감동이 약간의 손상을 입은 것도 사실이다.

그러나 이번 뮤지컬 공연의 큰 장점은 뮤지컬 공연의 기본 요소인, 배우들의 가창력, 율동성 및 그룹 장면의 세련된 질서감 등이 안정된 특징으로 나타나고 있다는 점이다. 이는 롯데월드 예술극장이 이미 수년에 걸쳐 뮤지컬 전속 배우들을 훈련시켜 획득한 수확이라 하겠다. 기타 여러 연극 전문극단들에 의해 뮤지컬 공연이 연기력은 있으나 그룹 율동이나 그룹 노래 등 세련된 질서감이 부족한 경우와 좋은 대조를 이룬다.

토니 역의 남경주는 가창력과 율동성이 뛰어난 뮤지컬 배우로 앞으로 더 큰 성장이 기대되는 유망주다. 베르나르도 역의 남경읍 역시 뮤지컬 배우로 더 큰 성장을 기대해 볼만하다. 재즈 발레를 안무한 설도윤과 검붉은 벽돌담을 주제로 뉴욕 뒷골목을 적절히 시각화시킨 무대장치의 이태섭 역시 이 뮤지컬 공연의 성공에 한 몫을 담당한 인물들이다. 두 시간 동안 진행되는 스피디한 액션과 장면 전환, 재즈 뮤직과 재즈 발레의 집단 장면 등으로 관객은 시간가는 줄을 모른다.

이번 〈웨스트 사이드 스토리〉 공연의 의미라면, 한국 뮤지컬이 이제는 좀 더 전문적인 상업극 뮤지컬로의 변신을 위해 성실히 기틀을 쌓아가고 있다는 사실의 확인이라 하겠다.

(대학으로 가는 길. 1991. 8.)

적나라한 인간으로서 여성 모습 부각
— 〈엄마는 오십에 바다를 발견했다〉

‘여성 연극’이라는 말의 전문적 의미는 아직 널리 알려져 있지 않다. 또한 어떤 단어에나 ‘여성’이라는 말이 첨가되면, 의미의 비하를 자동적으로 겪게 되는 것도 우리 나라의 현실적 상황이다.

‘여성 연극’이란 도대체 어떤 연극인가?

여성 연극은 1970년대 초 서구에서 여권운동이 문화방면으로 확산되면서 생겨난 연극으로, 일반적으로 다음과 같은 이념적 배경을 가진다. 즉 지금까지 연극을 포함한 모든 문화 전통은 남성들에 의해 지배되어왔다. 그래서 연극, 문학 및 예술의 창조는 남성들에 의해 남성 중심의 관점에서 창조되어 왔다. 그리고 이러한 남성 중심의 관점에서 창조된 예술작품 속에서 그려지는 여성의 모습은, 남성이 주체적인 인간으로 그려지는데 비해, 반드시 남성의 어머니 혹은 남성의 아내, 연인 또는 여동생 등 부수적인 인간이나 ‘타자적(他者的)’ 인간으로 그려져 왔다.

그러나 남녀 평등의식이 확산되면서, 여성 연극은 여성을 주체적인 인간의 모습으로 그려 보여주고자 한다. 그래서 주제는 주로 여성의 자아발견 과정이나, 모녀관계 혹은 여성과 여성과의 관계에서 여성들만이 겪는 인생체험을 여성의 입장에서 중점적으로 다룬다. 여성 연극에서 남성 인물은 아예 등장하지 않거나, 배경적으로만 비쳐지거나 한다.

우리 나라의 경우, 〈위기의 여자〉를 필두로 여성 연극은 1985년 이후 계속 더 많은 관객을 확보해가고 있다. 올 봄에 공연된 〈그대 아직도 꿈꾸고 있는가〉를 비롯 현재 극단 산울림이 임영웅 연출로 공연중인 〈엄마는 오십에 바다를 발견했다〉 역시 여성 연극의 범주에 속한다. 〈엄마는 ……〉은 돌아가신 어머니의 추억을 딸이 회상하는 플롯 형태를 취하고 있다. 사실 어머니와 딸의 내밀한 심리적 인간관계를 섬세하게 묘사한 작품은 지금까지 그리 많지 않았다.

전통 사실주의 연극에서 보는 흥미진진한 사건의 발생이 주가 되는 플롯 대신, 이 연극에서는 모녀간의 여성적 삶의 일상적 나날들이 연극의 상황으로 설정된다. 예를 들어, 딸이 옷을 입어보는 장면에 엄마가 참견을 한다든가, 엄마의 생일에 딸이 엄마에게 생일선물로 원피스를 선사한다든가 하는 '일상사적' 장면에서 여성들만이 주고받을 수 있는 아기자기한 대사들이 한 특징을 이룬다.

이 작품은 흥미진진한 사건이 없는 대신, 모녀간의 심리적인 갈등이 이를 대신한다. 딸은 엄마의 지나친 간섭을 싫어하고, 그래서 엄마의 통제를 벗어나 남자 친구와 동거를 하겠다고 선언

연극 〈엄마는 오십에 바다를 발견했다〉(1991)

하고, 이에 엄마는 노발대발하게 된다. 엄마와 딸 사이에 한바탕 말다툼이 벌어진다. 짧은 회상 장면들로 이어지는 엄마에 대한 추억으로, 결국 딸은 참다못해 미국으로 여행을 떠나게 되고, 혼자 남은 엄마는 삶의 고독을 더욱 절실히 느끼는 장면으로 이어진다. 그리고 딸이 미국에서 돌아왔을 때는 엄마는 병원에서 돌아간 직후의 장면으로 연결된다.

사느라고 바빠서 겨우 나이 오십이 되어서야 휴가를 갈 수 있었고, 그제서야 바다의 아름다움을 발견할 수 있었던 엄마, 가난 속에서 최선을 다해 딸을 사랑했던 엄마, 피곤한 딸의 발을 마사지 해주던 유일한 사람이었던 엄마, 그러나 엄마 생존시에는 자신밖에 생각할 줄 몰랐던 딸 등등의 장면들은 불란서 작가의 작품이지만 우리의 엄마와 딸들이 공감할 수 있는 보편성을 짙게 깔고 있다. 엄마 역의 박정자와 딸 역의 오미희가 좋은 연기의 조화를 이루고 있다.

결국 이러한 여성 연극이 지향하는 바는, 적나라한 인간으로서 여성의 모습을 더욱 깊고 폭 넓게 관객에게 부각시키고자 하는 것이다.

(대학으로 가는 길. 1991. 9.)

〈전쟁음?악! 2〉
— 실험적 공연 무대

깜깜한 무대공간에는 TV 수상기 한 대가 놓여 있고, TV스크린에는 이 연극에 나오는 장면 장면들에 대한 제목인 듯 1번부터 25번까지 번호가 붙은 장면 제목들이 죽 열거된다.

무대에 불이 켜지면서 객석으로부터 운동 유니폼을 입은 배우가 뛰어나와 무대 위에 선다. 이렇게 한 사람씩 객석에서 뛰어나와 무대에 등장하는 배우는 십여 명, 무대가 꽉 찬다. 곧 이어 이들은 몇 마디 짤막한 말을 하면서, 집단 율동 및 연기에 들어간다. 귀를 찌르는 듯한 음향, 로크 음악과 이에 맞춰 춤추듯이 배우들이 집단적으로 신체 동작을 한다. 무대 위에 벌어지는 장면들은 마치 TV화면과도 같이 스피드하게 변한다. 이에 따라, 장면 속에 나오는 인물들도 그 정체성(아이덴티티)이 스피드하게 변한다. 소위 '변신 연기'라는 것이다. 어떻게 보면, 다이내믹하고, 어떻게 보면 정신이 혼란스럽다. 소리와 빛과 다이내믹한 신체 동작 등등.

일반적으로 '연극'이라고 하면, 우리는 어떤 개념을 떠올리는가?

사각진 '액자무대' 위에서, 몇몇 배우들이 나와서, 각자에게 주어진 대사를 말하며, 그에 맞는 표정과 동작을 하는 것이 아닌가?

이러한 대사 위주의 전달방식과 액자무대 위에서 진행되는 연극을 전문적인 용어로 '사실주의 연극'이라고 한다. 그리고 관객은 무대 위에서 진행되는 인물들과 사건의 진행을 '사실'이라는 가정 하에서 관람을 하고, 무대 위의 주인공 및 기타 인물들에 대해 감정적으로 함께 느끼는 '감정이입'의 반응을 보이게 된다. 우리가 보는 TV 연속극이나 지금까지 공연되어 온 많은 연극들이 이러한 사실주의 연극에 속한다.

그러나 1960년대 후반에 이르러 서구에서는 전통적인 기존 체제와 사고방식 및 가치관에 대한 대대적인 도전과 혁명의 시기를 겪게 되면서, 문화계인 연극에서 역시 혁명적 시기를 맞게 된다. 연극의 혁명은 대사 위주의 사실주의적 연극 표현 방식에 대한 도전으로 일어나, 배우의 신체 연기와 몸 동작에 더 많은 비중을 두는 다이내믹한 '공연성'을 강조하는 실험적 표현 형식이 대두하게 된다.

우리 나라의 경우, 전통적 사실주의 연극 공연이 1980년대 중반까지 주류를 이루어왔다. 그러나 '87년의 민주화 선언'과 함께 88년 '표현의 자유'가 더 확장되면서, 연극의 표현형식과 내용이 다양해지기 시작했고 실험적 연극이나 비사실주의적 연극 공연들이 크게 늘어나기 시작했다. 극단 작은 신화가 공연중인 '전쟁 음?악! 2'는 바로 이러한 한 실험적 공연 형식을 보여준다.

전통 사실주의 연극에서는 플롯구조가 원인과 결과에 의해서 진행되며, 발단-전개-클라이맥스-해결의 구조를 가지고 있다면, 실험적 형식의 연극에서는 이러한 플롯 구조를 무시한다. 〈전쟁 음?악! 2〉는 25개의 각기 다른 상황으로 보여주는 짧은 장면들로 구성되어 있다. 지하철역, 사무실, 민방위 훈련, 거리 등의 장면들은 우리의 일상적 삶 속에서 우리가 경험하는 '전쟁'과 같은 경험, 그 폭력성들을 보여주는 것들이다.

즉 이 공연에서 플롯의 구조는 주제인 '우리의 매일 매일의 삶 속에서 진행되는 전쟁과 폭력'을 중심으로, 관련된 장면들을 나열하여 구성돼 있는 것이 특징이다. 이러한 플롯구조를 일반적으로 '삽화적 플롯'이라고 부른다. 그러나 이런 실험적 공연 형식은, 전통적 사실주의류의 연극이나 TV 연속극에 익숙한 관객들에게는, 어쩌면 어리둥절한 연극공연이 될 수도 있다. 우선 도무지 연결되는 장면이나 인물이 없지 않은가? 인물 갑이 인물 을에게 어떤 행동을 하고, 그래서 그 결과로 인물 을이 인물 병에게……라는 식으로 이야기 연결이 안 된다. 예를 들어, 택시 안에서 해산하려는 아내를 데리고 남편이 황급해 하는 장면 다음에 홍콩의 암흑가 장면이 이어지는 식이다.

관객은 그러면 무엇을 보아야 하고 어떻게 이해해야 할 것인가? 이것은 기존 연극 방식에 젖어 있는 관객들에게는 대단한 도전이 아닐 수 없다. 관객들은 각 장면들이 말하고자 하는 공통적 메시지를 포착하는 수밖에 없다. 그리고 그 공통적인 메시지가 바로 이 공연의 주제가 된다.

그 외에 전통 사실주의 연극에서처럼, 어느 배우가 어떤 역할을 잘 해서 눈물이 났다거나 하는 것을 볼 것이 아니라, 배우들의 신체동작, 연기가 얼마나 집단적인 앙상블을 이루고 있는가를 살펴야 한다. 왜냐하면, 이런 유형의 실험적 공연은 전통사실주의 연극에서 말하는 주연, 조연의 관계가 배우들 사이에 성립하지 않기 때문이다. 실험적 연극공연에서, 모든 배우들은 평등한 연기 역할을 담당한다. 그래서 모두 함께 장면과 그 장면이 갖는 메시지를 창조하는 데에 역점을 두기 때문이다. 그리고 이러한 실험적 연극공연들은, 주로 사회 및 문화에 대한 비판의 메시지를 담아, 적극적으로 사회를 변화시켜 가고자 한다.

극단 작은 신화는 때묻지 않은 젊은 배우들의 모임으로 신체동작 위주의 실험적 연극을 목표로 출범한 극단이다. 색다른 표현 형식의 공연 경험을 위해 한 번쯤 볼만하다.

(대학으로 가는 길. 1991. 10.)

난파의 가곡들이 효과적으로 삽입된 뮤지컬
― 〈영혼의 노래〉

막강한 공적 재정과 전속 캐스트진을 바탕으로 〈한강은 흐른다〉, 〈백두산 신곡〉, 〈그날이 오면〉 등 대형 뮤지컬 내지는 음악극의 한국적 토착화를 위해 노력해 왔던 '88예술단'이 '서울 예술단'으로 명칭을 바꾸면서 아심작인 뮤지컬 〈영혼의 노래〉를 무대화했다.

〈영혼의 노래〉는 우리의 국민적 음악가 홍난파 서거 50주년을 기념해 그의 일대기를 그의 가곡을 바탕으로 뮤지컬로 꾸민 공연으로 그 동안 서울 예술단의 대형 무대들이 '소문난 큰 잔치'로 기대되었던 예술적 완성도를 흡족하게 성취하지 못했던데 비해, 예술적인 성취도에서 확실한 성장을 보여주었다.

이 공연을 성공적인 뮤지컬로 이끈 데는 몇 가지 요인들이 있었다. 우선 대부분의 뮤지컬 공연의 구성이 극적인 이야기 구조에 음악을 짜 넣는 형식이라고 볼 때, 이 공연은 홍난파라는 음악가의 생애를 기본 소재로 취함으로서, 그의 인생 이야기가 극적 구조를 제공하고, 그가 삶의 과정 속에서 작곡한 음악이 자연스럽게 맞물려 전개됨으로서, 뮤지컬의 구조가 효과적으로 성취되었다는 점이다. 그래서 극중 이야기는 식민지 치하의 음악가 홍난파의 예술 창작과정의 고뇌뿐만 아니라, 한 남성으로서 또한 예술가로서의 난파의 정신적 방황 및 딸을 가진 아버지로서 그의 인간적 부성애의 모습을 부각하면서, 동시에 주옥같은 난파의 가곡들이 효과적으로 삽입되어 전개된다.

이 공연에 생명력을 불어넣은 절대적인 활력소는 민족적 한의 정서를 승화시킨 난파 가곡의 탁월한 음악성이다. 〈봉선화〉, 〈고향의 봄〉, 〈봄처녀〉 등의 가곡들은 우리의 모든 대중 관객들이 부르면서 자랐던 친숙한 노래들로 그 감정적 정서를 쉽사리 동일시할 수 있을 뿐 아니라, 이들 가곡들이 무대에서 전개되는 극적 상황들 속에서 연주되고 노래될 때 관객들에게 주는 감정적 호소력은 증폭된다.

이 공연의 또 다른 특징은 무대 위에서 창조하는 총체적 예술적 균형감에 있다. 앞서 말한 음악성 외에 집단 율동장면이 창조하는 예술적 질서감, 국립극장 대극장의 '난공불락'이었던 거대한 공간을 효과적으로 구성한 무대장치 및 스포트라이트를 이용, 관객의 시선을 한곳에 집중시키는 동안에 이루어지는 효과적인 장면전환 등 모든 무대적 요소들이 더하거나 덜함이 없이 경제적인 예술적 하모니를 창출한다. 1장 도입부의 난파 자신의 연주회 장면은 이러한 총체적 예술성이 돋보이는 장면으로, 난파 가곡이 메들리로 연주되는 가운데 극중의 오케스트라들은 집단 율동에서 발레 동작으로, 솔로 가창에서 합창으로 유연한 예술적 변환을 이루면서, 음악성과 율동성이 다이내믹하게 어우러지는 환상적 장면들이 펼쳐진다.

장엄한 한의 정서가 기본을 이루는 난파의 가곡들과, 작곡되어 삽입된 대중적이고 피상적 정서의 뮤지컬 노래들간에 뚜렷하게 벌어지는 음악성의 차이라든가, 난파의 성격 부각에서 좀 더 강조되었어도 좋았을 그의 개성적 측면이나 극적 갈등 등 보완의 여지가 없는 것은 아니지만, 가곡

뮤지컬 〈영혼의 노래〉 공연은 몇 가지 점에서 중요한 의미를 갖는 공연으로 평가된다.

우선, 그 동안 우리 연극계가 가져왔던 대극장 공연에 대한 콤플렉스를 이 공연은 극복하고 있다는 것이다. 그러나 이 공연의 더 큰 의미는, 그 동안 우리 연극계가 부단히 추구해왔던 서구 뮤지컬 형식의 한국적 토착화라는 과제를 무리 없이 성취해냈다는 점이다. 그 동안 관객동원에 성공했던 〈아가씨와 건달들〉, 〈웨스트 사이드 스토리〉 및 수억의 제작비를 들여 본격적 서구형 상업뮤지컬을 시도했던 〈캣츠〉 등의 공연들이 서양인의 정서에 맞는 음악과 이야기 구성을 바탕으로 하고 있는데 비해, 〈영혼의 노래〉는 우리의 국민적 심성과 정서에 부담 없이 호소해오는 우리의 가곡을 바탕으로, 우리의 이야기를 하고 있다는 데서, 앞으로 '국민적 대중연극'의 한 장르로서 한국 뮤지컬의 미래적 발전의 가능성을 확인하는 서막을 열었다고 하겠다.

연출의 이종훈은 〈카르멘시타〉에 이어 뮤지컬 전문 연출가로서의 탁월한 역량을 보여주었으며, 홍난파 역의 박철호의 균형 있는 가창력과 연기력도 돋보였다.

(객석. 1991. 12.)

꿈을 쫓는 사람을 미치광이라고?

― 뮤지컬 〈돈키호테〉

　"꿈, 이룰 수 없는 꿈. 싸움, 이길 수 없는 싸움. 슬픔, 견딜 수 없는 슬픔……악과 싸워 물리치고, 마음엔 순결한 사랑을. 별, 잡을 수 없는 별을 잡자. 나만의 별……" 우리의 귀에 익은 뮤지컬 돈키호테의 주제가이자, 주인공 편력기사 돈키호테가 파악한 삶에 대한 통찰력이다.

　왜 돈키호테는 편력기사 수업의 길을 떠나지 않으면 안됐을까? 풍차를 마술왕이라며 공격을 하고, 포도주 부대를 마술왕의 머리라며 동강을 내놓고, 여관을 궁성이라고 부르며, 창녀 알돈자를 공주라고 부르면 극진히 사모하는 돈키호테의 모습에서 우리는 과연 무엇을 보는가? 무엇이 미친 것이고, 무엇이 미치지 않은 것인가? 정상과 비정상, 현실과 환상, 아름다운 것과 더러운 것의 이분법적 경계를 해체시키는 돈키호테의 편력을 통해서 작자는 우리에게 무엇을 말하고자 하는 것인가? 각색자인 와써만은 세르반테스 원작 돈키호테의 옛날 이야기를 빌려다가 동시대인인 우리들 관객에게 무엇을 이야기하고자 하는가?

　흔히 서구의 뮤지컬은 대중적 상업주의 연극으로 흥미본위의 가벼운 오락적 공연으로 알려져 왔다. 몇 예만 들어보면, 우리 나라에서 수년간 인기리에 공연되었던 〈아가씨와 건달들〉과 〈애니〉, 요즈음 공연중인 〈넌센스〉 등이 이러한 범주에 속한다.

그러나 다른 한편으로는 뮤지컬이 갖는 단순한 대중적 오락성에 문학적 예술성도 가미하고자 하는 노력들도 있어 왔는데, 뮤지컬 〈돈키호테〉나 〈레미제라블〉, 〈캣츠〉 등이 이러한 범주에 속한다고 하겠다. 그리고 이러한 뮤지컬들은 대중적 오락성과 더불어 삶에 대한 심각한 메시지도 함께 갖고 있는 것이 특징이다.

그러면 공연을 구체적으로 살펴보면서 이야기해 보자. 극은 시인이자 극작가인 세르반테스가 신성 모독죄로 감방에 갇히는 장면으로 시작된다. 그리고 그는 바깥세상과는 또 다른 감방이라는 세계에서 먼저 들어온 감방수들의 법칙에 따라 또 다른 재판을 받게 되고, 자신을 변호하는 방법으로 연극을 하게 되는데, 그 연극, 즉 극중극의 이야기가 돈키호테의 이야기가 된다.

이 작품의 각색자는 이와 같이 바깥 세상/감옥 세상, 세르반테스의 이야기인 외부극/ 극중극의 돈키호테의 이야기를 병치시키는 '이중적 시각'을 이 작품의 구성원리로 채용하고 있다. 이러한 작자의 이중적 시각은 궁극적으로 관객에게 돈키호테의 미치광이 행동들에 대한 해석에 있어서도 이중적 시각을 채택할 것을 요구한다. 즉, 극중극에서 교차되어 나타나는 이중적 시각은, 세상에 염증을 느낀 나머지, 악을 정복하고 정의를 실현키 위해 편력 수업에 나서는 돈키호테의 시각과 그러한 그를 어릿광대, 미치광이로 바라보는 세상의 시각이다.

미치광이 돈키호테의 몇몇 대사를 보자.

"나의 직책은 약한 자를 복수하며, 정의를 실현하고……"

"자신을 생각 말고, 내가 무엇이 될 것인가를 생각하고, 모든 남자에게 정의로 모든 여자에게 정중하게 대하라."

"패배와 승리는 중요한 것이 아니야. 탐구하는데 그 의의가 있지요. 진정한 기사가 해야 할 사명이지요."

"인생 자체가 미친 것. 꿈을 쫓는 사람을 미친 사람이라고? 누가 정말 미친 자인가? 세상을 진짜 못 보는 사람. 그 사람이 미친 사람이 아닐까요?"

이쯤 되면, 미치광이 돈키호테는 엉뚱하고 괴상한 짓거리로 세상에 의해 조롱되고 멸시받는 바보, 얼간이지만, 범인이 보지 못하는 인생의 진리를 꿰뚫어보고 말하는 현인으로서의 이중적 정체성을 가진 서양연극 전통의 어릿광대 개념과 상통하는 인물이다.

그러나 '악과 싸우며, 정의를 실현하고, 가슴엔 사랑을 지니는' 돈키호테의 순수한 인간적인 꿈은, 그의 노래처럼 현실세계에서는 '이룰 수 없는 꿈'이었기에, 그를 뒤쫓는 정신과 의사에 의해 끝장이 나게 된다. 결국 돈키호테는 여관 주인에게서 받는 "상처투성이 기사"라는 작위에 딱 맞게, 현실세계에서 패배와 실수만을 살다가는 인간이지만, 그의 미치광이 행동은 그 어떤 진실을 대변한다는 점에서 돈키호테는 반영웅적 안티히이로이다.

상기한 점들을 고려할 때 이 공연 연출의 관건은 돈키호테의 피상적 행동이 갖는 희극성과 그 차원을 초월하는 인간정신에 관한 심각한 메시지를 극적으로 대비시켜, 효과적으로 무대화하는 것이라 하겠다. 연출가 이상춘은 이러한 대중적 희비극의 요소를 무리 없이 무대화하고는 있으나, 희극적 장면들에서 소극적 요소를 지나치게 의식한 나머지, 배우들의 연기가 사실성이 결여된 채 피상적, 멜로 형식으로 흐르고 있으며, 이는 작품의 주제 부각에 별 도움이 되지 않는 듯하다.

50의 인륜을 살고 나서, 삶에 염증을 느껴 삶의 피상성에 도전하는 돈키호테 역은 배우의 역량이 상당히 요구되는 역할로, 노래의 양보다 대사량이 훨씬 많은 이 뮤지컬 공연에서 권병길은 돈키호테의 희비극적 미치광이 역할을 호소력 있는 연기로 열연, 공연에 안정된 중심을 창조했다. 국내 뮤지컬 공연 상황에 비추어 볼 때, 롯데 예술극장 뮤지컬 공연이 갖는 집단율동이나 코러스의 앙상블은 가히 최상위권에 속한다 할지라도, 이번 공연처럼 반음을 많이 사용하는 멜로디와 변화무쌍한 박자로 구성되는 서구 뮤지컬 노래들을 효과적으로 소화하기 위해서는 배우들의 안정된 반음 발성훈련이 더욱 필요한 것으로 생각된다. 더불어 원작 뮤지컬 노래의 폭넓은 음계를 낮추어 조정함이 없이 원작 노래가 갖는 극적 효과를 극대화하기 위해서는 장기적인 차원에서 배우들의 가창력 훈련이 이루어져야 할 것이다.

뮤지컬 돈키호테는 대중적 오락성뿐만 아니라 문학적 예술성을 조화있게 갖춘 수준급의 뮤지컬 원작으로서, 이태섭의 기능적인 무대 디자인과 의상 디자인은 이번 공연의 대중연극으로서 총체적 무대성에 크게 기여하고 있다.

(객석. 1992. 5.)

요즈음 연극에 나타난 '대중문화' 현상
— 1992년 말 시점에서

1

　최근 몇 년 사이에 몇몇 식자에 의해 우리 나라에 소개되어 온 서구의 포스트모더니즘 이론은, 뇌동부화의 순응적 획일주의의 한국적 대중문화에 정착하면서 문화적 유행병 현상을 불러일으키고 있다.

　이론적 토론보다는 현장 작업 위주라는 특성 때문에 이러한 '포스트모더니즘' 논란에 비교적으로 초연했던 연극계에도 지난해부터 포스트모더니즘을 표방하는 연극들이 서서히 등장하기 시작했다. 몇 예를 들어보면, 극단 76의 〈지피족〉 및 〈해체 춘향전〉 등에 이어 올 봄에는 서울 앙상블의 〈런던 양아치〉 극단 서울 무대와 예당이 합동 공연하여 몇 회에 걸쳐 재공연된 〈퍼포먼서와 콜걸〉 등이 있다.

　일반적으로 이러한 공연들이 표방하는 포스트모더니즘이란, 주로 기존 연극형식의 해체, 연극 공연의 기존규범 및 예술적 윤리성의 해체 등으로 나타난다.

구체적으로 그러한 몇 장면을 살펴보자.

우선 창녀, 동성연애자, 양아치, 거지 등 지금까지 우리의 '점잖은' 연극무대에 별로 등장치 않던 소외된 사회의 저변 인물들이 무대의 주인공들로 등장한다. 그리고 이들이 하는 행동이란, 한 늙은 예술가가 예술혼을 부르짖으며 고뇌하는 옆에서 한 창녀가 이유가 확실치 않은 채 옷을 벗고 누드가 되었다가는 황급히 옷을 주워 입는다. 혹은 동성연애자 양아치가 온갖 욕설을 밥먹듯이 지껄여대면서, 역시 꼭 필요치도 않을 상황에서, 어두운 조명 아래 엉거주춤 팬티를 벗었다가 황급히 도로 입는다. 또 다른 장면에서 한 양아치가 입을 잘못 놀린 죄로 왕초 양아치한테 늘씬하게 두드려 맞고, 기절을 하는데, 폭력장면의 잔인성이 지나치게 강조되어 있다. (연극 〈포퍼먼서와 콜걸〉, 〈런던 양아치〉)

비록 포스트모더니즘을 내걸지는 않았으나, 거지, 껌팔이 등 사회의 저변적 인물설정이나, 이들이 극중에서 보여주는 행동이 역시 우리 연극이 지금까지 지녀왔던 나름대로의 '품위'의 개념을 상관치 않거나, 의도적으로 조롱시키는 공연들이 소위 말하는 뒷골목 소극장 공연들에서 흔히 찾아볼 수 있다. 공연 〈바쁘다 바빠〉는 '유치하고 편안한 연극'을 자처하면서, 양아치 인물들이 등장, 욕설로 공연을 일관하는가 하면, 한 양아치가 여성용 빨간 팬티를 머리에 뒤집어쓰고, 한바탕 놀아대는 장면도 있다. 한판 놀이성을 강조하며 관객을 무대에 끌어내어 참여케 함으로서 오락성을 강조하는 것도 흔한 예다. (공연 〈바쁘다 바빠〉, 〈품바〉 등)

상기한 소극장 공연들에서 나타나는 공통적인 현상은— 포스트모더니즘을 표방했건, 다른 캐치프레이즈를 내걸었건 상관없이 성의 노골적인 묘사, 폭력 및 폭소 장면의 강조 등 이미 세계적으로 통용되고 있는 대중문화의 상업적 코드다.

문제는, 포스트모더니즘의 유행과 함께 그 중심 사상의 하나인 '전통적 중심의 해체'가 '무엇이든지 된다'는 식의 피상적 노골적 의미로 받아들

여겨, 연극에서는 건전한 공연윤리나 규범의 의도적 부재를 정당화하는 대명제로 사용되고 있다는 점이다.

2

그렇다면 포스트모더니즘은 과연 무엇인가? 이에 대하여는 서구의 이론가들조차도 서로 각기 다른 견해들을 주장하고 있고, 이러한 다양성 자체가 포스트모더니즘의 본질이라고도 이야기도 한다.

그러나 일반적으로 볼 때, 후기 산업 자본주의사회의 문화 논리(후레데릭 제임슨), 후기 산업자본주의사회의 문화적 조류와 문학·예술에 나타나는 후기 구조주의적 경향(마단 사럽), 후기 산업자본주의사회에서 진행되는 문화적 과정 내지는 활동(린다 헛치온), 현재 서구문명이 지니는 일반적 상황(료타르), 고급예술과 구별되는 대중문화의 대두현상(안드리아 후이쎈) 등 일반적으로 많은 이론가들에 의해 후기 산업자본주의사회와 대중문화의 대두현상으로 특징 지워 진다.

또한 포스트모더니즘은 철학적, 문학적, 정치적, 예술적 등 어떤 차원에 따라 논하느냐에 따라 토론 내용이 달라진다. 또한 어떤 문화적 맥맥 속에서 포스트모더니즘을 논하느냐에 따라서 그 논쟁 내용이 달라진다.

예를 들어, 해체론을 주장한 데리다는 서구의 말 중심주의와 이분법적 사고를 해체하여, 텍스트 해석과 인식론적 가치관에 있어서 다양성의 길을 터놓고, 료타르 역시 마르크스주의니 계몽주의 등의 '대서사'를 부정함으로서 더 많은 다양한 제도와 그룹들을 위한 민주적 가능성을 열어 놓았다면, 미국의 포스트모더니즘은 불란서의 후기 구조주의 이론과 병합, 학문적 이론으로 발전함으로서, 사회적, 정치적 변화를 위한 진보적 비전을 제공하기보다는 정치적인 보수주의적 경향을 띠게 되었다.

우리 나라의 경우, 서구와 문화적, 역사적 발전 과정이 다른 상황에서, 서구적 포스트모더니즘 이론을 그대로 적용하여 우리의 현재의 문화구조를 설명하는데는 무리가 있다고 생각된다. 어느 학자는 우리 나라에도 "모더니즘이 없었으므로 포스트모더니즘도 없다."고 간단 명료하게 주장하기도 하지만, 이러한 주장 역시 지나치게 서구 중심적인 문화 패러다임을 통해 우리의 문화를 설명하려는 패권주의적 색채가 짙은 입장으로 해석될 수도 있다.

민주주의 등 서구의 문물이 우리 나라에 제도적 형식부터 도입되어와서, 이 문화풍토에 정착되기 위해 수많은 해체와 재구성의 과정을 겪었음을 상기해 볼 때, 모더니즘이나 포스트모더니즘의 한국적 규명도 이와 같은 우리의 문화 및 역사 발달과정의 맥락 속에서 행해져서 한국형 모더니즘 및 포스트모더니즘의 이론이 정립되어야 할 것으로 생각된다. 이를 위해 비교문화 인류학 및 비교 사회학 등등의 학문적 연구가 동원되어야 할 것임은 두말 할 나위도 없다.

이와 동시에 우리가 수입하여 토착화한 대부분의 서구문물 제도가 그랬듯이, 후기 산업자본주의 사회의 특징인 소비문화와 대중문화의 패러다임은 이미 수입되어 우리 사회에 돌이킬 수 없을 정도로 확산되어 있음을 부정할 수 없다. 80년대 산업화로 인한 경제성장, 중산층의 확산, 여가선용을 위한 대중들의 문화적 소비욕구의 증가 등 우리는 이미 대중소비문화 시대를 체험하고 있다. 이와 함께 테크놀로지의 발달로 신문·잡지·TV 등 매스미디어의 수적 팽창은 테크놀로지 소유자들에 의한 대중조작을 가능케 함으로서 대중 취향의 획일화를 더욱 부추겼다. 세계 공용인 록 뮤직은 미디어에 의한 대중문화의 획일화 현상의 한 대표적인 예다.

그러나 이러한 대중문화가 갖는 문제점이란, 아도르노의 이론에 따르면, 산업자본주의 사회에서는 필연적으로 문화 산업화한다는 것이다. 즉 대중문화로서의 예술은 그 창조적 가치를 잃고, 예술은 그 사용가치보다는 교환가치로 계산되는 문화적 상품으로 전락된다는 것이다.

3

이와 같은 맥락에서 볼 때 우리의 연극 예술은 과연 어떠한 위치에 와 있는가? 나의 기억으로는 1980년대 중반까지만 해도 연극계에서 "상업주의 연극"이라는 소리가 나오면, 대부분의 사람들이 신경을 곤두세우고 들었었다. 비록 공연이 무대에 오르기 위해 경제는 절대적인 전제조건이었음에도 불구하고. 그러나 88년 이후 급속한 연극계의 상업화 현상으로, 지금은 "상업화"라는 말은 당연 적절한 사실로 받아들여져, 이제는 이 말을 하는 사람이 오히려 어색하게끔 상황이 변해 버렸다.

창조적이어야 할 연극예술이 대중적 소비를 위한 연극상품이 되어가고 있는 것이다. 그래서 소비적 대중적 오락성만을 강조, '한바탕 웃고, 눈요기하고 넘기도록' 적절히 구성, 포장된 이러한 대중문화상품이 점점 늘어만 가는데, 그래서 이를 '표피문화' 혹은 '쓰레기 문화'(pastiche)라고 이론가들은 이름을 부쳤다. 심화만 되어 가는 우리 사회의 물질주의적 가치관과 대중관객의 증가는 연극의 대중문화 현상을 더욱 확산시킬 전망이다. 이와 관련하여 우려되는 한 현상은 그 동안 나름대로 우리 연극예술의 순수성을 지켜왔던 마지막 보루인 서울 연극제의 올해 참가공연들에도 이러한 대중문화 현상이 확연해지고 있다는 사실이다.

지금까지 우리 연극에 나타난 대중문화의 양상을 몇 가지로 필자 나름대로 분석해 보면 다음과 같다.

우선 1980년대 중반까지의 연극들과 비교해 볼 때 나타나는 일반적 현상이 '심각한 실험정신의 상실'과 '오락성의 강조'다. 그리고 이러한 대중 오락성의 강조는 상업성과 불가분의 관계를 맺고 있는 것으로 풀이된다. 오락성 강조의 양상도 다양해서 다시 구체적으로 살펴보면, 우선 놀이성의 강조다. 주로 관객들을 극중 장면에 참여토록 해서 한판 같이 노는 공연들이 많이 늘었고, 관객 참여는 80년대 중반만 해도 사실주의 연극에 대한 대안적, 실험적 의도였던 것이, 요즈음 공연에서는 단순히 재미와 오락성을 높이는 수단으로 사용되기가 일쑤다.

둘번 째, 벗는 연극.

88년 초 〈매춘〉 공연 시비 때만 해도 여성의 누드장면은 심각한 정치적, 예술적 메시지를 지닌 실험적 행위였다. 그러나 〈그 여자 이 순례〉 (남성 누드,1990) 〈욕탕의 여인들〉(1991), 〈위험한 관계〉(1991), 〈퍼포먼서와 콜걸〉(1992) 등을 거치면서, 올해 서울연극제에서는 〈누군들 광대가 아니랴〉의 성폭행 장면의 노골적 묘사, 〈영자와 진택〉의 누드 장면, 〈선녀는 땅위에 산다〉의 여성 몸의 부분적 노출 장면들이 작품의 내재된 필연적인 예술적 요구를 구체화하는 것이라 보기 어려운 장면들이다.

작품에 내재된 예술적 요구에 의하지 않고, 무대에서 벌어지는 여성 몸의 노출은 '성의 상품화'로 규정된다. 이와 더불어 확실히 밝혀둘 것은, 포스트모더니즘과 연극 무대 위에서 여성 몸의 상품화는 현실적으로 대치되는 개념이라는 점이다. 포스트모더니즘을 떠드는 서구 자본주의사회의 무대에서 여성 몸의 상품화는 쉽사리 찾아볼 수 없다. 왜냐하면 포스트모더니즘의 한 중요한 문화조류인 페미니즘은 전통적 남성 중심의 가부장문화의 억압성을 해체하고자하며, 그러므로 여성 몸의 상품화는 더 이상 존속되어서는 안 되는 것으로 보기 때문이다. 또한 이러한 페미니즘의 정서가 서구문화에는 이미 일반화되어 있기 때문이다.

세 번째로 나타나는 오락성 강조의 대중문화적 양상이 '폭력의 강조'

다. 앞서 말한 바와 같이 무대 위에서 체형장면의 잔인성을 강조하는 외에도 욕설이나 외설 등을 무대언어에서 구사하는 언어의 폭력화현상을 들 수 있다.

네 번째, 또 다른 대중문화 현상이 여성연극의 상업화로 나타나고 있다. 80년대 중반 〈위기의 여자〉를 필두로 시작된 여성 연극공연은 작금에 이르기까지 꾸준히 대중 여성관객 층을 확보, 우리 연극계에서 그 중요성과 위치를 확보해 왔다 해도 과언이 아니다. 그러나 최근에 와서 여성 연극들은 작품이 갖는 여성 중심적 주제를 성실히 무대화하는 대신에 공연 사이사이나 공연 끝난 후 노래를 삽입, 음악극을 만들어 현장적 오락성을 강조한다. (〈당신의 침묵〉, 〈딸에게 보내는 편지〉)

결과적으로 공연의 여성 중심적 주제는 약화되고, 기껏해야 재미있게 '시간을 때울 수 있는' 대중 오락극으로 변질되고 있다. 외국의 뛰어난 여성 연극들이 여성 중심적 주제를 예술적으로 승화시켜, 여성 관객 층에서 인기를 얻고 있는 사실과 비교해 볼 때, 우리의 여성 연극은 여성관객들의 의식각성을 예술적으로 성취하기는커녕, 순간적인 소비성 오락만을 제공하고 있는 셈이다. 앞으로 여성문화가 전체 국가문화에서 차지하는 비중이 더욱더 커질 전망에 있음을 볼 때, 이러한 상업성 여성 오락극 보다는 좀 더 진지한 여성연극을 통해 여성 대중들의 의식을 돕는 일이 중요하다고 판단이 된다.

다섯 번째 나타나는 대중문화적 양상이 TV 일일연속극 구조의 유입으로 인한 주제의식의 피상화와 대중적 오락성의 진작이다.

올 연극제 참가작인 이재현 작·연출의 〈이방인〉은 남·북 이데올로기에 희생된 한 귀순 포로의 비극적 삶을 추적하다가 중반부에 이르러서는 그 흔한 사랑이야기로 주제의 초점을 바꾸고, 종결부에서 갑자기 주인공의 귀국결심으로 해피엔딩으로 끝맺는다. 이로서 지금까지 잘 발전된 주제의 비극성은 갑자기 희석되고, 연극은 가벼운 대중 오락극이 되고 말았다.

차범석 작, 박원경 연출의 〈청계마을의 우화〉 역시 비슷한 경우. 시골마을의 한 집안에서 토지를 놓고 두 아들 사이에 벌어지는 인간 이기심의 홈드라마로, 일상적 사실주의 대사와 장면구성은 TV 일일연속극 구조를 연상케 할 뿐 아니라, 땅을 팔지 않아도 된다는 사실이 갑자기 밝혀짐으로서 삽시간에 해피엔딩으로 끝이 난다는 점에서 역시 심각한 비극성이나 문제제기를 싫어하는 대중 취향을 고려한 가벼운 결말이라 하겠다.

노경식 작, 심재찬 연출의 〈거울 속의 당신〉 역시 연극적 갈등구조로서는 너무 구태의연한 상황을 제시한다. 불륜의 관계를 맺었던 두 남녀가 오랜 세월이 지난 후 그들의 아들과 딸이 서로 결혼하기를 원하는 상황에 부딪힌다는 내용. 스토리 전개방식이 역시 사실주의적 일상 대사중심으로 별 대단한 연극적 갈등 없이 진행되다가, 딸의 가출에 충격받고 어머니가 자살하는 것으로 끝을 맺는다. 이 연극은 비록 해피엔딩으로 끝을 맺지는 않았지만 극중 내내 창조해 왔던 어머니 여인의 강인한 개성과 자살 장면으로 끝나는 성급하고 안이한 종결은 마치 시간이 돼서 별안간 끝을 맺는 TV 연속시리즈처럼 설득력이 없고 작품의 주제를 흐리게 한다.

이상에서 살펴본 바와 같이, 연극의 대중문화 현상은, 연극예술을 연극상품으로 변질시키고, 배우는 직업연기자로 그 예술혼을 잃어가고 있다. 연극의 상품화는 이외에도 여러 가지 문제를 제기한다. 성의 상품화를 이대로 방치해 둘 것인가? 무대드라마와 TV 드라마의 동질화현상은 어떻게 할 것인가? 순수연극예술이 사라지도록 내버려 둘 것인가? 상업연극의 저질화는 어떻게 해결할 것인가? 등등.

우리보다 앞서가는 다른 나라들에서는 연극의 상업화에 당면하여, 오프, 오프—오프 브로드웨이라든지 프린지 연극 등을 통해서 연극예술을 보호하고자 했다던가? 우리 연극은 이제 이에 대한 적극적인 대책이 강구되어야 할 중요한 시점에 와 있는 것 같다.

(한국연극. 1992. 11.)

〈어느 아버지의 죽음〉
— 포스트모던 연극적 글쓰기

기존하는 연극 작품의 플롯을 빌어다 작가 나름대로 새롭게 글쓰기 하는 작업은 이미 셰익스피어 시절부터 있어온 일이지만, 요즈음 포스트모던 시대의 도래와 함께 이러한 새롭게 글쓰기 작업은 한층 더 부각되고 있는 일 중의 하나다. 우리 연극계 상황도 예외는 아니어서 이러한 연극적 새롭게 쓰기 작업이 최근에 상당히 흥미롭게 진행되고 있음을 파악할 수 있다. 그 몇 예를 들어보면 지난 해 공연되었던 차범석 작 〈안네 프랑크의 장미〉라든가 〈신 장한몽〉은 그 대표적인 경우라 할 수 있다.

이번에 공연된 윤대성 작 〈어느 아버지의 죽음〉도 연극적 새롭게 쓰기 작업의 한 예에 속한다 할 수 있다. 그리고 작자는 이 작품이 아더 밀러의 원작 〈세일즈맨의 죽음〉을 1970년대 한국적 상황에 맞추어 개작한 것임을 솔직하게 밝히고 있다는 점에서, 이 작품은 명실공히 포스트모던적 '다시 쓰기 작업'의 장르로 구분될 수 있다.

그러면 아더 밀러의 원작 〈세일즈맨의 죽음〉이 어떻게 효과적/비효과적으로 한국화 되어 〈어느 아버지의 죽음〉으로 무대화되는지 구체적으로 살펴보자.

막이 열리면 복잡한 추상화를 전면으로 하는 방사막이 드리워져 있어 이 작품이 포스트모던 정서를 배경으로 깔고 있음을 시사해준다.

방사막이 올려지면 한국의 70년대를 사는 한 지친 세일즈맨(최불암 분)이 지친 모습으로 커다란 샘플가방을 끌고 들어온다. 이어서 펼쳐지는 장면들에서 늙은 세일즈맨인 아버지는 여느 한국의 아버지처럼 자신의 못다 한 꿈을 아들을 통해 이루어보려는 기대감을 버리지 못하고, 반면 능력이 부족한 아들 한명일(길용우 분)은 이러한 기대감을 채울 수 없어 부자간의 갈등이 심화된다. 아버지는 자신의 아들 한명일의 인간적 능력을 이성적으로 평가할 수 없고, 그래서 끝까지 아들의 성공을 위해 '무언가 남기고 가야 한다'는 환상을 버리지 못한 나머지 결국 보험료를 노리고 자살을 실행한다.

원작 〈세일즈맨의 죽음〉이 물질주의 팽배 및 도시화, 그에 따른 비인간화, 인간의 상품화 등 1950년대 미국적 자본주의 사회의 병폐를 고발하고, 미국 사회가 행복의 이상으로 추구해왔던 '미국의 꿈'의 왜곡 상을 고발하고 있다면, 윤대성의 〈어느 아버지의 죽음〉은 1970년대 한국적 자본주의 사회 속의 한 아버지와 아들의 모습을 통해서 70년대 이후 우리 사회에 팽배해 있는 물질주의 가치관과 세속적 성공의 개념 및 그로 인한 비인간화를 그려 보이고자 한다.

윤대성은 밀러의 원작을 한국적으로 다시 쓰는 작업을 매우 조심스럽게 행하고 있는데, 한국적 사회 상황을 고려하여 부자간의 가부장적 대물림의 주제를 원작보다 강하게 부각시키고 있는 것이 눈에 띄는 특징으로서 결국 이 작품은 가부장적 가치제도에서의 부자간의 갈등을 중심으로 다루는 홈드라마로 재구성된다.

그러나 작품 후반부로 가면서 작품의 초점은 아들과 아버지의 자아각성이라는 내면 문제로 바뀌어진다. 아들 명일은 아버지를 붙잡고 "난 성공할 수가 없어요. 난 아버지가 기다린 그런 자식이 아니야", "더 늦기 전에 허망한 꿈에서 깨어나세요"라고 호소하면서 아버지의 평생동안 지탱해왔던 아들에 대한 환상을 깨고자 한다. 작품 전반부에서 주체적 초점이 되었던 가부장적 승계 문제가 후반부로 오면서 이와 같이 내적 각성의 문제로 급작스런 방향 변화를 보이면서 작품의 주제가 초점을 잃는 것도 부정할 수 없는 사실이다. 왜냐하면 한국적 가부장 문화에서 아버지와 아들간에 대물림의 문제는 한 가족 전체의 문제이지만, 내적 성찰이라든지, 아들이 아버지의 내적 각성을 촉구한다는 일은 개인적인 내면의 문제로서도 가족중심경향과는 별로 상관없는 문제로 여겨 왔기 때문이다. 그러므로 위에서 언급한 장면들은 한국적 가부장 가족문화에서 기대됨직한 장면들이라고 보기에는 약간의 괴리감이 있는 것도 사실이다.

아들 명일의 인생 실패 원인이 사람을 잘 때린다는 이유로 몇 마디 대사를 통해서 설명되는데, 아들의 인생 실패 과정을 좀 더 구체적으로 전개시켰더라면, 이 작품의 주제가 물질주의 가치의 팽배 및 비인간화라는 사회 비판적 차원까지 확대되었을 것 같다. 또한 남존여비의 한국적 가부장사회에서 명일이가 그 아버지의 외도장면을 목격하고 인생을 그르친다는 이야기 전개는 우리의 가부장적 가치관으로는 타당성 있게 연결되지 않는다.

결국 〈어느 아버지의 죽음〉은 작가에 의해 한국적으로 재구성되는 과정을 통해 원작이 지니는 문화적, 사회적 가치관의 배경이 한국적 드라마로 집약되는 대신 사회 비판적 주제는 상당히 약화된 느낌을 준다.

무대화된 공연은 무대장치나 작품의 분위기 창조로 볼 때 상당히 서구적인 포스트모던 감각을 살리고 있다. 추상화된 사실주의적 빌딩 숲의 풍경이라든가, 침대를 주로 한 집안 내부의 분위기는 70년대 한국의 한 세일즈맨이 집안 내부라고 보기에는 너무도 서구적인 분위기를 창조한다. 무대 위에 펼쳐지는 70년대 한국의 한 가족의 드라마와 서구적인 분위기

를 자아내는 무대장치와 분위기 사이에 근본적인 정서의 괴리가 존재한
다.

그럼에도 불구하고 이 공연의 수준을 지탱시켜주는 큰 힘은 사실주의
연기에 노련한 정상급 배우들이 이루어내는 중후한 연기의 앙상블이다.
아버지 역의 최불암은 무대 연기에서도 사실주의 연기의 달인임을 과시
했고, 김민자(부인 역)의 너무도 자연스러운 연기의 앙상블은 가히 찾아
보기 힘든 수준이었다. 여기에 길용우, 박형준 등의 자연스러운 연기가
또 다른 안정된 힘으로 작용했다. 또한 오락위주의 상업주의적 소극장 공
연에 익숙한 관객들에게 자칫하면 지루하고 무거워질 수 있는 심각한 주
제를 균형을 잃지 않으면서 섬세하게 펼쳐나간 연출의 역량 역시 만만치
않은 것으로 평가된다.

이 공연의 궁극적인 의지미라면, 서구적 주제를 한국적으로 재구성했
다는 점과 세계적 연극 전통의 구조와 한국연극을 연결시키는 국제적 연
극문화의 창조 작업에 한 몫을 했다는 데서 찾아볼 수 있겠다. 이러한
'연극의 새로 쓰기' 작업은 계속되어야 하며, 얼마나 효과적으로 한국적
인 구조로 재창조할 수 있는가의 문제는 앞으로 계속 도전해야 할 과제
로 남아있다.

(예술세계. 1993. 6.)

전통 사실주의 극작술 해체의 '감칠맛'

─ 〈돼지와 오토바이〉

눈이 하나만 달린 기형아의 출산, 이는 따뜻한 부모의 사랑을 모르고 고아로 자란 한 남자와, 그 남자에게는 '길에서 횡재한 미제 지갑'과 같은 배경이 전혀 다른 한 여자의 결합이 낳은 결과다. 현대 부부의 걸맞지 않은 결합이 빚어낸 위기 상황에 대한 하나의 은유인가? 관객들은 "저녁식사 하셨어요?"라는 상냥한 인사말로 극을 시작하는 평범한 한 학원강사 주인공의 삶의 이야기가 기형아 출산이라는 엉뚱한 극적 사건으로 집약되고 있는 사실에 맞닥뜨려 극적 긴장감을 느끼지 않을 수 없다. 과연 어떻게 풀어갈 것인가. 두 부부는 결국 기형아 자식을 '사랑'하기 때문에 자식을 살해하고, 남편은 감옥으로 아내는 불륜과 자살 행위로 부부관계를 끝맺는다.

문제 제시도 엉뚱하게 극적이고 해결방식 또한 엉뚱하게 극적이다. 그러나 감옥을 출소한 남편에게 또다시 제기되는 문제는 또 다른 여인과의 결합에 관한 결정이다. 아이러니 하게도 그 여인 역시 수련의 과정의 재색을 겸비한 젊고 발랄한 여인으로, 살인범의 과거를 가지고 있는 주인공과는 또 다른 걸맞지 않은 결합을 암시한다. 이러한 반복적 순환 구조를 통하여 작가는 과연 무엇을 말하고자 하는가?

실제로 작가의 메시지는 종결부에서 주인공 황의 대사를 통해, 명백히 전달된다. 즉 "상처를 수습하고 다시 한번 살아보겠다는데······인생 살다 보면 몇 번 떨어지는 법", "혼란한 이 세상, 암담한 이 세상에서 살아있다는 그 자체가 소중한 것 아닙니까?"라는 황의 대사는 작가의 대변자로서 주인공의 실존적 세계관과 끊임없이 짓밟히지만 포기하지 않고 삶의 의미를 추구하는 실존적 안티히어로(反영웅)의 모습까지 작품의 의미를 승화시킨다. 이에 덧붙여 작가는 또 다른 대변자인 여자 변호사를 통하여 예술의 궁극적인 목표는 '삶에 대한 희망의 제시'라는 작가의 신념을 다음과 같이 밝힌다. "누구에게나 올바른 길을 가려다 뜻대로 되지 않을 때가 있습니다. 그때는 다시 시작하는 것입니다."

이 작품의 묘미는 주인공의 또 다른 결합이 새로운 삶에 대한 도전으로서 제시되고는 있으나 그러한 삶에 대한 행복의 확신은 하나의 열린 가능성으로만 관객들에게 제시되고 있다는 점이다. 작가 이만희는 〈목탁구멍······〉, 〈불 좀 꺼주세요〉에서 계속 추구해왔던 과거와 현재에 관한 공시적 열린 관점, 몽타주적 장면 배열을 통한 열린 구성 및 다중 역할의 인물구성 등을 바탕으로 전통 사실주의 극작술을 해체한다.

주인공 역 이호재의 노련하고 중후한 에너지와 1인 8역의 만만치 않은 다중·변신 역할을 맡은 방은진의 팔팔하고 날카로운 에너지가 때로는 조화롭게 때로는 평행을 이루며 공연의 흥미를 자아낸다.

(뉴스메이커. 1993. 6. 6)

상업적 대중신화 허물 벗기는 '극중극'

— 〈통 뛰어넘기〉

요즈음 창작극들의 수준이 눈에 띄게 좋아지고 있다. 얼마 전 극작가로서의 전업을 선언한 이강백이 그 대표적인 경우다. 그가 전업 후 발표한 〈북어대가리〉나 극단 성좌가 이번에 무대화한 〈통 뛰어넘기〉(권오일 연출)는 지금까지 우리 연극계를 지배해왔던 사실주의 극작에서의 탈피라는 점에서, 또한 그 예술적 완성도로 볼 때 이강백의 작품 경향에 있어 뚜렷한 변모를 보여준다.

작품 〈통 ……〉에서 이강백은 한국적 전통신화의 현대화를 통해 그가 지금까지 추구해왔던 원형적 한국인의 삶의 주제를 메타연극이라는 새로운 형식을 통해 현시대 한국인들의 모습에서 찾고자 시도한다. 메타연극이란 쉽게 말해 '연극에 관한 연극'이란 뜻으로 극중극이 그 대표적인 구조이다. 〈통 ……〉 공연의 경우 막이 열리면 극중 연출가·작가 및 배우들이 연극(극중극)을 쓰고 연출하고 연기하는 이중적 구조로 구성되어 있다.

메타연극의 이중적 구조는 작가의 메시지 전달방식을 다양화시켜 단조로운 사실주의극 구조에 식상한 관객들에게 신선한 청량제로 작용할 수도 있다. 이 연극에서 극중 작가(김갑수 분)와 연출가(윤주상 분)의 대사는 연극과 관객의 본질문제에 관한 토론이 중심이다. 반면 극중극 장면은 잡지사 편집실과 통 뛰어넘기 도장 장면들로 구성된다. 이 연극의 핵심적 주제는 극중극 장면들을 통해 구체화되는데 잡지사 편집실에서 이루어지는 유명 연예인의 스캔들 조작과정을 통해 작가는 매스컴에 의한 상업적 대중신화의 조작을 풍자한다.

'통 뛰어넘기 도장'의 은유는 이러한 현대 한국인들의 삶의 모습에 관한 신랄한 풍자이다. 즉 좌절한 현대인, 환상이 필요한 현대 한국인들에게 1백45개의 통을 뛰어 넘었다는 통 뛰어넘기 스승을 조작하여, '불가능이란 없다'는 환상을 팔아서 치부하는 곳이 작가가 보는 현대 한국인들의 삶의 터전의 그 어떤 모습이요 실상이다. 그리고 이러한 구조적 '조작'원리의 심층적 동기는 상업주의인 것으로 작가는 분석한다. 이러한 조작된 현대신화의 세계에서 '진정한 의미'를 찾는 사람은 이름조차 '얼간이'로 등장한다. 작품 속에서 얼간이는 인류애를 추구하지만 작가의 자살로 끝장이 나고 만다.

종결부에서 갑작스러운 작가의 자살이 설득력 있는 해결책이었는지 수긍이 가지 않지만 윤주상 김갑수 연운경 전국환의 중견 캐스트진이 이루어내는 안정된 앙상블 연기가 이 공연의 수준을 유지시켜준다.

(뉴스메이커. 1993. 6. 20)

진지한 작가정신 엿보인 창작극들
— 〈등신과 머저리〉·〈상화와 상화〉

1. 스피디한 템포, 인간소외에 대한 날카로운 코멘트
〈등신과 머저리〉

우리의 좋은 창작들은 고도의 발달된 극작 테크놀로지로 세련된 형식
미를 갖춘 외국 연극(번역극)에 비해 표현 형식은 좀 거칠다 하더라도 우
리 민족의 얼을 소박하게 관객들에게 전해준다는 장점이 있다.

9월 본격 연극 시즌에 접어들면서 서울 연극제가 진행 중에 있다. 올
해 연극제에 참가한 창작극들은 지난 해 연극제 출품작들과 비교해 볼
때 예술적 수준이 눈에 띄게 향상되어 있다. 연극제 밖의 자유 참가공연
들 중 창작극들도 진지한 예술정신이 엿보인 작품들이 적지 않게 공연되
고 있어 상업주의와 벗는 연극이 화제가 되고 있는 우리의 연극마당에
예술적인 균형을 다행스럽게 유지시켜 준다.

그러면 표현형식이 다소 거칠거나 덜 효과적이라 해도 한국적 삶의 현
실에 대한 통찰력과 좀 더 나은 미래적 비전을 추구하는 치열한 작가정

신, 혹은 끊임없이 노력하는 진지한 작가정신이 작품의 중심적 에너지를 이루고 있는 몇 공연들을 살펴보자.

우선 조원석 작, 강유정 연출로 여인극장이 공연한 〈박사를 찾아서〉는 그 동안 작가가 끈질기게 계속 추구해왔던 조직 사회의 폭력과 그 속에서의 개인의 존재 및 자유라는 첨예한 갈등의 문제를 한층 높은 차원에서 다룬다. '거대한 사회·정치적 조직'과 '정신병동'으로 일반화되어 있는 극중의 배경은 이러한 조직 사회의 폭력 및 횡포가 우리 사회뿐만이 아닌 모든 조직 사회에 해당된다는 보편성의 의미를 확장시키는 한편, 사회 비판적으로 구체적인 메시지를 희석시키는 효과도 갖는다.

주인공 윤정섭은 거대한 사회 정치 범죄 조직에서 벗어나 자유로운 개인으로서의 삶을 살고자 하지만, 그에게 허락되는 것은 오로지 정신병자로 가장한 갇혀진 삶의 형식일 뿐이다. 윤정섭을 치료하는 젊은 정신과 의사 김박사는 의사의 권유로 이 거대한 사회범죄 조직에 대항하지만, 그 결과 그 자신마저 정신병동에 감금되고 그의 여자친구는 돌연 죽음을 당한다.

이 작품을 통해 조원석은 정신병원이 조직의 폭력에 대항하는 개인들을 합법적으로 말살하는 도구로서 어떻게 집권 세력의 앞잡이 노릇을 하는가를 푸코(Foucault)적인 관점을 통해 설득력 있게 그려 보인다. 그러나 김박사와 승혜로 구성되는 하부 플롯과 윤정섭을 다루는 중심 플롯의 연결이 피상적인 점이 아쉽고, 김박사가 윤정섭의 탈출을 돕는 모티프를 궁극적으로는 산업조직사회에 억압된 인간성 구출작전으로 그 의미를 심화·확대하였으면 하는 바램이 남는다.

확실히 '전체의 안정과 개인의 양심' 문제는 현대 사회에서 우리가 끊임없이 맞부딪쳐 싸워야 할 실존적 문제임에 틀림없고, 현대적 비극의 커다란 주제임은 두말 할 나위가 없다. 한국적 산업자본주의 사회와 인간 소외의 현실에 또 다른 새로운 코멘트를 제공하는 작품이 김상열 작, 김성노 연출로 공연중인 〈등신과 머저리〉다.

70년대 실재했던 강도 살인범 이종대와 문도석의 사건을 바탕으로 쓰여진 이 작품에서 작가는 작품의 초점을, 사회에서 소외당한 인간쓰레기로서 두 범인을 보는 사회적 시각과 범죄자의 인간적인 모습과 내면적 범행동기에 번갈아 맞춤으로서, 시각의 균형화를 꾀하고 있다. 사회 윤리와 개인 윤리라는 심각한 주제의 갈등에서 작가는 중립적 위치를 고수한다.

이 작품에서 작가는 두 주인공을 존엄성을 가진 인간에서 쓰레기로 타락·소외시킨 사회에 대한 신랄한 비판의식을 내세우면서도 두 주인공이 강도·살인범이라는 궁극적인 비윤리적 사실 때문에 산업자본주의 사회와 인간 소외라는 대주제를 설득력 있게 심화시키지 못한 것 같다.

이런 경우 흔히는 스토리 전개가 중심이 되기 쉬운 경향이 있는데, 연출은 작가의 비판적 시각을 희극적·비극적 감정 효과의 강조, 대조 및 대비, 인물의 캐리커처적 풍자 등의 수법을 적절히 사용하면서 공연의 스피디한 템포를 위주로 밀고 나가 관객의 흥미를 공연 내내 견지시킨다.

그러나 지나친 소극(笑劇) 효과의 강조나 인물의 희화화는 예를 들어 사회윤리를 대변하는 목사·교수 등의 인물들에 대한 일방적 차원의 풍자라든가, 피살해자 부인의 애도하는 모습에 대한 피상적 희화화는 공연이 갖는 관객 훈련이라는 사회적 역할의 관점에 고려해 볼 때, 이 공연이 궁극적으로 제시하고자 하는 '비인간화와 인간 소외'에 대한 비판이라는 대전제를 근본적으로 왜곡·해체시키는 모순을 안고 있다.

스토리 전개나 인물 풍자보다 인물의 내면 세계를 더욱 설득력 있게 펼쳤더라면 작품의 실존적 의미가 심화되었을 것 같다.

2. 시각화에 뛰어난 연출 보인 민중극단의 〈상화와 상화〉

끊임없이 노력하는 작가의 진지한 추구가 작품 속에서 구체화된 또 다른 공연이 김영무 작, 강영걸 연출의 〈탈속: 어느 구도자의 초상〉이다.

무봉과 진해라는 두 젊은 구도자의 구도의 길을 대비시키면 전개되는 플롯은 인간적 애욕의 문제, 존재적 근원의 문제, 해탈의 문제 등을 연결시켜 불교적 세계관과 그 진리에 이른 과정에 연루되는 인간적 갈등과 고뇌를 그려 보이고자 한다.

지난 1992년 봄 공연 때는, 한 신문기자가 무봉 스님에 관한 스캔들을 추적하는 형사사건 스토리로 중심 플롯을 설정하여 구도의 과정이 지니는 철학적 · 종교적 의미를 약화시켰던 반면, 이번 공연은 형사실 수사 플롯을 제거하고 구도의 길에 초점을 두어 작품의 주제를 강화시켰다. 그러나 두 젊은 구도자의 각기 다른 구도 방식, 즉 하나는 해체적인 구도의 길을 택하고, 또 다른 하나는 전통적 구도의 길을 택하는 것을 더욱 대비 · 심화시켜 이야기를 풀어갔으면 극적 설득력이 더 했을 듯싶다.

그 외에 작가가 작품 속에서 제시는 하고 있으나 효과적으로 발전시키지 못한 소주제들, 즉 신문기자의 감화 과정, 무봉과 그 아내의 가정생활과 결별의 문제, 어머니와 얽힌 존재론적 의미, 노스님으로부터의 계승 문제 등이 좀 더 유기적으로 정리 · 발전되었으면 한다. 다양한 높낮이와 연기 장소를 설정하고 노래 · 춤 등을 채용, 공연의 단조로움을 극복하고 있는 것도 이 공연의 연출의 특징이라 하겠다.

우리 창작극의 극작 테크놀로지와 연출의 전반적 수준에 비추어 볼 때, 이 양 측면 모두 상당한 예술적 수준을 성취, 오랜만에 조화로운 유기적 밸런스를 이루고 있는 작품이 최현묵 작, 박계배 연출로 민중극단이 공연한 〈상화와 상화〉다. 일제 식민시대 저항 민족시인 이상화의 예술적 성장

극단민중 〈상화와 상화〉 박계배 연출

을 그리고 있는 이
작품은, 시인의 내
면세계의 성장에 초
점을 맞추고 있는
것이 특색이다.

시인의 퇴폐적 탐
미적 시인으로서의
자아와 혁명적 민족
시인으로서의 대체
적 자아(alter ego) 사
이의 갈등과 대화의

과정을 축으로 플롯을 전개하고 있는 이 작품은 서사극적 기법과 프로이
트적 시각을 통합적으로 채용하고 있는 것이 흥미롭다. 시인의 자아완성
과정 단계로서 시 습작의 구체적 장면이 삽입되었더라면 더욱 효과적이
었을 것 같다.

박계배는 시각화에 뛰어난 연출을 구사했다. 회전무대 위의 다층적 무
대 구조물의 사용을 기조로 복합적인 다각조명 플랜의 기능적 구사, 피아
노 음악·마임·무용 등을 통한 총체적 공연성의 강조는 원작의 서사극
적 구조를 효과적으로 무대화하는 데 적합했다. 그러나 몇 장면, 예를 들
어 관동 대지진시 한국인 학살 장면 후 한 바보 남자와 그 딸의 유희장
면이라든가, 창을 배경음악으로 처리한 한두 장면 등은 공연의 유기적 효
과에 그다지 기여를 못하는 듯하다.

이상에서 간략히 살펴본 창작극들은 진지한 작가정신을 통해 우리의
연극마당에 예술적 건강함을 유지시켜주는 작품들이라 해도 과언이 아니
다.

번역극 공연으로 프랑스 연출가를 초청하여 기대를 모았던 국립극단의

〈앙드로마끄〉는 프랑스 고전작가 라신느의 작품이긴 하지만, 희랍 비극의 한국적 무대화가 난제임을 다시 한번 입증했다. 희랍적 운문율의 대사를 우리말의 감각을 모르는 외국 연출가가 운율의 차이를 조정, 고전적 서정미를 창조하기란 쉬운 작업이 아니었을 것으로 생각된다.

(객석. 1993. 10.)

'진지한 예술정신이 되살아난 1993 서울 연극제'

제17회 올해 서울 연극제가 모두 끝났다. 공식 해외 초청공연인 프랑스 발라뚬 극단의 〈매일 만나기에 우리는 너무나 사랑했었다〉 공연만을 남겨두고. 올해 연극제를 본 사람이면 누구나 거의 동감하는 사실이 있다. 근래, 특히 작년 연극제가 행사 위주로 치러진 감 때문에 적지 않은 우려를 자아냈던 사실에 견주어 볼 때, 올해 연극제는 공식 참가작들만을 놓고 보더라도 진지한 예술적 추구의 정신이— 효과적인 무대 언어로 구체화되었는가의 문제를 차지하고라도— 거의 모든 참가 작품에서 뚜렷이 반영되었다는 점에서 다행스럽고, 서울 연극제의 긍지를 재확인 시켜준다.

공식 참가 작품 외에 자유 참가공연제도와 서울 티켓을 통한 관객지원제도가 작년에 이어 계속 견지되고 있어 문화 선진국들의 연극제 운영 형식을 긍정적으로 수용하려는 노력도 보여주었다. 다만 아쉬운 점이라면, 여느 해와 마찬가지로 관객 동원 문제가 아직도 더욱 힘써야 할 문제로 남아있다.

한 해 연극계의 하이라이트인 서울 연극제의 주요 관건은 역시 우수 창작극의 활성화 및 발굴 문제이다. 이 점에서도 올 연극제는 작년에 대비하여 공식 참가공연들의 전반적인 수준 향상을 보여 주었다. 그러면 참가공연들을 간략히 살펴보자.

윤대성 작, 손진책 연출로 극단 미추가 재공연했던 〈남사당의 하늘〉은 우리 고유의 민중적 연희전통을 남사당 패거리의 집단적 삶을 통해 재구성한 작품으로 줄거리가 극적으로 흥미로운 장점을 갖고 있다. 초연시 몇 장면에서 어색했던 동작들을 재구성하는 등 손진책의 치밀한 연출력과 끈질긴 예술 추구의 정신은 공연에서 거의 나무랄 데 없는 예술적 질서감을 창조했다.

다만 희곡 텍스트에서 플롯 전개가 확실치 않았던 점은 바우덕이가 남사당 패거리의 꼭두쇠가 되는 시점에서부터 그녀의 여성적 지도자 역할이 구체화되지 않은 채, 마지막 장면에서 도련님 때문에 줄에서 떨어져 죽는 장면으로 이어지는 구성이다. 이러한 문제는 결국 이 공연의 주제적 초점이 바우덕이라는 남사당 여성이냐 아니면 남사당 패거리 전체의 역사적 삶의 구조냐 하는 문제와도 연관이 된다 하겠다.

조원석 작, 강유정 연출로 여인극장이 공연한 〈박사를 찾아서〉 역시 치열한 작가의식을 보여준다. 전체의 안정과 개인의 자유 의지간의 첨예한 갈등의 문제를 푸코(Foucault)적인 관점에서 끈질기게 추구하고 있는 이 작품은 윤정섭과 정신과 의사를 중심으로 하는 중심 플롯과 이승애와 의사가 구성하는 하부 플롯 사이에 극적 연결이 구체적이지 못하고 이승애의 역할이나 죽음에 설득력이 없다. 정신과 의사의 윤정섭 탈출작전이라든가 거대 조직에 대한 항거 작전에 더욱 구체적인 동기성과 극적 액션을— 예를 들면, 인간성 구조라는 이념적 동기 등— 부여했더라면 이야기가 더욱 설득력이 있었을 것 같다.

김영무 작, 강영걸 연출로 극단 민예가 공연한 〈탈속〉 역시 노력하는 작가정신을 여실히 보여주었다. 두 불교 구도자의 구도의 길과 인간적 고뇌를 다루는 이 공연은 초연시의 기본극 구조인 수사극적 전개를 삭제함으로서 불교적 구도의 길이라는 주제를 강화시켰다. 그러나 다른 두 구도의 방식을 더욱 극적으로 대비시키고, 무봉이 가정을 버린 내면적인 동기, 그와 아내, 그와 어머니의 관계를 더욱 구체적으로 부각하여 극적 설득력을 강화시킬 수 있었을 것으로 생각된다.

최현묵 작, 박계배 연출로 민중 극단이 공연한 〈상화와 상화〉는 민족 시인 이상화의 내면 성장의 이야기를 프로이트적 관점을 채용, 자아(ego)와 대체적 자아(alter ego)의 이중적 정체를 설정하고 삽화적 장면 구성과 서사극적 기법을 효과적으로 채용, 이끌어간 작품이다. 시인의 자아 완성의 과정이 시 습작과 구체적 시 완성의 결실로 더욱 구체화되었더라면 주제적 설득력이 배가되었을 것 같다.

연출의 박계배는 빠른 장면 전환, 적절한 템포감과 음악 삽입, 효과적 다각 조명 플랜의 사용, 무대 구조물의 효과적 구사 등 시각화에 뛰어난 입체적 연출을 구사했다. 아쉬운 점이라면, 극중 음악이 한결같이 무겁고 슬픈 가락으로서 음악 연출에서도 감성적 다양성을 고려했으면 한다. 또한 몇 장면, 예를 들어 두 상화가 대화를 하는 장면의 배경 음악을 창으로 처리했다든지, 관동 대지진 학살 후, 한 바보 아버지와 아이의 놀이장면 등은 어색한 점도 없지 않았다.

오태석 작·연출로 극단 목화가 공연한 〈백마강 달밤에〉는 대동제라는 구조적 틀을 기본으로 여러 가지 모티프를 펼쳐 놓는다. 저승사자의 모티프, 의자왕의 모티프, 광대의 모티프, 금화와 순단의 모티프 등등, 그리고 이러한 모티프들은 각기 다른 층위에서 액션을 전개시킨다.

이 공연은 그 플롯 및 인물 구성, 이를 전개시키는 시각이 해체적 패러디의 시각으로 무대 위 장면들은 오태석 특유의 놀이감각에 의한 무대 기호들의 조작이다. 그러나 대동제라는 외양적 틀만으로는 각기 다양한 층위의 모티프들을 정당화시켜줄 내재적 예술적 논리가 되지 못한다. 이런 점에서 형식 실험적 긍정적 의미는 있을지언정, 그 실현성의 의미를 심화시켜주는 대전제가 미약하다 하겠다.

김상열 작·연출로 극단 신시가 공연한 〈희미한 옛사랑의 그림자〉는 주인공 백민우가 거제도 포로수용소에서 이념의 차이로 희생당한 동생 민철의 죽음을 추적하는 형사극적 플롯을 취한다. 수사극 구조에 능한 김상열은 흥미롭게 한 단계씩 사건 모를 밝혀감으로서, 궁극적으로는 과거 청산의 주제로까지 승화시키고자 하지만, 과거 청산의 모티프는 극중에서 설득력 있게 구체화되지 못하고 모호하게 끝나고 말았다. 무엇보다도 〈희미한 옛사랑……〉의 가요가 시대적 의미를 지닐지는 몰라도 작품의 기본 정서와는 별로 어울리지 않는 듯하다.

이경식 작, 문고헌 연출의 〈춤추는 시간여행〉 역시 과거 청산에 대한 작가의 심각한 의식이 효과적인 무대 언어로 구체화되지 못한 경우다. 무엇보다도, 인간존재의 갇힌 상황에 대한 은유로 사용되는 순환 플롯 구조에 광주사태의 희생자에 관한 사회적 비판과 속죄의 주제를 엮어놓은 구성은 무대 위에서 주제적 초점을 흐려놓았다. 또한 통일성이 없이 서구 음악, 창, 굿 장면의 음향효과 등 시시때때로 사용된 배경 음악이 작품의 주제적 정서를 더욱 모호하게 만든다.

이번 연극제 참가작들의 전반적인 경향은 치닫는 상업주의와 피상적 감각주의 경향 속에서도 진지한 예술 추구의 정신이 건재함을 재확인시켜주었다는 점에서 그 의미를 찾아볼 수 있겠다.

(예술세계. 1993. 11.)

워크숍 공연과 〈폭풍의 바다〉

대중 소극장의 확산과 이에 편승한 상업주의의 난무로 정체불명의 오락성 공연이 대학로 뒷골목 극장가를 휩쓸고 대중 관객에게 '연극 정신'을 혼란시키고 있는 요즈음, 순수한 연극 혼을 향한 추구는 아직도 건재하고 있음을 확인시켜준 한 공연이 있다.

극단 전망이 강용준 작, 심재찬 연출로 무대화한 〈폭풍의 바다〉는 한국연극협회 극작분과가 주관하는 '창작극 개발 프로그램'을 통하여 여러 번의 개작과 워크숍 공연을 거친 후 탄생된 작품이다. 이 공연의 특징이라면, 워크숍 공연에서 보였던 극작적인 취약점들이 작가와 지도 작가(윤대성) 및 연출가 삼인의 끊임없는 노력을 통해 대폭 수정, 보완되어 탄탄한 전통 사실주의 극 구조를 갖춘 공연으로 나타났다는 점이다.

4·3사태 등 제주도의 지역사를 배경으로 끈질긴 한 여인의 삶과 그녀가 일구어낸 모성중심의 문화를 그리고 있는 이 작품은 궁극적으로는 모성의 의미를 바다라는 상징을 통해 대자연의 차원까지 확대 승화시킴으로서 모계중심의 제주도의 향토적 문화의 주재는 보편적 차원까지 의미가 확대된다.

극의 구성을 좀 더 구체적으로 살펴보자.

'해녀 식당'을 운영하며 살아가는 경자 여인에게 어느 날 재일 교포이자 옛 애인인 손성민이 아들 진규를 데리고 나타난다. 그리고 이들 부자는 관광 가이드를 하는 경자 여인의 둘째딸 윤선에 의해 "해녀 식당"으로 안내되고 이 집에서 숙박하기에 이른다. 이와 같이 이야기의 발단 부분만 보아도 이 극의 줄거리는 전통 사실주의 극의 정형적 구조인 '잘 짜여진 플롯' 구성을 보여준다.

이후의 계속되는 이야기의 흐름을 통해 작가는 손성민과 주인공 경자 여인의 과거, 즉 서로 사랑했지만 좌익폭도로 몰린 남동생을 구하기 위해 당시 서북청년단장이었던 최순탁과 결혼하게 된 사연이 밝혀지고, 경자의 첫딸 윤정의 이혼 배경, 최순탁에 의한 성폭행 사실, 그리고 결국은 윤정이 손성민의 딸임이 밝혀진다. 이와 함께 최순탁과 아들 윤수가 윤정을 이 집안에서 제거하기 위해 꾸몄던 음모 및 정치적 야심을 못 버리는 두 부자가 해녀 식당을 탐내고 꾸미는 책략 등등이 하나씩 하나씩 적절한 시기에 폭로됨으로서 대사 위주의 전통 사실주의 극 진행이 가질 수 있는 지루함을 막아준다.

또한 인물들의 성격 역시 상당히 치밀하게 구성되어 있다. 우선 출세를 위하여 자신을 버린 남편 최순탁을 더 이상 증오하지 않고 오히려 연민과 관조의 태도로 대하는 경자 여인의 체념을 초월한 포용의 단계에 이르는 모성과 이를 희생과 체념의 삶이라고 반발, 거부하는 윤정, 윤선 두 딸의 성격 대비라든가, 의붓아버지에게 성폭행을 당하고, 음모에 밀려 결혼했다가 이혼 당한 윤정의 도전적이고 냉소적인 성격과 어머니의 삶이 주는 교훈을 통해 독립적인 삶을 살아야겠다고 결심하고 열심히 관광 가이드로서 자신의 캐리어를 추구하지만, 독립심과는 반대되게 마음이 여린 윤선의 성격 대비. 사랑에 배반당하고 마음을 가눌 길이 없어 좌익 사상에 몰두했던 이상주의 지향형의 손성민과, 수단과 방법을 가리지 않고 세속적 성공을 추구하는 현실주의자 최순탁의 성격 대비 등은 이 극의 갈등 구조를 구체화하는 상당히 효과적인 짜임새를 보여준다.

또한 플롯을 추진시키는 극적 갈등은 이상에서 말한 주요 인물들을 서로 각각 대면시킴으로서 창조되는데, 작가의 치밀한 구상은 무대 위의 어느 한 인물도 자신의 역할을 충실히 수행함이 없이는 존재하지 않도록 한다. 예를 들어 라디오 장수나 식당의 일하는 아줌마는 무거운 극 분위기에 약간의 희극적 터치를 첨가함으로서 극의 정서적 효과를 다양화시킨다.

이 공연은 우리 연극에서 그렇게도 쉽게 오랫동안 말해왔던, 그러면서도 쉽게 성취할 수 없었던 전통 사실주의 극작술의 탄탄한 완성도를 보여준다. 또한 탄탄히 잘 짜여진 플롯의 전통사실주의 극이 주는 그 나름대로의 묘미는 사이비 실험정신이나 부문별, 무정형의 비사실주의 공연이 판을 치는 이 시대에도 여전히 살아있음을 상기시켜 주었다.

이 작품에 거는 더 큰 바램이라면 극의 줄거리의 중심이 결국은 경자 여인과 두 딸들로 구성되는 여성문화임을 감안할 때, 또한 제주도의 향토문화가 본토의 가부장 문화와는 대조적으로 모계중심 문화임을 감안할 때, 또한 경자 여인의 모성이 바다라는 대자연의 상징과 연계되어 있음을 감안할 때, 모성의 주제를 대자연 혹은 우주적 차원의 의미까지 더욱 심화 부각시켰더라면 우리의 제주도적 향토색과 더불어 세계주의적인 보편성 및 설득력을 더했을 것 같다.

특히 인상적이었던 점은 작가가 그려 보이는 모계 전승의 주제로서 여기에서 모녀관계는 동일화와 개별화의 심리적 양면 갈등관계를 거쳐 결국은 딸들의 성숙단계로 이어지는 문화의 한 방식으로서 최근 페미니즘 문학의 열띤 주제가 되고 있는 문제이기도하다. 흥미롭게도 경자 여인은 최순탁과 아들이 그렇게도 노리던 해녀 식당을 큰 딸 윤정에게 상속하고, 손성민 역시 자신의 땅을 윤정에게 상속함으로서 극중 모계 전승의 문화

전통은 완결된다.

　다만 온갖 인고의 세월을 통해 지켜오던 해녀 식당과 자신의 삶의 터전인 바닷가를 버리고 만추의 나이의 노 해녀 경자가 "인간 세상에 가봐야겠다"며 손성민을 따라 나서는 결말은, 그녀의 내면적 성숙과 삶에 대한 새로운 도전이라는 차원에 대한 하나의 상징적 기표로 해석할 수 있다 할지라도, 한국 문화, 제주도 문화와 노년기에 접어든 한국 여인의 삶의 모습이라는 현실적 차원에서 볼 때는 설득력이 약한 것도 사실이다.

　심재찬의 완만하지만, 꾸준한 사실주의 연출기량의 향상은 원작에서 보여주는 작가 자신과 지도 작가(윤대성)의 성실함과 어울려 무대 위에 좋은 조화를 창조했다. 무대적 시각화의 측면에서 바램이 있다면 모성을 상징하는 바다, 바위 문, 이어도 등에 대한 일련의 은유들을 무대에서 어떤 방법으로든지 그 분위기를 구체화했더라면 하는 것이었다.

(예술세계. 1994. 3.)

다양한 연출기법, 호소력은 미흡

─〈비닐하우스〉

반쯤 돌아버린 듯한 이 세상에서 그나마 최소한의 균형감을 유지하며 생존하는 길은 '웃어넘기는 일'뿐이다. 그것도 '차갑게' 말이다. 냉소적 유머감각, 이것이 바로 연극 〈비닐하우스〉에서 보여지는 작가 오태석과 연출 이윤택 세계관의 공통적인 특징인 듯하다. 작가의 냉소주의가 관념적 희극성을 이루고 있다면 연출가의 그것은 무대를 통해 사실적 놀이로 구체화된다.

무대 위에 펼쳐지는 세계는 포스트모던한 미셸 푸코적인 세계이다. "비상시에 대비, 국가를 위해 헌혈한다."는 대의명분(담론)에 획일적으로 순응한 시민들이 스스로 헌혈병동을 찾아든다. 하지만 이곳에 일단 들어오면 시민들은 자의대로 나갈 수 없다. 이 비닐하우스 병동 안은 조직세계 나름의 질서와 규칙을 지키지 않으면 지하실로 격리되는 '벌'을 받게 된다. 이 조직 속에서 개개인은 일정량의 피를 정기적으로 생산해내야 하는 '헌혈기계'로 전락해간다. 이 헌혈병동의 이야기는 푸코가 말하는 후기산업사회에서 지배계층이 어떻게 자기들에게 유리한 담론을 만들고 피지배계층을 종속시키며, 착취를 위해 어떻게 '처벌'의 기계를 사용하며 질서를 장악하는가를 보여주는 하나의 극적 은유인 셈이다.

작가가 작품세계의 사회적·문화적 배경을 구체적으로 묘사함으로서 관념적 장면들에 대한 의미창출의 발판을 마련해주고 있다면 연출은 배경적 요소를 과감히 삭제해 각 장면들의 사실주의적 상황성과 놀이성을 강조, '장면 만들기'에 전력한다. 연출가는 실제로 이 장면 만들기에서 상당한 기지를 발휘했다. 장면진행에서 보여주는 정확한 템포감, 희비극적 감정의 능란한 교차적 운용, 장면의 내용들과 역설적인 대비를 이루는 클래식 배경음악을 사용한 냉소적 감각, 이러한 연출의 덕으로 관객들은 난해한 주제를 지루해 하지 않고 극을 즐길 수 있었다.

그러나 시트콤을 연상시키는 코믹효과의 강조는 오히려 이 작품에 비효율성을 초래할 위험을 내포했다. "조직사회의 폭력과 무력한 개인"이라는 심각한 주제가 희화화될 수 있는 것이다. 이는 '청과상'(김세동 扮)의 인물설정에 대한 일관성의 결여로 나타났다. 비인간적인 조직세계에 나타난 그는 생물을 다루는 직업을 가진, 이 세계에선 유일하게 살아있는 인간성의 상징으로 설정됐으나 결국 체제의 위압에 굴복하고 만다. 여 간호원 역시 체제 안에서 인간성에 대한 일말의 가능성을 타진하고 있으나 캐릭터가 부각되지 못한 채 겉돌고 말았다. 비닐하우스가 붕괴되는 마지막 장면 역시 우연성이 강조된다. 청과상과 어린아이가 살아남는 극적 장면의 의미가 해방과 희망으로 받아들이기에는 왠지 혼란스러운 것이었다.

결국 폭력적 조직질서 위의 인간주의의 승리라는 이 작품의 주제는 연출의 다양한 시도에도 불구, 강력한 호소력을 발산하지 못한 듯하다.

(문화일보. 1994. 9. 13)

"서구 연극 무대에서도 무작정 벗기는 시대는 지났다"

요즘 〈미란다〉, 〈다까포〉 등 소위 벗기는 연극들이 연극계 내부는 물론, 문화·예술계 전반, 나아가선 일반 국민들 사이에서도 큰 화제거리가 되고 있다. 실제로 예술·외설 시비는 1988년 이후 우리 사회의 성 개방 풍조가 확산되면서 끊임없이 논란이 돼왔던 문제이기도 하다.

1988년에 공연된 〈매춘〉의 외설 시비로 연극계가 표현의 자유를 주장하고 나섬으로서 공연 사전검열제가 폐지되었을 때, 필자는 〈표현의 자유/표현의 자율〉(한국연극 1988.2)이라는 글에서 이미 표현의 자유를 옹호하면서, 동시에 우리연극계가 이를 남용하지 않을 만큼의 성숙된 자율성을 확보해야 함을 강조한 바 있다. 그 이후 연극계는 대중관객의 증가로 대학로 뒷골목에 수많은 소극장들이 늘어났고, 이러한 소극장 공연들은 주로 대중관객을 위해 예술성보다는 감각적 측면이나 오락성이 강한 공연들을 선호함으로서 강한 상업주의적 성향을 보이고 있다 .결국 요즘의 연극 공연 외설시비는 이러한 연극계의 상업화경향, 소극장의 증가 및 성개방풍조의 세 요소가 빚어낸 결과라 할 수 있다.

그러면 작금의 연극공연 외설시비에서 도대체 무엇이 문제인가.

역설적으로 "표현의 자유"라는 말은 법적 제재를 포함한 모든 반대 의견들을 침묵시킬 수 있는 대단히 강력한 무기가 되고 있다. 그러나 "표현의 자유"라는 말을 좀 더 면밀히 분석해 볼 필요가 있다. 과연 누구를 위한, 또 무엇을 위한 표현의 자유인가.

최근 외설시비의 핵심도 따지고 보면 무대 위에서 여성의 몸을 지나치게 벗긴다는데 있다. 그리고 그 의미는 여성의 몸을 상품화하고, 나아가서 여성을 남성의 성적욕구를 충족시키기 위한 대상물 내지는 노리갯감으로 비인격화, 비인간화시킨다는데 있다.

우리보다 이러한 문제에 있어 더 많은 경험과 전문적 대처 방안을 가지고 있는 서구 문화선진국에서는 위와 같은 이유에서 그러한 행위를 "포르노"라고 규정짓고, 그것은 여성의 인권침해이며 성폭력이라고 간주함으로서, 무대 위의 포르노 행위를 법적으로 규제하는 정당한 근거로 삼고 있다. 여성의 벗은 몸과 관련된 외설시비를 정당하게 논하기 위해서는 '여성 중심의 관점'이 필연적으로 전제되지 않으면 여성의 몸을 보호할 근거가 마련되지 않는다는 점에서 서구 문화선진국들의 경험은 우리에게 좋은 모델을 제시해 준다.

포르노의 문제는 미국의 경우에도 끊임없는 논란의 대상이 되고 있는 문제로 한 예를 들면, 아메리카誌 1991년 8월호는 "포르노는 표현의 자유인가?"라는 기사에서 미국의 대법원은 외설은 표현의 자유를 규정한 미국 헌법 제1조에 의해 보호받을 수 없다는 판결 결과와 함께 "외설을 적극적으로 반대하는 일은 검열이 아니다"라는 기사를 싣고 있다. 이 기사는 동시에 외설에 관한 법적 조항은 '당대의 시민 사회의 기준'을 바탕으로 마련되어야 하며, 법적으로 포르노를 막기 위한 노력은 언론들의 도덕적 책임의식, 비영리적, 종교 단체 및 시민 단체들에 의해 공동으로 실천돼야 한다고 강조한다.

서구 문화선진국의 경우, 에로티시즘·외설·포르노에 대한 세분화된 정의를 바탕으로 전문적인 대처 방안을 강구하고 있는데, 미국의 유명한 여성운동가 글로리아 스타이넴은 에로티시즘과 포르노의 차이를 여성학적 차원에서 다음과 같이 구분한다. 즉, 에로티시즘이 두 인격체간에 상호 존중을 바탕으로 한 '사랑'의 나눔을 의미한다면, 포르노는 '공창'이라는 말에 기원을 둔 단어로서 남성과 여성간의 힘의 관계, 즉 힘의 우열에 의한 지배와 피지배 관계를 말하는 것으로 '사랑'과는 무관한 개념이다.

또 일반인들이 생각하고 있는 것과는 달리 서구 문화선진국에서는 표현의 자유라는 미명하에 성에 관한 모든 남용적 행위를 방조하는 대신, 나라의 건전한 시민정서를 유지시키기 위해 필요시에는 적절한 제재를 강구하기도 한다. 실제로 미국의 존슨 대통령은 1980년대에 이미 이 문제에 대처하기 위해 대통령 직속으로 '외설과 포르노에 관한 위원회'를 설치하여 이러한 행위들에 관한 사회학적·심리적·여성학적·법률적 영향에 관한 다각도의 연구를 토대로 전문적 대처방안을 마련했고, 레이건과 부시 대통령은 '포르노 전쟁'을 선포하여 국가 사회의 건전한 정서를 보호, 육성코자 했다.

이러한 사실들을 볼 때, 우리는 각 나라들이 표현의 자유를 개방하면서도 그것이 건전한 당대의 시민 정서에 해악이 된다고 판단될 때는 가차없이 제재를 가할 수 있는 또 다른 자유도 허용하고 있음을 알 수 있다.

작금에 우리 무대에서 일고 있는 외설시비의 경우 〈미란다〉는 전라의 노출 문제 이전에 공연의 예술적 질이 의심스러우며, 〈다까포〉의 경우 '환경 연극'이라는 실험적 성격을 내세우고 있으나, 유감스럽게도 예술적 실험성이 작품 전체의 유기적 구성을 통해 구현되고 있지 못하다. 서구연극무대에서 여성의 몸을 벗겨 관객의 눈요기나 상업주의적 동기로 팔던 시절은 물러간 지 이미 오래다. 지금 지구촌 문화계에서는 이런 말들을 하고 있다. "한 나라의 문화 성숙의 척도는 그 사회가 여성들을 어떻게 대우하는가를 보면 알 수 있다"고.

(주간조선. 1994. 8. 11.)

적절한 템포감, 수준급 연출

― 〈바라나시〉

한국인의 삶을 세계 속으로 확장시켜, 그 의미를 부각해보는 작업을 〈애니깽〉 등의 작품을 통해 추구해온 작가 김상렬은 이번 서울 연극제 공식참가 작품 〈바라나시〉에서도 그러한 작업을 계속하고 있다.

유명 여배우 유정애는 김수로왕의 비 〈허씨 부인〉영화를 촬영하던 도중, 묘령의 남자로부터 일종의 협박을 받게 된다. 그 남자는 그녀의 딸이라며 한 여자아이의 사진을 내놓고 딸을 찾으라고 한다. 미혼의 인기 여배우에게 사생아가 있다는 소문이 퍼지고 유정애는 찍던 영화의 배역을 빼앗긴다. 극한의 정신적 혼란에 빠진 그녀는 정신과 의사를 찾게 된다. 이어 유정애의 과거 낙태 사실이 밝혀지면서 그녀는 죄의식이 지나친 나머지 사진 속의 소녀를 자신의 딸이라 믿기에 이른다. 결국 이 사건은 영화를 홍보하려는 영화사측의 조작극이었음이 밝혀지지만 유정애는 역시 불타죽은 자식에 대한 죄의식으로 정신병에 걸린 한 남자를 만나게 되고, 둘은 딸 유란을 찾아 인도의 바라나시까지 가게 된다. 그곳에서 남자는 풍토병에 걸려 죽고, 유정애는 끝 장면에서 시체를 태우면서 "유란이를 만났다"고 중얼거린다.

간략히 서술한 바와 같이 이 공연의 진행 방식은 주로 '이야기하기'(Storytelling)의 서술 구조가 강조되어 있다. 그리고 주인공 유정애의 이야기는 통시적 직선구조로 진행되어 내용적으로 보면 몇 가지 단계로 나누어진다.

우선 유정애의 미혼모 조작과 배역을 빼앗기는 단계, 정신병원에서 죄의식이 드러나 유란을 자신의 딸이라고 믿고 어머니로 변신해 딸을 찾아나서는 심리적 정체성의 변화 단계, 그리고 딸에 대한 추구가 영혼의 진리 추구로 승화되는 세 단계로 크게 나누어진다. 동시에 이에 따른 많은 소주제들이 옴니버스 형식으로 엮어져 있다. 작가는 이러한 소주제들을 작품 속에 구체화하는 과정에서 복합적 시각을 풀어놓는다. 즉, 유정애의 낙태에 대한 죄의식이 정신과의사의 시각에서 의식/무의식의 차원으로 해석이 되는가 하면, 이 작품 전체를 지배하는 현실/착각(미망)의 불교적 관점도 제시된다. 또한 유정애가 배우로서의 삶을 포기하고 딸을 찾아 나서는 일을 정신의학적으로 모성회복을 통한 '현실과 타협'이라는 시각이 주어짐과 동시에 현실/미망의 불교적 세계관 속의 영적 진리추구라는 시각도 겹쳐진다.

이 세 단계의 여정을 거치면서 작품은 주제의 초점이 흐려졌고, 잡다한 사건들과 복잡한 심리적 기제를 다루는 과정에서 죄의식과 모성의 동일화 등 논리적 비약이 있어 극적 설득력을 잃고 있다.

그러나 '바라나시'라는 은유를 통해 우리의 삶/죽음의 의미를 되새겨 보고자하는 작가의 진지한 예술적 의도와 노력은 높이 살 만하며, 장면 진행에서 인도 춤, 시체 소각 장면 등 흥미로운 볼거리를 적절한 템포 감으로 구사, 흥미로운 무대적 그림을 제공한 연출은 수준급이라고 생각된다.

(문화일보. 1994. 9. 28)

뮤지컬 〈지저스 크라이스트 슈퍼스타〉

　외국 극단이 내한, 공연하는 뮤지컬이 우리 나라 관객들에게 폭발적인 인기를 끌고 있다. 지난 봄 영국의 RUC극단이 공연한 〈캣츠〉와 이번 일본의 극단 사계의 〈지저스 크라이스트 슈퍼스타〉(아사리 케이타 연출)가 이를 입증해준다. 일본 극단 사계의 이번 〈슈퍼스타〉 공연은 '94 일본 문화 통신사 사업'의 일환으로 한·일간 연극문화 교류를 위한 비사업적 명분을 내걸었다. 단지 3일만 공연되었을 뿐인데도 불구하고, 영국 〈캣츠〉의 경우와는 또 다른 의미에서 한국의 대중 관객을 완전히 사로잡는 마력을 발휘했다 해도 과언은 아닐 것이다. 연극을 애호한다는 한 중년의 고급 관객은, "극장문을 열고 무대장치를 보는 순간 완전히 압도되고 말았다."고 말했다. 일본판 서양 뮤지컬, 그것도 30여 년이나 지난 작품의 그 무엇이 우리의 관객을 이렇게 사로잡은 것일까?

　실제로 서양의 오리지널 뮤지컬은 서구 후기 산업자본주의 사회가 자랑하는 고품질의 대중오락 공연이다. 그러나 같은 작품이라 하더라도 일본판 서양 뮤지컬과 오리지널 서양 뮤지컬은 여러 가지 면에서 다르다.

각색이나 편곡, 무대 장치와 연기에서조차 일본식 공연문화가 가미된다. 이러한 점은 이번 〈슈퍼스타〉 내한공연의 경우도 마찬가지다. 우선 서구 오리지널 뮤지컬의 특징들과 일본판 〈슈퍼스타〉 공연을 비교하기 전에 우리 나라의 일반적 뮤지컬 공연수준과 비교해 봄이 균형 있는 전체적 시각을 얻는 데 도움이 될 것 같다.

이번 〈슈퍼스타〉 공연은 그 예술적 질을 전체적으로 평가할 때, 브로드웨이나 런던의 웨스트엔드에서 공연되는 오리지널 뮤지컬들이 보여주는 예술적 세련미와 총체적 하모니에 매우 근접하고 있다고 할 수 있다. 마치 일본의 기타 다른 대중문화가 작금의 서구 수준을 거의 완벽하게 모방하듯이 말이다. 우리의 번역된 서구 뮤지컬 공연들이 연기·가창력·무대술 등 여러 가지 공연 차원에서 전문적 수준의 예술적 균형감을 이루지 못하고 난삽한 공연을 관객들에게 무책임하게 선사하고 있는 상황과는 천양지차다.

극단 사계가 보여준 집단 율동의 예술적 조화, 개개인 배우들의 안정된 음정과 고른 가창력 수준은 오랜 기간에 걸친 전문적 훈련 및 그것을 뒷받침하는 자본력 없이는 이루어낼 수 없는 것이었다. 우리의 뮤지컬 공연이 훈련된 전문 뮤지컬 배우가 없는 열악한 상황에서 유명스타를 기용하여, 공연의 다른 예술적 조건은 제쳐놓고 그 한두 스타에 의존, 공연의 상업적 성공을 이끌어 내는 것과는 좋은 대비가 된다. 사실 공연의 총체적 예술적 하모니와 연기의 앙상블 대신 한두 명의 스타에 공연의 성패를 거는 방식은 누구나 훈련에 의해 직업배우가 될 수 있다는 서구 후기 산업사회의 연극문화풍토와는 매우 거리가 먼 구시대적, 비전문적 연기 및 공연 개념의 잔재라고 해도 과언이 아니다.

이번 〈슈퍼스타〉 공연에서 특히 눈에 띄었던 점은 복합 색조의 고차원적 조명 플랜과 뛰어난 음향기술이었다고 기억된다.

그러나 사계의 이번 공연이 우리 관객이 경악하듯이 그렇게 완벽한 경지에 이른 것만은 아니다. 우선, 국립극장의 액자무대를 장면 변화 없이 구사했다는 점이다. 오케스트라가 연주하는 생음악 대신, 녹음 음악을 사용함으로서 서양 뮤지컬의 특징인 다이내믹한 무대와 뮤지컬의 생명이라 할 수 있는 감동적인 음악성을 성취하지 못했다. 이번 일본판 뮤지컬의 무대는 결과적으로 일본적 공연의 일반적 특징인 단조롭고 정적인 무대를 구사했다. 또한 예수의 일생을 극화한 이 뮤지컬은 60년대 말 서양에서 해체적 시각이 부상하면서 예수의 일생을 '새롭게 보기'의 시각에서 다시 쓴 작품이다. 전통적 시각에서 구원자로 그려지던 예수는 인간적 차원으로 끌어내려져서 심리적 갈등, 존재론적 회의로 가득한 너무도 인간적인 모습으로 그려지고, 무조건 악인으로만 여겨져 왔던 유다의 모습도 인간적인 동기성을 부여, 나름대로의 설득력이 주어진다. 십자가에 못 박히는 장면에서 자신의 삶을 돌아보며 갈등하고 회의하는 예수의 모습은 이 공연의 압권으로, 적나라한 인간적인 모습 때문에 관객에게 보편적인 호소력이 극대화되는 장면이다.

일본측은 이번 내한공연을 치밀하게 기획한 듯, 일반적으로 2시간 반 이상 되는 뮤지컬의 공연시간을 한국연극의 일반적 공연시간인 1시간 40분으로 조정, 한국 관객의 취향을 잘 맞추고 있다. 그러나 공연을 축소시키는 과정에서 예수의 해체적 시각의 인물묘사나 사건의 추이가 많이 생략되어져 원작 이야기가 갖는 감정적 파노라마가 부분 부분 잘려 나간 것도 사실이다. 그 대신 일본측은 감정적 하이라이트 장면을 중점적으로 이번 공연을 편집했다고 생각된다.

이번 공연에서 또한 아쉬웠던 점은 일본식 대중문화의 틀로 재구성된 서양 기독교 문화의 이야기가 우리의 뮤지컬 공연 수준에 비해 월등히 뛰어났음에도 불구하고 기독교적 스토리가 창조해야만 하는 기독교적 분위기를 창출하지 못했다는 것이다. 아름다운 꽃 그림에 향기가 없는 경우와도 같다. 또한 많은 노래들이 일본 대중가요 식으로 편곡되어서 원곡이 갖는 개성이라든가 극적 호소력이 많이 약화된 것도 사실이다. 일본측이 수많은 뮤지컬 레퍼토리 중에서 예수의 이야기를 그 내한 첫 공연으로 선택한데는 나름대로 한국 대중문화에 대한 치밀한 평가와 바탕이 있었을 것이다. 즉, 한국 사회에서의 기독교의 비중, 일본 대중문화 수입에 대한 한국의 부정적 이미지 등등.

그럼에도 불구하고 일본 것이라면 지나치게 많은 점수를 주는 우리 대중관객들의 반응 속에서 일본의 대중문화에 대한 호기심 내지는 문화적 열등감 기타 등등의 그 어떤 면모를 보는 것 같았다. 일본측은 아마도 일본 대중문화의 한국 상륙 성공을 확신하며 돌아갔을 것이고, 우리 공연계에 끼친 긍정적 영향이라면 우리의 뮤지컬 공연 수준의 낙후함에 대해 경각심을 불러일으켰다는 것일 것이다.

(금호문화. 1994. 11.)

이 시대 거울 비추기 작업

─ 〈불지른 남자〉

시끌벅적했던 정치적 1980년대가 물러가고, 문민시대라는 1990년대 중반의 역사적 시점에서, 과연 우리는 누구이고, 어디에 서 있는가?
한국과 한국인의 본질 및 그 위상에 대한 탐구는 작가 이강백이 끈질기게 추구해온 명제이기도 하다. 전업 희곡작가 선언 이후 그의 작품들은 우리의 전통적 신화나 소재 및 한국적 극적 표현 방식의 추구에서부터, 인식론적 한계를 확장시켜 서구적 세계관에 대한 접근 방법론, 그 인식론적 방식 및 서구적 극 표현 형식을 적극 수용함으로서 이 시대를 사는 한국인과 한국적 삶의 본질에 대한 탐구를 현대적 포스트모던적 새로운 시각으로 계속하고 있다.

작품 〈북어대가리〉가 창고지기로 대변되는 소외된 현대 한국인의 삶을 실존적으로 파악한다면, 그 뒤를 이은 〈통 뛰어넘기〉는 후기 대중 산업사회의 구조적 조작성이라는 관점에서 상당히 관념적인 사회적 패러다임을 구성해 보여준다.

현재 극단 성좌가 채윤일 연출로 공연중인 〈불지른 남자〉는 광주 미문화원 방화범 재현의 구체적인 삶을 통해 80년대와 90년대에 걸친 우리 사회의 운동권 문화의 역사적 계보학을 그려 보인다고 하겠다. 즉 90년대를 살고 있는 한국인의 본질과 그 사회적 위상을 실재했던 사건을 중심으로 소위 말하는 '포스트모던'적 관점으로 하나의 극적 서사를 구성한다.

좀 더 구체적으로 살펴보자. 우선, 주인공 재현은 극단적으로 소외된 주변적 인물이다. 그는 운동권이고, 방화범이고, 전과자다. 그의 삶과 시각은 우리 사회의 일반 대중이나 지배계층들의 그것과는 다를 수밖에 없다. 아니 우리 사회의 중심적 지배문화의 가치관과 세계관을 적극적으로 해체시키는 것이다. 재현의 이러한 해체적 삶의 의미를 대변하는 상징이 '불'이다. 이 작품에서 '불'은 중추적 의미를 지닌다. 그것은 재현의 다락방을 환하게 밝혀주는 성냥불이지만, 동시에 그가 가진 '밝고 아름다운 세상에 대한 꿈'을 상징하며, 재현의 삶에 의미와 행복을 주었던 또 다른 상징이다. 그러나 '불'은 또한 극중 다른 인물들에게는 기존 질서의 파괴와 두려움에 대한 위험스런 상징이기도 하다.

재현의 시각과 민중적 정서는 극중 여러 인물들의 다양한 시각과의 대비를 통해서 자기 반영적인 효과를 나타낸다. 그리고 이러한 다중적 시각의 통시적 배열은 80년대와 90년대라는 역사적 시간의 단절에 의해서 더욱 그 효과가 강화된다. 그래서 주인공 재현은 80년대 '민중의 영웅'으로 그를 재현한 그림 속에서 '흉악한 방화범'으로 그 의미의 피상화를 겪게 된다. 결국 그림이라는 재현적 텍스트 구조가 시대 변천에 따른 이데올로기의 변화에 따라 어떻게 의미가 달라지는가를 보여준다.

80년대와 90년대의 시간의 단절, 이에 따른 시각의 변화는 재현의 방화행위를 마치 극중극의 한 장면으로 만들어놓는다. 운동권 옛 친구들의 시각으로 볼 때 재현의 방화의 의미는 이미 잊어버린 센티멘털한 추억거리에 지나지 않는 반면, 재현 자신은 아직도 "난 이 세상이 좋아지기를 바랐던 거"라고 항변한다. 관점의 일탈현상이다. 이러한 이중적 시간대와 다중적 시각의 대비를 통한 패러디적 구성은 관객들에게는 감정이입보다는 극중극적 장면이 갖는 자기 반영성의 의미를 숙고하게 하는 효과를

〈불지른 남자〉(1994), 이강백 작, 채윤일 연출

가진다.

또한 역설적으로 재현의 80년대적 해체적 세계관은, 달라진 90년대 시각을 대변하는 극중 다른 인물들의 그것에 의해 재 해체되는 과정을 겪는다. 이제는 고위관리가 된 옛 운동권 선배와 재현과의 만남의 장면에서도 두 사람의 시각의 차이는 이성/광기의 이분론적 구분을 모호하게 무너뜨린다.

결국 작가가 파악하는 90년대의 한국인의 주체는 후기 구조주의자인 라캉이 분석했듯 파편적이고 불연속적인 것일 뿐이고, 재현이 보여주는 일관된 주체의식은 이미 현실적으로 불가능한 하나의 설화일 뿐일지도 모르겠다. 그래서 재현의 '좋은 세상에 대한 꿈'은 계속 무참히 해체되어진다. 그의 애인은 재현을 따라 다니던 형사의 애인이 되어 임신까지 하

고 있고, 그의 누님을 제외하고는 매부나 그 자녀들에게서도 재현은 냉담, 무감각, 극단의 개인주의, 궁극적 인간, 소외만을 발견할 뿐이다. 폭탄주에 취해 나자빠져 있는 취객들의 술집 장면은 구 가치관의 해체와 이를 대체할 새로운 가치관의 부재로 인한 무질서와 혼란상의 90년대 한국인과 한국 사회의 모습에 대한 하나의 재현이다. 이성과 광기의 구분이 뒤집혀진 세상에서 인물 재현은 아이러니 하게도 가장 극단적 광기의 세계인 치매 노인들의 양로원에 일자리를 얻게 된다. 그리고 "세상은 좋은 곳"이라는 재현의 이성적/광기적 신념은 치매 노인들의 "세상은 나쁜 곳"이라는 광기적/이성적 믿음과 첨예한 갈등사태를 맞게 되고 결국 그는 노인들에게 맞아 죽는다.

90년대 시점에서 다시 볼 때, 결국 80년대에 하나의 진실이었던 재현의 방화행위는 이제 그 의미가 텅 비어버린 하나의 복사품이고 인물 재현의 삶은 이제는 그 자신의 진실 되었던 삶에 대한 하나의 모조품적인 재현에 불과한 것인가?

'최후의 만찬'에 대한 대중 문화적 패러디인 극 마지막의 술집 파티 장면에서 최후의 만찬의 주재자가 예수였던 반면, 이 술집 만찬에는 주인공이 부재한다. 손님들만 위선적 즐거움을 연기하는데 주인공의 등장 대신 전해지는 소식은 주인공의 존재의 종말이다. 재현의 죽음의 소식은 〈고도를 기다리며〉에서처럼 "고도는 안 와요"라는 확실한 메시지로서 전달되는 대신에 귓속말로 한 사람씩 옆 사람에게 전해진다. 위선과 뒷거래가 아마도 90년대 한국인의 메시지 전달방식인 모양이다.

이상에서 살펴 본 바와 같이 이강백은 이 작품의 극적 서사를 구성하는 과정에서 포스트모던적 인식론과 세계관, 삽화적 구성 및 표현주의적 표현양식 등 다양한 시각적 방법론과 표현방식을 복합적으로 구사함으로서 부단한 예술 추구의 노력을 무대 위에서 설득력 있게 구체화하고 있다. 이와 함께 다소 거칠 정도로 야성적인 채윤일의 연출적 상상력과 에너지는 작품의 기본 정서를 예리하게 파악, 빛과 어둠의 대비를 기본 연출 구도로 효과적으로 무대화하고 있으며, 화장실 장면의 표현주의적 장면 만들기는 인상적이었다.

오히려 대극장 무대에서 공연되었더라면 장면 장면의 정서적 에너지가 더욱 극명하게 부각되었을 것 같고, 극 구성의 측면에서 마지막 장면을 재현의 죽음 이후 다시 극 시작의 다락방 장면으로 끌고 간 것은 원형적 극적 구조의 기존 패러다임에는 맞아떨어지는 구성이었으나, 이 경우 더욱 중요한 문제는 작품의 궁극적인 의미의 효과적인 승화라는 점이고, 이런 면에서 볼 때, 재현의 죽음의 의미를 되새기는 종결 장면은 약간 지나치게 교조적인 면도 없지 않았다. 재현의 죽음의 의미를 관객들의 상상력에 맡겨놓았어도 좋았을 것 같다. 굵은 감정 연기로 기억되는 김학철은 이번 공연에서 연기의 변신을 시도, 절제된 연기를 무리 없이 구사했다.

무엇보다도 이 작품의 의의라면 작가와 연출이 무대 위에서 이 시대 거울 비추기 작업을 통해 보여준 이 시대 한국, 한국인의 역사적 정체성 탐구 작업이고, 이를 위해 보여준 부단한 예술적 사명감과 의지라고 하겠다.

(한국연극. 1994. 12.)

역사적 인물의 예술적 재창조의 문제

— 〈명성황후〉

1992년이었던가? 개인 뮤지컬 전문 공연단체로 극단 에이콤이 창단되고, 우리 창작 뮤지컬의 세계화를 표방하고 나섰던 것이. 시립 가무단이나 서울 예술단 등 관(官)의 보조를 받는 뮤지컬 내지는 가무극 공연단체가 있어 왔고 많은 개인 극단들이 뮤지컬을 공연해 왔지만, 개인단체가 '창작 뮤지컬의 세계화'라는 만만찮은 비전을 제시하면서 뮤지컬의 세계적 아성에 도전한 것은 일단은 우리 공연계를 위해 매우 고무적인 일이었다. 그 후 작품 〈명성황후〉를 기획하기 시작한 지 4년여만에 어렵게 이 뮤지컬은 무대화되었다.

4년여에 걸친 만만찮은 노력과 훈련의 결과 뮤지컬 〈명성황후〉는 우리의 창작 뮤지컬 공연사에 커다란 한 획을 그었다고 할 수 있다. 무엇보다도 그 연극적·음악적 규모나 완성도에서 뮤지컬의 서구 원산지인 브로드웨이나 웨스트엔드에서 공연되는 뮤지컬들이 지니는 '대중적 예술의 품위'를 그에 못지 않게 창조했다는 점이 그러하다. 예술적 질서감을 자아내는 장면 만들기라든지, 오랜 훈련의 결과로 하모니가 잘 이루어진 코러스와 집단 율동 등 이 공연의 품위에 기여하는 요소는 상당히 많다.

그러나 대중 형식의 상업극으로서 서구 뮤지컬에 대한 일반적 비판이 화려한 시·청각적 장면 만들기와 이에 대조적으로 후에 남는 '막연한 공허감'이라 할 때, 뮤지컬 〈명성황후〉도 이러한 뮤지컬이 갖는 현상학적 공허감을 극복하지는 못한 것 같다. 뮤지컬이 일반적으로 갖는 '화려한 공허감'의 대중문화 상품으로서의 취약점은 일반적으로 볼 때 예술적으로 승화된 메시지의 결여라든가 긍정적 비전 제시의 부재라는 문제와도 연결된다.

이 문제를 좀 더 구체적으로 토론하기 위해서 참고들이 될 만한 구체적 선례를 제시해야 될 것 같다. 우선, 뮤지컬의 일반적 구성요소는 크게 보아 스토리텔링에 바탕을 둔 치밀한 극적 갈등의 구조와 이를 음악적 방식으로 대변하고, 지지해주는 음악 및 노래 구조 안의 상호적 하모니 창조의 문제로 설명될 수 있다. 최근 서구 뮤지컬의 경향은 음악적 구조를 강조하고 이에 의한 감성적, 정서적 에너지 창조에 몰두하고 있다해도 과언이 아닐 것이다.

그 대표적인 예가 〈레미제라블〉, 〈캣츠〉, 〈오페라의 유령〉 등으로 〈레미제라블〉은 전통적 스토리텔링의 탄탄한 극적 구조를 음악적 구조로 완전히 전환한 경우이며, 〈오페라의 유령〉은 이와는 대조적으로 비극적 짝사랑이라는 대주제를 전제로 짜임새 있는 스토리텔링의 구조보다는, 음악적 구조를 통한 감정적, 정서적, 에너지 창조에 중점을 둔 공연이다. 두 작품 모두 대사가 거의 없이 노래와 음악으로 구성되어 있으며, 후자의 경우는 스토리텔링이 갖는 극적 짜임새를 커버하기 위해 솔로, 코러스 및 기타 음악적 요소가 공연의 중심적 요소로 강화되어 있다. 즉, 극적 플롯이 치밀치 않은 파편적·삽화적 플롯의 경우에 상기한 음악적 요소들이 공연의 감정적 에너지 창조의 중심적 추진 요소가 되는 것이 흔한 경우이다.

뮤지컬 〈명성황후〉 경우도 음악적 요소를 강조하고 대사는 거의 없는 경우로, 이 작품에 대한 구체적인 토론을 위해서는 역시 극적 구성과 음악적 구조의 문제를 살펴보지 않을 수 없을 것 같다. 그러나 음악적 구성의 문제는 이번 호의 다른 글에서 다루어지기 때문에 이 극에서는 뮤지컬 〈명성황후〉가 갖는 뮤지컬적 일반적 특성인 '화려한 공허감'의 문제를 극적 구성의 차원에서 살펴보고자 한다.

사실, 필자는 뮤지컬 〈명성황후〉를 보면서 우리창작 뮤지컬이 창조해 낸 '대중적 품위'에 감탄을 했고, 그러면서도 동시에 장면 진행을 지켜보며 'So What?'이라는 의문이 마음속에서 계속 제기되었음을 말하지 않을 수 없다. 화려한 시청각적 무대가 흘러간 후 남는 질문은, '그래서 저 작품은 무엇을 궁극적으로 말하고자 하는 것인가?'였다.

이국적 틀을 바탕으로 편곡된 음악(특히 전반부에서)이라든가, 중국인지 일본인지 확인하기 힘든 모호한 이국적 터치의 의상 디자인 등 어찌보면 동양적이지만 딱히 한국적 주체가 강조되지 않은 편곡된 음악이나 의상 디자인, 무대장치는 모두 함께 '세계적 관객'들에게 낯익은 동양적 분위기는 선사할지언정, '뚜렷이 한국적인' 정취는 제대로 전달할 수 없는 성질의 것이었으며, 이와 마찬가지로 작품의 전체적 주제도 상당히 모호한 채로 남아있는 것이 사실이다.

뮤지컬 〈명성황후〉의 극적 구조는 우리가 기존 역사로서 알고 있는 민비 시해의 역사적 사건을 통시적으로 시간 흐름에 따라 서술하는 형식을 취하고 있다. 기존 역사의 틀을 유지시키고자 하는 입장은 본질적으로 기존 역사의 해체와 예술적 재창조/재구성이라는 열린 작업을 제한시킨다. 결과적으로 역사적 인물에 대한 통찰력 있는 개성의 재창조라든가, 인물 간의 극적 갈등에 있어 치밀한 극적 묘사는 한계에 부딪힐 수밖에 없고 호소력 있는 인간 드라마는 나타나지 않게 되기가 십상이다.

1. 무엇이 문제인가? — 역사를 보는 눈의 문제

이 글은 무대화되어진 공연 텍스트를 바탕으로 상기한 가설을 심층적으로 추구함으로서, 원작 텍스트와 각색된 무대용 공연 텍스트간의 차이를 구분하지 않고 있음을 전제로 한다.

작품 〈명성황후〉가 갖는 화려한 공허감의 궁극적인 문제는 '역사를 보는 관점'의 문제와 연결된다. 우리 일반 대중에게 있어 우리가 알고 있는 기존의 역사는 곧 진리이다. 다시 말해 쓰여져서 우리에게 전달된 역사는 곧 진리인 것이다.

그러나 최근의 문화이론 및 비평이론들에 따르면 쓰여져 있는 것은 텍스트이고, 지나간 역사에 대해서 쓰여진 텍스트는 그것을 쓴 사람에 따라, 또 그 필자의 관점에 따라 각기 다르다는 것이다. 또한 지나간 역사에 관해 우리는 수많은 쓰여진 텍스트를 갖고 있으므로, 역사적 진리는 하나뿐이라는 우리의 기존 역사관은, 역사는 남겨진 텍스트를 통해서만 우리에게 알려지므로 역사적 진리는 관점에 따라 수없이 많을 수 있다고 보는 새로운 관점으로 대치된다. 이러한 새로운 역사관에 대한 이론은 우리로 하여금 이미 배워온 기존의 역사의 틀에서 우리를 자유롭게 하고, 역사는 새롭게 보는 관점과 함께 예술적 상상력의 자유로움을 보장해주는 해방적 틀을 제공한다.

역사를 새롭게 보고, 새로운 '의미를 창출'해내는 문제와 관련해 볼 때, 작품 〈명성황후〉는 나름대로 어느 정도의 또는 보기에 따라서는 상당한 공헌을 했다. 즉 민비 시해 사건과 연관된 대원군 주도설이라든가, 민비에 대한 부정적 견해를 긍정적으로 바꾸어 놓는데 상당히 중요한 시각을 제공했다. 그러나 기존 역사의 틀을 따르느라, 또한 대중 관객들의 기존 역사와 역사적 인물에 대한 고정관념의 틀을 상당히 염두에 두었는 듯, 이 작품에서 가장 흥미로웠을 민비, 대원군, 고종간의 삼각구도와 이를 설득력 있게 대변해 주었을 개성과 심리적 동기를 강력하게 가진 세 인물들의 내면 세계에 대한 통찰력 있는 창조는 일어나지 않고 있다. 노랫말 한두 마디로 민비나 대원군의 강한 성격적 대립이나 심리적 동기를 전달하기에는 너무도 미약했던 것 같다.

2. 여성 중심 관점에서 여성 인물 창조의 문제

그러나 이보다 궁극적으로 더 핵심적인 문제는 민비라는 여성 인물창조의 문제라고 생각된다. 이 작품의 제작진들은 〈에비타〉 같은 여성 인물창조를 이야기하고 있지만, 그러한 '여성 히로'로 민비를 재창조하기 위해서는 선행되어야 할 몇 가지 의식화의 문제들이 있다.

이문열 작가가 「여우 사냥」이라는 이름으로 원작을 집필한다고 들었을 때, 필자는 솔직히 일단의 의구심이 있었음을 고백하지 않을 수 없다. 왜냐하면, 이문열이 뛰어난 작가임을 모를 사람이 없다는 사실과 〈명성황후〉의 예술적 재창조 작업에서 선행되어야 할 '여성 중심적 관점'과는 별개의 문제였기 때문이다. 한국적 유교 문화와 가부장 사회, 그 사회가 진리로 가르치는 남존여비의 이분법적 세계관, 그러한 문화에서 수십 년을 발 딛고 살아온 남성작가와 그에게서 일반적으로 기대되는 이분법적 성 역할과 가치관의 체계. 이렇게 논리의 실마리를 따라가다 보면 민비를 에비타와 같은 남성사회의 위계질서, 남성사회가 부과하는 여성적 역할의 한계에 도전하고 뛰어넘은 여성 히로로서 명성황후라는 한국적 여인 무사나 여성 히로를 재창조하는 일이 쉽사리 이루어질 것 같지 않게 생각되었다.

이 말은 남성작가가 여성 중심의 관점을 가질 수 없다는 이야기는 아니다. '여성중심관점'이란, 남성 가부장사회에서 하나의 피지배 계급으로서 여성들을 이해하고 그들의 입장에서 사물을 새롭게 보는 관점을 통틀어 일컫는다. 이러한 관점과 가치관의 문제는 한 남성이나 여성이 성장과정을 통해 어떻게 사회화되는가 하는 문제와 직결된다.

현재의 기성세대 층에 관한 한 우리의 작가들과 대중 관객들은 남성은 여성과 다르다. 그러므로 역할도 다르다. 더 나아가서는 남성적인 속성이 여성적인 속성보다 더 우월하다는 기존의 가부장적 가치관을 삶의 철칙으로 배우며 살아왔다 해도 과언이 아니다. 결론적으로 여성적인 것은 가치 없는 것, 혹은 이성적 관계 이외에는 남성과는 별 상관없는 존재들 등등의 여성에 관한 비하 내지는 무관심이 가부장적 세계관의 특징이 되어왔다. 이렇게 볼 때, 우리의 기성 남성작가들이 여성의 인간적 내면세계를 상상하고 통찰하고 동일시하기란 좀처럼 쉬운 일이 아닐 것이며, 한 인물에 대한 통찰력과 동일시의 관점이 전제되지 않고, 설득력 있는 인물을 창조하는 일은 거의 불가능하다고 해도 과언이 아닐 것이다. 이렇게 '한국판 에비타'를 창조하는 작업은 결코 간단한 일이 아니다.

민비를 명성황후로 진정한 의미에서 재창조하고 되살리는 길은 한 인간으로서 그녀의 동기의식, 욕망, 힘의 문제를 파헤치는 일인 것이며, 이러한 작업은 우리 남성작가들의 양성적 의식의 열림이 있기 전에는 거의 불가능한 것으로 생각된다. 남성/여성에 대한 이분법적 성 역할의 고정관념의 틀을 해체하는 열린 의식이 전제되어야 한다는 이야기다.

실제로 에비타와 민비의 일생은 견줄 만한 점이 상당히 있다. 에비타는 밑바닥 인생에서 힘의 위치를 향한 도전을 통해 남성세계의 힘의 정상에 도달한 경우이고, 민비 역시 별 배경 없는 가문의 딸로 힘의 정상에 오른 경우이다. 전통적으로 여성에게는 허락되지 않았던 힘에 대한 욕망의 꿈을 이 두 여성은 공통적으로 갖고 있었다고 볼 수도 있는 것이다.

그것은 여성으로서의 욕망이기보다는 인간으로서의 욕망이었는지 모른다.

명성황후는 한국의 여성 히로로서 반드시 재창조되어야 하며, 그러한 작업이 갖는 의미는 역사의 재창조라는 의미에서 뿐 아니라, 세계화를 표방하는 현시대 우리의 대중 여성들에게 긍지를 심어줄 역할 모델을 제시해 준다는 점에서 더욱 중요한 것으로 생각된다. 그러나 상기한 구도는 명성황후 재창조나 되살리기 작업에서 가능한 수많은 대안책의 하나로 필자가 제시해 본 구도일 뿐이다. 그러나 명성황후 되살리기 작업을 통한 여성의 인간화 작업은 궁극적으로 이 작품에 미래적 비전을 부여한다는 점에서도 중요하다.

이와 더불어 부제인 〈여우 사냥〉은 일본의 제국주의 중심적 관점에서 민비에 대한 비하, 차별 및 부정적 이미지화의 작업을 통해, 그들의 시해 작전을 정당화시키는 정치적 관점이 본질적으로 연루되어 있음으로 해서 반 시민, 반 제국, 반 피지배를 주장하는 우리의 역사 바로 세우기 작업과는 걸맞지 않은 제목이다. 또한 그러한 제목이 일본의 제국주의적 야욕을 역설적으로 드러내 보이기 위한 것이라는 한 가능한 설명은 현시대 세계적인 추세가 피지배 계급, 민족, 성을 해방시키고, 그들의 억눌린 관점에서 정당함을 주장하는 소위 '정치적 정당성'(Political Correctness)의 입장을 지지하고 있는 상황에 비추어 볼 때도 적절치 못한 구상인 것으로 사려된다. 우리의 역사적 여성 히로를 재창조하고 바로 세우는 작업은 어디까지나 한국인 중심적 관점에서 우리의 입장과 긍지를 대변하는 언어가 사용되어야 할 것임을 상기하면서 이 글을 맺고자 한다.

(한국연극. 1996. 3.)

고급문화와 대중문화의 경계, 무너지고 있는가?
— 김광림의 작품 〈날 보러와요〉에 나타난 '차이들(Difference)의
유희성'을 중심으로

1. 대중문화의 서구적 패러다임들

금세기 들어 일반적으로 일컫는 '대중문화' 현상은 미주의 경우, 1920
년대 경부터 나타나기 시작하여 2차 세계대전 이후 서구산업사회에서
'조직사회'와 '조직인간'의 개념의 등장과 더불어 더욱 본격화된 군중들
의 문화를 말한다. 특히 미국의 경우 50년대까지의 대중문화는 mass
culture라는 말로 대개 일컬어진다.

시대마다 특징을 조금씩 달리하는 대중문화는 60년대 중반 이후에
popular culture라는 새로운 개념으로 구성된다. 이러한 서구적 대중문화의
기본 가정은 예술과 현실과는 거리가 있어서는 안 된다는 것이었고, 그래
서 대중예술은 구체적이고 고귀함이 사라진 불경스럽기까지 한 전통이
되어 후기산업사회의 소비지향문화 속에서 대중 소비자의 취향에 맞게
구성되게 된다.

또한 후기 자본주의사회의 이윤추구의 동기와 맞물리면서 대중문화는 문화가 갖는 '비판'기능을 잃어버린 채 소비성 문화상품으로 변모하게 되며, 동시에 고급예술과 저급예술의 구분 및 대중문화와 예술의 구분 또한 없어지게 된다. 대중문화에 대한 이론은 미주/유럽이 그 강조하는 점이 각기 다르고, 또한 이론가에 따라서도 그 강조하는 바가 각기 다르다.

예를 들어, 아도르노는 대중문화가 찾는 고급예술/저급예술의 구분의 모호성을 비판하고 그로 인한 문화가 갖는 비판적 기능의 상실을 비판했는가 하면, 마르쿠제는 예술은 곧 현실의 표현임을 강조했고, 발터 벤야민은 대중예술이 갖는 혁명성을 강조한다. 80년대에 들어오면서 서구의 대중문화 패러다임은 후기자본주의사회의 문화 논리인 포스트모더니즘의 개념과 함께 더욱 극명하게 정립된다. 그 중심적 특징을 정리해 보면, 대체로 전통적 중심 해체와 주변적 '차이들'의 부상, 고급문화/저급문화의 구분 해체, 복제, 모방, 패러디 등에 의한 쓰레기 문화(kitsch)현상의 대두 및 거대 담론 혹은 통일적 비전의 해체 등으로 정의된다.

이와 같이 작금의 서구 대중문화형식은 후기산업자본주의사회의 발달 과정에서 서구 사회의 역사적, 사회적 및 문화적 특수성을 배경으로 생겨난 구체적 모델이라 해도 과언이 아니다.

2. 서구 대중문화형식의 한국적 전용의 문제

작금의 서구 대중문화형식을 그 문화 및 사회에 대한 하나의 기표로 볼 때, 기의가 되는 것은 대중문화를 뒷받침하는 사회문화적 정서, 가치관 및 세계관이 된다. 서구의 대중문화형식이 그 본래의 문화맥락을 떠나 다른 문화적 층위로 유입될 때 어떤 문화적 굴절이 일어날까?

토론의 편의상 이 글의 대중문화 논의의 한계를 서구 포스트모던 대중문화의 유입이 국내에서 포스트모더니즘의 논의와 함께 더욱 극명해진 1988년 이후로 잡는다고 할 때, 일반 서구 문물의 유입과 마찬가지로 대중 문화형식의 한국 유입도 그 초기에는 강한 모방성과 피상성을 특징으로 한다고 하겠다. 왜냐하면 서구 대중문화의 문화적 기표로서의 차원이 우선 받아들이기 용이한 데다가 그 밑바탕을 이루는 기의로서의 차원은 가치관, 세계관 및 정서가 다른 한국적 문화권 내에서 제대로 흡수, 동화되기에는 여러 가지 문화적, 사회적 층위의 '차이들'이 존재하기 때문이다.

이러한 서구적 포스트모던 대중문화형식의 유입은 작금의 우리의 연극계에는 어떠한 현상으로 나타나고 있는가?

필자는 이미 1992년 11월호 〈한국 연극〉지에 "요즈음 연극에 나타난 대중문화 현상(1)"이라는 기고에서 서구 포스트모던 대중문화의 형식이 그 유입 초기에 우리의 연극현장에서는 하나의 증후군 내지는 현상으로 나타나고 있음을 나름대로 분석해 보았다. 그 이후 1996년 오늘에 이르기까지 서구 자본주의문화적 기표로서 대중문화형식은 우리의 연극 현장에 더욱 넓은 폭으로 확산되고 있음을 실감한다. 최근 몇 년간 우리 연극 공연에서 눈에 띄는 극명성과 지속성을 띄우며 나타나는 한국적 연극 현장에서의 대중문화 증후/현상을 주로 창작극 공연을 바탕으로 필자 나름대로 정리해 보면 다음과 같다.

우선, 극중에서 사용되는 문화적/예술적 언어(대사)와 일상의 구체적/품위가 결여된 언어간의 경계가 해체되고 있다는 점이다. 우리 연극 속의 무대 언어의 오염을 우려하는 목소리가 적지 않은 것도 이러한 현상에 대한 코멘트라 하겠다.

둘째, 대중문화 상품으로서 연극 공연의 성격이 두드러지게 되면서 나타나는 대중 취향에 맞는 가벼운 흥미위주의 시청각적 오락성의 강조다.

이는 요즈음 무대에 오르는 많은 공연들이 춤과 노래를 공연의 홍미요소로 적극 사용하고 있음을 보면 알 수 있다.

셋째, 공연 작품들을 구조적으로 보면, 영상적 몽타주 기법의 전용으로서 에피소드적 장면의 자유로운 흐름과 구성이 하나의 큰 흐름을 이룬다.

넷째, 이들 공연의 주제는 소위 헐리우드 영화가 상업적 성공에 이르는 전통적 코드인 섹스와 폭력으로서, 주로 이 두 요소를 적절하게 변용한 형식으로 나타난다.

다섯째, 복제, 모양 및 패러디 등의 기법에 의한 시각의 다양화 및 유희성이다.

3. 김광림의 〈날 보러와요〉

— 한국적 연극 대중문화 현상의 한 성공적 케이스

위와 같은 작금에 나타나는 한국적 연극 대중문화형식의 한 잠정적 패러다임을 바탕으로 김광림의 〈날 보러와요〉를 그 한 대표적인 케이스로 분석해보고자 한다. 이에 앞서 한국적 연극 대중문화의 확립은 서구의 후기 자본주의 문화의 기표로서 우리가 전용하고 있는 서구의 대중문화 형식과 한국적 자본주의 문화의 정서, 가치관 및 세계관이 그 기의로서 적절한 차연(differance)의 관계를 이룩할 때가 된다. 더욱 구체적으로는 더 많은 대중 관객의 확보와 이들에 의한 대중문화의 양적인 확산이 선행되어야 할 것이고, 이를 바탕으로 각 개인 작가의 작품 및 공연이 개별적으로 그러한 차연 관계를 성취했느냐를 가늠해 보아야 할 것이라 생각한다. 왜냐하면 파편화 된 다양성의 개인문화를 바탕으로 하는 포스트모던 대중문화의 한국적 확립을 가정해 볼 때, 그것은 통일된 거대한 하나의 전체적으로 담론이나 비전으로 설명될 수는 없을 것이기 때문이다.

김광림의 작품 〈날 보러와요〉는 화성 살인사건의 범인 추적이라는 극적 내러티브로 전개된다. 그런데 이 살인사건의 내용은 여성 피해자의 성폭행과 그 후의 살인으로서, 이는 섹스와 폭력이라는 대중문화상품으로서 연극/영화의 상업적 성공 코드와 일치된다. 이 작품의 플롯 전개는 포스트모던적 '차이'의 개념과 '패러디'기법이 그 구성 원칙이 되고 있다.

'차이'의 개념이 극적 구조로 구체화되는 방법은 몇 가지로 나뉘어진다. 우선 화성 성폭행 연쇄살인범 추적이라는 대전제/진실을 추구하는 방식이 극중 인물마다 각기 다르다. 시인의 직관과 통찰력으로 예리하게 진실/진리를 추구하는 김형사, 용의자 남현

김광림의 〈날보러 와요〉(1996)

태를 우격다짐으로 자백을 받아내는 식으로 나름대로 진실/진리를 추구하는 조형사, 비과학적인 연상방식으로 사물을 파악하는 박형사, 이 세 형사를 잘 컨트롤함으로서 진실에 도달하고자 하는 수사반장 이외에 시인으로서의 김형사를 진실/진리로 추구하는 다방 아가씨 미스 김, 또 다른 방식으로 나름대로 진리를 추구하는 박기자 등 범인을 (진실/진리)추적하는 방법론의 차이들과 이 차이들을 뒷받침하고 보강하는 가치관, 성격 및 개성의 차이들로 구체화된다.

그리고 이러한 차이들은 극 초반부에서 종결부에 이르기까지 변함 없는 일관성을 유지하면서, 서로 교차하고 맞부딪치면서 갈등과 웃음과 로맨스 등 다양한 감정의 에너지를 창출해낸다. 이 작품의 또 다른 중요구

성 원칙은 패러디다. 그 구체적인 실천 방식은 상기한 여러 차이들의 상호작용을 바탕으로 기대를 설정하고는 곧 그 기대를 해체하는 '모순어적' 패턴 내지는 다른 말로 하면 '이중적 시각'의 덧씌움이라고도 하겠다. 이러한 해체기법은 작품과정 내내 수 없는 반복을 여러 차원에서 계속하면서 심각한 정서를 유희적 정서로 바꾸어 놓기도 하며, 그 반대의 경우를 이루기도 한다.

그 몇 예를 들어보면 우선 극중 액션 진행방향에 관한 패러디다. 수사반장은 '직관 아닌 과학적 수사와, 인권문제'를 수사원칙으로 내세우지만, 그 말이 떨어지기가 무섭게 펼쳐지는 장면은 용의자 안현태에 대한 조형사의 강제 자백을 위한 취조 과정이 전개된다. 또한 무모증 남자를 찾으러 목욕탕에 갔던 형사가 점찍고 기대를 걸었던 어떤 인물이 완전히 기대와는 어긋난 딴판의 사람으로 드러나는 장면이라든가, 남현태가 한참 동안 자신의 죄를 술술 자백하고 나서는 지금까지의 진술을 뒤집어 그리고 "잠에서 깨어났지요"라는 말로 마감하는 장면 등등 기대감의 형성과 그 해체와 방식은 주로 인물들의 대사를 통해 어떤 인물에 대한 통일적 개념파악을 해체시키거나 플롯 진행의 일관성을 해체시키는 수단으로 쓰여진다.

이와 같이 이 작품 구조 안에서 각각의 인물들이 추구하는 진실/진리는 각 인물들이 갖는 시각의 한계에 의해서 파편화 될 수밖에 없다. 이러한 시각의 다양성과 차이는 궁극적으로는 '동일한' 작가와 연출가가 쓰고 연출한, 희곡 텍스트의 시각과 연출의 시각이 창조하는 이중적 시각의 차이까지로 확장된다. 희곡 테스트가 진실/진리의 부재를 전제로 시작, 그 부재를 재확인함으로서 끝나는 실존 상황극의 특성을 가지고 있다고 볼 때, 희곡구조를 지배하는 시각은 부조리적 허무적 시각이지만, 연출은 이 위에 유희성의 시각을 덧씌워 이중적 시각의 희곡/공연 텍스트 구조를 무대적으로 구현한다.

이러한 유희성에 크게 기여하는 요소가 언어적 해체 현상으로서, 우선 이 극에서 인물들의 대사는 치밀하게 계산되어 있으면서도 동시에 예술적 언어와 일상적 상스러운 언어의 구분을 해체한다. 극중 언어의 "해체적 성스러움"을 구성하는 언어요소는 섹스에 관한 이야기 아니면 욕지거리가 그 소재가 된다. 그 한 예를 들어보면,

> 김우철: …추접은 소리하지 말고 자빠져 자라고 그랬죠. 저도 귀 틀어막고 있다가 겨우 잠들었죠. 그런데 새벽에 무슨 소리가 나서 보니까 아 짜식이 훌쩍거리면서 울잖아요! 왜 그러냐고 하니까 그 여자가 불쌍하대나요? 아, 이 미친놈이 그러면서 딸딸이를 치는 거예요.
> …(중략)…

앞서 언급한 바 있지만, 대사 중 논리의 흐름의 급작스런 반전도 이러한 언어적 유희성의 중요한 요소가 된다. 용의자인 남현태 부인의 대사를 보자.

> 부인: 그 자식이 그저 밤이면 나가 가지고 동네 처녀고 아줌마고 안 가리고 달려 들지라우. 한번 하자고… 동네서 매도 숱하게 맞았지라우… 동네 사람들이 착해서 그렇지 아니면 아마 가막소 열 번도 더 갔을 거요.

그러나 부인의 남편에 대한 증오심은 갑자기 반전되어 남편 옹호로 바뀐다.

> 부인: 대장님. 사실 그 놈은 죄가 없어라우. 그 놈의 죄막대기가 문제지 사람이 무슨 죄가 있겠오? 잘 좀 봐주시오. 밉던 곱던 십 수 년 엉겨 붙어살았는데 …(중략)…

이외에 이 연극이 갖는 대중적 오락성은 극 초반부에 벌어지는 범인

검거 축하 파티 장면이다. 이 장면은 초연 때는 없던 것으로 재공연시에 삽입되어 한바탕 대중관객들의 흥미를 자극시켜 놓는 역할을 한다. 여기에다 적당히 가볍고 적당히 심각하게 처리된 김형사와 미스 김의 로맨스 삽화도 공연의 유희성을 부각시켜 준다. 주목할 점은 범인 추구라는 자기 나름대로의 진실 추구를 포기하지 않는 김형사와 더 많은 사랑과 관심을 요구하다가 급기야는 약까지 먹게 되는 미스 김의 진실 추구가 영영 합쳐지지 않은 채 두 개의 차이로서 계속된다는 사실도 통속적 로맨스에 대한 일종의 패러디라는 점에서 공연의 유희성에 기여한다 하겠다.

극의 종결부로 가면서 해체에 의한 유희성의 효과는 더욱 강화된다. 김형사가 성 불능의 현대인의 의식을 서술하는 장면에서 피의자 정인규는 마치 자기 자신의 이야기인 양 엉엉 흐느껴 운다. 그리고 관객들의 기대는 범인검거라는 극적 해결을 기대하지만, 곧 다음 장면에서 유전자 검식 결과에 의해 정인규가 범인이 아님이 판명된다. 이와 함께 고조되었던 관객들의 기대감 역시 여지없이 해체된다. 끝 장면에서도 역시 시작 장면처럼, '차이'의 세계관은 계속된다. 박형사는 사표 내고 떠나고, 조형사는 기자를 때려 옥중에 들어가 있고 미스 김은 약 먹고 입원해 있으며, 수사반장 역시 병원에 입원해있다. 김형사 혼자서 진실 추구의 위치에 계속 남아있는데 진실에 대한 패러디로서 용의자의 이미지가 그의 의지를 괴롭힌다. 차이들의 유희 속에서 진실/진리는 모호하기만 한 것으로 나타난다.

이 작품이 성취한 의미라면 서구 포스트모던 대중문화적 기표를 한국적 소재와 연결시켜, 한국적 연극 대중문화 형식을 그 나름대로 무리 없이 구현해냈다는 데 있다 하겠다.

(한국연극. 1996. 6.)

국가적 정체성의 문제와 한국연극: 탈식민주의적 고찰
— 〈여자의 적〉·〈진짜 신파극〉·〈여우와 사랑을〉

1. 탈식민주의 비평관점

문화·예술 비평 방법론으로서의 포스트모더니즘이 최근 몇 년 사이에 지구촌 학문계에서 도전을 받고 있다. 언어구조 층위에서 기호학적 패러다임에 중점을 두는 포스트모더니즘의 주된 토론방식이 역사성과 현실성을 배제하고 있다는 비판 때문이다.

그 한 대안책으로 역사성과 문화적 고려를 바탕으로 하는 탈식민주의가 수년 전부터 지구촌 비평계에 대단한 강세를 누리고 있다. 탈식민주의(post-colonialism)는 정의하는 각도에 따라 다양한 해석이 가능하지만, 일반적으로 식민지배주의를 경험한 국가들이 식민주의와 제국주의의 지배 담론에 대항하여 생산해내는 반대 담론과 그러한 저항문화운동을 그 한 중요한 요소로 갖는다. 또한 탈식민주의는 토착문화와 서구 중심문화간의 지배와 피지배에 관한 역학관계를 지칭하는 하나의 '진행적 과정'이라는 점에서 우리 나라와 같이 일본 제국주의 지배 및 기타 제국주의들의 영향을 역사적 현실로 체험했고 지금도 여전히 그 영향력에 노출되어 있는 문화권의 경우 탈식민주의적 접근은 우리의 국가 문화적 정체성을 논하고 바로 세우는데 유용한 전략을 제공해 줄 수 있다.

특히 요즈음 강조되고 있는 국제화, 세계화라는 문화구호 속에 숨어있는 '보편주의'의 함정은 자칫하면 국가문화의 경계선을 희석시킴으로서 궁극적으로는 국가문화와 국가적 정체성마저 모호하게 만들 우려도 없지 않다. 탈식민주의가 제국주의 지배주의적 담론해체에 목적이 있다고 할 때 글쓰기 방법으로서의 패러디는 효과적인 한 전도적 전략을 제공할 수 있다.

패러디는 그 역사도 길고 정의도 다양하지만, 60년대 이후 서구의 '다시 쓰기'방식으로서의 패러디는 전문학자인 린다 헛치온에 의하면 단순한 풍자의 차원을 넘어선 '비판적 객관성 내지는 거리감을 바탕으로 한 다시 쓰기'의 작업을 말한다. 이러한 다시 쓰기의 패러디 작업은 형식적 차원에서의 다시 쓰기뿐만 아니라 그 밑그림이 되는 의미 구조 차원에서의 다시 쓰기를 수반한다. 다시 말하면, 어떤 기존 작품에 대한 패러디 작업은 작품의 의미 구조 및 그 정서적 에너지를 생산하는 역사적, 문화적 및 문학전통이라는 배경적 맥락을 심도 있게 파악하기 전에는 의미구조 차원에서 다시 쓰기는 피상적 차원에서 끝나거나 원 의미 구조를 더욱 혼란스럽게 만들기 쉽다. 특히 패러디의 대상이 되는 작품이 세계관과 시대 및 문화풍토가 다른 셰익스피어 등의 외국 작품들의 경우 더욱 그러하다.

2. 패러디의 한국적 전용의 문제

서구의 지적 이데올로기 산물인 패러디를 한국적으로 전용하는 문제에 있어 한 유용한 전략은 우리의 역사 및 문화전통을 바탕으로 '비판적 객관성'을 구성하는 작업일 것이다. 그리고 여기에 필연적으로 연루되는 문제가 '정체성 정치학'의 문제로 이는 우리는 인종적, 국가적, 성적, 계급적 층위에서 어떤 정체성적 위치를 가지며, 어떤 가치관과 관점을 갖느냐 하는 것이다.

이와 같이 패러디 작업을 구성하는 구체적 요소들에 대한 분석 없이 대상 작품에 대한 막연한 다시 쓰기 작업은 '비판적 거리감'의 결여로 인해 소위 낭만적 모더니즘에서 말하는 원작자의 창의력과 그에 대한 표절 논의의 차원으로 흐를 여지도 있다. 더욱이 그러한 다시 쓰기 작업이 '번안', '각색', '다시 쓰기' 등의 지칭을 수반하지 않는 한 더욱 그러하다.

이런 점에서 볼 때 1997년 초의 시점에서 본 한국 연극의 현황은 지난해 지적 소유권법의 발효에 대한 반응과 준비 과정이 큰 이유로 작용해 수년 전부터 창작극이 숫자적으로 증가하는 추세를 보이고 있다. 그러나 주로 대학로 상업 소극장에서 공연되는 이러한 소품 창작극들 중에는 작품이 창조하는 정서적 에너지나, 작품 속에 내재된 세계관 및 가치관, 혹은 그 표현형식에 있어서 그 문화적 원천이 모호하게 느껴지는 경우가 종종 있다. 이러한 작품들은 설사 패러디 작업으로 정당화된다 하더라도 한국 문화적 정체성에 바탕을 둔 '비판적 거리감'을 생산하지 못하는 한 별 의미 있는 다시 쓰기는 되지 못한다고 생각된다.

그러면 상기한 관점을 바탕으로 지난해 공연들 중 필자에게 '문제성'이 있다고 생각되었던 몇 공연을 구체적으로 살펴보고자 한다.

3. 여성주의의 한 한국적 전용의 예: 〈여자의 적들〉

제국주의적 지배 담론에 대항하는 저항 담론의 생산이라는 차원에서 탈식민주의는 페미니즘과 상당히 밀접한 관계를 갖는다. 왜냐하면 가부장제 역시 하나의 지배적 억압형태이기 때문이다.

지난해 조광화 작, 김창화 연출로 극단 즐거운 사람들이 공연했던 〈여자의 적들〉은 이러한 점에서 많은 토론의 여지가 있는 작품이다. 작자는 여성 억압과 지배의 원형을 인류역사를 거슬러 올라가 보편적 신화적 차원에서 추적해 보고자 한 듯하다. 제목 〈여자의 적들〉을 통해 여자의 적은 과연 누구인가라는 화두를 던진 후 작품은 이에 대한 작가의 해답을 극적으로 구체화하는 방식으로 직행된다. 그 답은 바로 가부장제와 남성에 의존적인 여성들 자신이라는 것이 작가의 입장이다.

이 작품의 극적 내러티브는 시대배경 등 구체적인 역사성이 배제된 채, 주제가 지니는 정치적 이데올로기성을 '겁탈', '아들', '혈통', '전쟁', '어머니 살해'의 삽화 구조로 나누어 극화한다. 그러나 이러한 구성은 여성억압이 갖는 문제의 현실성 내지 역사적 구체성을 추상화, 이론화시킴으로서, 현실적 사회변화를 위한 비판적, 능동적 에너지를 결과하기보다는 가부장적 지배담론의 이론적 일부로 동화해 들어가 첨예한 문제성을 희석시키는 결과를 낳을 수도 있다. 실제로 이 작품은 가부장적 지배담론을 재확인하는 효과를 결과했다.

이 작품이 우리가 지금까지 흔히 보아왔던 페미니즘 관점의 연극들과 다른 점이라면, 이들이 주로 현실 삶의 차원에서 여성과 남성의 이분법적 성 역할에 초점을 두고 있는데 반해, 작품 〈여자의 적들〉은 억압의 문제를 이데올로기의 구조적 차원으로 확대시켜, 주인공 장군과 그 부하들로 대표되는 가부장 사회와 달래로 대표되는 모계원리의 대립으로 구체화시키고 있는 점이다. 힘에 의한 인간지배형식인 전쟁과 남성에 의한 여성의 성적 지배인 겁탈의 두 상응적 소주제들을 연결시켜, 여성 억압에 관한 문제를 제기한 방식은 작품 초입에서 상당히 설득력 있게 시작된다.

좀 구체적으로 이 작품의 극적 내러티브를 살펴보자. 전쟁 중 장군 일행이 병든 달래의 아버지를 끌어가려 하자 달래의 어머니 박씨는 남편을 구하기 위해 두 병사 장충, 차효에게 겁탈 당한 달래를 장군 일행에 딸려 보낸다. 그 이유는 자신이 '험한 세상에서 남편에게 의지하고 살기 위해'. 그 후 달래는 아들 장정을 낳고 자신만의 소유물로 기른 뒤 그를 통해 복수를 꿈꾼다. 달래는 생활고로 장정을 키우기 힘들자 비단장사와 동거해 살아가는 방편을 택한다. 장정이 청년으로 성장한 후 달래는 자신을 겁탈했던 두 병사를 (장정의 아버지) 장정을 통해 죽인다. 한편 할아버지 오 장군에게 이끌려 장정은 '핏줄은 남자에게서 남자에게로 물려진다'는 가부장 전통을 배우고 오 장군이 시키는 대로 '장군이 되기 위해' 어머니를 살해한다. 작품 종결부에서 달래 어머니 박씨는 딸의 참수된 머리를 보고 갑자기 깨달음을 얻어 남편을 버리고 떠날 것을 선언한다.

작가는 여성 억압의 원인을 가부장제와 여성들 자신이라며 가부장제에 대한 비판을 시도하는 듯하다. 그러나 문제를 분석하고 묘사하는 관점은 작가의 의식적 정체성에 심각한 의문을 제기시킨다.

왜냐하면 작가는 이러한 문제를 다루는데 적절했을 여성 중심적 의식과 관점에서 가부장제의 지배적 담론에 대한 저항 담론을 작품 속에서 창조하는 대신, '아들', '혈통', '어머니 교살' 등의 삽화적 제목만 보아도 감이 잡히듯 가부장 전통과 그 가치관을 재확인하는 것일 뿐더러, 여기 더하여 작품 전체를 통해 반복적으로 전달되는 남존여비적 가치관과 그에 바탕을 둔 구체적 대사들은 가부장제 비판을 위한 작가의 의도와는 관계없이 가부장적 권위와 가치에 대한 재확인으로 나타나기 때문이다. 특히 가부장 전통에 도전하는, 달래로 대표되는 모계 원리를 아들에 의한 살해를 통해 전면적으로 부정하는 결말은 그러한 효과를 더욱 배가시킨다. 또한 생존을 위해 남성에 전적으로 의지하지 않으면 안 되는 의존적 여성들을 가부장제의 구조적 희생양으로 그리는 대신, '희생자를 희생되었다고' 비난하는 식의 담론으로는 여성문제에 대한 여성중심관점의 대항담론을 창출할 수 없다.

작품 끝에 가서, 어머니 박씨가 갑자기 어떤 깨달음을 얻어, 남편을 떠나는 장면 역시 지금까지 문제를 끌어온 작가의 남성중심관점의 논리와도 잘 어울리지 않는다. 지금까지 가부장제가 보는 '못난 의존적 여성'의 묘사에서 한 인간으로서의 각성으로의 변모 과정이 설득력 있게 뒷받침됨이 없이 종결부에서 보여지는 갑작스러운 일종의 독립선언은 별 설득력이 없다고 생각된다.

결국 작가가 나름대로 시도했던 가부장제에 대한 '여성주의적' 다시쓰기 작업은 여성 억압과 지배에 대한 여성 중심의식과 관점의 부족으로, 다시 말하면 가부장제에 대한 패러디 작업에서는 '비판적'거리감의 부족으로 힘있는 저항 담론을 창출하지 못했다.

4. 또 다른 패러디의 한국적 전용: 〈진짜 신파극〉

작가의 패러디적 다시 쓰기 작업 의도와 작품 속에 나타난 작가의 의식적 정체성 사이에 뚜렷한 갭을 보였던 또 다른 작품이 홍원기 작, 박계배 연출로, 극단 서전이 공연했던 〈진짜 신파극〉이다. 주제가 일본 제국주의에 의한 한국 지배라는 구체적 과거 역사를 배경으로 하고 있다는 점에서 탈식민주의적 접근이 여러 면에서 적절한 방법론이 될 수 있다.

이 작품의 극적 내러티브의 구성 방식은 극중극을 위주로 한 메타—드라마 형식이다 이 작품의 경우, 스토리는 내부극인 극중극 형식으로 진행되는 반면, 외부극은 배우들이 이 연극 속에서 연극을 공연하는 상황 설정의 역할과 간간이 막간극적 요소로 노래를 삽입하는 역할 외에는 극중극인 내부극과 상황설정의 외부극 사이에 별다른 의미 있는 기능적 관계를 갖고 있지 못하다.

이 작품 속의 극중극 스토리는 다음과 같다. 남해안 한 무인도에는 일본천황을 숭배하며 대동아 공영권의 도래를 꿈꾸는 한 노인이 그 자손들 몇 명과 살고 있다. 이 섬에 일제가 남기고 간 막대한 보물이 있다고 믿는 이 노인의 큰손자 평한이 아들 학동을 데리고 이 섬에 들어간다. 깡패인 평한은 보물을 얻기 위해 아들 학동을 이용한다. 완전히 일본식으로 살고있는 노인은 학동이 선물한 라디오를 통해 일본천황의 병세가 위급함을 알게 되고 학동에게 천황에게 보낼 친서를 전달한다. 학동은 천황의 가짜 답장과 칼을 구해오고, 노인에게 천황의 죽음을 알리며 역사의 미망에서 깨어나라고 말한다. 그러나 노인은 천황을 따라 할복자살하고 섬은 폭발한다. 군사훈련 중이던 미군의 미사일 폭격으로 섬이 폭발한 것이다. 보물의 실상은 일본군이 남기고 간 폭탄과 화약이었다.

작가는 〈진짜 신파극〉이라는 제목을 통하여 작품 속 극중극 스토리, 즉 일본제국주의와 천황을 신봉하는 한국인들을 풍자하고 지난 식민지배 역사를 패러디하려고 한 것 같다.

그러나 작품의 극적 내러티브를 구체적으로 살펴보면 이 작품의 극적 구조의 근간을 이루는 극중극에서 보여주는 세계는 남해안의 무인도를 빙자한 하나의 작은 일본적 세계다. 그리고 그 작은 일본적 세계는 할아버지(하야마·타로시)를 위시해서 나름대로의 정연한 위계질서를 유지하며 관객인 우리들에게 다가선다. 또한 이들 인물들이 구성하는 대사들은 일본문화와 일본적 가치관의 우월성을 적극적으로 옹호하고 정당화시키는 것들이다.

예를 들어, 노인의 아들인 타다시는 일본식대로 죽은 형을 대신해 형수인 아이꼬와 살고 있다. 아이꼬의 대사를 보자. "늙고 병든 사람을 이제 버리라고? 외삼촌이 여태 우리를 먹여 살렸는데……형수를 맞이했던 착한 남자··일본식은 인간적이다." 또 다른 인물들은 "아시아는 일본을 중심으로 뭉쳐야 한다.··일장기는 태평양을 덮고 말 것이다. 일본 국민의 혈혈한 피가‥", "미개한 반도인(한국인)들에게 징병의 은혜를 베푸셨습니다. 천황폐하 만세.", "아직도 정신 못 차리는 민족"(한국인을 가리켜) 등등이다.

문제는 이러한 대사들에서 나타나는 의식적 정체성은 일본문화 우월주의적 의식과 관점으로 '반도인'과 반도인의 문화는 일본 중심적 관점에서 열등한 민족, 열등한 문화로 그려지고 있다. 비록 이러한 친일적 가치관을 선전하는 인물들이 '정신나간' 한국인들이라는 작가의 암시적 의도가 내포되었다 하더라도 작품구조 속에서 일본 제국주의 지배담론에 맞서서 한국적 가치관과 문화의 정당성과 주체성을 대변해 줄 저항담론이 보이지 않는다.

극중극에서 그려지는 한국인상과 가치관이란, 일확천금 횡재나 하려는 깡패인 평한과 그가 시키는 대로 따르는 그 아들 학동이 고작이다. 그나마 어린 학동이 할아버지에게 "역사의 미망에서 깨어나라"고 하는 대사 정도가 약간의 긍정적인 면이라고 할까. 그리고는 막간에 삽입된 단편적 대사정도로 여배우가 나와서 '일본에 희생된 학병의 시'를 읊는다.

결론적으로 극중극의 내부 스토리는 일본천황과 제국주의 찬양에 관한 지배담론이며, 극중극 속의 작은 일본적 세계가 섬의 폭파로 끝난다는 전개 역시 엄밀히 말하면 일본 군국주의의 사라짐을 시사하는 이야기는 될지언정 한국인과 한국적 세계관이나 가치관에 대해서는 긍정적 의미에서 시사하는 바가 별로 없다. 다시 말해 일본식민지배의 치욕적인 역사에 대한 뚜렷한 한국적 의식의 정체성과 '비판적 거리감'이 작품 속에서 극적 구조로 구체화되어 있지 않다. 또 이 작은 일본적 세계의 종말이 미군의 미사일 폭격으로 이루어진다는 설정은 과거 우리의 역사적 현실을 상기시킬지언정, 이 일본적 세계 속에 살던 한국인들은 제국주의 지배역사를 끝장내는데 어떤 주체적 역할도 할 수 없다는 암시도 될 수 있어 한국인 경시의 일본 중심적 시각의 연장이라고 풀이될 수도 있다.

이외에도 이 작품의 공연 형식 역시 일본 전통극인 가부끼 무대를 단순화, 대중화시킨 무대를 비롯, 막간에 삽입된 노래들 또한 왜색풍 일색으로 우리의 대중관객들에게 오락적 재미를 주었는지 모른다. 그러나, '한국인 경시'라는 일본적 관점이 선명한 작품의 전체적 논조와 더불어 이 공연이, 얼마나 효과적으로 작가가 의도했던 바 일본 통치의 역사가 〈진짜 신파극〉이었다는 주제를 전달할지 의문스러웠다.

결국 이 작품의 경우도, 작가가 나름대로 의도했던 일제식민통치역사에 대한 다시 쓰기 작업은 일본 제국주의에 대항하는 한국적 정체성에 바탕을 둔 저항담론을 작품 속에서 긍정적으로 창출하지 못함으로서 〈진짜 신파극〉이라는 제목만으로는 작품의 의도가 충분히 정당화되지 못했다고 생각된다.

이상의 두 작품 외에도 우리 연극계에서 많은 '패러디' 작업이 향해지고 있으나, 다시 쓰기 작업의 새로운 담론 생산자로서 작가의 주체적 위치성을 특징 지우는 '비판적 객관성'과 이 글의 앞에서 말한 의식적 정체성의 결여로 대개는 '형식적 다시 꾸미기'작업에서 크게 벗어나고 있지 못한 것은 사실이다.

패러디가 새로운 담론을 생산하기 위한 서구적 한 방법론이라고 볼 때, 패러디가 한국적 새로운 담론생산을 위한 한국적 방법론으로 전용되기 위해서는 이 글 앞부분에서 말한 제 조건들이 선행되어야 할 것이다. 또한 이러한 모든 작업은 이 시대 한국연극에서 국가적 정체성에 관한 담론의 재창출에 이르는 중요한 방법론이라 사려된다.

5. 패러디의 한국적 전용의 성공적 작업: 〈여우와 사랑을〉

국가적 정체성이라는 대전제를 연극적 담론구조 속에서 이질문화들간

극단목화 〈여우와 사랑을〉(1996)

의 충돌, 변형, 재창조의 역학관계로 끈질기게 추구해 온 작가 중의 하나가 오태석이다.

그는 1986년대 중반 작품인 〈아프리카〉에서 한국의 한 중동 근로자의 이야기를 통해 우리가 자랑스럽게 여겨온… 그러나 지구촌의 다양성의 문화적 관점에서 볼 때는 나이브하기 그지없기도 한…… 단일민족, 단일문화가 어떻게 수많은 이질적 우위 문화들의 지구촌 바깥세상과 맞닥뜨리고, 깨지고, 변형되는지, 또 영어라는 우위권 문화의 언어가 어떻게 나이브한 한국 근로자에게 하나의 현실적 폭력성으로 구체화되는지를 추적했었다.

오태석은 지난해 공연되었던 〈여우와 사랑을〉에서 이번에는 한국 국내로 문화충돌의 장을 옮겨 어떻게 '백의의 단일민족, 단일문화'라는 우리의 국가 문화적 신화가 밀려들어오는 해외 한민족들의 복합적 문화들에 의해 도전을 받고 있는지를 추적한다. 그가 보는 우리의 국가적 정체성은 자본주의적 이데올로기에 의해 극도로 변질, 물신화와 인간 소외가 국가 문화의 근간을 이루는 것으로 풀이한다. 또한 이러한 국가적 중심문화는 국내로 유입된 연변 등지로부터의 해외 한민족들의 부분문화들뿐 아니라, 아시아 각국의 근로자들로 대표되는 또 다른 일련의 부분문화들 위에 하나의 지배 문화로 군림한다. 이번에는 국내에서 하나의 식민주의 문화

지배 과정이 일어나고 있는 셈이다.

이 극의 극적 전개는 일련의 연변족 가무단원들이 한국에 발을 내딛는 것으로 시작된다. 이들은 서울의 한 백화점의 국산품 애용 선전단체 선발대회에 참석하기 위해서 왔다. 도착하는 순간부터 이들의 연변 한민족 문화는 살아남기 위해 극도의 물질주의 서울 문화에 동화되지 않으면 안 된다. 이들의 선언문은 하위문화로서 서울 중심의 지배문화에 적극적으로 따를 것을 천거한다: "모든 행동은 서울 방식을 규범으로 한다. 돈은 모든 것에 우선한다." 이들은 "정당한 보수도 받지 못하고 서울 사람들한테 당하기만 했다"는 피지배인들의 피해의식으로 가득 차있다.

다행히 이들 연변족 일행은 백화점 선발대회에 뽑혀 서울에 머물게 된다. 그리고 '서울 방식'을 철두철미 배우게 된다. 이들 그룹의 리더격인 경수는 이 백화점의 국산품 판촉행사가 사실은 역설적으로 외제 물건이 재고가 없다는 심리적 위기감을 자극시켜 외제상품 소비를 부추기고자 하는 자본주의 소비 문화의 숨은 음모임을 배우게 된다.

결국 연변 한인들의 하위문화 위에 군림하는 소비주의와 물신화의 서울 중심의 한국적 자본주의 지배문화는 그 위에 군림하는 서양 자본주의의 또 다른 지배문화에 먹이사슬처럼 종속돼 있는 양상으로 암시된다. 그리고 한국판 소비주의 문화의 거두격인 이 백화점의 회장님은 여성형의 목소리로 대변된다. 국산품 애용 캠페인에는 애국군가와 조만식 선생까지 동원되어 자본주의 이윤추구의 소비문화가 어떻게 우리 고유의 역사와 전통까지를 물신화, 변절시키는가가 신랄하게 묘사된다.

이들 연변 동포들은 지배문화인 '서울 방식'에 곧 동화된 결과 이들의 목적은 "수단을 가리지 않고 돈을 벌어 연변에 '윤동주 도서관'을 설립, 후손을 교육하겠다"는 것이다. 삶의 목적과 태도마저 서울식으로 동화되어 가는 것이다. 결국 경수를 비롯한 이들 일행은 돈을 벌기 위해 장기기증 알선사업, 여우 수입 사기사건 등을 벌리게 된다. 이 과정에서 이들이 관계하게 되는 해외 한민족들, 즉 재일 교포나 홍콩 교포들 역시 돈밖에 모르는 배금주의자들로 그려진다. 여우 수입 사기 건을 계획하면서 경수는 이렇게 말한다 "사기, 큰 사기지, 이게 바로 서울식이다."

흥미롭게도 이들의 이런 대화 속에 우리 나라에는 멸종되어 존재하지 않는다고 하는 여우에 관한 '옛날 얘기들'이 삽입된다. 요즈음의 물질주의 각박한 한국 사회에서는 들어본지 오랜 한국의 이야기, 우리들의 신화인 것이다. 우리들에 관한 '스토리텔링'이 없는 사회는 문화적 중심이 빠져버린 사회이며, 여기서 여우에 관한 '옛날 이야기'들은 서구 자본주의 소비문화의 지배로 우리가 어느새 잃어버린, 한국문화 속의 그 어떤 부재(不在)를 상징한다고 하겠다.

소비주의 문화가 동반하는 물신화와 인간소외현상은 애완견 상점의 수천 만원과 억대에 이르는 개 값, 상점주인의 살해사건 등으로 시사된다. 이들에 대한 연변 중심의 하위 문화적 관점은 다음과 같다: "애완 동물이 뭡니까. 개는 짖는 짐승이요, 꽁이는 쥐잡지, 그걸 왜 끼고서 못살게 굽니까.……연변 개는 귀고리 안 해"로 나타난다. 해외 한민족 동포들이 서울에서 하위문화를 형성하며, 견해차이와 문화적 갈등을 일으키는 피지배적 존재들로 그려진다면, 네팔인이나 인도인 등, 언어가 다른 외국 노동자들은 일방적으로 당하기만 하는 속수무책의 노예 비슷한 존재로 그려진다.

오태석은 이 작품에서도 특유의 '파라독스적 미학'을 연극적 장치로 구체화한다. 앞서 말한 국산 뚝배기 선전 뒤에 숨은 밑그림은 외제 도자기 판매실적을 올리기 위한 것 등 겉그림과 밑그림의 완전한 전도도 그 한 방식이지만, 이보다 더 큰 파라독스이자, 지독한 패러디는 이들 연변 한민족들이 '서울 방식'을 철두철미 익힌 후, 국내 한국인에게 역으로 적용하는 사건 구성에서 더욱 뚜렷이 들어 난다.

결국 이들은, 같이 동거해온 엄씨 아줌마가 무자식으로, 노후를 위해 꽁꽁 모아온 돈을 '어머니'라고 부르며, 윤동주 도서관 설립기금이라는 명목으로 반 강제로 설득하여 넘겨받는다. 돈으로 맺은 양어머니의 관계는 허약하기 그지없고 이들이 서울을 떠날 때, 이미 엄씨 아주머니는 그들이 자신을 돌보러 다시 돌아오지 않음을 깨닫는다. 또한 그들이 도서관을 지을 것이라는 보장도 없다. 또 다른 경우는, 경수가 네팔 사람에게 장기를 팔라고 설득하자 네팔인은 "우리 돈번다"며 흥정이 이루어지려는 찰나, 염소농장을 하는 국내인 관규가 나서서 말리는 장면이다. 경수가 "잘못된 게 뭐야. 내 이 사람들 처지가 하도 딱해서"라고 대답하자, 관규는 "딱하다고 멀쩡한 사람 팔다리 잘라 가지고 팔아먹어 이놈아. 가자. 우리 농장 가서 염소 키우자. 내 남주는 월급 줄 테니까 우리 농장 가. 당신들 배 갈랐다간 죽어. 당신들도 저 사람 모양 죽어서 돌아가. 그러니 다른 생각 말고 나하고 가"하며 적극 저지한다.

아마도 작가 오태석이 엄씨 아주머니나 관규 같은 극소수의 인물을 통해서 제시하고 싶었던 것은 지배와 피지배문화의 연계 고리의 상관 관계 속에서도, 서울의 물질주의 물신화 문명 속에서도 아직도 일말의 긍정적 국가 정체성의 희망은 남아있다는 것일까.

오태석은 이 작품을 통해 1986년대 이후 한국의 경제 성장에 관한 역사적 신화를 확고한, 나름대로의 한국적 의식의 정체성을 바탕으로 그 역사적 신화를 해체하고 다시 쓰기를 통한 새로운 창출작업을 의미 있게 시도해냈다. 그는 '비판적 거리감'을 가지고, 현시대 우리의 의식으로 우리의 국가적 정체성에 거울 비추기 작업을 시도했으며, 그런 점에서 패러디의 성공적인 한국적 전용의 경우라 하겠다.

지구촌 문화의 세계화와 더불어 다시금 부상하는 문제가 '국가적 정체성'의 문제다. 우리는 서구의 이데올로기와 문화구조를 전용함에 있어, 세계를 향한 열린 마음과 동시에 이 시대에 걸맞는 우리의 국가적 정체성의 새로운 창출에도 그 중요함을 더해가야 할 것 같다.

(한국연극, 1997. 3.)

연극(문화) 국제교류주의와 그 동양적 수용

올해 9월과 10월에 걸쳐 열렸던 세계연극제(Theater of Nations)는 우리 연극사에 한 이정표를 제공했다. 다른 어떤 측면에서보다도 이번 세계연극제는 백여 편의 외국 공연이 대거 몰려와, 우리 연극인들과 관객들의 의식 속에 '연극의 국제화'라는 화두를 던져주었기 때문이다. 또한 연극을 공부하는 학자와 학생들에게도 이에 대한 이론적 용어인 '문화상호주의(Interculturalism)'에 관한 지대한 관심을 일깨워 준 계기가 되었다.

우선, 인터컬쳐럴리즘이란 무엇인가?

누군가 '문화상호주의'라는 새로운 용어로 번역해 놓았다. 어쩌면 일본식 번역을 옮겨왔는지도 모르겠다. 그러나 실제로 그 의미를 쉽게 풀어보면 첫 번째로, 광의의 뜻으로는 '연극 문화와 전통의 국제교류'를 의미하는 말로, 주로 동양과 서양 사이의 연극 전통의 교류를 의미해 왔다.

좀 더 협의의, 더욱 전문화된 의미에서 인터컬쳐럴리즘(연극문화 국제교류주의)은 주로 60년대 이후, 그로토우스키, 유제니오 바르바, 피터 브룩 등이 퍼포먼스의 연계 속에서 체계적으로 발전, 실천하고 있는 연극

인류학의 기본 개념으로, 이에 의하면 각기 다른 연극 전통에는 '공통적 연극 행동 원리'가 있다는 것이 그 기본 입장이 된다.

하나의 실천체계로서 '연극문화 국제교류주의'는 실제로는 상당히 '서양 중심적' 구도로 실천되어 왔다. 브레히트가 경극에서 아이디어를 얻었다거나, 아르또가 발리 춤에서… 등등의 이야기는 이미 우리가 익히 알고 있는 이야기이다. 이러한 서양 중심적 입장에서 볼 때 연극문화 국제교류의 대표적인 구도로 알려져 있는 동양의 연극전통은 인도와 일본의 전통연극 양식들이다. 또한 하나의 연극 전통과 양식이 다른 연극문화 전통으로 이동/교류될 때 일어나는 손실은 대부분의 경우, 그 연극전통이 갖는 문화적 고유성과 역사성이 상실된다는 점이다. 그래서 '연극문화의 국제교류'에서는 이론적 차원, 실천적 차원과 더불어 한 연극전통이 갖는 문화·사회적 맥락과 세계관의 이동이 함께 수반되어야 한다고 언급되고 있으나, 실제 공연학적 차원에서는 '연극행위'의 양식적 측면만이 강조되는 경향이 있다.

동양 중심적 입장에서 동서양간 '연극문화 국제교류'를, 광의로 해석할 때, 한국, 중국, 일본을 비롯한 많은 동양 국가들의 경우 현대(혹은 근대) 연극사의 시작이 서구 현대극의 전통과 형식을 원용하여 시작되었다는 점에서 '연극문화 국제교류'의 시작과 때를 같이 한다고 해도 과언이 아닐 것이다.

그러나 최근 들어 좀 더 전문적 의미의 연극전통 교류작업이 동양 중심의 입장에서는 진행되고 있다. 1990년에 필자는 이미 에딘버러 연극제에서 인도의 전통극인 카타칼리 공연 형식으로 셰익스피어의 〈리어왕〉을 공연하는 것을 보고 새로운 연극형식 창출을 위한 프론티어 작업이라고 느낀 바도 있었다. 스즈끼타다시가 1988년에 우리 나라에서 공연했던 〈트로이의 여인들〉 역시 동양 중심의 연극전통 교류작업이라 할 수 있다.

이번 세계연극제에서 한국 중심의 '연극문화 교류주의'의 실천적 작업은 김정옥 연출로 공연된 셰익스피어의 〈리어왕〉이다. 〈리어왕〉은 궁극적 사랑의 주제 때문인지 연극문화 교류작업에서 자주 공연되는 작품 중 하나이다. 미국, 일본, 독일, 한국 등 다국적 배우들을 기용하여 공연된 한국형 〈리어왕〉과 거의 비슷한 시기에 일본에서도 기시다리오라는 작가가 '연극문화 국제교류주의'에 바탕을 두고 각색한 〈리어왕〉이 역시 공연되었다고 한다.

최근 '연극문화 국제교류주의'의 실천에 있어 중요한 점 중의 하나는 이 체계의 기본 가정이 포스트모던 문화의 한 중요한 패러다임인 '다문화주의' 혹은 '복합문화주의'의 기본 가정과 맥을 같이 한다는 것이다. 즉 모든 문화의 독자성과 다양성을 인정한다는 것이다.

실제로 김정옥 연출의 이번 〈리어왕〉 공연은 앞으로의 '연극문화 국제교류주의'의 실천적 무대 작업에서 우리에게 많은 과제를 제시했다는 점에서도 의의가 있다 하겠다. 필자가 느꼈던 몇 가지 점을 제시해 보면, 우선 대사의 문제이다.

독일 배우는 독일어로, 일본 배우는 일본어로, 미국 배우는 영어로, 각자 맡은 대사를 자국어로 전달한다. 각 배우들의 언어 전통과 문화를 존중한다는 의미는 높이 살만하다. 그러나 배우들간의 언어적 장벽은 공연의 흐름과 함께 창조되어야 할 감정적 에너지의 생산과 흐름을 막아서 연기하는 배우들뿐만 아니라 그것을 지켜보는 관객에게도 감정전달이 되지 않는다. 한국 배우가 한국말로 대사를 할 때만 겨우 공연속 세계에서 무슨 일이 일어나는 지를 '잠깐 동안만' 관객은 동일시할 수 있을 뿐이다.

또한 각 배우들의 연기전통과 개개인의 연기 스타일도 모두 다르다. 이런 경우 공연에 어떤 형태로든 하모니를 창출하기 위해서는 그로토우스키나 유제니오바르바가 말하는 '공통적인 연극행동의 원리'를 찾아내야 할 것이다. 어떠한 방법론이 필요할 것인가? 또 일본의 여성 극작가 기시다 리오가 극본을 쓰고, 싱가포르 연출자인 옹칸생이 연출한 다국적 〈리어왕〉 공연과 변별성을 줄 '한국 중심적' 방법론은 어떻게 찾아낼 것 인가? 이에 대한 간과명료한 해답은 없다고 생각된다. 다만 더 많은 다국 적 연극문화 교류작업과 함께 연극 인류학적 이론과 실천에 대한 연구가 선행되어야 할 것이라는 생각이 든다.

또한 문화적 다양성이라는 측면에서 단일민족인 우리가 간과하기 쉬운 점은 인종적 다양성의 문제다. 이번 〈리어왕〉공연에서 주로 ITI회의에 참석했던 외국 대표들이 지적한 바에 의하면, 극중 검은 피부의 남쪽 섬나 라 배우들의 이미지와 역할이 '소리지르며 잠깐 등장하는 것'으로, 흔히 우리가 가지고 있는 '섬나라 야만인'의 스테레오타입을 극복치 못하고 있 다는 것이었다. 실제로 단일민족/단일문화(?)를 자랑하는 우리 연극인들이 나 관객들은 인종문제에 대해 다인종/다문화 국가의 그들만큼 센시티브 하지 않은 면도 있다. 그러나 대부분의 서구 사회에서 인종문제는 우리의 분단문제 만큼이나 첨예한 관심과 대립의 문제로 우리의 의식의 국제화 차원에서 상기되어야 할 점이라 생각된다.

동양 중심의 '연극문화 국제교류주의' 실천작업에서 또 다른 중요사항 은, 서양과의 교류뿐 아니라, 동양 내 타국가들과도 연극전통 교류 및 공 유를 위한 실천작업이 더욱 빈번해져야 할 것 같다.

'연극문화 교류'라는 측면에서 이번 세계연극제 외국 공연 중 필자에 게 흥미로웠던 또 다른 공연들이 유제니오바르바의 〈도나뮤지카의 나비 들〉과 펑충의 〈슬픔 그 이후〉이다. 이 두 공연은 '연극문화 교류주의'의 실천작업시 제기되는 구체적 문제들, 즉 한국의 〈리어왕〉공연 등에서 제 기될 수 있는 현실적 문제들에 대해 몇 가지 대안적 해결책을 제시해주 기 때문이다.

〈도나뮤지카의 나비들〉이나 〈슬픔 그 이후〉 모두 공연 내 교류대상이

되는 연극문화는 한두 개에 지나지 않는다. 〈도나뮤지카의 나비들〉의 경우, 바르바는 '연극행동의 공통원리'를 찾기 위해 일본 전통극인 노나 가부끼의 발성 양식을 바탕으로 새로운 발성법을 창출하고 있으며, '장자와 나비'의 이야기는 소재로서만 원용하고 있다. 이러한 작품 내 연극문화 교류작업의 바탕에는 바르바 자신의 다문화적 세계관이 자리잡고 있음은 말할 나위가 없다. 그는 이태리 출생으로 노르웨이, 덴마크 등 다문화를 거치며, 코스모폴리탄으로서의 복합문화적 삶을 살아온 사람이다.

평총 역시 중국계 미국인으로서 서구 백인사회에서 중국인으로 백인 중심 문화와 중국계 부분문화 사이에서 문화간의 복합적 상호작용을 삶의 기본 체험으로 살아온 연극인이다. 평총의 경우 우리에게 더욱 관련성이 있을 수 있는 이유는 그가 그의 작품 속에서 표현해 보여주는 '연극문화 교류주의'의 방식은 곧 동양문화로서 우리 연극이 서구 연극문화와 어떻게 효과적으로 상호 작용할 수 있는가를 제시해 주기 때문이다. 평총 역시 〈슬픔 그 이후〉 공연에서 중국과 미국 문화의 만남과 베트남과 미국 문화의 만남을 소재로 영상 이미지, 압축적·상상적 대사 및 중국 연극 전통에 바탕을 둔 무나챙의 연기 방식 등을 복합적으로 구사한다.

이 공연은 기대했던 만큼 멀티미디어를 복합적으로 구사하지 않는다. 평총이 구사하는 작품 속의 중국문화는 전통 중국문화의 모습과는 상당히 거리가 있는데 그것은 이미 표현방식이나 정서에서 서양문화와의 만남과 충돌을 통해 재창조된 것이기 때문이고, 그런 이유로 그의 작품은 서구문화와의 교류의 장에서 더욱 설득력을 얻게 되는 것 같다. 그는 말하자면 두 다른 연극문화를 연결시키면서 그 차이 속에서 '공통적 연극 행동 원리'를 찾아냈다고 할 수 있다.

'연극문화 교류주의'의 또 다른 형식은 일본의 지진까지 극단이 공연한 〈야부하라 겐교〉에서 효과적으로 구체화된다. 이 공연은 상기한 '문화 교류주의'가 동양중심의 입장에서 구체화된 최근의 경우로 우리에게 상당히 유용한 모델을 제공한다고 생각된다. 특히 필자는 이 공연을 1990년에 에딘버러 세계연극제에서 관극한 터이라, 이번 한국 공연과의 비교를통해 일본 극단이 구사하는 '문화교류주의'의 몇 가지 효과적 전략을 나름대로 읽을 수 있었다.

작품 〈야부하라 겐교〉는 한 맹인이 온갖 나쁜 짓을 다해 출세하고 결국은 죄값으로 망한다는 일본의 한 구체적 이야기이자, 권선징악이라는인류 공통의 보편적 주제이다.

에든버러 연극제의 무대에서 이 이야기는 인간의 한계를 넘는 무한한힘의 추구와 그에 대한 심판의 이야기로 구성된 17세기 영국 르네상스시대의 유명한 크리스토퍼 말로우의 연극 〈파우스트 박사〉를 생각나게 하는 방식으로 전개된다. 다시 말하면, 서구의 연극관객들이 이미 가지고있는 문화적 전통에 대한 호소력을 높였다고 할 수 있다. 그리고 배우들은 중간중간 영어 대사를 몇 마디씩 삽입함으로서 관객들의 호응도를 높인다.

이에 비해 〈야부하라 겐교〉의 한국 공연은 오락적 측면을 대폭 강화시킨 것으로 파악된다. 주로 섹스와 폭력에 관한 이야기나 행동에 많은 시간과 장면이 할애되어, 전체 작품의 구조가 산만해진 느낌까지 주었다.특히 사람을 칼로 찔러서 죽이는 과정을 지나치게 감각적으로 잔인하게구사했다. 에딘버러 공연에서처럼 이번에는 한국말 대사를 삽입, 한국 관객들을 주로 웃기는 방식을 공연의 한 중요한 전략으로 삼은 듯싶다.

그러나 각기 다른 연극문화 상황에 발빠르게 대처하여 자국 공연의 타문화적 수용을 효과적으로 조정하는 일본 극단의 '연극문화교류주의' 실천방식은 우리에게 하나의 방법론을 제시한다고 하겠다. 동시에 이러한대처방식에 대한 성공적 문화적 기획은 끊임없는 전문적 연구와 시행착오의 경험이 선행되어야 함도 상기하고자 한다.

〈야부하라 겐교〉는 또한 동양 중심의 입장에서 '연극문화교류주의'를 작품 구성에서도 실천하고 있는 구체적 경우다. 일본적 이야기를 서사극적 텍스트 구조로 펼쳐가면서 일본 전통극 공연형식과 서사극 공연형식을 복합적으로 구사한다. 예를 들어 무대 왼쪽 하단에 내레이터를 설정해 놓고, 대중문화적 요소를 가미해 방송 해설자로 개그맨으로의 역할을 다양화시켜 코믹한 효과를 배가시킴으로서 고대 서양연극의 코러스역할의 일본화 내지는 포스트모던화가 그 한 예이고, 그 옆에 있는 검은 옷의 '흑자'는 일본 전통극에 나오는 기능적 인물을 더욱 개성적 역할을 부여하여 '서양 기타'를 들고 묘한 동서 혼합의 1인 코러스 역할을 수행한다. 무대 위는 동서양 연극문화의 가히 무리 없는 혼합적 하모니를 창출해 낸다.

현 시점에서 우리에게 중요한 일은 타 연극문화와 전통과의 더 많은 교류작업을 통해 문화적 충돌과 재창조 과정을 '배우의 몸과 연극행동의 차원'에서 체험하는 일일 것이다. 그러기 위해서는 우리와 남에 대한 문화적, 인종적 차별의식이 배타적이라고 소문나 있는, 우리 자신의 이분법적 세계관의 벽을 허물고, 우리와 다른 '낯선 차이들'을 과감히 수용하는 열린 마음의 자세가 필요하다고 생각된다. 왜냐하면 연극은 곧 우리가 세계와 삶을 보는, 또한 나와 남을 보는 방식의 표현이기 때문이다. 이번 세계연극제는 기타 제반적 세부사항의 불충분함에도 불구하고 우리의 관객들에게 문화를 보는 눈의 폭을 넓혀주었다는데 그 한 중요한 의미를 찾을 수 있을 것 같다.

(한국연극, 1997.12.)

역사적 무의식의 재창조 작업
─ 〈천마도〉

　무대 위에서 우리 역사를 현대적 시각으로 재창조하는 작업은 현시대 우리의 역사적 정체성의 문제를 가늠해 보려는 시도로서 많은 우리의 현대극들이 한국역사 다시 쓰기 작업을 끈질기게 추구해 왔다. 지금까지 이들의 일반적 작품구성 특징은 주로 정치, 사회적 차원에서 사건과 플롯을 중심으로 구조되어 왔다해도 과언이 아닐 것이다. 이를테면 역사를 하나의 텍스트라고 볼 때, 우리 역사 텍스트의 '의식적' 차원만을 주로 개발하고 그를 바탕으로 극 텍스트로 구조해 왔다는 이야기다. 아니면 독특한 개인적 스타일로 추상적 기호나 체계로 구조하기도 했다. 예를 들면 오태석의 〈백마강 달밤에〉, 〈부자유친〉 등이 이에 속할 수 있겠다. 최근 3, 4년 전부터 이제는 역사 텍스트의 '무의식 차원'을 파헤쳐 재구조 하고자 하는 작업들이 시도되기 시작했다. 이윤택의 〈문제적 인간 연산〉이 그러한 예로 프로이드의 오이디푸스적 패러다임을 한국 역사 해석에 적용, 작가·연출가 나름의 스타일로 변용한 경우였다.

　극단 목화가 홍원기 작·연출로 무대화한 〈천마도〉 공연 역시 이러한 역사의 무의식을 파고들어 재구조해 보고자 하는 우리 연극 텍스트의 '심리화 현상' 내지는 더욱 크게 보아 '포스트모더니즘의 한국화 현상'이라는 맥락 속에서 적절히 설명될 수 있을 것 같다.

이 공연은 우리에게 역사적 신화로 남아 있는 김유신과 그의 애마 이야기를 화두로 의식과 무의식의 이중적 시각의 차원에서 역사를 풀어 나간다. 의식적 차원에서는 삼국통일을 전후한 통일 신라의 정치적 상황을 중심으로 역사적 사건 위주로 극 구조가 진행되고 무의식적 차원에서는 그러한 역사를 이루는 김유신을 중심으로 한 인간군상들의 심리적 드라마가 작가의 창의적 통찰력을 타고 치밀한 심리적 동기, 욕망, 갈등의 구조로 재구성된다. 흥미로운 구성은 김유신—어머니—천관녀로 이어지는 무의식적 심리관계의 재구성 작업이다. 작가는 오이디푸스적 근친상간의 적나라한 성 관계에 초점을 맞추지 않고 아들 김유신의 성공을 비는 전통적 한국 모성의 모습을 그대로 유지하면서, 그 위에 김유신의 애인 천관녀와의 사랑을 몽타주 식으로 겹쳐 놓음으로서, 한국의 모성과 에로스적 사랑을 무리 없이 조화시킨다. 또한 천관녀와의 사랑의 갈등을 김유신의 삶·죽음에 이르는 존재로서의 문제로까지 연결시킴으로서, 흔히 서구적 오이디푸스 관계가 강조하는 감각적 성의 개념을 존재론적 차원까지 끌어올린다. 작가 홍원기가 그리는 인간 무의식의 지도는 김유신의 남성적 정체성 확립의 무의식적 욕망의 차원과 통일신라의 국가적 정체성을 확립시키고자 하는 그의 의식적 욕망의 차원에서도 동시에 펼쳐진다.

무의식적 차원에서는 모성과의 관계를 끊어버리지 않으면 성취될 수 없는 김유신의 남성적 정체성의 완성은 모성을 대체하는 천관녀와의 사랑을 통해서 일차적으로 완성되고, 그 이후 그녀에 대한 강박관념을 극복하면서 완전히 완성된다고 볼 수 있는데, 아이러니하게도 그것은 바로 김유신이 삶을 다하는 순간으로 이 공연에서 그려진다.

남성적 정체성 완성의 또 다른 동기는 김유신의 가부장적 대업 승계의 욕망으로 구체화된다. 김유신은 둘째아들인 원술랑에게 전쟁의 대업을 승계함으로서 아버지와 아들간의 '정체성 동일시'를 바탕으로 하는 '오이디푸스적 후기 관계'를 욕망한다. 여기에서 파생되는 또 다른 무의식적 동기는 김유신의 큰아들 삼광과 둘째아들 원술과의 형제간 라이벌 심리이다. 인정받지 못하는 가부장 전통의 큰아들의 질시 및 욕망과 둘째 아들로서 아버지와의 가부장적 대업을 억지로 승계 받아야 하는 입장, 실제로 이러한 심리적 그림은 가족중심의 한국적 가부장 전통에서는 애써 외면해왔던 심리적 화두이기도 하다.

이 공연이 제기하는 또 다른 현대 후기적 감각의 화두는 김유신이 공연 중간과 종결부에서 제기하는 자신의 분열된 민족적·국가적 정체성의 문제다. 김유신은 말한다. 그는 "차라리 아버님, 할아버님을 쫓아가 야국의 자손이 되고 싶었다."고 그러나 그의 어머니가 그를 신라인으로 길렀다고, 또 그래서인지 그는 천관녀가 가야인이라는 이야기에 이끌려 그녀를 사랑하게 되었다고. 즉 그는 가야인도 신라인도 아닌 주변적 정체성의 인간인 것이다. 이러한 분열된 정체성(split identity)의 문제는 실제로 오늘을 사는 모든 현대인이 당면하는 문제로 이 작품 속에서 더욱 부각되었어도 설득력을 높일 수 있었을 것이라고 생각된다.

이상에서 살펴본 바와 같이 치밀한 심리적 패러다임을 구성하는데 있어서 작가는 동서고금의 희곡 쓰기, 다양한 방법을 전용, 자신의 스타일로 다시 쓰기를 구사한다.

삼국통일의 역사적 과업을 중심으로 한 고전 역사극이 갖는 주제의 장엄성은 희랍고전극의 스케일에 못지 않다. 또한 민족 통일의 집념을 축으로 펼쳐지는 김유신의 일대기와 세월의 변화에 따라 쓰러져 가는 그의 인간적 욕망과 인생무상의 재현된 기록들은 오랜 역사적 기록이 아닌 살아 있는 내면 세계를 가진 인간 김유신을 만나게 한다. 김유신의 최후의 모습은 언뜻 리어왕의 그것과도 연결시켜 볼 수 있다는 생각도 든다. 역시 사색적이고 조금은 나약해 보이는 원술과 아랑의 관계도 햄릿과 오필리어 관계의 어떤 면모를 연상시켜 줄 수 있다는 느낌도 든다. 연극문화 교류적 차원에서도 논의가 가능할 것 같다.

이외에도 작가가 작품을 구성하는 이중적 시각의 전략은 여러 다른 연극 언어로 구체화된다. 그 중 하나가 이 공연의 심리적 양축을 이루는 남성원리와 여성원리의 대립과 갈등이다.

김유신으로 대표되는 이 작품의 남성원리는 아들 원술에 대한 후기 대업, 가부장적 대업의 승계로 이어지는가 하면 이와 극적 대조를 이루는 여성원리는 천관녀와 아랑으로 이어지는 여성승계로 구체화된다. 그리고 이 남성적, 여성적 원리는 끊임없이 갈등하는 것으로 나타난다. 예를 들어 김유신에게 있어 천관녀는 삼국통일의 가부장적 대업을 완성하기 위해서는 극복되어야 할 여성원리로 나타난다. 또 그가 이승을 떠나는 날까지 그의 무의식 속에 강박관념으로 남아서, 그를 갈등케 하는 힘이며, 그래서 궁극적으로 제거되어야 하는 '부정적' 원리로 그려진다.(극의 종말에서 김유신은 천관녀를 칼로 베어버리고 저승으로 떠난다.) 남성원리와 여성원리에 관한 이분법적 사고는 음양화합의 전통적 동양원리와도 뚜렷이 차이가 나는 패러다임으로 우리의 전통원리에 의한 남성·여성적 힘의 조화를 작품 속에서 회복시키는 비전의 가능성도 추구해 볼 가치가 있다 할 것이다.

이 공연에서 극적 대비가 현대적 감각으로 효과적으로 구체화된 경우가 김유신과 아들 원술랑의 성격창조다. 유신이 국가적 대업을 위해 자아를 버리는 공동체적 가치관의 인물이라면 원술은 자유주의적 개인주의적 가치관을 가진 인물로서, 폭력을 혐오하고, 아랑과의 개인적 사랑과 삶을 택하고자 한다. 이에 비해 원술과 큰아들 삼광의 형제간 라이벌 심리는 구체적 전개가 뚜렷이 보이지 않는다.

그러면, 이상에서 논한 바처럼 이 공연은 심각하고 장중하기만 한가?

그렇지 않다. 여기에 다시 역사를 조망하는 동일한 작가·연출가의 '눈'이 갖는 이중적 시각이 이를 방지해 준다. 즉 공연의 정서적 에너지를 심각성에서 풍자와 놀이성으로 적절한 리듬 감각으로 순환시킨다. 예를 들어 원술과 아랑의 사랑유희 장면. 음병들의 코러스 역할 등의 장면배열은 주제의 장중함에 오락성으로 균형을 맞추어 준다. 또한 우리 역사 다시 보기, 낯설게 보기를 통해 이 작품이 스테레오타입의 비극이 아닌 패러디적 다시 쓰기 작업을 성취한다. 예를 들어 대당 투쟁을 주장하는 김유신이 화랑도와 신라인의 기개를 대변한다면, 문무왕을 비롯한 그 주변의 모든 신하들은 겁에 질린 소인배적 인물들로 재현됨으로서 작가의 역사 다시 보기 시각이 구체화된다.

이와 같이 작가의 이중적 시각과 이의 다양한 연극적 언어의 구체화 작업은 작품 속에서 끝없는 해체와 재창조를 거듭하면서, 우리가 역사를 보는 시각에 균형감을 창조하고, 플롯 진행에 역설적인 재미를 창출한다.

연출로서 홍원기의 장면 만들기 역시 문예회관 소극장의 작은 공간을 낭비 없이 구사했다. 한국 전통 타악기를 기본으로 한 2인조 여성 오케스트라(?)의 활용, 객석과 무대의 위치를 바꾸어 본 공간 재배치, 무대중심을 분할한 대칭적 공간구성 및 동작선 구성, 배우 위치 구성 등 상당히 치밀한 연출 전략을 보여주었다. 작품의 주제가 갖는 장엄함이나 구성의 스케일 등으로 볼 때 대극장 공간에서 공연시간을 늘려 대형공연으로 재구성해 볼 수 있을 것 같다. 이번 한시간 반의 소극장 공연에서 극 구조의 치밀함과 적지 않은 대사양은 관객의 절대적인 그러나 피곤하지 않은 집중력을 요구한다. 김유신 역의 한명구의 노련함과 원술 역의 박희순의 신선함이 좋은 대조를 이룬다.

(한국연극, 98. 3.)

포스트모던 시각에서 '역사 뒤집어 보기'
— 〈천년의 수인〉

오태석의 작품이 근래 들어 원숙미를 더해가고 있다. 극작가로서, 또한 연출가적 측면에서, 요즈음 공연중인 〈천년의 수인〉을 보면 이러한 점이 뚜렷이 파악된다.

극작가 오태석은 '한국인은 누구인가?'라는 한국적 정체성에 관한 화두를 그 나름의 독특하고 다양한 스타일로 작품 속에서 끈질기게 추구해온 작가이다. 그의 작품을 특징짓는 몇 개의 스타일 중의 하나가, '한국적 역사성'에 대한 주제를 최근의 포스트모던 극 구조 양식으로 구체화하는 작품들이다. 크게 보아 〈심청이는 왜 임당수에 빠졌는가?〉(1998) 등의 작품을 시작으로, 연극 기호적 성향과 사실주의 표현양식을 절충적으로 잘 정리한 〈여우와 사랑을〉(1996)에 이어 〈천년의 수인〉에 이르러서는 역사성과 포스트모던 메타 연극성이 완숙한 조화를 이룬다.

최근 세계무대의 연극 경향은 포스트모던 시각에서 연극 장면을 짜 맞추는 구성주의적 극작 테크놀로지의 '놀라운 유희성(게임)'을 한 굵은 축으로 하고 있다. 이는 우리가 국내에서 흔히 접해왔던 '잘 만든 플롯' 구조의 사실주의 극의 장면 짜맞추기와는 다른 것이다. 그리고 그러한 교묘한 메타 연극적 장면 짜맞추기의 유희성은 포스트모던 관객들에게 홍미를 제공한다.

〈천년의 수인〉 공연은 상기한 점에 비추어 볼 때, 세계 수준의 장면 짜맞추기 극작 작업에 뒤지지 않는 노련미를 보여준다. 극작가 오태석이 이러한 메타 연극성을 어떻게 구사하는지 간략히 살펴보자. 이 연극 구조의 가장 뚜렷한 특징은 시간 및 공간 개념에 대한 통시적 및 공시적인 구성이다. 통시적 구성은 두 개의 축을 중심으로 설정된다. 즉 백범 살해자인 안두희의 테러리즘을 현시점으로 우리 역사의 질곡 속에 점철돼 왔던 '살해'의 화두를 종적으로 추적한다. 여기에서 박정희 대통령의 저격범인 김재규가 윤봉길 의사까지 연결되어지고, 무대 위의 장면 짜맞추기는 몽타주적 구성 방식을 통해. 현실과 과거. 꿈과 현실에 대한 이분법적 경계를 해체시킨다. 이러한 '살해'의 화두를 공시적 차원에서 횡적으로 연결짓는 축은 테러범인 안두희와 광주사태시 한 여학생에게 발포. 사살한 것으로 되어 있는 장용구 병사이다.

또 다른 하나의 시·공간적 종적의 축이 장용구 병사를 중심으로 광주 사태 당시의 시점까지 거슬러 올라간다. 여기서 안두희를 시점으로 시간적으로 거슬러 올라가는 정치적 '살해'의 화두는, 한국 역사에 점철된 비극적 연속성을 강조하는 상기한 여러 사건들에 의해 구체화되는데, 이러한 연속성에 대한 하나의 연극 기호적 장치가 윤봉길 의사가 건네주었다는, 지금은 안두희에게 전달되어져 있는 피묻은 회중시계이다.

이와 같은 시·공간적 종적인 장면 짜맞추기가 한국 역사의 비극성 내지는 비극성을 나타내는 심각한 정서를 창조한다면, 안두희와 함께 병원에 수감된 장용구 병사의 공시적 차원의 스토리 전개는 이 병사가 정신이 약간 온전치 못하다는 설정과 그가 엮어내는 현실, 과거, 환상의 장면 만들기에 의해 희극적 정서를 창조 해낸다. 이와 같이 역사적 '살해'의 심각한 화두는 이러한 한국적 역사성에 '거리감'을 두고 현 시대 포스트모던적 '이중 시각'으로 우리의 역사를 '낯설게' 보는 작가 오태석의 관점에 의해 포스트모던적 '유희성'의 정서를 재창조해 낸다.

상기한 '이중적' 관점에서 볼 때. 어쩌면 안두희와 광주 사태의 병사는 역사의 죄인 일뿐만 아니라 그 '개인적 역사'의 차원에서 볼 때는 개인을 지배하는 국가 및 사회구조. 상하서열 체계 및 명령 체계에 복무할 수밖에 없었던 또 다른 의미에서의 희생자일 수도 있다는 것이다. 그래서 극 중에서 재현된 인물 안두희는 이렇게 이야기한다. "안두희 안 쏘면 너도 죽어 가는데 힘없는 포병이 무슨 힘있어?"

안두희와 장용구를 중심으로 한 두 역사 '재현'의 축을 부드럽게 횡적 으로 이어주면서 극중 인물 설정을 삼각 구도로 만들어 안정감을 창조하 는데 인물이 말 못하는 비전향 장기 복역수의 역할이다. 그는 극중 정서 적 에너지를 부드럽게 완화시키는 역할과 더불어, 극 말미에 가서 안두희 를 중심으로 한 역사성 재현의 막을 마무리 짓는―복어탕을 안두희와 같 이 먹고 죽음으로서―역할을 맡고 있다.

작가 오태석은 이러한 역사성의 질곡과 뒤틀어진 인간 군상들의 모습 을 아이러니한 이중시각으로 관조하고 고발하면서 자신의 역사적 비전을 극중에 심어놓기를 잊지 않고 있다. 그 한 대표적인 은유가 상해에서 서 울로 광주 병사에게까지 전달되는 피묻은 회중시계가 정지했다는 사실이 다. 누군가가 말한다. "피의 강물은 광주에서 끝납니다."

연출가로서 오태석은 이 공연에서 몽타주 및 영화적 리플레이 기법의 사용. 개인 및 군중 장면의 시시 적절한 교차 및 다양한 희·비극 정서, 아이러니와 풍자의 감각을 능수 능란하게 구사함으로서 작품의 메시지를 심각한 듯 하면서도 포스트모던 대중정서에 맞는 유희성을, 동시에 지나

침이 없이 효과적으로 전달했다. 이호재. 전무송을 기본으로 안정된 연기 앙상블을 이루면서 장용구 병사 역의 이명호의 연기가 공연의 신선한 의미를 배가시킨다.

(한국연극, 1998. 7.)

'모녀간의 동일시와 분리'의 여성심리 공연

— 〈엄마, 안녕〉

미국여성 극작가로는 두 번째로 1983년 퓰리처상을 수상한 마샤·노만의 연극 〈엄마, 안녕…〉이 극단 산울림에 의해 다시 무대화되었다. 홀로 사는 모녀의 소외된 삶을 소재로, 어머니와 딸 사이의 독특한 여성적 심리관계를 집중 조명하는 이 극은, 90년대 초 극단 사조가 김효경 연출의 〈안녕, 엄마〉라는 제목으로 박정자·연운경을 캐스팅 하여 절찬공연 한 후, 이번에는 손숙, 정경순으로 배역을 바꾸어 공연되고 있다. 이 작품은 여성연극으로서 몇 가지 중요한 특징과 의미를 가진다.

우선 1960년대 이후 서구의 초기 여성연극들은 가부장제 하에서 여성이 체험하는 억압과 불평등을 폭로하고, '분노'라는 감정을 극화하는 것이 그 주된 특징이었다. 그러나 70년대 중반이후, 서구 여성 연극은 새로운 경향을 나타내 보이는데 이제까지 가부장제 밑에서 억눌려 왔던 여성의 정체성을 제대로 확립하자는 것이었다. 이러한 흐름과 함께 '여성문화'의 추구 및 확립을 위한 움직임이 예술·문화·학문계로 확산되었다.

공연 〈엄마. 안녕…〉의 주제는, 지금까지 피상적으로만 알려져 왔던 모녀간의 심리를 심층적으로 탐구한다. 즉 '여성 중심의 관점'에서 행해진 심리학연구에 의하면, 어머니와 딸은 서로 같은 성(性)인 관계로, 여아가 태어나는 순간부터 서로의 존재를 자신의 존재와 동일시하게 되며, 끈끈한 애착과 유대감을 갖는다는 것이다. 그러나 딸이 성장하면서, 자신의 독립된 정체성을 추구하기 위해 어머니로부터 심리적·정신적 독립을 선언하지 않으면 안되고, 둘은 이 사실 모두에 슬픔을 느낀다는 것이다.

마샤·노만의 〈엄마, 안녕…〉은 이러한 모녀심리 관계의 양면성과 갈등에 바탕을 두고, 고전 비극이론을 접목시켜, '여성중심의 관점'에서 창조한 위대한 현대판 여성 비극이다. 이 작품을 통해 노만은 새로운 여성연극 형식을 개척해 냈다. 그 몇 부분만을 간략하게 살펴보자. 우선, 전통 서구 사실주의 남성 연극 형식에서 무대배경은 주로 '거실'인데 비해, 이 작품에서는 여성들만의 공간인 '부엌'으로 설정되어 있다. 두 모녀의 대화내용도, 핫 초콜릿과 음식 만드는 여성취향의 소재들이 그득하다.

실제 극중 시간과 (딸 제씨가 자살을 선언하는 순간부터 자살하기까지의 시간) 공연 시간이 일치하는 것으로 되었다. 이는 고전 비극이론에서 이야기하는 '같은 날'에 모든 극중 개념과도 비슷하게 접근한다. 또한 비극에서 중요시하는 '자아 각성'의 문제를 볼 때, 이 극에서 모녀의 '자아 각성'은 딸의 죽음을 앞둔 몇 시간 안에 '솔직한 인간적 대화'의 과정을 통한 심리적 액션을 통해 이루어진다는 것도, 이 극의 뚜렷한 특징이다.

결국 진솔한 모녀간의 대화는, 두 사람이 서로에 대한 인간적 이해를 깊게 해 주고, 상대에 대한 새로운 인식을 통해, 두 모녀는 자아성찰에 이르게 된다. 결과적으로, 딸 제씨는 어머니 텔마에게 자신의 자살이유를 '이성적'으로 설득시키고, 어머니 텔마는 극 종결부에서, 전통적 어머니가 딸을 자신의 분신으로만 보는 전형적 사고방식을 탈피, 딸 제씨가 자신의 삶을 주체적 인간으로서 마무리했음을 깨닫게 된다. 이렇게 볼 때, 남성 연극에서 일어나는 자살의 개념은, 이 여성 연극에서는 공히 적용되지 않으며, 제씨의 죽음도 궁극적인 홀로 서기 내지는 자아 정체성의 확립이라는 차원에서 해석되어야 한다.

이와 같이. 여성연극 〈엄마. 안녕…〉은 여성심리를 바탕으로 실존적·철학적 문제들이 복잡하게 얽혀있는 작품이다. 이러한 작품의 성공적 무대화의 관건은 앞에서 말한, 모녀간의 대화를 통한 자아각성의 과정 단계를 어떻게 효과적으로 구체화·시각화하느냐 하는 것이다.

원작에서, 어머니와 딸은 모두 강인한 개성의 소유자로 나타난다. 그래서 어머니는 죽겠다는 딸의 선택에 대해, 같이 따라죽겠다고 하기는커녕, 자신은 더 살아야 되겠음을 천명한다. 딸 제씨 역시 이와는 또 다른 강인한 개성의 소유자다. 그녀는 삶이라는 실존의 과정에서 이제 절망의 벼랑 끝에 몰려있다. 간질병으로 직장도 잃고, 이혼을 하는가하면, 하나뿐인 아들 리키는 비행 청소년으로 가출해서 끝없이 사건을 저지른다. 그녀는 자살의 이유를 이렇게 이야기한다. '삶의 과정을 통해 내내 기다려 왔던 자아실현은 결코 오지 않았다'고, 그리고 '마지막 남은 자아실현의 행위는 자신의 죽음을 행사하는 것뿐'이라고. 임영웅 연출은, 여성취향 연극작품들을 긴 세월동안 다루어온 노련한 연출 솜씨로 매끄럽게 포장된 연극장면들을 구사한다. 그러나 좀 더 자세히 살펴보면, 남성 시각이 갖는 여성적 삶, 정서, 가치관에 대한 통찰력의 한계성 같은 것이 느껴진다.

원작에서 제씨와 텔마는 동일하게 강력한 감정적 에너지로 장면 속에 안정적 밸런스를 창출한다. 그러나 무대화된 장면들의 궁극적인 효과는, 딸 역의 정경순의 굵고, 거친 남성적 톤의 연기와 어머니 역 손숙의 지나치게 감정적인 여성적 톤의 연기의 설정에서, 남성적 감정적 에너지가 더욱 무겁게 부각된다. '떠나는 남성과 매달리는 여성'이라는 가부장적 스테레오 타입이 은연중 구체화 된 것은 아닌가하는 느낌도 든다. 결국 심리적 대화와 깨달음의 과정, 내면 성숙의 단계보다는, 떠나는 딸을 울부짖으며 막는 한국적 어머니의 모습으로 한국화 된 공연이었다.

(예술세계, 1998. 7)

민족적 '혈맥'을 주제로한 두 공연

― 〈혈맥〉, 〈딕테〉

국립극장이 오랜만에 국립극장의 품위에 걸맞는 탄탄한 좋은 공연을 만들어 냈다. 〈한국 연극 재발견〉시리즈 첫 번째 무대로 공연한 김영수 작, 임영웅 연출의 〈혈맥〉이 그것이다.

이 공연이 관객들로부터 적극적인 호응을 받는 이유는 몇 가지로 나눠 볼 수 있다. 우선, 김영수의 희곡이 갖는 극작술의 탄탄함이다. 그는 초기 전통 사실주의의 인물 구성 구도인 주인공과 그에 반대 · 비교되는 상대역의 이분법적 구도대신, '집단 주인공'의 인물형식을 창조한다. 그래서 방공호에 사는 세 이북 피난민 가족들은 모두가 각기 다른 뚜렷한 개성을 가진 인물로 그려진다. 깡통 영감, 털보 영감, 원팔이 가족 등등. 이런 점에서 체호프의 인물 구성을 생각나게 한다.

이 세 가족은, 어느 한 가족도 제대로 된 가정이 없다. 깡통 영감의 새 마누라는 깡통 영감의 딸과 사이가 나빠 불화가 그치지 않고, 원팔네 가족 역시 부인이 병중인데다, 동생 원칠과는 이념적 차이 때문에 집안 편할 날이 없다. 털보 영감은 꿈쳐 모았던 돈을 믿고 나이 어린 20대 새색

시와 살림을 차리지만, 젊은 새색시는 어느 날 돈을 털어 사라져 버린다. 이 세 가족들과 그 주변 하층민 사람들에게 가난과 불화는 삶의 필연적인 요소로 상존하고, 이러한 열악한 삶의 상황선은 하나의 존재론적 감옥이나 덫처럼 비쳐진다. 이러한 점은 자연주의적 사실주의 작가들인 고르키나 하우프트만을 생각나게도 한다.

그러나 이러한 처절하고 끈질긴 삶 속에도 작가는 희망과 화해의 긍정적인 인간주의적 요소가 있음을 애써 부인하지 않는다. 어쩌면 이 세 뒤틀어진 가족의 찌든 삶의 모습은, 분단으로 조각난 당시 우리 사회와 나라의 모습에 대한 하나의 소우주로서 연극적 기호라 할 수 있다. 마치도 애란의 숀 오케이시의 사실주의 사회극에서 그런 것처럼. 이와 같이 김영수 희곡의 강점은, 서구의 많은 사실주의 작가의 극작법을 받아들여 한국적 삶의 재료와 연결시킴을 통해서 완전히 자기의 것으로, 한국적 사실주의 형식으로 정착시키는 것이라 하겠다.

이 연극의 또 다른 장점은, 관객들의 마음을 편안하게 해주는 것으로, 이 작품 속에서 보여주는 확실한 인생체험에 바탕을 둔 작가의 안정된 비전이 크게 한몫을 한다. 즉 통일의 염원과 애국의 비전. 이는 어찌 보면 진리는 없다는 절대적 상대주의에 의지해 모든 책임을 전가하고, 편의주의적 가치에 따라 부유하는 현시대의 세태에 비하면 촌스러운 것인지도 모르겠다. 그러나 또 다른 한편으로는 IMF라는 또 다른 국난을 맞은 현금의 관객들에게 이러한 작가의 확실한 비전은 정서적인 동일화 효과의 근거를 마련해 줌으로서, 정서 이입의 효과를 배가시킬 수도 있다.

무엇보다도 이 공연의 연극적 성공은 정상철, 김재건, 백성희, 최상설, 전국환 등 국립극단 배우들의 개성 있고 안정된 연기력의 앙상블이었고, 그러한 연기적 잠재력을 극대화시킨 임영웅의 연출력도 이에 크게 기여했다. 노파 역의 이승옥과 계집 역의 조은경도 오랜만에 리얼하게 가슴에 와 닿는 연기를 보여주었다. 앞으로도 이러한 연극작업 속에서 우리의 민족적 정체성인 '혈맥'을 이어가는 작업이 진지하게 계속될 것을 바라며, 이와 같은 탄탄한 소극장 공연이야말로 어려운 시기를 극복해나가는 좋은 문화 전략이라는 생각도 든다.

또 다른 차원에서 우리 민족의 '혈맥'을 찾는 연극작업은, 개인 극단 뮈토스가 오경숙 구성/연출로 공연한 차학경 작 〈딕테〉이다.

극단 뮈토스 〈딕테〉(1998), 오경숙 구성/연출, 차학경 작

원저자인 테레사·학경·차는 한국계 미국인으로 어렸을 때 미국에 이민을 갔던 여성이다. 그녀는 1970년대 일찌감치 불란서로 유학, 문학포스트모더니즘을 이 작품 속에서 구현함으로서, 미국에 포스트모더니즘을 소개했을 뿐 아니라, 최근 동양통 서양학자들에 의해 그녀의 작품에 많이 대한 연구가 진행되고 있다.

소설 〈딕테〉는 9개의 삽화적 구성으로 되어있고, 각 장은 희랍신화의 여신이름이 붙어있다. 첫 장을 시작하는 문장은, '그녀는 먼 곳으로부터 왔다'이다. 자신의 한국적 이민적 정체성에 대한 언급이다. 그녀는 계속해서 이렇게 쓴다. "먼 곳으로부터 온 어떤 국적. 혹은 어떤 인척과 친족 관계. 어떤 혈연. 어떤 피와 피의 연결…" 이후 계속되는 〈딕테〉 작품에는, 유관순, 차학경 자신의 어머니, 외할머니에 대한 한국여성의 혈맥의 역사가 펼쳐지고, 그 사이로 '민족적 정체성'에 관한 차학경의 투철한 의식이 스쳐지나간다. 즉, "국가가 없는 민족은 없고, 조상이 없는 민족은 없다. 그러나 우리 나라는, 오 천년의 역사를 가지고도, 일본에 그것을 빼앗겼다." "목격해보지 않은 민족은, 이와 같은 억압으로 지배받아보지 않은 민족, 그들은 알지 못한다. 이해 할 수 없는 단어들, 특수용어들 : 원수, 악랄, 정복, 배신, 침략, 파괴." 여기서 언어는 이러한 민족적 정체성과 자아정체성을 상징하는 기호로 등장한다. : "나는 다른 나라의 언어, 제2의 언어로 말합니다. 이것이 내가 얼마나 멀리 있나를 나타냅니다."

(예술세계, 1998.8.)

한국연극 문화상품의 수출전략에 관한 고찰

1. 범지구촌 문화의 창달을 향하여

　문화산업의 시대가 세계화 추세를 타고 더욱 가속화되고 있다. 전통적인 고급문화와 저급문화의 경계선이 무너지고, 복제술, 대량생산 등 테크놀로지에 힘입어, 이제 대량생산된 '문화상품'은 누구나 향유할 수 있는 대중 문화적 상품이 되었다. 이러한 변화는 이미 19세기 말 헤겔의 의해 예고된바, 자본주의 경제체제의 발달은 "문화로부터 그것만이 가진 고유한 유사 종교적 특질－아우라－를 박탈하는 시대가 올 것이라"는 것이었다. 그의 말대로 이제 문화는 '보통 사람들'이 모두 향유하는 물건이 된 것이다.

　미래학자들에 따르면, 앞으로 21세기에는, 전 세계가 하나의 단일한 경제권으로 통일됨과 동시에 지구촌의 문화현상도 지금의 지역간. 국가간의 개별적 문화의 차이를 뛰어넘어, 하나의 동질 성향의 문화권으로 이행한다고 한다. 작금에 우리가 중요시하고 있는 문화적 정체성의 '차이'마저도, 국가별 문화적 차이가 아닌, '개인적 문화간의 차이'로만 이야기될 수 있는 날이 온다는 것이다.

상기한, 앞으로 다가올 미래에 대한 새로운 패러다임은, 작금의 우리의 입장에서는 생경하기만 한 아이디어로 밖에는 와 닿지 않는다. 또한 앞으로 상당한 기간동안, 우리 한국사람들은 계속 학연, 지연, 혈연의 패거리 문화로 우리의 문화적 정체성을 설명하는 기본적 변수를 삼을 것 같고, 따라서 지역적, 국가적 문화 정체성과 세계화 조류간의 상당한 힘의 갈등을 경험할 것이 확실시된다.

상기한 새로운 미래의 문화적 패러다임은 앞으로 지구촌 문화경제 유통구조에서 "우리가 우리의 문화상품을 어떻게 개발하고 유통시켜야 할 것인가"라는 질문에 관해, 유효한 몇 전략을 제공할 수 있다. 그러면 시장 경제체제의 개념과 용어를, 문화 상품의 개념과 연결시켜, 우리 연극문화 상품이 어떻게 지구촌 문화시장에 효과적으로 유통될 수 있는가에 관한 몇 가지 원칙적 개념과 방법론을 살펴보고자 한다.

필자의 개인적 경험으로만 보아도, 상기한 '문화의 세계화'현상은 이미 오래 전부터 세계곳곳에서 구체적으로 목격할 수 있다. 연극의 경우, 세계적인 아비뇽 연극 페스티벌이나 에딘버러 페스티벌만 가보아도, 이들 행사들이 세계각국의 뛰어난 연극상품을 골라다 놓은 문화 백화점 역할을 수행하고 있음을 한눈에 파악할 수 있다. 그리고 각국의 연극상품 바이어들이 자국의 상품을 선전하거나, 또는 다른 나라 연극상품을 구입하는 문물유통의 좋은 국제적 거래의 장이 되고 있다.

이러한 국제적 페스티벌의 또 다른 중요역할은, 각기 다른 연극문화 상품을, 세계각국에서 온 관객들에게 선보임으로서 앞서 말한 세계문화의 동질화 내지는 단일화를 향한 '문화감각의 동질화' 작업을 수행하는 것이다. 이러한 작업의 한 구체적인 예가, 필자가 1990년대 초 에딘버러 페스티벌에서 관람했던 인도의 〈카타칼리 리어왕〉 공연으로 셰익스피어의 〈리어왕〉을 인도의 전통 공연 형식인 〈카타칼리〉의 양식화된 공연 스타일에 끼워 맞추어, 새로운 제3의 실험적 공연을 창조하는 것이었다. 그리고 그 통합의 기본적 원리는, 두 공연에서 찾을 수 있는 공통적인 인간의 감정적 요소인 분노·사랑·기쁨 등의 연결 고리로 구성되어 있었다. 즉, 상이한 문화적 배경을 가진 관객들에게 인류 보편성에 바탕을 두고 공감을 얻어내는 방법론을 모색하려는 노력의 소산이란 생각이 들었다. 실제로, 이질적 문화간의 끊임없는 대화를 통한 새로운 제 3의 문화 창출에 관한 생각은, 서구 자본주의 지배 문화에 반대해, 주변부 문화의 정체성과 독립성, 문화적 변별성을 주장하는 호미·바바 같은 탈식민주의 문화이론가들에 의해서 조차, 하나의 대안적 방법론으로 제시되고 있다.

이를, 우리의 연극 문화상품의 세계 시장에서의 유통 및 확산이라는 관건과 연결시켜 해석해보면, 우리도 에딘버러에서 〈카타칼리 리어왕〉 공연에서 볼 수 있듯, 이질적인 다양한 세계 각국의 문화 배경을 가진 연극 관객들에게 더욱 효과적으로 접근하기 위해서는, 그들의 연극 문화와 우리 연극 문화간의 끝없는 대화를 진행해야 한다. 즉 상호간의 보편적 동질성을 바탕으로, 우리 연극 문화에 바탕을 둔 그러면서도 새로운 지구촌적 연극 문화를 창출해야할 필요성을 말해준다. 또한 이러한 새로운 연극문화가 실제 연극 상품/작품에서 어떻게 구체화 될 수 있는가는, 곧 연극의 구조적 문제와 연결된다. 즉 연극의 표현 형식과 연극의 내적인 가치관, 세계관, 정서의 문제로 나누어 생각해 볼 수 있는데, 이는 다음에 이어지는 토론에서 이야기하고자 한다.

2. 지구촌 다양한 연극 소비자/관객문화 분석의 필요성

인류의 보편성에 바탕을 두고, 동양과 서양의 연극 형식의 혼합적 실험 작업은, 분명 각기 다른 문화적 배경을 가진 연극 관객을 대상으로 관객 반응을 증진시키는 시너지 효과를 창출한다. 그러나 더욱 의미 있는 차원의 관객 반응과 공감을 끌어내기 위해서는, 연극 상품을 소비하는 관객이 가진 타문화적 가치관, 세계관 및 이질적인 정서를 파악하고, 분석함으로서, 우리의 연극 상품/작품이 예술 소비자가 갖고 있는 인간적 가치에 대한 호소력을 높이는 일이다.

왜냐하면, 연극이 예전의 고급문화로서 성스러운 분위기를 상실했다고는 하더라도, 대중문화로서 연극은 앞으로 다가올 범지구촌 문화의 태동에 기여해야 하며, 그것은 '상호 개성을 존중하고, 서로에게서 배우는 인간적 교류'라는 대중문화가 갖는 소박한 인간적 가치관을 바탕으로 정립되어야 한다는 것이다. (일본학자. 아케가미 준) 이 말을 우리의 연극 상품의 수출과 관련시켜 다시 풀어보면, 우리는 지구촌 관객들이 지니는 인간적 가치관, 세계관과 그 문화적 차이에 대한 존중과 감수성을 바탕으로, 우리의 연극상품을 공급해야 한다는 것이다. 여기에는 문화적 차이, 정서, 취향들에 관한 진지한 전문적 연구와 분석이 선행되어야함은 말할 나위도 없다. 즉 단순한 피상적 형식적 모방보다는, 타국 문화에 대한 전문적 이해를 바탕으로, 우리의 연극 상품을 재구성해야할 것이다.

이 점에서 우리에게 좋은 모델이 될 수 있는 몇 가지 공연을 들어보자. 97년 세계연극제에 초청되었던 일본 지인회 극단의 연극 〈야부하라 겐교 의사〉가 그러한 한 예이다. 필자는 91년 에딘버러 연극 페스티벌에서 이 공연이 공식 초청 작품으로 공연된 것과, 작년 한국에서의 이 공연을 다시 보고, 여러 가지 점에서 느낀바가 많았다.

우선, 〈야부하라 겐교 의사〉의 이야기는, 선천적 장님으로 태어난 야부하라 겐교가 온갖 수단과 방법을 가리지 않고 권력을 추구하여, 정부의 고위직에 올랐으나, 권력에 대한 끝없는 욕망의 추구로 결국 망한다는 내용이다. 이 공연의 연출자는, 에딘버러 페스티벌용 버전으로, 서양 관객들이 참고 틀로 가지고 있는 〈닥터 퍼스터스. Dr. Faustus〉의 플롯 모델을 〈야부하라 겐교의사〉 공연에 적용시켰다. 연극 〈닥터 퍼스터스〉는 16세기 영국 극작가 크리스토퍼 말로의 작품으로, 퍼스터스 박사가 인간의 한계를 넘는 하느님의 힘에 대한 추구와 도전을 계속하다가 지옥으로 떨어진다는 내용으로, 후에 괴테의 〈파우스트 박사〉에서도 같은 내용이 바탕이 된다.

즉 〈야부하라 겐교 의사〉라는 연극은, 일본판 피우스트 박사의 창출에 그 초점을 맞춤으로서, 서양 관객에 대한 공감을 극대화시키는 전략을 효과적으로 구사했다. 반면 지난 가을 한국에 선보였던 같은 공연은, 섹스와 폭력에 더욱 초점을 맞추어 대중적 오락성을 극대화했다. 결과적으로, 한국판 〈야부하라 겐교 의사〉 공연은 에딘버러 버전에 비해 작품의 절제된 예술적 통일감이 흐트러져 버렸지만, 에딘버러 관객들이 보여준 것보다, 한국 관객은 더욱 적극적인 반응을 보여주었다.

필자는 개인적으로, 이 일본 극단이 가진 많은 국제적 공연 경험, 이를 통해 터득한 타문화 및 관객에 대응하는 치밀한 공연 기획 및 전략에 다시 한번 생각되는바가 있었음을 솔직히 말하지 않을 수 없다.

또 다른 예는, 세계 순회 공연을 목표로 창단 되어 활동하고 있는 영국의 '잉글리시 셰익스피어 극단'이다. 우리 나라에도 90년대 초 KBS 초청으로 내한하여 〈맥베스〉를 공연한바 있다. 마이클 복다노프(Michael Bogdanov)라는 상당히 이름 있는 셰익스피어 연출가가 이끄는 이 극단은, 세계 각지의 각기 다른 문화와 관객들에게 더욱 적극적인 공연 전략을 쓴다. 즉 공연지의 배우를 그들의 공연에 참가시켜, 연극 문화적 혼합을 꾀할 뿐만 아니라, 그 지방의 관객이 공연 속의 세계와 동일시 할 수 있는 동질 문화적 요소를 포함시켜 관객의 공감적 반응을 적극적으로 유도한다. 그래서 아프리카 현지 공연에서는 아프리카 배우를 공연 속에 출연시키기도 한다.

그러면, 우리의 연극상품은 해외 문화 시장 구조 내에서 어떤 유통 방식과 전략을 구사하고 있는가?

우리의 문화 상품 수출 전략은, 모두가 알다시피, 극히 초보 단계에 머물러 있다. 개인적 친분을 통해 그 친분 있는 사람의 연고지로 초청을 받거나, 국내에 있는 국제 연극 단체의 한국지부를 통해 추천 받아 해외 공연 나들이 길에 오르는 정도라 해도 과언이 아닐 것이다.

작년에 국내 신문들이 한 목소리로 찬양했던 뮤지컬 〈명성황후〉의 경우도, 상기한 배경에 비추어 볼 때, 크게 벗어나는 예가 아니라고 할 것이다. 이 경우는 극단 에이콤의 대표인 윤호진과 그를 돕는 몇몇 인사의 개인적 투자와 노력에 의한 상당히 과감하지만 위험성이 내포된 도전이었고, 다행히도 한국 공연으로는 처음 브로드웨이에 진출한 첫 케이스이자, 외국 언론에 의해 큰 혹평 없이 보도됨으로서, 국내에서 더욱 큰 성공을 거둔 경우이다. 그러나, 이경우도, 한국인 특유의 순발력과 1960년대 우리 기업들이 세계 시장을 개척했던, '몸으로 부딪히는' 방식을 생각나게 한 도전이었지, 치밀한 시장분석과 경영 전략을 바탕으로 체계적으로 기획되고 이루어진 공연은 아니었다. 이 공연의 다행스러운 결과를 지켜보면서도, 새삼 상기되는 점은, 앞으로도 우리 연극 상품의 해외진출에 있어, 좀 더 전문적인 예술 경영과 매니지먼트에 의한 치밀한 문화 수출 전략이 선행되어야 한다는 점이다.

이상의 이야기가 우리 연극 문화 상품의 단기적 수출 전략에 관계되는 토론이라면, 실제로 이보다 더 중요한 과제는, 장기적 수출 전략으로, 이는 지구촌 문화 구조 내에서 우리 연극(문화) 상품에 대한 지속적 수요 창출의 문제와 직결된다 하겠다.

3. 국가의 이미지와 문화 상품의 경쟁력

두말할 나위도 없이, 지구촌 문화 구조 내에 우리가 '한국의 이미지'를 얼마나 효과적으로 확립해 왔는가 하는 문제는 곧, 우리 문화 상품의 수요 및 경쟁력의 문제와 직결된다. 마찬가지로 '문화 상품의 보급을 통한 한국 문화의 이미지 확립은, 그 국가 이미지의 선양에 핵심적 역할을 한다'. (프랑스 문명비평가, 기 소르망) 워싱턴에 있는 헤리티지 재단의 보고서(다릴 플렁크 선임 연구원)에 의하면, 미국 내 '한국경제에 대한 이미지는 산산조각이 났다.'고 한다. 이 보고서는 또한 이러한 국가 이미지를 조속히 회복할 것을 촉구하고 있다.

국가 이미지 재건의 한 방법으로, 장기적 안목에 바탕을 둔 우리 문화의 홍보활동 계획 수립이 급선무이다. 이는 정부 차원에서 공식적인 재정적 후원과 전문적 기획 없이는 크게 효과를 볼 수 없는 과제이며, 또한 지구촌 문화 속에 한국의 긍정적 문화 이미지 확립은 장기와 단기간에 걸친 복합적, 전문적 치밀한 계획 없이는 이루어지지 않는다는 사실 또한 상기할 필요가 있다.

필자는 유학시절인 1970년대 말 일본의 장기간 문화 활동 계획이 차세대 미국의 문화 소비자가 될 미국 전역의 대학생 층을 상대로, 주요한 대학 캠퍼스를 돌며, 그들의 전통문화인 가부키, 노 및 궁중 음악 등을 대형 공연단을 구성하여 순회 공연하던 것을 의미심장하게 관람했던 기억이 난다. 그런 결과, 연극분야만 보더라도 미국 내 일본연극 전공학자들의 숫자는 동양의 다른 어느 나라 연극을 전공하는 학자들보다 단연 압도적인 것으로 나타난다. 이러한 친(親)일본 문화 전문 인구들이 대중적 여론에 미칠 영향을 생각 해 보면, 그것은 단순히 일본의 연극 공연을 소비하는 연극 관객 인구의 수적 우세를 넘어 기타 국제 사회 문제에 관한 여론의 영향력으로 나타날 수 있음도 고려할 수 있다.

필자는 지난 20여 년간 국제 연극 학술 회의를 두루 다니며 한국 연극에 관한 논문을 발표해오고 있으나, 국제 연극 학문계 혹은 연극 공연계에서 한국 연극에 관한 문화적, 전문적 관심은 거의 전무하다시피 한 상태로 남아있음을 맥없이 목격한다. 국내에서는 OECD가입으로 선진국 대열에 끼인 양 우리 국민들은 자존심(?)으로 가득 차 있는데, 한국문화는 지구촌 문화 전문인들 사이에서도 별로 관심을 끌고 있지 못한 현실의 괴리를 어떻게 해석할 것인가?

동양 연극에 관한 한, 우리의 국내인사들의 상상과는 훨씬 다르게도, 서양의 전문 연극인들의 문화적·학문적 관심은 일본·중국 연극, 그 다음에는 인도네시아와 인도 연극 등으로 나타난다. 몇 년 전 한국문화에 대한 관심이 서구 학문/문화 분야에서 조금 일기 시작한 듯 하더니, 지난 5년간 문화 홍보정책의 부실로, 다시 풀이 꺾여버린 것이다.

지구촌 문화 거점 도시중의 하나인 뉴욕 지역만 보자. 작년에 열렸던 미국 연극학회의 주최 국제 연극학술회의에 참가했던 50여 개 국의 학자들 중, 동양연극 전공 학자들은, 당시의 화제로 뉴욕시 주재 재팬·소사이어티(Japan Society)의 문화 활동을 한결같이 관심을 가지며 열정적으로 토론을 하는 모습이었다. 그들은 또한 얼마 전 뉴욕시에 생긴 '대만 문화센터'의 문화활동도 화제로 올렸다. 필자가 "뉴욕에 코리아 소사이어티 (Korea Society)가 있는 것 아느냐" 라는 질문에, 동양통 서양학자들은 한결같이 의아한 표정이었다. 후에 문화에 관심 있는 교포들로부터 전해들은 이야기로는 Korea Society는 하는 활동이 없으며, 이사진 구성도 뉴욕 주재 한국 상사들의 고위직 임직원들이 이름만 걸고 있는 정도라고 했다.

국내에서 우리는 바야흐로 "문화의 세기가 도래하고 있다." 고들 말한다. 그러나 정작 우리는 그러한 문화의 세기에 대비해 어떤 구체적 작업들을 실행에 옮기고 있는지를 우리 스스로에게 질문해 볼 필요가 있다.

필자의 경험으로만 보아도, 세계 각국은 도래한 문화의 세기에 경쟁력을 키우고 살아남기 위해, 적극적인 문화 공세를 펴고 있다. 우리도 전문적 문화 경영 마인드를 바탕으로 치밀한 문화 전략을 수립해야 할 것이다.

우리 연극 문화 상품의 세계화를 위해, 상품의 전문적 예술적 질을 재고하는 일은 장기간에 걸친 부단한 계획에 의해 성취되지 않으면 안 된다. 또한 지구촌 문화유통 구조 속에서 우리 연극 상품에 대한 수요를 창출하고, 그 수요와 공급을 연결시켜주는 역할을 맡는 예술 매니지먼트의 전문적 역할이 중재되어야 한다. 이제 더 이상 "엎어지고, 코가 깨지는 한이 있어도, 몸으로 부딪혀 때우는 식"의 주먹구구식 문화 거래 방식으로는 되지 않는 시대가 눈앞에 닥쳐있다.

정부의 장·단기간에 걸친 상기한 문제에 관한 계획 수립과 공식적 지원이, 당분간 지구촌 문화유통 구조 내에서 우리 연극 문화의 수요와 공급 구조를 제대로 창출하기 위한 문화 인프라 구축에 필수적 요소임은 재삼 강조할 필요가 없다. 이에 덧붙여, 지구촌 문화거점 도시 및 지역의 확보, 문화 거점 역할을 할 전문 인재 네트웍 조직 등도, 상기한 장·단점 계획을 실천으로 옮기는 핵심적 방법론임을 강조해두고자 한다.

(예술평론, 1998.)

뮤지컬 〈바리공주, 잊혀진 자장가〉

    브로드웨이/웨스트엔드의 대형 서구 뮤지컬 형식이 한국화 과정에서 이제 성숙단계에 접어들은 것 같다. 이번 서울 예술단이 공연한 뮤지컬 〈바리공주, 잊혀진 자장가〉가 이를 입증하는 한 예라 하겠다. 무엇보다도, 이번 공연은, 그 극적, 음악적, 시각적, 구성에 있어, 상당 수준의 총체적인 예술적 개성을 창출했다는데 그 의의가 있다고 하겠다. 바리 공주의 여성 신화는 김정숙 각색자의 여성적 시각, 섬세한 여성적 장면 만들기를 특징으로 하는 김효경의 연출력 및 치밀한 개념화에 바탕을 둔 신선희 무대디자인의 세련된 이미지 창출 등이 어우러져 전체적으로 섬세하고 안정된 여성적 에너지의 공연으로 무대화되었다.

    바리 공주의 여성신화/담론에서는 현대시각으로 흥미롭게 재현해 낼 수 있는 많은 화두들이 들어있다. 각색자는 요즈음 대중관객들의 공감대를 확장시키기 위한 듯, 바리 공주의 담론 속에 내재된 효(孝)의 화두에 보편적 사랑의 화두를 부각함으로서, 신화 다시 쓰기를 시도했다.

    그래서 사랑/미움, 버림/이별, 화해/용서에서 다시 사랑의 원형적 구도로 이어지는 주제적 축과 생명수를 찾으러 가는 바리 공주의 기나긴 고행의 주제적 축이 상호 교차되면서 극 줄거리를 이루어 간다. 흥미로운 몇 각색 부분이라면, 전반부에서 바리 공주와 왕비간의 모녀관계에 초점을 두고 버린 어미와 버림받은 자식간의 갈등과 화해의 축을 전개시키고 있는 점, 또 후반부에서, 서천에서 한 여인의 일생을 다 살고 나서 성숙한 단계로 승화하는 바리의 모습 및 이외에 사랑을 주제로 한 주옥같은 대사와 노랫말 등등이다.

그러나 각색에 더욱 흥미로울 수 있었던 몇 부분들이라면, 운명론을 지나치게 강조하는 대사, 강하게 "No"를 말해오던 바리가 아버지 위한 생명수를 얻기 위해 단숨에 뜻을 바꾸어 괴물과 결혼하겠다고 나서는 장면 등등이다. 무엇보다도 사랑, 버림, 이별, 용서 등의 고행을 통한 바리의 한 개인적 인간으로서 성숙과정과, 이번 뮤지컬 공연이 '국민의 연극'으로서 설파하고자 하는 듯 보이는(?) 효 사상의 충실한 실천과 사이에 존재하는 시대적 가치관과 정서의 차이를 어떻게 설득력 있는 구도로 풀어갈 것인가 하는 것이 하나의 커다란 과제라고도 하겠다. 또 현재(뉴욕)/과거(왕궁)/지옥(서천) 등 3중 극 구조로 구성된 이야기의 층위전환이 좀 더 자연스러웠으면 한다. 특히 끝 부분에서 바리가 서천에서 '현재'의 바리·바우만으로 귀환하는 과정은 극 구조 안에서 좀 더 정당화되어야 할 것 같다.

이 뮤지컬 공연의 연출 스타일은 문화교류주의(interculturalism)내지는 복합문화주의를 염두에 둔 듯, 음악이나 무대미술, 의상 등의 장면 만들기에 있어 다양한 글로벌 문화전통의 전용을 찾아볼 수 있다. 그 몇 예로, 지옥문 앞에 도달한 바리 공주가 지옥을 지키는 4명의 괴물에 둘러쌓여 어리둥절하고 있는 모습은 언뜻 '이상한 나라의 엘리스'의 모습을 연상시키기도 하고, 서천에서 괴물의 탈을 벗게 해달라고 애원하는 무장승과 바리의 이미지는 마치 서구 뮤지컬 〈미녀와 야수〉속의 한 장면을 연상시킨다. 그러나 이러한 글로벌 문화이미지의 전용은 다양한 문화전통을 배경으로 하는 지구촌 '글로벌 관객'들에게는 이 공연의 이해와 수용을 도울 수 있는 하나의 문화 상품적 전략으로 이해될 수도 있을 것이다.

이 공연의 음악적 구성은 공연 시작과 끝에서 보여주는 압도적인 오케스트라의 음악효과, 장면의 감정 에너지 변화에 맞추어 적절히 창출되는 템포감, 공연 전체를 통해 간간이 반복되는 주제 멜로디 등 서구 뮤지컬의 음악적 구성방식을 대체적으로 소화해냈다. 또한 창극조의 노래에서 서구적 톤의 노래에 이르기까지 역시 다양한 글로벌 음악전통을 전용한다. 다만, 강한 호소력을 가진, 그래서 글로벌 문화상품으로서 가능성을 보여주는 독특한 개인 넘버들은 크게 기억나지 않는 것 같다.

결론적으로 상기한 취약점에도 불구하고 이 뮤지컬은 총체적인 공연적 조화라는 점에서 보기 드문 수준작을 이루어 냈다. 그리고 이에 기여한 중요한 관건 중의 하나는, 극적 내러티브의 의미와 배경을 극명한 시각화 작업을 통해 강력하게 받쳐준 무대·미술의 역할이라 하겠다. 무희들을 보듯, 서구 세계의 야수 이미지를 보듯, 온갖 '다름'(difference)이 공존하는 세계가 곧 서천이자 파라다이스인 듯한 복합문화적 은유의 시각화는 이 공연의 시각적 압권이었다.

(한국연극, 1999. 2.)

'뉴 리얼리즘' 연극의 한국적 버전

― 〈물고기 남자〉

IMF의 영향과 3월의 계절적 요인이 겹친 탓인지, 요즈음 대학로 연극 무대에 홍미로운 새 창작극들이 별로 보이지 않는다. 현재공연중인 상당 수의 연극들이 재공연 작품으로 몇 개만 들어보면 이윤택 작 〈어머니〉, 산울림 극단의 〈엄마는 오십에 바다를 발견했다〉와 얼마 전에 공연되었 던 윤석화의 〈신의 아그네스〉, 극단 가교의 〈번지없는 주막〉, 곧 재공연 될 극단 에이콤의 〈명성황후〉들이 그러하다.

이런 상황 중에도 드물게 눈에 띄는 새 창작극이 극단 연극세상이 공 연중인 이강백 작 〈물고기 남자〉이다. 이 작품은 몇 가지 점에서 홍미롭 다.

우선, 이강백이 이 작품 경향에서 보이는 눈에 띄는 변화다. 1998년 서 울 국제 연극제에서 작품상을 받았던, 같은 작가의 〈느낌, 극락 같은〉이 높은 문학성에도 불구하고, 평자에 따라서는, 이 작품이 갖는 관념성, 추 상성 때문에 무대적 구제화 작업의 특성을 고려치 않았다는 취약점으로 평가되기도 했었다. 그러나 이번 〈물고기 남자〉에서 이강백은 그러한 우려를 뛰어넘은 무대적 구체성을 바탕으로 한 극작구성을 보여주었다. 그리고 이러한 표현양식 뒤에는 이강백 작가가 추구하는 삶에 대한 진지한 궁극적 질문이 여전히 건재한다는 점에서, 극작가로서 끊임없는 탐구정신이 돋보이는 듯 했다.

무엇보다도 필자에게 흥미롭게 느껴진 점은, 최근 서구와 일본의 연극무대에서 많이 사용되는 '뉴 리얼리즘' 계열의 연극형식 및 내용과 비교해서 이야기될 수 있다는 것이었다. '뉴 리얼리즘' 연극은 흔히 '포스트모던 리얼리즘'이라고도 불리는 일종의 변형 사실주의 계열의 연극을 칭하는 말이다. 여기서 간략하게 특징만을 말하자면, 표현 형식은 사실주의 연극처럼 보이지만, 그 내면에 바탕이 되는 세계관은 포스트모던적 세계관으로, 이분법적 사고 대신 상대주의적 세계관이 지배하는 그러한 종류의 연극이다. 흔히 1960년대 말 이후, 특히 1980년대에 이르러 나타난 많은 작가들이 이러한 예에 속하는데, 특히 미국의 데이비드·마멧, 샘·쉐퍼드, 랜포드·윌슨 등등 작가들이 그러한 경우다.

이러한 작품들의 특징적인 경향은, 사실주의적인 듯 보이는 상황 속에, 황당하게 보이는, 즉 인과 관계에 의하지 않은 사건 전개가 특징이며, 인간소외와 삭막한 세계관을 배경으로, 대사의 코믹한 효과로 재미를 주는 것이 많은 이러한 연극의 공통점으로 나타난다.

〈물고기 남자〉역시 극이 진행되는 상황은 상당히 사실주의적이다. 이영복(박지일 분)과 김진만(이대연 분) 두 동업자가 브로커(고인배/김갑수 분)에게 속아서 양식장을 샀다가, 다시 브로커에게 양식장을 팔려고 하는 흥정과정이 표면적으로 극의 중심 액션이다. 그러나 이 과정에서 일어나는 사건들은 사실주의의 인과 논리에 의해 일어나지 않는다. 예를 들어, 적조가 생겨 값이 폭락한 양어장이 갑자기 관광 유람선의 화재로 인한 침몰로 시체를 찾기 위한 양어장으로 돌변, 값이 뛴다든가, '물고기 남자'의 그림을 보고서 두 동업자가 유람선을 타게된다든가, 하는 등 사건은 앞뒤의 논리적 전개 없이 어찌 보면 '황당스럽게' 일어난다.

　이러한 표면적 극 액션의 전개 밑에는, 신을 잃은 실존주의적 세계관 대신 이제는 구체적인 물질(돈)이 신을 밀어낸 물질만능주의의 소외적 세계관이 자리잡고 있다. 이러한 세계 속에서 인간은 살아남기 위해 추구하지 않으면 안되고, 모든 인간적 가치는 상품적 가치로 대치된다. 돈을 움켜잡기 위한 욕망 때문에, 한 젊은 부인은 남편이 유람선 침몰에서 오히려 사망했기를 바라고, 동업자인 김진만 역시 그가 건져온 살아있는 남자(노승진/조재현 분)가 오히려 죽어서, 자신들이 그 젊은 부인으로부터 시체를 찾아준 사례금을 받게되기를 욕망한다. 이와 같이 이강백이 보는 현시대의 인간들에게 있어 욕망은 곧 돈인 것이다. 이러한 물질적 욕망을 대변하는 인물이 김진만이고, 젊은 부인네고, 브로커이다. 여기에 극적 대비효과를 창조하는 인물이 동업자중의 다른 한 사람인 이영복으로, 극중에서 유일하게 휴머니즘적 가치관을 지닌 인물로 나타난다.

　자칫하면 이분법적 구도로 나타날 수 있는 이러한 인물구도에 이강백 작가는 이 양극을 초월하는(?) 물고기 남자를 끼워놓았다. 김진만이 유람선 침몰 현장에서 물고기 같이 건져올린 남자, 죽지 않고 살아있어서 많은 사람을 실망시킨 이 남자. 보험금을 바라는 젊은 부인과 시체를 건네주고 사례금을 받으려 했던 김진만 등을 실망시킨 이 물고기 같은 남자는 결국 자살을 택하게 된다. 그렇다면 이 물고기 남자는 다른 사람들의 욕망의 희생물인가? 아니면 자신의 '끝을 보기 위해' 스스로 죽음을 택한 실존적 영웅인가? 아니면 그도 저도 아닌 단순한 바보인가?

　물고기 남자가 빠져죽으려고 바께쓰로 물을 길어 수조에 한 통씩 붓고 또 부어넣으며 자신의 죽음을 향해 한 발씩 다가가는 장면이 갖는 아이러니는, 마치도 시지프스가 영겁의 시간동안 떨어져 내리는 돌을 다시 산에 굴려 올리고, 또 올리면서 삶을 향해나가는 실존적 영웅의 모습을 만들어내는 장면과 비교할 때 대단한 패러디적 의미를 생산해 낸다.

또한 작가는 하나의 큰 미스터리로서 이 물고기 남자의 인물화를 통해, 작품세계 속의 선·악의 이분법적 구도를 극복해낸다. 물고기 남자는 결국 작가가 현시대 삶에 대해 궁극적으로 제기하는 질문에 대한 하나의 기호이자 화두이다. 그리고 그 궁극적인 질문은, '나의 욕망과 다른 사람들의 욕망들 사이에서 현시대적 윤리적 위치는 과연 어디인가'라는 질문이다. 그리고 이러한 작가의 휴머니즘적 버전은 극 종결부에서 이영복의 입을 통해 말해진다. "이제야 알게 됐어요. 난 내가 모르는 사람들과도 깊이 관계가 있다는 것을." 그래서 그는 적조가 낀 양식장을 브로커에게 되팔지 않기로 결심한다.

연출의 이상우는 이 작품의 의도를, 적절한 템포감, 극적 대비 및 균형감을 통해 1시간 50분의 공연을 적절한 품위를 유지하면서 지루하지 않게 끌고 갔다.

(예술세계, 1999. 4.)

국·공립극장 민영화 이후의 〈어머니〉·〈아Q정전〉

어림잡아 1980년대 후반부터인가 '문화상품' 논리가 대두되기 시작하더니, 최근 몇 년 사이에 더욱 적극적인 설득력을 얻고 있다. '문화상품' 논리는 예술전통에 자본주의적 경영개념을 도입해서 예술의 상품화를 통해 경제적 이윤을 극대화시키고자 한다. 이러한 논리가 추구하는 이상(?)이라면, 질 좋은 문화상품을, 경쟁력 있는 가격에, 더 많은 문화소비자에게 공급한다는 것이겠지만, 실제로 '문화상품'의 논리가 내포하는 일종의 위험성(?)은 예술로부터 '예술혼'을 희석시킨다는데 있다.

포스트모더니즘의 선봉자적 이론가 중의 하나인 헤겔은 이미 19세기에 자본주의 논리가 예술전통에 미칠 부정적 효과에 대해 예언한다. 그 역시 예술전통으로부터 '예술의 혼aura'의 상실을 이야기했다. 이러한 측면과 관련하여, 최근 공연중인 정동극장의 〈어머니〉(이윤택 작·연출)와 국립극단의 〈아Q정전〉(노신 작, 김효경 연출)이 대조적으로 이야기될 수 있을 것 같다.

1. 〈어머니〉: 리얼리티와 호소력을 지닌 어머니상을 창조

　정동극장이 20여 년간 민간위탁 경영을 발표한 후, 이윤택 작/연출로 무대화한 〈어머니〉는 그 첫 번째 연극공연인 관계로, 필자는 경영방식의 변화가 연극의 예술성에 어떤 변화를 결과하는지 궁금했다. 그러나 또 다른 한편으로는 몇 년 전 초연 공연이 필자에게는 크게 기억에 남는바가 없어, 별 큰 기대는 갖지 않았던 것도 사실이다.

　그러나 이번 재공연을 보면서, 민간위탁이라는 운영방식이 나름대로 상당한 효력을 발휘할 수 있음을 실감했다. 재공연 된 〈어머니〉는 초연 때보다 여러 면에서 잘 다듬어지고 세련된(?) 형식을 보여주었다. 초연 때, 피상적인 어머니의 성격 창조는 더 많은 구체적인 장면들을 보충 삽입하여 탄탄한 구성을 보여주었다. 또한 여성 정서까지 고려하여 음식 만

〈어머니〉(1995), 이윤택 작

드는 자세한 과정에 대한 묘사 등 '여성들만의 이야기'들을 삽입한 다시 쓰기 작업을 통해 이윤택은 상당한 극적 리얼리티와 호소력을 지닌 어머니상을 창조해냈다.

과거와 현재 장면이, 또한 현실과 환상 장면이 매끄러운 전환을 이루면서, 여기에 노래와 춤이 시시 적절히 삽입되어, 공연은 관객들에게 관극의 재미를 지속적으로 제공한다. 또한 '문화상품' 논리를 의식했음인지, 가상의 외국 관(광)객들을 위해 소, 물레, 조랑말을 타고 시집가는 장면 등 한국적 볼거리도 간간이 삽입해 놓았다.

정동극장의 크지 않은 무대공간에서 펼쳐지는 〈어머니〉의 한(恨)의 이야기는 일제시대와 2차대전의 전쟁장면을 거쳐, 6·25피난길로, 또 다시 현재로 이어지는 한국역사의 파노라마 연출은 이러한 파노라마를 한치의 무대공간의 낭비 없이 그 활용을 극대화했다. 어머니역의 손숙이 시대의 흐름을 타고 변화하는 어머니의 모습을 오랜만에 설득력있는 연기로 시각화 해 주었다.

그러나 끊임없이 관극의 '재미'를 강조하기 위해 빈틈없이 짜여진 이 공연은 그래서인지 한(恨)의 주제와 정서를 심도있게 몰고 가지 않는다. 예를 들어 슬프고 억울한 장면도 대중적 오락성이라는 차원에서만 제공되어야 하는 것이다. 결론적으로 공연은 아무런 예술적 '여운'을 남기지 않는다. 일회성 오락 문화상품인 셈이다.

2. 〈아Q정전〉: 원작·각색의 '낯설게 보기'

이와 좋은 대조를 이루는 경우가 국립극단이 공연한 〈아Q정전〉이다. 청나라 말기 중국작가 노신의 소설을 각색한 이 작품은 21세기 글로벌 시대를 맞아 국립극장이 문화적 사명감(?)을 가지고 기획한 '동북아 연극

시리즈'의 첫 번째 작품이다.

〈아Q정전〉은 청조 말부터 신해혁명기에 이르기까지 '아Q'라는 한 날품팔이의 파란만장한 인간 드라마를 통해, 당시 중국 사회와 중국 민족성의 부정적인 면을 비판하고자 하는 의도로 쓰여진 작품이다. 여기서 '아Q'는 중국적 민족성(National Character)를 대변하는 극적 기호이기도 하다.

이 공연의 관건은 이 중국 작품이 지니는 역사적, 비판적 의미를 90년대 한국의 대중 관객들을 위해 어떻게 효과적으로 무대 위에 재구성하는가 하는 것이다. 특히 중국이나 일본 연극은 과거의 역사적, 정치적 기타 이유로 우리 관객들이 접할 기회가 별로 없었기 때문에 그 민족정서나 가치관들이 생소한 작품들이기 때문이다. 이에 대한 한 대안은, 작품에 내재하는 중국적 문화·가치관과 90년대 우리 대중관객의 그것이 문화적 만남과 대화의 과정을 거쳐 새로운 '잡종 hybrid'적 문화체험이 재생산 될 수 있도록 한다면 가장 효과적일 것이다. 그러나 이러한 '문화적 대화주의'의 체험은 많은 문화적 접촉과 상당한 시간이 요구되는 것이기도 하다. 김효경 연출은 대형무대 공간구사에서 보여준 탁월한 경험들을 바탕으로 작품 속 신해혁명시기와 1990년대 한국의 IMF상황을 연결시켜 작품과 관객이 지닌 두 다른 문화체계 사이에 보편성 있는 역사적 대화를 시도해 보고자 한다. 연출은 또한 원작이 지니는 동양적 서사 내러티브 형식을 살리기 위한 듯 담담한 객관적 시각에서 단선과 평면적 구성을 기조로 한 동선 긋기와 장면 만들기를 무리 없이 구사한다.

문제는 '아Q'의 삶을 통한 자서전적 인간 드라마의 의미가 명료하게 무대적 언어로 부각되었는가 하는데 있다. 그러나 '아Q'의 복합적·모순적 성격부각을 통한 중국역사·문화의 비판이 효과적으로 구체화되었다는 느낌은 들지 않았고, 이에는 많은 장면삭제, 관객과 공연자들 입장 모두가 갖는 '아Q'라는 인물에 대한 역사적·문화적 통찰력의 한계, 문화적 차이를 고려하지 않은 언어위주의 피상적 번역 등 여타의 문제들이 연관되어 있다고 생각된다.

필자에게 남는 질문은, 노신의 중국 민족성에 대한 '거울 비추기' 작업이 각색자 진백진의 서사극적 '낯설게 보기' 구성을 통해 효과적으로 극화했다고 볼 때, 원작·각색의 '낯설게 보기' 전략이 우리 대중관객들에게 그 의도대로 비판적 기능을 충분히 수행하고 있는가, 아니면 우리 관객들은 오히려 감정이입을 통한 중국문화 잘못 읽기 작업을 하고 있지 않은가 하는 것이었다. 결국 국립극장의 〈아Q정전〉은 예술혼은 분명 견지하고 있으나, 관객 친화적인 공연은 아니었다는 생각이 든다.

그렇다면 경제체제와 예술전통간의 상관관계라는 이 글의 문제제기와 연관시켜 볼 때, 예술혼의 전통과 문화상품 논리의 대조적 경향사이에서 우리 연극이 취할 수 있는 '행복한 중용'의 길은 무엇일까?

이에 대한 대안은 아마도 자본주의 문화 선진국의 연극계 운영방식 모델에서 찾아볼 수 있을 것 같다. 즉 다양한 연극형태들을 허용하는 포용적 경영방식의 운용이다. 이는 브로드웨이와 웨스트엔드 상업연극가가 대중관객에게 '질 높은' 오락성을 강조하는 반면, 영국 국립극단이나 로얄 셰익스피어극단과 미국과 지역극단이 예술전통을 상대적으로 견지하고 있고, 더욱 실험적 연극들이 프린지 연극이나 오프·오프브로드웨이에서, 다양한 대안적 형식으로, 다양한 경제적 운용방식을 바탕으로 공존하는 사실만 보아도 알 수 있다. 획일주의적 '단일문화'를 자랑해 온 우리의 한국문화가 '일변도' 성향을 어떻게 극복할지 궁금하다.

(문화예술, 1995. 5.)

요즈음 대중연극의 한 대안적 모델
― 〈해가 지면 달이 뜨고〉

어림잡아 1980년대 후반부터였을까? 정치적 민주화와 88올림픽 이후의 개방화 분위기와 함께, 대학로 중심의 우리 연극 문화판에도 대중화의 물결이 거세게 불어왔다. 여기에 '문화상품 논리'까지 가세하면서, 연극공연들은 대중적 오락성을 더욱 강조하기 시작했다. 요즘에 와서는, 오락성이 연극공연의 제일 철칙이 된 느낌마저 준다.

이러한 오락성의 기준은 최근 들어, 대학로 고객의 중심 층인 10대 청소년 관객들의 더욱 어려진 감각적 취향에 맞추어 발빠르게 변화하고 있다. 이들 청소년 세대들은 영화 및 비디오, TV 시트콤 드라마 등에 익숙해져 있어 상황적 재미, 스피드 및 반전 등의 방식을 즐기는 한편, 현실 비판적 심각한 메시지나 세계관을 제시하는 드라마는 부담스러워하는 것도 사실이라 하겠다. 이러한 10대 청소년 문화는, 연극계에도 적지 않은 영향을 미쳐, 연극공연에서 치열한 주제를 추구하는 일은, 시대에 뒤진 촌스러운 일처럼 되어가고 있는 것이다.

문제는 이미 사라져버린(?) 연극의 순수한 예술혼이 아니라, 이제 오락적 상품가치 일변도로 내닫고있는 대중지향의 연극상품의 물결 속에서, 관객은 과연 무엇이 받아들일 수 있는 '건전한' 대중 오락성인지 혼돈스럽기만 한 것이다. 이런 상황에서 건전한 대중적 오락성에 대해 하나의 대안적 가능성을 보여주는 연극이 극단 신화가 공연중인 〈해가 지면 달이 뜨고〉와 그들의 '서민극' 시리즈다.

〈해가 지면…〉은 극단 신화가 김태수 작, 김영수 연출로 무대화하는 소위 '서민극' 시리즈의 세 번째 작품이다. 첫 번째 작품은 〈옥수동에 서면 압구정이 보인다〉였고 두 번째 작품은 〈땅 끝에 서면 바다가 보인다〉였다. 제목이 시사하는 바와 같이 이들 '서민극'에는 삶의 양극이 대비되어 있고, 이러한 양극성을 초월해 삶은 계속되는 것으로 그려진다.

이러한 양극성이 어떻게 무대언어로 구체화되었는지 살펴보자. 우선 위의 세 작품은 모두 달동네, 즉 우리 사회의 주변부 사람들의 삶을 소재로 한다. 〈옥수동…〉에서는 혼자 사는 열쇠쟁이 노인, 술집에 다니는 젊은 여성, 오토바이꾼인 전직 깡패 청년이 등장인물이고, 〈땅 끝에 서면…〉에서는 이발사 노인, 목욕탕 때밀이 청년, 권투선수가 꿈인 청년, 밥집을 하는 젊은 여성이 등장한다. 이번에 공연중인 〈해가 지면 달이 뜨고〉에서 역시 이산 가족으로 혼자 사는 만두 빚는 노인, 시장 장사꾼인 전직 깡패 청년, 여군 출신의 생선장수 젊은 여성과 공무원 시험준비를 하는 그녀의 지체부자유 남동생이다.

이와 같이 이 세 작품의 배경은, 우리 사회의 가장 밑바닥 층인 서민세상이다. 이러한 세상은 표면적으로 보면, 살아가기 위해 나름대로 몸부림치지 않으면 안 되는 매우 혼란스럽고 암울해 보이는 세상이다. 그러나 이러한 표면적 무질서 밑에는 그와 대조되는 세상이, 이들 주변부 인물들의 소외된 삶을 내면적으로 떠받쳐준다. 이는 즉, 이들 나름대로 지켜 가는 확실한 인간적 질서로, 우리 사회의 중·상류층 삶에서는 이미 사라져 버린(?) 훈훈한 인간적 정과 의리의 질서다. 작품 속에서 이러한 인간적 질서는 대개는 연장자인 남성, 노인, 인물들에 의해 대변되고, 유지되는데, 이들 노인들은 이 주변부층 삶에 질서와 인간적 화목함을 창조하기 위해 엄하게, 때로는 가혹할 정도로 의리의 질서를 실천하며, 자신의 희생도 마다하지 않는다.

이러한 주변부 삶에 인간적 질서를 지탱시켜주는 또 다른 커다란 힘은, 이들 밑바닥 인생들이 포기하지 않는 더 나은 삶에 대한 인간적 욕망과 건강한 꿈이다. 〈옥수동…〉에서는 뿌리를 잃고 떠도는 주변부 인물들이 추구하는 대안적 가족에 대한 꿈으로 나타난다면, 〈땅 끝에 서면…〉에서는 좀 더 구체적인 개인적 꿈으로 세분화되어, 권투선수가 되고자 하는 청년의 꿈, 아들의 고시합격을 바라는 노인의 꿈으로 나타난다. 〈해가 뜨면…〉에서는, 이산가족 노인이 그리는 고향의 꿈, 지체부자유 청년이 갖는 공무원시험에 합격의 꿈 등이다.

이들 극에서 흥미로운 인물설정은 젊은 여성인물들로, 이들은 대단한 교육도, 별스런 가정 출신도 아니지만, 독립적으로 자신의 삶을 이루어가는 꿋꿋한 현대 여성들로서, 작품 속에 신선한 여성적 원리를 세워주며, 삶의 중심적 힘으로 작용한다.

상기한 극 설정과 인물구성은 대체적으로 볼 때 '유형적'인 구성이며, 전개되는 극중 사건 역시 이들의 너절한 일상적 삶의 애환으로 무슨 대단한 입지전적 인물도, 환상적 성공담도 보여주지 않는다. 그리고 이들 인물이 창조하는 감정적 에너지는 멜로적인 대중적 비애와 소극(笑劇)적 코미디다.

그렇다면 이들 '서민극' 멜로 코미디에서 찾아볼 수 있는 의미는 무엇일까? 실제로 멜로 드라마는 대중관객에게 매우 친화적인 형식이다. 아마도 이들이 TV나 영화 등을 통해서도 가장 많이 접하고 익숙한 형식일 것이며, 또한 내용전달방식이 쉽다. 많은 경우, 대중관객들은 희망적 결말로 끝나는 코미디를 좋아한다. 그들의 지친 마음을 잠시 나마도 위로 받고 싶어하는 것이다. 아마도 문화선진국들의 많은 대중적 연극들이 코미디적 결말로 구성되는 것은 이러한 이유에서 인 것 같다.

이러한 대중적 멜로 코미디 형식을 김태수, 김영수 콤비는 상기한 '서민극' 시리즈를 통해, 이 시대 우리의 대중관객의 취향에 맞게 적절히 구사한다. 비애의 감정과 코믹한 웃음을 적절한 템포감각으로 전환시키면서, 장면들의 재미를 적절히 유지시킨다. 또 유형적 인물들이지만, 적절한 캐스팅을 통해, 인물들의 개성을 한껏 무대에서 부각한다.

그러나 이들 '서민극'들이 단순 오락극으로만 끝나지 않는 이유는, 김태수 작가와 김영수 연출의 콤비가 보여주는 대중적 삶의 비전이다. 이들이 작품 속에서 창조하는 의리에 바탕을 둔 '훈훈한 인간세상'에 대한 비전은, 오늘의 이기적인 삶에 지친 대중관객들의 마음속에 잠시나마 확실한 안정감을 창조해주고, 상기시켜준다. 무엇보다도, 이들 콤비가 이 극들을 통해 보여주는 '훈훈한 삶'에 대한 젊은 정열과 확신이 마음에 와 닿는다.

이산가족 노인 역에 윤주상은 강력한 설득력 있는 연기로, 무대 위에서 극적 생동감을 창조하며, 추귀정, 김진만, 최준용의 연기와 좋은 앙상블을 이룬다.

(예술세계, 1999. 5.)

대중 교육적 효과가 돋보였던 두 공연

— 〈우체국〉·〈일출〉

21세기 본격적 글로벌 시대를 앞두고, 우리 연극계의 공연 레퍼토리가 다양해지고 있다. 얼마 전 국립극장이 기획 공연한 '아시아 연극 시리즈'나 이번에 예술의 전당이 기획·공연한 〈20세기 대표작가 연극제〉가 그러한 경우다. 국립극장은 청대 말 중국 작가 노신의 〈아Q정전〉을, 예술의 전당은 인도작가 타고르의 〈우체국〉과 중국작가 조우의 〈일출〉을 공연함으로서, 지금까지 우리 연극계가 다소 소홀했던 이웃 아시아 국가들의 연극에 대한 적극적 문화탐구 작업을 시작했다고 하겠다. 이는 앞으로 기대되는 아시아·태평양 시대와 지역간의 블록화 추세에 대비하여, 우리 국민의 아시아에 대한 이해를 넓힌다는 점에서 상당히 의미 있는 공연들이라고 하겠다.

우선, 타고르의 〈우체국〉 공연을 보자, 채윤일 연출로 무대화된 이 공연은, 우리 관객들에게 거의 처음으로 우리극단이 공연하는 인도 현대극을 접하는 기회를 마련해 주었다. 물론 연극의 해 등의 기회를 통해 인도 극단들이 초청되어 공연된 경우가 있기는 하다.

한 병약한 소년 아마르가 집안에 갇힌 채, 창 밖의 바깥 세상과 지나가는 사람들을 동경하는 상황을 중심으로 전개되는 이 극의 이야기 구조는, 우리가 늘 보아왔던 서구연극의 치밀한 논리적 구조와 흥미로운 대비를 이룬다. 이 연극에는, 발단, 전개, 클라이맥스, 해결의 서구 사실주의적 엄격한 구조대신, 물처럼 흐르는 이야기 구조가 특징이다. 이러한 구조는, 소년 아마르가 창가에 앉아, 만나게 되고, 이야기를 나누게 되는 여러 종류의 행인들과의 짤막한, 그러나 매우 상징적이고 철학적인 의미를 지닌 대화들로 구성된다.

병이 깊어진 아마르 소년은, 우체국을 통해 임금님의 편지가 올 날만을 기다린다. 임금님의 편지가 도착하고, 아마르는 눈을 감는다. 우체국은, 여기서, 소년의 욕망, 또는 꿈에 대한 은유일수 있다. 어찌 보면, 동화같이 단순한 구성의 극이지만, 이 극은 타고르의 시처럼, 은은히 인도적 연극문법의 방식으로, 우리 관객들에게 그 메시지를 전한다. 채윤일 연출은, 작품의 동화적인 특징을 살려, 회전 무대세트를 이용하여, 무리 없이 작품의 특성을 시각화했다.

다음으로 김철리 연출로 무대화된 중국 현대 작가 조우의 〈일출〉을 보자. 1930년대를 전후로 활발한 극작 활동을 벌인 극작가 조우는, 서양 사실주의 작가인 체호프와 유진 오닐의 영향을 많이 받은 것으로 알려져 있다.

이번에 공연된 〈일출〉은 치밀한 사실주의적 극작을 보여주고 있는데, 특히 각 인물의 개성과 이야기를 거의 비슷한 비중을 두어 살리면서도, 인물들간의 전체적인 하모니를 창출하는 구성이라든지, 자본주의 사회에 대한 담담한 태도의 비판적 주제라든지 하는 점에서 체호프의 사실주의 극작법을 생각나게 한다. 주인공 창녀인 진백로(일명, 롤로)는 빚에 시달리면서도 절제할 줄 모르는 채, 하루살이 같이 살아가는 모습이, 마치도 〈벚꽃 농장〉의 주인마담 라네브스까야를 연상시킨다.

그러나 이 극중 세계가 제시하는 자본주의 사회상은, 적자생존의 원칙만이 지배하는 음울한 '사회적 진화론'의 세계다. 인물 구성을 보면, 지배 부르주아 계급을 대변하는 은행장, 돈 많은 부인과 그녀의 젊은 남자애인 등과 무대 위에는 한번도 모습을 드러내지 않으면서도, 이 자본주의 세계를 지배하는 돈과 권력의 대부인 김팔과 이들에 의해 지배되는 하층민 프롤레타리아 계급으로, 이는 주로 창녀, 은행 서기 및 깡패 등의 인물로 대변된다.

이러한 상반된 사회계급 구조를 극복하고 연결시켜 줄 수 있는 인물로, 지성인 계급을 생각해볼 수 있다. 이 작품에서, 조우는 황성삼으로 대표되는 외국유학 지성인과 시인 기질의 사회변혁을 믿는 청년인 방 달생을 창조했는데, 전자는 천박한, 위선적 부르주아로 그려지고 있으며, 후자는 사회변혁을 위한 희망의 가능성을 포기하지 않는 인물로 그려지고 있다.

이러한 계급간의 갈등 구조에서, 있는 자는 없는 자를 착취하고, 내던져버리며, 힘없는 자는 결국 죽음밖에는 택할 수 없는 음울한 세계관이 제시된다. 그래서 끌려온 어린 창녀는 매춘을 거부하다 힘에 겨워 자살을 하게되고, 여주인공 창녀 진백로 역시 빚에 밀려 자살을 택한다. 이 작품에서 조우는 특별히 여성주의적 관점을 채택하고 있지는 않으나, 자본주의가 갖는 여성 몸의 억압과 도구화에 대한 통렬한 통찰력을 보여준다. 이 작품에서 그려지는 자본주의 사회는 거대한 인간 지배 기계다. 지배받는 인간들은 사용가치에 의해 평가되고, 쓸모 없는 은행서기는 실직을 당한 채, 생존게임에서 낙오한다. 결국 그는 가족들을 죽이고, 자신도 자살을 시도한다. 그가 마지막으로 울부짖는 소리 "우리 모두가 사람인데, 사람이 사람을 이렇게 대할 수는 없지요."는 비정한 자본주의 지배기계에 대하여 퍼붓는 힘없는 저항의 목소리 일 뿐이다.

흥미로운 점은, 이 작품이 1930년대 중국사회상을 배경으로 한 작품이지만, 1990년대 한국의 대중관객들에게 문화적 거리감이 별로 없이 작품의 주제가 와 닿는다는 것이다. 채권 값을 조작하여 자본주의 인간지배 기계를 장악하는 큰손 김팔의 존재나, 채권 값 등락에 따라 태도가 변하는 은행장, 실직 가장의 문제 등이 어쩌면 90년대 말 우리의 사회상과도 그리도 비슷할까?

아쉬운 점이라면, 조우가 보는 자본주의 사회상 내지는 세계관이 지나치게 음울하다는 것이다. 그는 작품 속에서 인간세상과 대조되는 '일출'의 자연현상을 언급함으로서 약간의 희망적 가능성을 남겨두고 있는 듯하지만, 진 백로의 대사처럼("태양이 솟았다. 그러나 태양은 우리의 것이 아니야") 여전히 현실적 희망은 있는 자의 소유로 남겨두는 것처럼 보인다. 인물 구성에서도, 사회 변혁의 가능성을 계승하는 것처럼 보이는 시인기질의 청년 방달생의 반체제적 역할이 뚜렷이 부각되지 않았다.

연출의 김철리는 3시간 50여분에 걸친 긴 공연을, 치밀한 장면 만들기와 장면 속에 생동감을 창조함으로서, 관객에게 지루한 느낌을 주지 않는다. 진 백로 역의 이현순이 오랜만에 적역을 맡아, 화려하면서도 소외된, 처절한 듯 하면서도 도도한, 빚에 쪼들리면서도 나름대로 꿈을 지닌 창녀 진백로의 개성을 설득력 있게 부각했다. 비서 이석청 역의 정인겸의 연기도 장면 속에 생동감을 창출한다.

(예술세계, 1999. 6.)

욕망과 광기의 대중적 햄릿 실험

— 〈햄릿 1999〉

극단 '유'가 강남에 '유씨어터' 극장 개관 공연으로, 김아라 연출의 〈햄릿 1999〉를 무대에 올렸다. 이 공연은 그 기획이나 공연 면에서 대단한 의욕을 보여준다. 우선, 대중관객의 호기심을 끄는 것이 초호화 캐스트다. TV나 영화를 통해 많이 알려진 배우들이 대거 등장한다. 주인공 햄릿 역의 유인촌을 비롯하여, 권성덕, 이혜영, 최민식, 정규수 및 영화 〈은행나무 침대〉, 〈처녀들의 저녁식사〉로 널리 알려진 진희경이 오필리어 역을 맡고 있다.

둘째는, 김아라의 독특한 해체적·실험적 연출형식이다. 김아라 연출은 흔히 대극장 무대공연에서 기대되는 대작 비극 〈햄릿〉을 소극장의 작은 무대공간을 효과적으로 구성·사용함으로서, 그 연출 능력을 과시했다. 연출은 장중한 고전비극의 숭엄미를 현대적으로 해체·개작하여 액션지향의, 빠른 장면 전환을 기조로 한 대중적 공연으로 재구성했다. 또한 무대공간을 다양화하기 위한 사다리 구조의 무대장치를 사용하여, 배우들의 동작선을 다양화하고, 액션 중심의 다이내믹한 무대그림과 햄릿의 선왕 유령의 역할 강조, 오필리어 장례식에서 흰 시체이미지의 활용 및 햄릿과 레어티즈의 펜싱시합 등 무대적 볼거리를 심심치 않게 삽입하여, 관객들에게 지루할 틈을 별로 주지 않았다.

이와 같이 〈햄릿 1999〉는, 전체적인 공연, 차원에서 볼 때, 김아라의 나름대로 다듬어진 연출 스타일과 초호화 캐스트가 적절히 어우러져, 상당히 흥미로운 대중적 공연을 창출해 냈다.

1. 원작 〈햄릿〉의 실험작업

문제는 원작 〈햄릿〉에 관한 비평 역사만도 몇 백년이 되는 이 작품이 지니는 심오하고 치밀·복잡한 의미구조의 차원에 비추어 볼 때, 〈햄릿 1999〉 공연이 그 대중적 스타일의 해체·재구성을 통해 또 다른 의미구조를 설득력 있게 창출하고 있는가 하는 것이다. 이와 관련하여 전문적 〈햄릿〉 비평의 관점에서 몇 가지 질문만 제기하여 보자.

원작 〈햄릿〉에 대한 실험 작업 역시 수 백년 전통을 가지고 있다. 이번 〈햄릿 1999〉공연도, 이러한 연장선상에서 비평적 읽기를 시도해 볼 수 있다. 우선, 각색자는 1600년대 영국의 작품을 1990년대 한국 대중관객을 위한 공연으로, 재구성했을 것이라 생각된다. 작금의 해외공연 현장에서 볼 수 있는 〈햄릿〉 해체작업에서 큰 설득력을 얻는 접근방법 중의 하나가 프로이드적 해석이다. 이는 아버지(선왕), 아들(햄릿), 어머니(거투르드)의 삼각관계를 중심으로 오이디푸스적 심리관계를 바탕으로 작품의 흐름을 해석한다. 이때 강조되는 요소가 햄릿과 거투르드의 무의식과 억압되어 있던 욕망과 광기의 요소로 작품 속에서 발화되어 표출된다.

2. 한국적 '효'의 개념으로 재구성

김아라 각색은, 한국적 유교 가부장적 대중정서를 고려한 듯, 햄릿과 거투르드 및 클로디우스 왕(혹은 죽은 선왕)의 관계를, 오이디푸스적 욕망 구도에 바탕을 두기보다는 한국적 '효'의 개념으로 재구성하고자 한 듯하다. 그래서 햄릿은 자신의 부왕에 대한 '효'로서, 부왕은 죽일 클로디어스 숙부에게 복수하려고 하며, 레어티즈 역시 자신의 아버지 폴로니우스에 대한 '효' 때문에, 아버지를 죽인 햄릿에게 복수하고자 한다. 이와 같이 이번 공연은 '효'와 '충'의 개념에 바탕을 둔 한국적 복수극으로 의미구조를 대치·변형시키고자 한 듯하다. 그러나 이런 가정하에서 볼 때, 〈햄릿 1999〉의 장면나열과 구성은 해체·재구성의 주제적 초점이 확실치 않은 것으로 풀이된다.

우선, 극시작 장면에서 햄릿이 어머니의 변절과 재혼을 슬퍼하는 장면을 보자. 이는 연전에 영화화되었던 서양영화 〈햄릿〉의 구성과도 비슷하다. 이 영화에서는 어머니 거투르드가 사랑의 대상을 바꾸는 행위를 햄릿, 거투르드와 클로디어스 왕 사이의 오이디푸스적 관계로 풀어나갔다. 이러한 재구성 방식은, 원작 〈햄릿〉에서 부왕의 유령이 나오는 시작장면을 대치시키는, 설득력 있는 해석방법이라 하겠다.

그러나 〈햄릿 1999〉의 첫 장면은 상기한 해석과 의미구조를 바탕으로 하지 않기 때문에 햄릿의 슬픔은 막연한 '감정적' 슬픔으로 해독될 수밖에 없다.

3. 기독교적 세계관의 삭제

다음으로, 원작 〈햄릿〉이 대표하는 기독교적 세계관의 문제다. 국왕은 곧 우주질서의 중심이므로, 국왕의 시해는 우주질서의 파괴로 이어지고, 햄릿 왕자는 이러한 우주적 질서의 파괴를 회복시키지 않으면 안 되는 우주적, 존재론적 비극성을 지니게 된다. 그래서 극중에서 햄릿은 기도중인 클로디어스를 죽이려 하다가, 그가 천당에 갈 것이 두려워 멈추고 만다.

〈햄릿 1999〉에서는 이러한 기독교적 세계관이 삭제되어 있고, 이를 대치하는 어떤 대안적 세계관도 보이지 않는다. 그저 속세화 된 세계 속에서 한 왕자의 부왕에 대한 원수갚기 구도 속에, 간간이 '효'의 소주제가 강조될 뿐이다. 그러므로 이 공연에서 클로디어스의 기도 장면에서 햄릿의 주저함은, '효'의 실천적 차원이라는 해석만으로는 충분히 설명되지 않는다.

4. 극중극 인물들의 성격창조

다음으로, 극중극 장면이다. 원작의 극중극 장면은, 햄릿이 치밀한 계획 하에 실천에 옮기는 '쥐덫 장치'의 장면이다. 이 쥐덫으로 햄릿은 클로디어스가 부왕 살해의 범인인가를 확인하려는 '발견' discovery의 장면이다.

원작에서는, 클로디어스 왕의 반응에 초점이 모아지는 반면, 이번 공연에서는 선왕의 유령이 극중극 장면에 등장하여, 자신의 시해 사실을 폭로한다. 장면의 초점은, 유령과 햄릿의 오열하는 반응에 맞추어진다. 멜로적 감정효과가 극대화되는 장면이다. 또한 이러한 장면 재구성은, 햄릿의 성격창조에도 영향을 주어, 치밀한 계략가로서 햄릿의 성격부각은 삭제되었다.

인물들의 성격부각을 생각해보자. 1900년대 초까지 전통비평은, 우유

부단한 사색형 인간으로 햄릿을 해석했으나, 그 이후 최근의 비평들은, 햄릿을 지적이며 치밀한 전략도 구사하는 행동적 인물로 재해석을 하기도 한다. 이번 공연에서 햄릿의 성격은 주로 감정적 차원을 강조한 열정적 욕망과 광기의 인물로 부각하고자 한 듯 하다. 그러나 '욕망'과 '광기'의 문제는, 용어에 대한 심리분석적 전문 관점과 이해를 바탕으로 하지 않고는, 자칫 대중문화적 멜로 취향의 해석으로 빠지기 쉬울뿐더러, 극중에서 강조하는 '효'의 유교적 질서와 어떻게 조화롭게 대화를 이룰 수 있는지의 문제도 만만치 않다. 레어티즈와 햄릿의 성격대비가 좀 더 확실했으면 더욱 흥미로운 공연이 되었을 것 같다. 어머니 역의 이혜영은 오이디푸스적 모성의 이미지가 강했으며, '효'의 질서와 연관이 모호하다. 유인촌, 최민식, 권성덕을 축으로 한 연극적 안정적인 연기효과는, 극단 '유'가 배우 극단임을 재확인시켜 주었다.

(문화예술, 1999. 6.)

역사적 인물의 재창조 작업

— 〈나운규〉

극단 물리(대표 한태숙)가 창단 공연으로 정복근 작 〈나운규〉를 5월 6일부터 23일까지 문예회관소극장 무대에 올렸다. 정복근—한태숙 콤비는 그 동안 역사 속 인물들을 1990년대 작금의 시각에서 재조명하는 작업을 꾸준히 지속해왔다. 작품 〈덕혜옹주〉, 〈나, 김수임〉이 역사 속의 여성인물들을 이 시대의 시각으로 재창조하였다면, 이번에는 1920~30년대 풍운처럼 살다간 예술가 나운규를 재창조한다.

이번 작품 〈나운규〉에서 흥미로운 구성은, 많은 역사적 인물 재창조 작업에서 흔히 보듯, 시간적 순서에 따라 사건을 직선적으로 나열하는 대신, 윤봉춘 이라는 절친한 친구 예술가의 시각을 빌어 작품을 구성한다. 작품 세계 속에서 윤봉춘의 시각과 나운규의 시각이 겹치기도 하고, 엇갈리기도 하면서 이중적 시각을 구성한다. 이러한 구조는, 연대기 서술식의 단조로운 극구성을 커버해주는 역할을 한다. 여기에 덧붙여 작가는, 박진과 윤봉춘의 대화장면의 시간을 1970년대로 설정함으로서, 또 다른 하나의 시간대를 중층으로 구조하고 있다. 이러한 다중적 시각은 포스트모던적이며 동시에 서사극적 역사 다시보기 작업으로, 관객에게 지적인 거리 감과 함께, 중층적 극구성 방식을 음미하는 즐거움을 준다.

이 작품이 관객에게 던지는 화두는 '아리랑'은 나운규에게 무슨 의미를 지녔을까 라는 질문이다. 여기서 '아리랑'은 민족적 예술가로서 나운규의 정체성 규명에 핵심적인 실마리를 제공한다. 그에게 '아리랑'은 예술혼이자 민족혼이었고, 이를 살리기 위해 그는 예술과 돈이라는 현실세계의 갈림길에서, 급기야는 일본인 도야마와 합작하여 도색영화를 만들기에 이른다. 작품 〈나운규〉는, 이와 같이 나운규를 재창조하는 과정에서, 그에게 씌워졌던 친일이라는 오명에 얽힌 뒷이야기를 풀어내 재해석함으로서, 나운규의 역사적 위상 바로잡기를 시도한다.

그러나 무대화된 나운규의 모습은 주로 자유로운 예술인으로서 광기 어린 열정적인 나운규 인물 부각에 초점을 많이 둔 듯하다. 그것도 주로 나운규의 영화작업에 많은 장면이 할애되어있다. 천재 예술인 나운규는 민족주의자였고 또한 동시에 유부남으로 처녀 마리아의 처절한 사랑에 몸부림치던 로맨티스트였다. 민족주의 독립운동가로서 나운규의 모습은 거의 생략되어 있는데, 이는 윤봉춘을 지적인 민족주의자로 대비적으로 부각하고자 하는 작가의 작품구성 과정에서 나온 결과일수도 있겠다. 또한 마리아와의 금지된 사랑의 장면들도, 아주 간략히만 제시되어 있어, 천재적 광인 나운규의 다면적 모습이 효과적으로 부각되지 않았다. 이는, 몽타주적 장면 구성인 짧고 빠른 장면의 연속적 구성과정에서 나온 한 결과로도 해석할 수 있겠다.

이러한 스피디한 장면 진행은, 90년대 영상 이미지에 익숙한 관객들의 취향에 적합한 방법론일 수도 있다. 그러나 이 작품의 경우, 대부분의 관객들이 1920년대의 나운규의 삶에 대한 구체적 역사 배경을 잘 모른다는 점을 감안해보면, 생략적 몽타주 장면 구성이 빠뜨릴 수 있는, 작품 이해에 필요한 배경설명들을 내레이터 인물을 설정하든가, 혹은 그러한 기능을 수행할 수 있는 더 많은 장면 만들기를 통하여, 작품의 의미 전달을 충분히 마련했어야 한다.

한태숙 연출은, 이 작품에서 여성적 터치의 섬세한 장면 만들기를 빈 틈없이 구사한다. 연출은 나름대로 작품 〈나운규〉가 지니는 예술성을 최대한 시각화했다. 나 운규의 영화 〈아리랑〉이 한국 최초로 몽타주 기법을 사용했던 것처럼, 한태숙 연출 역시 몽타주식 장면 만들기를 작품 구성의 기조로 일관한다. 문예회관 소극장의 작은 공간을 세 층위로 구분하여, 위 무대를 두 개의 구분되는 망사막으로 구성, 주로 영상 이미지를 투사하는 방법으로 사용한다. 영화 〈아리랑〉의 포스터가 비춰지기도 하고, 나 운규가 연출한 〈들쥐〉의 한 장면이 연출되기도 한다. 또 나 운규와 마리아의 과거 아름다운 사랑의 시절이 방사막 뒤에서 일어난다. 이러한 방사막의 사용은 빠른 장면의 변화를 가능케 한다.

연출은 또한 음악 사용에도 세심한 배려를 보인다. 1920년대 당시 제작된 LP레코드 음악을 배경음악으로 사용하여, 당시의 분위기에 접근하면서도, 아리랑 노래를 편곡하여 사용, 우리에게 익숙한 아리랑조가 아닌 새로운 가락을 사용함으로서 '아리랑' 가락에 대한 일종의 소외효과도 노린 듯하다. 장면 전환을 원활히 하기 위해 사용되는 바이올린 생음악 연주 역시, 이 공연의 감정적 에너지를 지적 분위기로 이끄는데 기여한다. 이와 같은 장면 만들기 방식은, 전체적으로, 관객에게는 인물 나운규와 그의 영화 '아리랑'에 관한 이 공연에 대하여 지적, 객관적 거리감을 유지시킨다. 이외에도, 연출은 극중극 장면, 1920년대 활동 사진의 변사장면, 나운규와 윤봉춘의 장고 치는 장면 등을 통해 볼거리와 오락성도 제공한다.

그러나 이 공연이 원래 대극장 공연을 염두에 두고 기획되었던 듯 후반부 몇 장면은 작은 무대공간에서 감정적 에너지가 제대로 창출되지 못했던 것 같다. 한 예를 들면, 나운규의 꿈에서 나오는 유령장면들로, 나운규의 부인, 친구 윤봉춘, 애인 마리아 등의 유령이 그에 대한 원한을 토해내는 장면인데, 짧은 거리를 두고 관객들의 바로 앞에서 벌어지는 유령 장면은 별로 기대했던 효과를 달성하지 못했던 것 같다. 카바레 장면도 비슷한 경우로, 작은 무대공간 위 텅 빈 무대에서 남녀 두 쌍이 추는 20년대 당시의 사교춤은, 초라해 보일 정도로 카바레 분위기가 나지 않았다.

그러나 상기한 몇 가지 취약점에도 불구하고, 공연 〈나운규〉는, 작품 제작과정에서 느껴지는 진솔한 태도와 스태프들의 작품을 향한 진솔한 열정으로, 예술적 품위를 유지하면서도, 적절한 볼거리와 오락성을 제공하는 수준급의 공연이었다. 특히 나운규 역의 강신일과 윤봉춘 역의 한명구는 각각 열정적인 연기 스타일과 지적인 연기 스타일을 뛰어나게 구사함으로서 두 예술가의 우정, 갈등, 경쟁의식 등 내면세계의 드라마를 역동적으로 창조, 시종일관 관극적 흥미를 유지시켰다.

(예술세계. 1999. 7.)

'포스트콜로니얼' 한국적 대중문화의 새 가능성
―〈가거라, 삼팔선〉

멜로적 정서는 우리 대중관객에게 낯익고 편안하다. 여기에는 나름대로 그럴만한 이유가 있다. 왜냐하면, 공연 형식과 내용은, 그것이 자리잡고 있는 전체 역사적, 사회적 맥락 속에서만 제 기능을 발휘할 수 있기 때문이다. 반만년 한반도 역사를 특징짓는 가난, 억압, 한, 설움 등의 역사적 문화적 상황이 우리 대중관객들에게는 멜로 드라마적 정서와 동일시 할 수 있는 한 큰 요인을 제공했다해도 과언이 아닐 것이다. 이런 점에서, 연극계나 평론계 일부에서 멜로드라마를 폄하하는 견해들은, 상기한 역사적 맥락성과 문화·사회 제도로서 멜로 드라마를 상호 문화적 차원에서 고려하고 있지 않다고 하겠다.

악극이 본격적으로 공연되기 시작한지도 1990년대 초부터 어언 10여년. 이제 악극이라는 하나의 연극공연 형식이자 문화제도의 공연 문화적 정체성과 위상을 점검해 볼 필요가 있는 것 같다. '악극'은 평자에 따라 '대중악극' 혹은 기타 이름으로 분류되기도 하지만, 크게 보아 '음악극'의 형식에 속한다. 1980년대 중반이후 서양 뮤지컬 공연이 눈에 띄게 늘기 시작하더니, 1990년 초에 이르면, 한국 토착형 대중적 '악극'이 극단 신시와 극단 가교 등을 중심으로 공연되기 시작하면서, 특히 중노년 대중관객에 크게 어필, 돌풍적인 인기를 얻고 있다. 특히 IMF라는 국가 경제위기를 맞으면서, 악극이 지니는 독특한 정서와 의미가 우리 관객들에게 더욱 크게 어필한 것도 사실이다.

그러면 서양 뮤지컬과 우리 '악극'의 공연예술적·문화제도적 차이는 무엇일까? 왜 악극은 중노년층 관객들에게 더 어필하는가? 이러한 차이를 규명해보는 시도는, 궁극적으로 극단 신시 뮤지컬 컴퍼니가 이번에 공연한 악극 〈가거라 삼팔선〉이 갖는 새로운 악극 형식으로서의 의미를 규명하는 일과 직접적으로 연결된다.

우선, 영미 중심의 서구 뮤지컬은 주로 대중관객 위주로 오락중심의 볼거리, 코미디, 대중음악, 무용 등의 요소를 망라하는 서구 후기자본주의 사회의 대표적 대중문화 형식이다. 우리에게 잘 알려진 〈캣츠〉, 〈오페라의 유령〉, 〈레미제라블〉, 〈미쓰 사이공〉, 〈에비타〉, 〈페임〉, 〈넌센스〉 등만 보더라도 서구 개인주의 문화에 바탕을 둔 다양한 개인들의 이야기들로 구성된다. 베트남전을 배경으로 한 못 이룬 사랑 이야기, 기독교적 사랑의 이야기, 한 의지 강한 여성의 파란만장한 성공담과 추락의 이야기 등 이들 이야기의 주제는 기본적으로 서구적 정서와 세계관을 바탕으로 한다.

한편, 우리의 '악극'은 크게 보아 1920년대 초기에서 50년대 정도까지 유행했던 신파극(한국형 멜로드라마)을 바탕으로 50~60년대 유행하던 대중가요 가락을 바탕으로 볼거리, 무용 등을 첨가하여 음악극으로 재구성한 것이다. 〈홍도야 우지마라〉, 〈번지 없는 주막〉, 〈눈물 젖은 두만강〉, 〈굳세어라 금순아〉 등 대부분이 멜로적 비극물이다. 이런 점에서 악극을 '멜로 뮤지컬'이라고 칭해봄도 바람직하다. 또한 중요한 점은, 우리의 악극이 갖는 이러한 '토착형의 멜로적 비극성'이 바로, 서구의 포스트모던 대중 문화의 대표적 공연상품으로서 서구 뮤지컬에 대해 '대안적 변별성'을 찾을 수 있는 중요한 특징이기도 하다. 다시 말해, 서구의 후기자본주의적 문화 논리가 '글로벌'이라는 기치아래 각국의 지역문화를 평준화시키는 문화적 공세 속에서, 세계화를 수용하면서 우리의 독특한 문화를 부각하는 작업이 한국적 '포스트콜로니얼(탈식민주의) 대중문화'의 창출이라고 볼 때, 우리의 악극은 이러한 차원에서 하나의 새로운 가능성을 제시할 수 있다고 생각된다.

상기한 우리 악극들의 공통적인 특징을 보면, 많은 경우 극의 배경이 제3세계 약소국의 비극적 역사다. 즉 일제치하의 〈번지 없는 주막〉, 〈눈물 젖은 두만강〉, 6 · 25를 배경으로 한 〈가거라 삼팔선〉, 그외 남북 분단 등 한 많은 역사의 질곡이 작품세계의 중요한 극 의미구조를 제공한다. 그리고 이러한 상황 속에서 그려지는 개인들의 운명적 이야기는 곧 나라의 비극적 운명과 직결되어, 개인은 역사 속의 비주체적 존재로 희생되는 것으로 흔히 그려진다.

문제는 이러한 역사적 한의 정서를 어떻게 새롭게 해석하고, 극적 언어로 구체화시키는가에 있다. 즉 악극이 소극적, '한'의 정서를 강조함으로서, 관객차원에서 소극적 멜로적 카타르시스를 유도할 것인가 아니면 적극적 저항 정서로서 우리의 역사적 한을 승화시킬 것인가에, 우리의 현재 '악극'이 새로운 탈식민지적, 주체적, 대중문화로서 변신을 모색할 수 있는 가능성이 있다고 생각된다.

서구자본주의 문화가 세계 각 지역의 토착 민족문화와 상호작용 하는 역학에 관해, 세계적 탈식민주의 문화 이론가인 가야트리 스피박(Gayatri Spivak)은, 서구 자본주의 문화의 제국주의적 지배에 대항하기 위해서, 각 지역의 토착, 민족문화는 서구문화와 상호적 대화를 통해, 제3의 잡종적(hybrid) 강인한 저항성격의 탈식민주의 문화를 창출해야 된다고 말한다. 이런 점에서 서구 뮤지컬 형식을 빌어, 우리 민족의 한의 이야기와 정서를 강조하는 악극은 상기한 제3의 잡종적 탈식민주의 대안적 대중문화의 가능성을 제시한다. 특히 이번 공연된 차범석 작, 한진섭 연출의 악극 〈가거라 삼팔선〉은 그 극구성에서 상기한 포스트콜로니얼 대중문화의 가능성을 제시했다는 점에서, 지금까지의 악극과 뚜렷한 변별성을 보여준다.

우선, 이 악극의 주제가 지지하는 정서들은, '한국적 토착정서'들이다. 즉 고향, 어머니, 천륜, 고향으로의 회귀, 핏줄 같은 정서와 가치관은 우리 민족 모두의 가슴에 그리운 말들이다. 이야기가 시작되는 충청북도 복사골은 그러한 고향으로서 문화적 기표다. 모든 극중 인물들은 복사골을 그리워하고 돌아가고자 한다. 또 조만득/조천득 두 혈육을, 삶의 원천인 어머니에게서 잘라놓은 것은, 6·25전쟁이다. 이것은 '역사적 한'으로 작품 속에서 풀이된다. 만득은 국군으로, 천득은 북한의용군으로 나뉘어 끌려간다. 여기서 개인은 역사 속의 타자(他者)로 그려진다.

끌려가는 두 아들을 보내며, "나는 누굴 믿고 사느냐?"며 울부짖는 노모는 한민족 모두에게 너무도 낯익은, 한 서린 한국여인의 모습, 우리 어머니의 모습이다. 그 결과, 고향은 황폐해지고, 살기 위해 고향 떠난 만득의 처 정실과 천득의 애인 금순이는 카바레에서 몸파는 여인 케냐로 타락한다. 이는 역사 속 여성의 타자화(他者化)이자, 금순이의 한국적 정체성은 서양여인 케냐로 변모, 상실되고 만다.

이북에 끌려간 만득은 '고향' 즉 자신의 정체성의 원천을 못 잊어 탈출, 중국을 거쳐, 남한으로 돌아온다. 그러나 분단 후 남한은, 복사골 시대의 어머니 품 같은 조국이 아니었다. 그는 밀입국자 및 간첩으로 몰려 감방살이를 하고, 출옥 후에도 그는 복사골을 찾아가지 않고 영원한 방랑자로 떠돈다. 개인적, 국가적 정체성을 완전히 상실하고만 결과다. 그의 대사를 보자.

"나는 죄 없는 죄인, 그러니 내 결백을 말해줄 근거조차 없는 죄인, 밀

항선 타고 고향 찾아 왔는데, 조국은 나를 돌멩이처럼 내동댕이쳐… 저주받은 삼팔선." 그러나 만득의 부인과 아들 창환의 끈질긴 '천륜'의 정 때문에 이들은 재상봉하게 되는 해피엔딩으로 끝난다. 작가는 '역사적 한'에 하나의 희망을 달아놓는다.

이번 악극 〈가거라…〉의 새로운 의미라면, 이전 악극들이 지니는 스토리 위주의 피상성, 운명론적 소극적 '한'의 정서 등의 한계를 극복했다는 점이다. 악극 〈가거라…〉는 만득이 등 개인 인물창조에 현시적 사회적 비판의식을 부여함으로서, 관객들에게 살아 있는 개성적 인물, 역사적 한에 적극적으로 대처하는 인물을 창조했으며, 요즈음 관객들의 공감대를 높였다. 예를 들어, 만득의 어머니는 "이장, 군수 아들은 군대에 안 끌려가는데"라며, 현시적 사회비판을 가하는가 하면, 만득 역시 "위에서부터 아래까지 몽땅 다 도둑놈들이에요." 등의 대사를 하는데 실제로 관객들은 이 대사에서 열광적인 박수로 호응했다. 이러한 개성적 인물화에서 보여지는 건강한 사회성은, 지금까지 대부분의 악극이 갖는 피상성을 극복하고, 이 악극을 민족분단을 있게 한 서구 강대국의 정치적 배경, 내부적으로 분단을 영속화시키는 우리 사회의 병폐에 대한 건강한 사회비판 의식을 통해 탈식민주의적 대안적 대중문화로 이 작품을 승화시키는 역할을 한다.

차범석 원작자는, 그의 항상 뛰어난 언어감각을 이 작품에서도 다양한 방법으로 구체화한다. 오랜 경험과 통찰을 통해서 다듬어진 인물들의 대사는 간결하고, 의미가 완벽한 채로, 군더더기 대사가 없다. 또 서울·충청도·전라도 및 이북 사투리, 중국어까지 다양하게 구사되는 장면들을 통해, 작가는 민족통일의 염원과 민족의 한을 승화시킨다. 연출의 한진섭은, 정실과 금순이 역에 윤복희와 주현미를 기용하여 대중적 호소력과 가창력을 강화했다. 그러나 원작에서 조만득(김갑수 扮)이 갖는 무대적 비중이, 스타급 가수에게로 상당부분 기울어지는 결과를

가져왔다. 주현미는 뮤지컬 배우로서 크게 손색없는 역량을 초연 무대
에서 발휘했다.

(예술세계, 1999. 9.)

자유로운 상상력과 SF 만화의 경계선

─ 〈허탕〉

〈택시 드리벌〉에서 영화 〈간첩 리철진〉에 이르기까지 신세대 작가 장진에 의해 생산되는 무성한 대중미디어 담론 사이로 무엇이 보이는가? 혹은 보이지 않는가?

공연 제목 〈허탕〉은 극중 스토리가 그리는 실존적인 허무에 대한 대중적 패러디다. 극 내러티브는 감방 안 두 남자 죄수와 한 여자 죄수의 이야기로 〈허탕〉스럽게 끝이 난다. 극중 스토리는 감옥 내부의 일상적 삶의 장면으로 구성된 '외부극'과 여자 죄수의 과거를 들추어내는 심리극의 '내부극'으로 구성된다. 외부극에서 감옥은 삶의 실존성에 대한 극적 기호다. 감방 속의 삶은 감방 밖, 일상적 삶과 너무 비슷하다. 원두커피, 전화와 CD음반과 음악이 있는 등. 인물간의 대사 역시 비디오, 담배 태우는 이야기, 화장실 등 하찮은 일상적 이유들로 이루어진다. 자칫 단조롭게 흐를 수 있는 감방 속 대사와 인물 구성을 특징짓는 것은 이 신세대 작가가 구사하는 겁 없이 재기 발랄한 감상적 재치와 황당무계할 정도로 과장된 아이러니 전략(?)이다. 그래서 인물들과 대사, 즉 스토리는 대중적 회화성을 띤다.

감방이 인간 삶에 대한 대중적 희화의 기호라면, 실존극에 나오는 시지프스적 심각한 실존적 히어로는, 이 공연에서 인간 찌꺼기인 죄수로 대치되어 있고, 이러한 대중적 희화성을 나타내기 위함인지 세 등장인물은 광대 같이 줄이 간 죄수복을 입고 있다. 그리고 이들은 '미친 짓'인 줄 알면서 '유능한 죄수'가 되기 위해 '탈출 시도'를 해야만 하는 것으로 되어 있다. 실존극에서 신의 존재는, 이들의 감방 삶을 도청하고 감시하는 악의에 찬 '저놈들'로 대치된다. 고참 죄수는 감옥의 일상에 길들여지기를 거부하고 항상 탈출을 꿈꾼다. 그래서 그는 과거를 기억 못하는 여자 죄수에게 심리극을 통해, 과거 이야기를 털어놓게 한다. 그는 신참 죄수에게, 이 여자와 사랑에 빠지지 말 것을 경고한다. 사랑에 중독 되면, 감옥의 일상에 길들여지니까.

그러나 신참죄수는 여자죄수와 사랑에 빠진다. 그는 심리극을 통해 그녀가 전 남편의 아이를 임신하고 있음을 알게 되고, 그녀를 뺏길지도 모른다는 두려움에서, 그녀를 구타해 뱃속의 아이와 그녀를 함께 죽이게 된다. 공연은 고참 죄수가 감옥문을 열고 나가고 신참죄수는 혼자 남는 것으로 허탕스럽게 끝난다. 이와 같이, 이 공연의 스토리는 황당한 S·F 만화 같기도 하고, 신세대의 자유로운 상상력의 소산 같기도 하다.

그러나 외부극을 이루는 대중화된 실존적 허무의 정서는 서양적 세계관으로, 이미 감옥을 소재로 한 할리우드 영화들에서 우리에게 낯익은 정서다. 한편, 내부극을 이루는 여자 죄수의 과거 이야기는 한국적 가부장 폭력의 정서가 그 바탕이 되어 있다. 즉 임신한 부인에게 양수검사를 시켜 남자아기가 아닌 것을 밝혀낸 바람둥이 남편은 낙태를 요구하고, 견디지 못한 여인은 남편을 독살한다. 이 이야기를 들은 신참 죄수는 여자를 뺏길지 모른다는 두려움에서, 그녀에게 또 다른 성폭력을 행한다. 성폭력 피해자에 대한 성폭력 해결방법이 동원되는 것이다. 외부극의 실존적 허무의 주제와 내부극의 한국적 가부장 성폭력 케이스가 조화롭게 연결되지 못했다. 또한 공연 속에 제시만 된 채 해결되지 않은 이슈들이 있다. 고참 죄수의 대사 속에서 언급되는 동성연애와 섹슈얼리티의 문제다.

연출은, 강한 조명, 대사 발성 등에서 비사실주의 스타일을 강조했으나, 죄수들의 결혼장면(?)은 공연 전체의 리듬에 부담스러운 장면 만들기였다. 이 작품은 연극성보다는 대중적 오락성이 두드러진 공연이었고, 장진의 특징은 신세대적 감각적 재치와 과장된 아이러니의 구사에 있다고 하겠다.

(한국연극, 1999. 9.)

향토적 정서 강한 사실주의극 창조

— 〈달빛 속으로 가다〉

최근 수년사이에 여성 극작가들의 작품이 점점 더 많이 무대공연의 기회를 얻고 있다. 원로 작가인 강성희, 중진 작가인 정복근, 김정숙을 비롯, 삼십대 젊은 작가들인 김윤미, 오은희, 장성희 등의 활동이 활발하게 눈에 띤다. 또한 올해부터는 연출가인 한태숙과 무대 미술가인 신선희가 각각 〈레이디 맥베스〉와 〈청산별곡〉 등에서 극작에도 진출하는가 하면, 극작가인 김정숙이 자신의 작품 〈블루 사이공〉을 연출했다. 이러한 전통 연극 장르간의 경계 허물기는 요즈음 서구 무대에서도 흔히 보이는 현상으로, 크게 보아 포스트모더니즘 문화의 한 현상이라 할 수도 있다. 여기에 우리 나라의 경우는 요즈음 더욱 강화되고있는 지적 소유권 문제로 창작극 공연이 활성화되는 면도 없지 않다 하겠다.

이들 젊은 삼십대 여성 극작가들은 주제나 극구성에 있어서 뚜렷이 다른 개성적 스타일을 보여준다. 예로 김윤미가 〈결혼한 여자와 안한 여자〉에서 명쾌한 풍자 스타일로 가부장제 가정의 모순을 스스럼없이 밝히고 있다면, 이번에 극단 비파가 김철리 연출로 공연한 〈달빛 속으로 가다〉에서, 장성희는 향토색 짙은 탄탄한 변형 사실주의 극구성을 보여준다.

작품 〈달빛…〉은 공연성 보다는 문학성이 강한 특징을 보여준다. 마치도 시적 서정성과 상징성이 강한 하나의 단편소설을 보는 듯 하다. 극의 설정은 어느 달밤 깊은 산 속의 암자로, 백중날 밤을 맞아 잡다한 사연을 가진 사람들이 모여 엮어내는 이야기들이 극의 내러티브를 이룬다. 이 작은 암자라는 공간은 죽음과 삶의 기운들이 서로 묘하게 갈등하고 뒤섞이는 우주적 질서의 공간이기도 하다. 작가는 이러한 삶과 죽음의 화두를 던지기 위해, 극 시작에, 산불 감시인 이용수로 하여금 죽은 시체를 발견하게 하고, 이 공간에 끌어들인다. 그리고 이러한 화두를 풀어 가는 작가의 시각은 불교적 세계관이다. 암자라는 상징적 공간에는 여성 인물들과 남성 인물들이 자리잡고 있는데, 엄 보살과 노파는 삶의 원리를, 의사인 한 영수와 살해된 운동권 학생의 아버지 민기철과 기타 남성 인물은 크게 보아 죽음의 원리를 상징한다.

그래서 스님이 부재중인 암자를 지키는 엄 보살은 꺼진 전구를 바꿔 끼면서 "오래 살아라"고 말하고, 노파 역시 극중간에서 죽은 시체를 보며 "왜 세상을 버렸오. 살아야 하지 않겠오…"의 긴 주제적 대사를 말한다. 반면 한영수 의사는 극 후반부로 가면서 노파의 대사와 대조되는 긴 죽음의 주제에 관한 대사를 이렇게 한다. "다 죽어, 다 죽는 거야. 풍 맞아 죽고, 당뇨로 죽고…" 여기에 민기철은 "살인하기 좋은 밤이여"를 극중 내내 되뇌인다.

별 구체적인 액션 없이 진행되는 이 극에서 액션은 대사를 통해 진행되는 인물들간의 심리적 다이내믹이 이를 대신한다. 엄 보살과 정신이 돈 고시생 관식, 노파와 그 며느리, 의사 한영수와 죽은 운동권 학생의 아버지 민기철 등 각 인물들의 스토리가 짧은 막 설정을 통해 한 바퀴씩 돌 때마다, 깊이를 더해간다. 실제로 이 극에는 기존 사실주의 극의 주인공이 없다. 대신 집단 주인공들이 거의 같은 비중으로 극 구조에 참여하여,

이야기를 공동으로 구성한다. 마치도 안톤 체호프의 〈벚꽃 농장〉에서 집단 주인공 인물 구성과도 비슷하다.

백중제의 제사를 드리러 모여든 여러 사람들의 이야기가 펼쳐지면서, 다소곳한 엄 보살의 일상 뒤에 숨은 기구한 운명, 아들이 죽은 줄도 모르고 있는 노파와 며느리의 이야기, 민기철과 그 아들의 죽음을 검시한 한영수의 사연이 하나씩 밝혀진다. 이러한 수많은 개인적 죽음의 이야기는 우리 사회가 가지고 있는 죽음의 역사성과 연결되어, 광주항쟁의(암시적으로) 한 죽음의 이야기와 연결이 된다. 즉 극 도입부에서 던져진 죽음의 화두는 개인적 차원과 역사적 차원의 이야기로 전개된다.

각 인물에 대한 이야기와 서로의 관계가 밝혀짐으로서 끝나는 이 극의 결말은, 전통사실주의 극의 결말과는 다른 상황극적 전개를 보이고 있다. 그래서 이 극에는 무슨 전통적 의미의 '해결부'가 없다. 대신 극 시작과 같은 실존의 상황만이 계속된다. 슬픔은 슬픔대로, 기쁨은 기쁨대로 그대로 지속된다. 그래서 고시 공부하다 정신이 돌아버린 관식이 극 시작에서처럼 똑같이 극 종결부에서도 여전히 헛소리를 하고, 그것을 보고 다른 인물들은 여전히 웃어넘긴다. 여기에는 삶의 희비에 대해 실존적 포용이 보인다. 작가는 극 종결부에서 이러한 삶에 대한 재확인을 한다. 즉, 달은 보기엔 아름답지만 그 속엔 사람이 없다는 이용수의 대사를 통해서. 이 극의 또 다른 특징이라면, 백중제에 관한 민간 풍속, 전통 음식, 자신의 옛날 이야기 등에 관한 이야기가 주로 엄 보살과 노파의 입을 통해 무대위에서 소개되면서 독특한 한국적 향토적 정서를 자아낸다는 점으로, 이는 글로벌 문화의 기치아래, 국가 문화적 정체성이 점점 모호해 가는 이 시대에 중요한 대안적 글쓰기 전략 중의 하나라 하겠다.

무엇보다도, 이 작품의 가장 큰 생명력은, 생동력 넘치는, 잘 여과된 구수한 향토 사투리 대사이다. 주로 엄 보살과 노파의 대사를 통해 전달되는 이러한 향토 정서는, 이 작품의 문학성을 높인다. 이외 다른 인물의 대사들 역시 각기 다른 개성을 뚜렷이 내보인다.

그러나, 이와 같이 전통 사실주의 극 구조가 아닌, 대사 위주의 심리적 액션을 기본으로 하는 극의 경우, 무대연출 작업은 만만치 않은 도전이 된다. 자칫하면 공연이 밋밋해지기 쉽다. 김철리 연출은 작품의 이러한 특성을 잘 파악 언어의 아름다움을 살리고자 했다. 그럼에도 불구하고, 공연은 단조로운 느낌을 피하지는 못했던 것 같다. 인상적이었던 점은, 이 작품의 특성을 단순하면서도, 드라마틱한 달의 이미지(시간에 따라 높이가 달라진다)로 효과적으로 창출해낸 김준섭의 무대미술과 노파 역에서 모질면서 강인한 모성의 이미지를 보여준 신현실의 연기라 하겠다.

(예술세계, 2000. 9.)

한국형 대중 하이 코미디의 창출

─ 〈엄마집에 도둑들었네〉

극단 신화의 서민극 시리즈가 돌아왔다. 달동네 터줏대감 캐릭터인 윤주상 배우와 함께. 시리즈 네 번째 작품인 이 공연에서, 윤주상은 암돈이라는 달동네 노인 역을 맡는다. 그의 십팔번 대사 "야, 이눔아!"와 함께. 그러나 이번에는, 지난번 〈해가 지면 달이 뜨고〉에서 그가 연기했던 노인 역과는 좀 다르다. 지금까지 서민극 시리즈의 터줏대감 노인 캐릭터들을 가난하지만 엄한 도덕적 원칙과 실천을 바탕으로, 일종의 달동네 휴머니즘을 대변하는 인물들이었다면, 이번 〈엄마집…〉에서 재현되는 노인 인물들은 이와는 대조적인 '더티 올드맨'(dirty old man)으로서의 색채가 강하다.

극중 세계는, 먹이사슬의 정글법칙이 난무하는 한국의 달동네 재개발 지역이다. 보상금을 노리는 가난한 서민 군상들의 생존의 몸부림 속에는 암돈과 한심의 두 노인과 그들의 힘없는 계략이 자리잡고 있고, 이들에게 이용당하는 더 힘없는 젊은 독신여성 독실이가 있다. 암돈이 독실의 집에 들어와 제멋대로 세입자를 들이고 이를 미끼로 보상금을 꿈꾸고 있는 반면, 한심 노인은 재개발 주민들과 건설업체 사이를 오가며 이야기를 전해주면서 그 대가를 노린다. 독실은 이 두 노인들의 음흉한 계략에 상관없이 향학열에 불타는 순진파 여성이다. 이외에, 영안실에서 일하는 남북 노인, 카페 여종업원 공자, 남자 파출부 나근예, 젊은 남자 대풍 등의 인물들 역시 모두 각기 다른 성격적 특징과 현실적 욕망을 가지고 있다. 이들 인물들은 동시대 한국인의 심리적 의식적 구조를 대변하는 일종의 유형성도 동시에 내포하는데, 이러한 사회 풍자적 메시지를 읽는 재

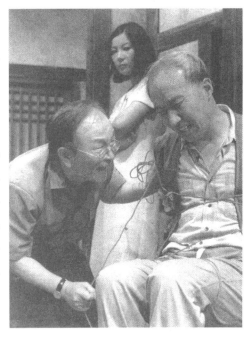

극단신화 〈엄마집에 도둑들었네〉(2000)(이근삼 작, 김영수 연출)

미가 이 공연의 사실주의적 대사를 더욱 흥미롭게 한다.

실제로, 〈엄마집…〉 공연은 몇 가지 의미에서 극단 신화가 부단히 추구해 온 '서민극 시리즈'에 하나의 중요한 클라이맥스를 이룬다. 그 첫째가, 한국형 하이 코미디 형식의 창출이다. 이번 공연은, 코미디로서 장면 구성, 성격창조가 대조, 대비, 희극적 모순 등의 원칙에 바탕을 둔 비교적 탄탄한 짜임새를 갖추고 있으며, 위트와 풍자, 아이러니가 넘치는 대사는 나름대로의 여과를 거쳐 대중적 품위를 성취했다. 특히, 남북 노인 등의 잘 다듬어진 유머적 대사는 때로 버나드쇼의 여유 있는 대사구성을 상기시킨다. 이 공연의 강점은, 대중적 코미디가 지닐 수 있는 피상성을 극복하고 대중성에 바탕을 둔 실존적 희비극으로 작품의 의미를 확장 승화시

켰다는데 있다. 이는 노인 문화를 주제로 날로 작품의 원숙성을 더해 가는 원작자 이근삼과 서민형 코미디 형식을 꾸준히 무대화해 온 김영수 연출의 다행스런(?) 만남을 통해 가능했던 것이 아닌가 생각된다. 예로, 암돈 노인이 끝 장면에서 허물어져 가는 집 속에 갇혀 "연천에 가야되는데"를 되뇌이는 장면은, 체호프의 〈벚꽃동산〉의 마지막 장면을 연상시킨다. 개발이라는 시대논리에 밀려 사라져 가는 한 과거로서 노인의 삶과 그 실존적 아이러니는 이 작품을 한국형 희비극으로 특징지워 준다. 또, 데모에 참여했다가 상처만 입고 머리에 피 밴 붕대를 두르고 있는 암돈 노인의 모습에서 우리는, 명예로운 병사의 모습과 겹쳐지는 헛된 욕망의 전쟁이라는 아이러니를 본다.

　이 공연의 또 다른 의미라면, 지금까지 서민극 시리즈가 견지해 온 삶의 의미에 관한 긍정적 메시지를 무리 없는 방식으로 재확인하고 있다는 점이다. 남북 노인이 하는 "재벌들은 돈 벌어놓고 줄줄이 죽었지만, 아직도 우리는 살아있는 것이 행복하다"는 대사가 그렇고, 결말에서 성실하게 살아온 남북 노인만이 유일하게 남의 무덤지기로 일자리를 얻어 노후를 해결한다는 점이 그렇다. 세 노인 역의 윤주상, 김종구, 김재건 배우들이 안정감 있는 앙상블을 창조한다.

(한국연극, 2000. 9.)

공연 〈레이디 맥베스〉에 나타난 젠더, 욕망 및 힘의 아이러니

셰익스피어와 그의 작품이 요즈음 글로벌 문화의 확산과 함께 지구촌 연극 무대와 영화 스크린에서 더욱 매력 있는 화두가 되고 있다. 셰익스피어 자신의 삶과 그의 작품들이 새로운 시각에 의해, 재방문(revisit)되고, 새로운 극작술로 재구성되는 것이다. 영화 〈셰익스피어 인 러브〉가 작가의 삶을 바탕으로 재구성되었다면, 현재 브로드웨이에서 공연 중인 뮤지컬 〈키스 미, 케이트〉(Kiss Me Kare)은 〈말괄량이 길들이기〉를 재구성한 것이고, 소규모 뮤지컬인 〈판타스틱스〉(Fantastiks) 역시 〈로미오와 줄리엣〉을 바탕으로 구성되었으며, 이외에도 상당수의 크고 작은 공연들이 셰익스피어 작품에 대한 재창작이라 할 수 있다. 그만큼 그의 작품은 인간 존재의 보편성을 바탕으로 다양한 극적 담론거리를 제공한다해도 과언이 아니다.

여성 중심 관점에서 셰익스피어의 작품을 토론하고 재창작하는 작업은 대략 1970년대로, 서구의 여성운동이 문화적으로도 확산되기 시작하면서부터이다. 셰익스피어뿐만 아니라, 서구 문학의 정전(canon)에 속해 있는,

유리피데스, 입센, 체호프 등등 고전과 현대의 대가급 남성 극작가들의 작품들이 여성중심적 관점에서, 재방문, 재창작되기 시작했다. 동양 여성 연극인들에 의한, 서양의 정전 작가들에 대한 재방문 및 재창작 작업의 경우, 필자는 1991년 에딘버러 페스티벌에서, 한 일본 여배우가 셰익스피어의 주요 여성 인물들만을 골라, 일본식으로 재창작하여, 기모노를 입고 공연하는 것을 본 기억이 난다. 그녀는 그 작업을 오랫동안 전문적으로 해왔다고 했다.

우리 나라의 경우, 셰익스피어 작품에 대한 여성 중심적 관점에서의 재창작은, 극단 뮈토스가 김은미 각색, 오경숙 연출로 1992년 공연한 〈타임리스 리어〉와 1999년 첫 공연에 이어 한태숙 재창작, 연출로 올해 재공연 중인 〈레이디 맥베스〉가 그러한 경우다. 본고는, 2000년에 재공연 된 〈레이디 맥베스〉의 재창작 과정에서, 어떠한 극적 전략이 채용되어, 원작 〈맥베스〉의 극적 내러티브를 해체, 재구성하는지를 분석해 보고자 한다.

실제로 작품 〈맥베스〉에는 여성중심적 관점에서 재방문과 재구성을 가능케 하는 많은 잠재적 부분들이 있다. 재구성된 작품 〈레이디 맥베스〉는 이러한 창작적 일탈의 가능성을 잘 포착, 극구성 전략으로 삼았다. 그 몇 개의 중요한 재구성 전략을 살펴보면, 1) 센더의 문제로, 〈레이디-〉 공연에서 전통적인 남성/여성의 이분법적 성 역할 개념은 전도/해체/혼합되어 그 구분이 모호해진다. 2) 원작에서 맥베스를 중심으로 전개되는 극적 내러티브가, 남성 중심적 '상징질서'에 바탕을 둔 사회적/극적 내러티브가 중심 내러티브 라면, 〈레이디-〉에서는 맥베스 부인을 중심으로 '상상 질서'에 바탕을 둔 심리적/극적 내러티브로 중심 패러다임이 바뀌면서, 억압되어 있던 여성적 욕망의 담론이 무대위로 도출된다. 3) 더욱 구체적으로, 이러한 여성욕망의 담론은 성적 욕망과 힘의 추구라는 현실적 사회적 욕망과 겹쳐지면서, 구체적 무대그림을 형성하게 된다.

공연 〈레이디-〉의 시작 장면에서, 우리는 세 마녀/남(male)의 비언어적 발성에 의한 예언을 듣는다. 원작에서 이 세 마녀의 예언이 작품 전체를 통해 극적 내러티브를 지배한다는 점에서, 세 마녀는 여성의 모습을 하고 있으나, 실제로는 힘이라는 전통 남성적 속성을 휘두르는 주체적 존재들로 나타난다. 실제로, 〈맥베스〉 원작 텍스트에도, 세 마녀들에 대한 성 정체성 묘사는 모호한 것으로 나타난다. 원작 1막 3장에서, 맥베스는 마녀들에게 다음과 같이 말한다.

　　……험하게 튼 손가락을 껍질뿐인 입술에다
　　일제히 갖다대는 걸 보니까
　너희들은 아마
　　여자일테지. 그런데도 수염이 있는 걸 보니
　　그런 것 같지도 않구나.

한태숙 재창작/연출 〈레이디 맥베스〉(2000)

이런 점에서, 〈레이디-〉 공연에서, 세 마녀를 남성배우로 하여금 연기하게 한 것은, 재창작의 주체인 한태숙이 원작에 내재한 성 역할 일탈의 가능성을 시각화한 전략으로 볼 수 있다.

그러나 전쟁에서 귀향하는 맥베스 장군이 이 세 마녀/남들의 예언을 듣고 나서, 덩컨왕의 시해에 대해 주저하고, 겁을 내는 장면들을, 비록 맥베스가 남성의 모습을 하고 있지만, 실제로는 전통적으로 '여성적인' 속성들은 들어내 보이고 있음을 보여준다. 이 경우, 맥베스의 남성적 몸은, '여성적인' 속성과 합해져서, 관객이 갖고 있는 전통 가부장제의 성 역할 고정관념을 혼란시킨다.

〈레이디-〉공연에서, 맥베스와 레이디 맥베스의 인물 재구성에 있어, 원작과 비교해 볼 때, 맥베스는 나약한 성격의 욕망이 결여된 인물로 재구성된 반면, 레이디 맥베스는 왕권/힘에 대한 집요한 욕망을 성취하기 위해, 주저하는 남편을 올러대며 왕의 시해를 부추기며, 섹스를 무기로 남편의 약속을 얻어 내고야마는, 집요한 욕망의 여인으로 재구성되었다. 슬로우 모션으로 처리된 두 남녀의 섹스 장면은, 성적 욕망과 힘에 대한 욕망이 교차되면서 레이디 맥베스는 욕망의 여성적 주체로 확실히 부각된다. 여성상위로 처리된 장면 만들기는 이러한 의미를 시각적으로 효과 있게 전달한다. 여기서, 레이디 맥베스의 여성적 몸은, 힘에 대한 집요한 추구라는 전통 남성적 특징과 함께 혼합되어, 전통적 여성다움의 고정관념을 혼란시킨다.

그러나, 동시에 이 장면이 갖는 한 커다란 아이러니는, 레이디 맥베스가 그녀의 성적인 몸을 수단으로, 남편을 통해, 힘을 향한 욕망을 간접적으로 성취하고자 한다는 점에서, 전통적 여성의 남성조정 방식인 '베개말'(pillow talk)의 유형을 극복하지 못하고 있는 것이다. 즉, 레이디 맥베스의 인물 재구성에는 전통적 여성의 스테레오타입과 남성적 속성이 혼재함을 보여준다. 그녀의 다음의 대사는 이러한 아이러니를 배가시킨다. "남자는 권력 쟁취 과정을 즐기지만, 여자는 권력 그 자체를 즐깁니다." 이러한 재구성 전략들은, 공연 전체적으로, 전통 성 역할 구분을 혼란시키는데 기여하지만, 원작이 제시하는 기존 성 역할 구분의 틀을 대체로 유지한다는 점에서, 전면적인 성 역할 해체는 일어나지 않고 있다.

공연 〈레이디……〉의 극 구조 재구성 전략을 보자. 원작에 나타나는 맥베스 장군에 관한 중심 플롯 및 기타 하부 플롯이 삭제되고, 맥베스 역할과 전의의 역을 더블 시킴으로서, 남성인물들의 짜임새를(character density) 가볍게 하는 동시에, 몽유병에 걸린 레이디 맥베스의 이야기가 중심 상황으로 설정된다. 이 공연은 또한 심리 치료극의 형식을 취함으로서, 레이디 맥베스의 무의식적 상상계는, 의식의 표면으로 떠올라, 한 여성적 욕망의 주체로서, 그녀의 집요한 욕망의 추구와 그것이 빚어내는 끔찍한 결과, 이후에 따르는 죄의식과 고통 등의 심리적 그림이 무대 중심에 펼쳐진다. 그녀의 무의식과 의식이 교차하는 장면구성은, 그녀의 욕망이 이루어낸 계보적 역사를 추적하는 방식으로 구성되었다.

그러나, 이러한 인물들의 위치조정이 갖는 또 하나의 아이러니는, 레이디의 내적 욕망의 세계를 무대위로 끌어내는 극적 장치가, 바로 심리치료라는 전통적으로 매우 가부장적인 방식으로, 이 공연에서 레이디의 여성 주체적 욕망은 남성 전의와 시종의 최면에 의해서만 가능한 것으로 구조되어 있다. 그래서 한 순간 레이디는 안간힘으로 이렇게 외친다. "너는 나를 조정할 수 없어."

왕 시해 이후의 극적 재구성은 주로 레이디 맥베스와 맥베스의 죄의식의 심리상황에 초점을 두고, 장면 만들기가 진행된다. 축하연에서, 맥베스가 유령을 봄으로서 시작되는 죄의식의 고통은, 맥베스에게 먼저 일어나고, 레이디 맥베스는 남편으로 하여금 더 많은 살인을 저지르도록 부추긴다. 그러나 그녀 역시 회의와 죄의식에 시달리게 되면서, 그녀의 내면적 고통은 하나의 존재론적 상황으로 일련의 장면들에 의해 시각화되면서 공연의 종결부를 이룬다. 레이디가 죄의식에 못 이겨 얼음조각으로 손을 내리찍는 장면은, 인간존재의 보편성에 바탕을 둔 하나의 실존적 선택의 행위이며, 그녀가 마음속의 '죄의식'을 다 털어 내고, 임종하는 순간은 그녀의 욕망과 죄악과 회개의 삶이, 모든 인간적 삶의 실존적 의미로 확대되는 순간이기도 하다.

극중 몇 시점에서, 레이디 맥베스와 전의는 다음과 같은 정체성에 관한 질문을 던진다. "내가 본 것은 존재하는 것인가?" "이 사람이 누구입니까? 제가 누구입니까?"라고 다만 이러한 질문들이 전체 극 구조와 장면들 사이에서 안정된 의미와 위치를 확보할 겨를도 없이 표류하고 있는 점도 지적할만한 점이라 하겠다.

연출은 이러한 무의식적 내면세계의 무대적 구현을 위해, 어두운 조명을 공연 전체의 배경으로 풀면서, 여기에 레이디의 흰 옷, 흰 밀가루, 얼음 등 흑백의 대비를 기조로 섬세한 터치로 장면 만들기를 해냈다. 또한 꿈속 같은 세계를 구체화하기 위해, 비재현적 연기 스타일을 주축으로, 배우들의 발성, 몸 동작 및 동선을 구성한다. 그래서 배우들은 사실주의적 대사 전달을 최대한 지양하고, 비명 같은 소리 등등 비언어적 발성을 사용하며, 역할의 중복을 통해 즉흥/변신연기를 시도한다. 여기에 타악기 그룹 '공명'이 내는 음악/음향 효과, 무용 및 이영란의 밀가루와 얼음조각의 시간적 아이콘 등이 효과적으로 어우러져, 이 공연의 예술적 에너지는 두뇌에 호소하기보다는, 보고 듣고 온몸으로 느끼는 촉각적(visceral) 공연을 생산해냈다.

한태숙 연출은 또한, 확고한 템포감을 가지고, 공연 시작에는, 비교적 가벼운 터치로 놀이적 템포감을 창조하고, 마음 깊이 어두운 곳으로 서서히 이야기가 진행되면서, 감정적 에너지를 서서히 강화시켜, 종결부에서, 존재론적 죽음의 의미에 이르기까지 조심스럽게 공연의 템포를 이끌어 간다. 타이틀 롤의 서주희는 젊은 감각적 연기로 나름대로의 스타일을 호소력 있게 창출해 냈다.

마지막으로, 글로벌 문화시대에 공연 〈레이디-〉가, 그 소재의 보편성이나 예술적 완성도면에서, 해외공연을 겨루어봄직한 공연임을 가정해 볼 때, 끈질기게 따르는 질문이 있다. 이는 이 글의 시작에서 언급한 일본 여배우의 셰익스피어 여주인공 인물 재구성과도 연관시켜 볼 수 있다.

그녀는, 레이디 맥베스와 오필리어 등등의 서구적 여성인물들을 일본적 여성들로 변신시키고 토착화시키는 작업을 통해, 글로벌 문화의 세계적 패러다임 속에 일본문화를 접목시키는 작업을 하고 있었고, 이를 통해 셰익스피어는 이제 글로벌 문화 전통으로 다시 태어나는 듯 보였다.

실제로, 서구 정전에 속하는 남성 대가들의 작품을 동양 여성의 눈으로 재창작하는 작업에는 여러 단계의 요소들이 내포된다. 우선, 서양 작품에 내재된 시대적 문화적 패러다임을 해체하는 작업이 필연적으로 수반된다. 또한 해체하는 시각의 문제도 수반된다. 즉 해체/재창작의 주체는 여성인가, 남성인가? 또 어떤 사회적 계급의 시각과 가치관을 견지하는가? 또 어떤 인종이며, 어떤 세계관과 가치관을 이 작업에 투사하고 있는가? 그 외에 이성애적 시각인가?, 혹은 동성애적 시각인가? 이러한 구체적 시각의 다양한 질문이 정립된 후에야, 비로소 글로벌 문화적 차원에서 호소력을 갖는 재창작 작업이 가능할 것이라 생각된다. 그만큼 글로벌 문화는 다양한 관객층과 그들의 다양한 정체성 구성요소를 바탕으로 이루어지기 때문이다.

우리의 〈레이디-〉공연도 크게 보아 그러한 작업의 일부라 할 수 있겠으나, 한국적 세계관/가치관 혹은 어떤 방식으로든 '한국성'을 지시하는 재구성 작업의 바탕은 뚜렷이 보이지 않는 것 같다. 이는 앞으로, 더욱 활발해질 것으로 기대되는 상호 문화주의적 차원에서의 재구성/재창작 작업에서 필히 물어보아야 할 한 질문인 것 같다.

(연극평론, 2000. 12.)

국립극단과 셰익스피어 공연

─ 〈국립극단 50년사〉

국립극단이 올해로 50주년을 맞았다. 우리 나라 극단사로 볼 때, 상당히 긴 역사를 살아온 셈이다. 그 동안 총 공연횟수는 185회에 이른다. 이 중에는 창작극이 119편으로 단연 많고, 그 다음이 번역극으로 66편, 기타 각색 공연 등의 순서로 이어진다. 이러한 공연 숫자만 언뜻 보아도 국립극단은, 국립극장이 1967년에 밝힌 공연 방침인 '창작극 개발과 외국 고전 및 신사조의 소개'를 큰 차질 없이 실천한 것으로 보인다.

그러면, 이 중 셰익스피어는 몇 작품이나 될까?

실제로 공연된 외국작품의 내용을 살펴보면, 셰익스피어 작품은 정작 다섯 편밖에 되지 않는다. 또한 공연된 작품은 〈베니스의 상인〉(1964), 〈말괄량이 길들이기〉(1988). 〈법에는 법으로〉(1992), 〈리차드 3세〉(1995), 〈십이야〉(1998)로 셰익스피어의 대표적 주요작품은 아니다. 왜 그랬을까? 혹자는 이와 같은 작품 선택이나 적은 공연횟수에 대해 의구심이 생길 수 있다. 이에는 몇 가지 고려를 해볼 수 있다. 우선 셰익스피어 작품은 희곡적 완성도에서나 실제 공연적 측면에서, 긴 운문 위주의 대사, 복잡한 극적 구조, 그러한 극 구조의 의미적 밑그림을 형성하는 서양의 고전적 세계관과 가치관 등 작품의 내재적 극문학적 변별성 때문에, 이를 번역하고 연출, 연기하는 실제 공연적 차원에서 만만치 않은 도전을 제시한다.

그러나 또 한편으로는 국립극장이 지향했던 공연원칙이, 기타 중소 사설극단이 여타 사정으로 공연하기 힘든 외국 작품을 소개하고자 하는 공익성이었다는 점을 고려할 때 수긍이 되는 면도 없지 않다. 그러면 그러한 작품 선택과 공연이 우리 관객에게 어떻게 받아들여졌는가? 이는 문화 전통과 역사적 맥락이 다른 유교적 바탕의 한국문화에서, 서구 고전인 셰익스피어 작품이 어떻게 해석되고 받아들여졌는가의, 요즈음 말하는 '문화 상호주의' 내지는 '연극문화 교류주의'의 중요한 관건들이다.

우선, 각 작품에 대한 당시의 공연 리뷰를 살펴보자.

작품 〈베니스의 상인〉은 김재남 번역, 이진순 연출로 1964년에 공연되었는데, 샤일록 역의 김성옥, 포오샤 역의 백성희 외에 김동훈, 김순철, 나옥주, 변기종, 고설봉, 전예출, 등 당시의 호화 캐스트를 망라하고 있다. 이 공연에 대해, 당시 서울신문 기사(1964. 4. 25)는 "작품선택이 안일하지만" "생기 넘치는 무대", "앙상블을 이룬 무대"라고 극찬하면서 특히 "샤일록 역의 김성옥과 포오샤 역의 백성희가 여유 만만하게" 역을 해냈다고 쓰고 있다. 또 일간스포츠 기사(1964. 4. 29) 역시, "당시의 매너를 잘 소화", "김성옥의 샤일록은 일품"이라는 타이틀 기사에서, 이진순의 연출을 호평하면서, "특히 그 시대의 매너를 우리 시대에 가깝게 끌어다 놓은 점은 번역극으로서의 난점인 소원감을 극복하는데 큰 힘이 되는 창의였다." 라고 쓰고 있다. 이러한 기사들로 미루어볼 때, 〈베니스의 상인〉 공연은 비교적 성공적인 공연이 아니었나 싶다.

필자는 〈말괄량이 길들이기〉(1998)부터 관극을 하게 되었는데, 이 공연부터 국립극장의 '세계명작무대' 시리즈가 시작된다. 당시는 한참 음악극에 대한 관심이 한창일 때여서 였는지, 음악을 전공한 문호근이 연출을 맡았고, 그래서 이 공연에 "음악적 풍미를 더하여 경쾌한 분위기를 돋구어 주었다."(한국연극 2000. 4. 27쪽)는 평도 받았다.

이 작품의 주체는 말괄량이 여성을 '착한' 말 잘 듣는 아내로 길들이는 내용으로, 동서고금의 가부장 사회에서 이러한 주제가 갖는 보편성 때문에, 또한 그것을 희극으로 풀어낸 오락성 때문에 당시 관객들에게는 상당한 호소력이 있었던 것 같고, 그래서인지 당시 신문은 "국립극단 38년 역사상 처음"으로 "관객들의 높은 호응에 따라 8일간 공연을 연장키로 했다."(일간스포츠 1998. 3. 13)라고 보도하고 있다. 그러나 작품 연출 면에서 볼 때, 이 공연은 "희극적 상황을 몸으로 표현한 배우들의 즉흥성과 전체 상황이 잘 계산된 재미있는 무대였다."라고 하면서도, "표현되어야 할 것과 나타난 부분에는 약간 거리가 있어 보였다."고 분석했다.(동신문 1998. 3. 9) 필자의 기억으로도, 국립극단의 탄탄한 배우진이 이루는 연기의 무리 없는 앙상블로 공연을 재미있게 이끌어갔고, 작품 해석이나 무대표현 차원에서는 무난하지만, 별 새로운 해석을 보여주지는 않았던 것으로 기억된다.

다음 작품인 〈법에는 법대로〉(1992년 11월 공연)는 한국 초연으로 독일에서 연극학을 전공하고 귀국한 김창화 번역·연출로, 국립극장 소극장에서 공연되었다. 배역에는 전국환(공작 역), 권복순(이자벨라 역), 주진모, 권성덕, 이혜경, 백성희, 장민호, 손숙, 정상철 등 국립극단 거의 전 배우진이 참여했다. 김창화는 연출 의도를 "실정법과 인정법의 한계를 통해 진실이 무시되고 도덕적으로 타락한 지배자가 주장하는 정의와 인간적인 나약함으로 인한 과오를 용서받고자 구하는 자와 다스림 받는 자들의 사실적 표현인 정치를 연극적인 관심에서 보고자 한다."고 밝혔다.

이 공연에 대한 리뷰들을 보면, "그의 연출 기법은 특별히 새로운 형식을 시도하고 있지는 않았지만 과장된 장면, 군더더기 없는 차분한 진행으로 상당한 설득력을 가지고 있었다.", "도덕과 정치에 관한 연극적 담화를 원작에 충실하게 표출하는 정서적인 무대를 만들었다."(1993년 1월호, 〈한국연극〉 공연과 비평 중)라고 평했다. 동시에 이 리뷰는 전국환은 안정된 연기를, 권복순은 생동감 있는 연기를 보여 주었다고 말한다. 당시 한 신문은 이 공연에 대해 "철저하게 극 자체에 충실하며, 시공을 초월해 보편성을 갖는 셰익스피어의 공연 양식을 우리 극장에 소개한다는 데 의미가 있다."고 쓰고 있다.

1995년에 공연된 〈리차드 3세〉는 셰익스피어 초기 역사극으로, 역시 국내 초연이었다. 줄거리는 15세기 후반 장미전쟁 시기, 권력찬탈을 위해 리차드는 온갖 마키아벨리적 권모술수로 왕위에 오르지만, 인과응보의 비참한 말로를 맞는다는 내용이다. 당시 노태우 전 대통령의 비자금 사건이 세간의 화재가 되고 있던 때라 이 정치사극이 갖는 시사성도 이 작품에 대한 기대감에 한몫을 했다고 하겠다. 번역은 영미 연극학자인 이태주와 영국 연수를 끝내고 돌아온 중견 연출가 김철리가 맡아 상당히 기대를 모은 공연이었다.

김철리는 연출의도에 대해, "요즘 유행하는 포스트모던한 기법보다는 원작의 극문법을 하나하나 그대로 밟아나가는 데 최대한의 역점을 뒀다. 고전의 참 맛을 만끽하는 정통 셰익스피어 무대가 될 것"(세계일보 1995. 11. 8)이라고 밝히고 있다. 이 공연에 대한 대부분의 리뷰들은, 이태주 번역이 셰익스피어 특유의 운율을 우리말로 복원해 놓은 성공적인 번역이었다는 데 의견을 같이했다. 그러나 이 공연이 제기하는 공연적 도전들, 즉 극 배경이 되는 15세기의 생소한 영국 역사라든가, 〈햄릿〉 다음으로 긴 작품 공연 시간, 리차드 3세라는 양면·다면적 인물 성격 창조 등의 문제 때문에, 크게 성공적인 무대공연이 되지 못한 것으로 생각된다.

평론가 한상철은 이 공연에 대해 다음과 같이 분석한다. "셰익스피어의 사극 공연은 한국 역사상 처음이다. 그것만으로도 이번 공연은 큰 의미가 있다. (중략) 따라서 〈리차드 3세〉를 공연 작품으로 택한 것은 국립극단이 아니고서는 불가능한 일이었다. 그럼에도 불구하고 국립극단이 셰익스피어 사극을 공연하기에는 너무 힘에 부치는 듯했다."(객석 1995. 12. 235쪽)

그도 그럴 것이, 셰익스피어 작품은 우리 귀에 익은 정도만큼이나 역설적으로 연극적 차원에서 고도로 세련된 구조체계이기 때문에, 국내 초연 작품들이 공연적 여러 측면에서 성공적이기를 기대한다는 것은 사실상 상당한 요구일지도 모른다는 생각이 들었다. 그러나 또 다른 한편으로는, 국립극단이 갖추고 있는 극장 및 기타 인적, 물적 제반조건의 이점을 감안할 때, 셰익스피어 작품같이 상당한 공연적 도전을 제기하는 경우에는 셰익스피어 전문 연출가의 작업에 따라 공연 성과가 상당히 달라질 수 있다는 생각도 든다. 영국의 로얄 셰익스피어극단(RSC)이 수많은 셰익스피어 공연 경험을 통해 축적된 셰익스피어 연출의 노하우(know—how)를 바탕으로 놀랄 만큼 창조적인 공연을 만들어내는 사실도 이와 연결지어 생각해볼 수 있겠다.

이와 더불어, 1986년 한국 연극협회가 영국 셰익스피어 전문 연출가인 패트릭 티커(Patrick Turker)를 초청해 공연했던 〈한여름밤의 꿈〉이 성공적이었던 공연으로 기억된다. 특히 극중극 장면에서 보텀 역을 맡았던 서희승과 일꾼 역을 맡았던 배우들의 코믹한 연기는 일품이었는데, 이는 배우 자신의 연기력과 함께 그것을 촉발시킬 수 있는 연출력이 만들어낸 공동의 창조물이라 생각된다.

가장 최근에 공연되었던 작품이 셰익스피어의 또 다른 희극인 〈십이야〉이다. 신정옥 번역, 박원경 연출로 영국에서 수학하고 돌아온 남육현이 드라마트루그를 맡았다. 이 작품의 주제는 뒤바뀐 정체성의 문제와 복잡하게 얽힌 사랑의 문제를 다루지만, 역시 결혼 축제로 해피엔딩을 맞는다. 최원석(오시노 공작 역), 곽명희(올리비아 역), 한희정(비올라 역)과 조은경, 오영수, 전국환, 서희승 등이 열연했다.

그러나 이 공연에 대한 평자들의 반응은 상기한 국립극단의 셰익스피어 공연에 대한 평가와 크게 다르지 않다. 즉, 한 리뷰는 이 작품 선정에 대해 강력한 의문을 제기하면서도, "전반적으로 이번 〈십이야〉는 노력한 흔적이 역력했던 성실한 공연이었다. 연기자들의 무난한 앙상블, 또한 열린 공간으로 설정했던 효과적인 무대, 음악의 적극적 활용, 연출의 작품 방향 설정 등 확실히 수준급 무대였다."(객석 1998년 10. 125쪽)라고 쓰고 있다.

이상에서 볼 때, 국립극단이 공연했던 다섯 작품의 셰익스피어 공연은 그 소기의 공연 원칙인 '해외 명작의 국내 소개'라는 목표를 큰 차질 없이 달성했다고 볼 수 있다. 이제 21세기 대중관객의 시대를 맞아, 어떻게 좀 더 효율적으로 해외 공연을 선택하고 무대에 올릴 것인가의 문제가 남는다. 이제는 해외 작품의 선정에 있어 '국내 소개'만을 목표로 한 공연 원칙보다는 해외 대작을 어떻게 '좋은 공연으로 무대에 올릴 것인가', 또 그래서 대중 관객들에게 더욱 다가갈 것인가의 방법론을 적극 강조해야 되지 않나 싶다. 예를 들어, 현금의 지구촌 시대 연극에서 국제 공용어가 되다시피 한 셰익스피어극의 경우, 대중관객들이 쉽게 접근할 수 있는 작품을 선정하여, 셰익스피어 전문 연출가에 의한 수준 높은 공연을 선사하는 것이 바람직할 것이다.

이 과정에서 해외 연출가와 국내 연출가의 공동 연출작업이라든지, 전문 연수 등 다양한 작업방식을 통해 셰익스피어 공연 무대화의 기본적·다양한 접근 방법을 우리 나름대로 찾을 수 있게 될 것이라 생각된다. 또한 작품 선정 방식에 있어서도, 공연 내용에 따라 영미 연극·프랑스 연극·러시아 연극 등 '세부 전공' 전문가들의 참여 등을 고려할 수 있다. 그리고 보니, 우리 대중 관객은 셰익스피어의 4대 비극 작품도 좋은 공연으로 관극 할 수 있는 기회가 별로 없었던 것 같다. 국립극단이 앞으로 지구촌 연극의 보고(寶庫) 격인 셰익스피어 공연을 더 많이 좋은 공연으로 보여줄 수 있기를 기대해본다.

(국립극단50년사, 2000.)

'옷 바꾸어 입기'와 '젠더' 바꾸기의 실험

— 〈에쿠스〉

여배우 박정자는, 남성에서 여성으로 바뀐 정신과 의사 다이사트 역을 어떻게 연기해낼까? 또 남성 배우 한명구는, 여성 '헤스터'에서 남성 '헤스턴'으로 바뀐 판사 역을 어떤 식으로 소화할까? 이와 같이 웬만한 관객이라면, 실험극단이 1975년 초연한 이후, 올해 여덟 번째로 다시 공연되는 이 작품 〈에쿠스〉에 대해 뭔가 새로운 걸 기대하기 마련이다. 이번 공연에서는, 다이사트 의사와 헤스터 판사의 젠더(성 역할) 바꾸기가 한 신선한 시각을 제공한다. 필자가 보았던, 1980년대와 1990년대에 걸쳐 공연되었던 두 세 편의 〈에쿠스〉 공연에서는 주로 주인공 알렌 역을 비롯한 새로운 캐스팅이 '새로움'의 관건이었다면, 이번 공연에서는 원전 텍스트에 대한 과감한 해체적 시도가 상당한 기대감을 자아냈다. 젠더 문제는, 우리에게도 예외일수 없는, 포스트모던 시대적 화두이기도 하니까.

그러면, 한태숙 연출은, 이 공연의 젠더 바꾸기 작업을 어떻게 풀어갔나?

작품 〈에쿠스〉는 관객의 눈 높이에 따라 다양한 읽어내기를 허용하는 의미의 중층 구조로 이루어져 있다. 즉 한 비행 청소년 알렌이 정신과적 치료를 받고 정상인으로 돌아오는 이야기로 읽을 수도 있고, 또 어머니의 편협한 종교적 교육 등 이유 때문에, 성적으로 억압된 소년이 자신만의 사적/무의식적 세계에서, 성적인 열정을 분출하기에 이르나, 결국 사회가 용인하는 한 보통 남성의 성 정체성을 얻게 된다는 일종의 통과의례의 차원으로 해석할 수도 있다. 더 나아가, 이 작품의 대사, 상징, 인물들간의 관계를 좀 치밀하게 살펴보면, 이를 통해 나타나는 원작자 피터 쉐퍼의 서구 현대 문명에 대한 비판적 회의적 시각을 읽어 낼 수도 있을 것이다.

이중 이 공연이 시도하는 인물들의 젠더(성 역할) 바꾸기는 필연적으로 성 정체성 문제와 연결된다. 소년 알렌이 남성적 성 정체성을 찾아가는 통과제례의 의미와 함께, 현대 서구 가부장적 남성 중심 문화의 '이성적 방식'이 그 사회화 과정에서 남성(들)의 내면 세계에 무슨 일을 저지르는가를 이중적 시각에서 뒤집어 보는 문명 비판적 의미와 직결된다. 몇 예를 들면, 비행 소년 알렌을 감옥에 보내는 대신, 정신과 병원으로 데려온 것은, 여성 판사 헤스터의 '모성'적 성 역할과도 맞물려 있다고 볼 수 있다. 반면 알렌의 무의식과 의식이 통합된(?) 내면 세계에서, 현대 문명의 차가운 이성질서의 기술인 정신분석적 방법을 적용하여, 무의식적 차원을 제거해 버림으로서, 사회가 허용하는 남성적 성 정체성으로 만들어 놓는 사람은 남성 정신과 의사 다이사트인데, 작가 쉐퍼는 이러한 문명적 사회화 과정이 인간의 총체적 내면 세계를 분리함으로서 어떤 소외를 결과하는 것은 아닌지 의문을 제기한다. 이런 시각에서는, 정상/비정상, 이성/열정, 의식/무의식, 현실의 '상징질서'적 세계/신화적 '상상질서'적 세계(여기서는 성경 속 이야기로 구체화), 현대 서구 과학기술 문명/고대 원시적(여기서는 그리스로 구체화) 문명이라는 이분법적 공식이 무너지고, 이러한 상반된 요소는 인간 심리의 총체성을 이루고 상호적 조건으로, 또 서로에 대한 거울 비추기 역할을 하게 된다. 마치 원작에서, 알렌 소년과 다이사트 의사가 대체적 남성적 자아로 서로 거울역할을 하듯, 또 마구간의 좁은 공간이 현실의 '상징질서'적 공간으로, 억눌린 무의식적 '상상질서'의 에쿠스의 신화적 세계와 서로 거울 비추기 역할을 하듯이.

그러므로 인물의 젠더를 바꾸는 작업은, 그에 따르는 일련의 의미구조의 적절한 변화를 요구한다. 즉, 다이사트가 여성으로 바뀌면, 그녀의 여성적 성 정체성의 문제로 의미구조도 재조정되어야 한다. 또 알렌 소년과 여의사 다이사트의 심리적 관계도 적절히 재조정되어야 한다. 왜냐하면, 알렌과 다이사트 두 남성이 대체적 자아로서 이루는 관계와, 소년과 여의사의 심리적/무의식적 관계가 다를 수밖에 없기 때문이다. 그러나 무대화된 공연에서, 이러한 전면적인 의미 구조의 재조정은 일어나지 않는다.

그러면 이 공연이 시도하는 '젠더 바꾸기'는 어떻게 의미를 찾을 수 있을까? 대답은, 비록 인물들의 이름이 바뀌었다해도, 실제로는, 박정자 여성배우의 몸이 남성 의사 다이사트 역을 연기하고, 한명구 남성배우의 몸이 헤스터 여판사의 역할을 연기해낸 셈이 된다. 즉 이 공연이 시도한 젠더 바꾸기는 '옷 바꾸어 입기'(cross-dressing) 작업을 통해서, 연기차원에서만 구체화된 셈이다. 두 배우는 노련한 연기력으로, 이러한 연기적 도전을 무리 없이 소화했다. 그러나 이러한 부분적인 해체는, 그 시도의 신선함에도 불구하고, 왠지 원작이 지니는 인물들간의 팽팽한 심리적 긴장감을 느슨하게 한 느낌도 든다. 연출은 또한 장면 만들기에서 대사가 촘촘한 이 극에 시각, 청각적 요소들을 살려내고자 한 듯, 윗 무대를 터서 해변/신화적 세계를(마구간의 현실적 공간과 대비되는) 하나의 실제적 시각적 공간으로 구체화한다. 또 말의 신화적 세계 속에 소프라노 보컬 멜로디를 추가해 넣었다. 그러나 이러한 공간 구성은, 시각적으로 시원하게 트인 느낌을 주는 반면, 작품 속 '무의식'의 보이지 않는 억눌린 공간을 시각적으로 설명해 냄으로서, 관객의 상상적 참여와 작품의 심리적 긴장감을 제한할 가능성도 있다. 특히 이 공연의 한 절정을 이루는, 마구간 섹스 장면에서, 위 무대 공간 속의 말들과 아래 편 중앙무대에서 정사를 시도하는 두 남녀 사이의 무대 공간이 너무 넓게 배치되어 있어, 이 결정적 순간에 에쿠스의 존재 때문에 소년이 느끼는 심리적 억압감이 결집되어 와 닿지 않는다.

원작 〈에쿠스〉는 상당히 복잡한 극 구성을 보이는 역작으로 문화적 배경이 다른 우리 연극계에서 효과적으로 무대화하기 위해서는, 원작의 문화적 코드를 한국문화와 관객의 차원에서 재조정하는 작업이 선행되어야 할 것 같다. 이런 점을 감안 할 때, 이번 실험극단의 공연은 가치 있는 실험적 도전이었다고 하겠다.

(예술세계, 2001. 3.)

원전 텍스트의 맛을 잘 살린 시립극단의

— 〈베니스의 상인〉

　최근 이삼년 사이에 셰익스피어극 공연이 부쩍 늘고 있다. 여러 이유
가 있겠지만, 그 큰 이유중의 하나가, 셰익스피어극이 갖는 주제의 보편
성일 것이고, 이에 못지 않게 최근 강화되고있는 저작권법에서 자유로운
것도 한 중요한 이유가 될 것이다. 최근 우리 무대에서 공연되는 셰익스
피어극들의 대부분이 부분 혹은 전폭적으로 각색된 공연들인데, 이윤택
각색, 뮤지컬 형식으로 서울예술단이 얼마 전 재공연한 〈폭풍〉, 마당극
형식의 바탕으로 이윤택이 각색한 〈햄릿〉, 한태숙의 〈레이디 맥베스〉, 이
윤택 각색/기국서 연출로 배우협회가 공연했던 〈2001 맥베스〉, 셰익스피
어 학회 주관으로, 박재완이 연출 공연한 〈컴플렉스 리어〉 등 이루 헤아
릴 수 없을 정도로 많다.

　이러한 각색 내지 재창작 작업은, 21세기 한국 대중관객의 정서와 우
리 문화의 분위기에 좀 더 어필하고자 하는 창작적 욕망의 결과라고 볼
수 있으나, 또 다른 한편으로는, 볼거리와 음악, 춤 등 대중 오락적 요소
만을 지나치게 강조함으로서, 셰익스피어극 원전 텍스트의 의미구조를

전적으로 망가트리는 공연을 결과하는 경우도 이따금 있음을 상기할 때, 이러한 무차별적 작품 해체 작업은, 반드시 전문적인 토론과 비평을 통해 한번 짚고 넘어가야 할 문제라고 생각된다.

상기한 차원에서, 이번 시립극단이 무대화한 셰익스피어극 〈베니스의 상인〉은 오랜만에 원전 텍스트의 의미와 맛을 충실하게 살린 공연이었다. 이 공연은, 몇 가지 점에서, 최근 대중적으로 각색·공연된 많은 셰익스피어극들과 차이성이 있다. 우선 작품 선택이다. 〈베니스의 상인〉은, 그 이야기가 초등학생에서 나이든 성인에 이르기까지, 널리 알려진 보편성이 큰 이야기이면서도, 국내에서 드물게 공연되었던 경우다. 또한 희극이기 때문에 대중적 호소력도 강한데, 이번 공연은, 넓은 관객 층을 겨냥한 작품 선택이었다고 생각된다. 둘째로, 이 공연은 셰익스피어 당시의 연극공연에 가깝게, 현대적 무대기술에 의한 화려한(돈 많이 드는) 무대장치나 볼거리를 강조하지 않는다. 대신 천에 그림을 그린 심플한 배경막이라든가, 샤일록의 집을 상징하는 부분적 성벽 등을 기본으로, 조촐한 무대 장치를 구사한다. 사실 천에 그림을 그린 배경막은 요즘 우리 무대에서 거의 쓰지 않는 방식이지만, 오히려 그 조촐함이 오래 전 시대의 공연 분위기를 일깨워 주는 듯 했다. 또 섬세하게 디자인된 시대의상이 셰익스피어극 공연의 분위기 창조에 일조한다. 셋째, 이 공연은, 배우들의 연기에 공연의 중심을 두고 있다. 이전 시립극단 공연이 연출력이 입증되지 않은 신인 연출가들을 과감하게 기용하기도 했다면, 이번 공연의 연출은, 오랜 연출 경험과 통찰력을 바탕으로 안정된 연출력을 가진 채윤일을 기용했다. 채 연출은 이 공연에서, 샤일록, 포샤 및 안토니오 역에 권성덕, 김혜옥, 김종철을 배치하고, 그 주위에 박봉서, 곽동철, 전현아, 김보영을 배치함으로서, 효과적인 캐스팅을 구사했다. 넷째, 이 공연은 뛰어난 관객반응 효과를 유도했다. 이는 원로 영문학자이자 연극 평론가인 이태주 교수의 원전 번역의 덕으로, 이 교수는, 원작의 의미구조와 품위를 손상치 않으면서도, 대사의 순간순간 핵심을 잘 포착, 쉬운 현대 한국어 등가치로 셰익스피어의 대사들을 적절히 옮겨낸 것이다. 이는, 관객들이 대사 진행에 따라 적시에 적절하게 반응을 하는 효과를 가져왔는데, 실제로 필자는, 이 공연에서처럼, 관객들이 웃어야할 때 적절히 웃어주는, 명쾌한 작품 의미전달 효과를 본 공연이 별로 기억나지 않는다.

그럼 좀 더 구체적으로 이 공연 〈베니스…〉를 살펴보자.

유태인 고리대금업자 샤일록은 안토니오에게 돈을 꾸어주고, 돈을 받지 못하게 되자, 안토니오의 살 일 파운드를 도려내려 하는데, 포샤의 기지로, 안토니오를 구한다는 내용은 동서고금에 너무도 잘 알려진 이야기다. 실제로, 포샤 역의 김혜옥은 근년에 보기 드물게 적역을 맡아, 포샤로서 빛나는 연기력을 과시했다. 특히, 포샤가 그녀의 시종 네리사와 대화하는 몇 장면에서, 김혜옥과 김보영은 좋은 연기의 앙상블을 이루면서, 보기 드물 정도로 아름다운 셰익스피어 고전극의 분위기를 창조했다. 그러나 재판 장면에서 법률가로 변장한 포샤는 냉철하고, 기지에 넘친 지적인 역할로, 재판정의 모든 남성들을 컨트롤하고, 그들을 대상으로 일종의 게임을 하는 담대함도 보이는 다면적 성격의 여성인데, 이 부분에서 김혜옥은 열연을 보였으나, 더욱 적극적인 연기 변신이 필요했던 것처럼 보였다.

샤일록 역의 권성덕은, 노련한 연기력으로, 그 다면적 성격의 인물을 무리 없이 창조한다. 특히 무대에서 그려지는, 유태인에 대한 기독교인의 차별은, 샤일록의 고독, 그로 인한 돈에의 집착, 또 외동딸 제시카의 대한 집착, 기독교인에 대한 복수의 열망, 그리고 좌절로 이어지는 그의 소외를, 관객의 차원에서, 그에게 동정이 갈 정도로 묘사한다. 그리고, 극 종결부에서 모든 재산을 국가로부터 박탈당하는 샤일록이 부당한 결과를 맞는 듯한 느낌마저 준다.

이는, 채윤일 연출이 샤일록을 "학대받는 유랑 유태 민족의 대표적 인물상"으로 부각시키고자 하는 연출의도의 구체화로, 21세기 다문화주의 담론이라든가, 글로벌주의 담론에 비추어 볼 때, 시의 적절한 시각을 채용했다 하겠다. 다만 이 경우, 모든 일이 좋게 해결되어 해피엔딩으로 끝나는 원작에서처럼 '시적 정의'의 재확립의 의미가 유지될 수 있는지 의문의 여지가 남는다. 즉 기독교도에 의한 유태인 학대에 바탕한 극적 해결이 편안치만은 않은 극 종결을 암시하기 때문이다. 인종 차별에 바탕을 둔 극중 해결방식이 해피엔딩이라고 할 수 있는가 하는 의문의 여지가 남는다. 연출은 극 종결부에서, 이 부분에 대한 어떤 암시나 문제 제기 없이 해피엔딩으로 끝맺고 있으나, 일단 인종학대의 시각을 강조한 이상 극 종결부에서 이에 대한 약간의 코멘트는 필요하지 않았나 싶다.

이 공연의 의미라면, 대중적 상업주의 일색의 우리 셰익스피어 공연무대에, 연극성을 견지한 상당히 알찬 무대를 보여주었다는 점이며, 이는 시립극단이 시민의 무대로서 나아가야 할 적절한 방향이라 생각된다. 관람료 인하로, 많은 초등학생과 대학생 관객들이 이 공연을 볼 수 있게 된 것 또한 시민의 극단으로서 제 역할을 한다는 느낌이 들었다.

(예술세계, 2001. 5.)

서민극 시리즈, 〈2001 맨발의 청춘〉

순박한 서민들의 에너지가 무대 위에서 통통 튄다.

극단 '신화'의 서민극 시리즈 〈2001 맨발의 청춘〉(김영수 작, 연출)은 익살과 재미를 실은 빠른 진행으로 관객들에게 지루할 틈을 주지 않는다. 이 작품은 변두리 생맥주 집을 무대로 평범한 사람들의 애환을 그렸다. 작품에서 만나는 인물들은 동네 주변에서 흔히 만날 수 있는 낯익은 사람들이어서 중년 이상의 관객도 부담스럽지 않다.

무엇보다 이 공연은 배우들의 튀는 연기가 이뤄내는 '왁자지껄한 앙상블'이 볼 만하다. 우선 생맥주 집 여주인 윤 여사 역의 김혜옥. 대학생 딸 하나를 키우며 홀로 사는 윤 여사는 눈은 뜨고 있지만 시력을 잃은 인물이다. 차분하면서 강인한 김혜옥의 연기가 놀랄 만큼 신선하다. 여기에 노련한 연기파 배우 서희승이 생맥주 집이 있는 건물의 주인 정무식 역으로 출연했다. 서희승은 자린고비이지만 인정이 남아 있는 홀아비로 김혜옥과 팽팽한 연기 대결을 벌인다.

두 인물을 중심으로 젊은 배우들이 포진돼 있다. 정재은이 배우를 꿈꾸는 윤 여사의 딸 혜진으로, 최준용이 혜진을 사랑하는 생맥주 집 주방장 역으로 등장한다. 이 작품은 배우들이 엮어내는 연기의 하모니가 보통 수준을 넘어선다. 가끔 대사가 너무 왁자지껄하게 들릴 때도 있지만.

연극 〈옥수동에 서면 압구정동이 보인다〉〈땅 끝에 서면 바다가 보인다〉 등으로 이어져 온 극단 신화의 서민극은 나름대로 안정적인 극 미학을 확립해 가는 듯하다. 그것은 편안한 재미와 대중적 메시지의 적절한 조화에 있다. 13일 이 공연을 함께 관람한 미국 뉴욕대 연극학과 앤 맥코믹 교수도 언어적인 한계에도 불구하고 "극적으로 명쾌하다"고 평했다.

(동아일보, 2001. 8.)

동양화 스펙터클
— 〈시골 선비 조남명〉

    무슨 이야기를 하려는 것일까? 연희단 거리패가 이윤택 작·연출로 무대화한 〈시골선비 조남명〉의 공연 제목과 이윤택의 최근 연출 경향을 견주어 생각하면서 생기는 호기심이다. 어떻게 연결하려는 것일까? 이 연출의 세련된 스펙터클 구사 솜씨와 약간 엄숙해 뵈는 역사적 주제가 이번에는 어떤 방식으로 시각화될 것인가? 대본과 무대 그림 사이의 간극은 또 어떠할까? 등등의 질문들이 이 공연을 대하면서 떠오른다. 아마도 이 공연의 관객들은 역사극에서 흔히 기대하는 '소박한/찡한 감동' 대신 한 폭의 단아한 동양화를 약간 멀리서 본듯한 느낌이 들지도 모를 일이다.

    희곡 텍스트에는, 이윤택이 작가로서 창조하고자 한 학구적 선비 문화의 한 이미지가 시골선비 조남명의 '독야청청'했던 삶의 단면들을 통해 구체화된다. 여기서 그의 글쓰기는, 삽화적 장면과 그 속 인물들간의 짤막한 경구적 대사, 시, 시조, 코러스 등을 자유롭게 끌어다 쓰면서 자신만의 독특한 희곡 쓰기 스타일을 보여주는데, 넘침이 없는 그 단순함의 미적 질서가 마치도, 빈 공간이 많은 단아한 동양화 한 폭을 연상시킨다.

각각의 삽화는, '나는 사람을 만나고 싶소', '똥이로구나' 등의 제목이 보여주듯 소주제를 중심으로 구성되어 있고, 몇몇 에피소드는 이슈에 관한 토론으로, 한국판 '사상 희극' 적 면모도 언뜻 보인다.

무대화된 그림도 동양적 단선의 미를 한껏 살렸다. 궁궐과 서당의 대비, 매화나무, 우물, 사약 마시는 장면까지, 연희단거리패 배우들의 연기 수준이 눈에 띄게 다듬어진 느낌이다. 개인기 뿐 아니라, 택견 등 한국적 몸 움직임에 바탕을 둔 집단율동 등 연기의 앙상블이 미적 질서감을 창조한다. 단선적 삽화구조의 진행을 입체화 다각화하기 위해, 장면 만들기에서 시·청각적 스펙터클이 강조된다. 사약받는 장면에서 신하역의 배우들은 몸 동작으로 그 고통을 최대한 시각화해 내야하고, 무대지시대로 '남은 사약까지 꼼꼼히 핥아 마신다'를 실연해 내야 한다. 또 다른 장면에서는 똥까지 시각화되어 무대 위에 보여진다. 이에는 역사를 보는 패러디적 시각과 요즘 엽기취향의 대중문화 성향도 가미된 듯하다. 마지막 '상소문체' 에피소드에서 조식의 상소문 낭독이 이 공연의 감정적 에너지를 크게 실어주고, 우리의 사회적 현실에 대한 공명적 효과도 톡톡히 해낸다. 이 공연의 또 다른 의미라면, 시골 선비정신을 통한 한국 혼 찾기의 작업이라 할 것이다.

생각해 볼 점이라면, 이렇게 꼼꼼하게 아름다운 장면 만들기를 통해 보여지는 〈시골선비 조남명〉의 메시지는, 아련하게만 관객에게 전달된다는 것이다. '감동'이 제어된 것이다. 이것은 에피소드적 구성, 패러디적 시각, 스펙터클의 강조, 엽기적 터치의 가미 등등에 의한 공연 미학적 표현 방식의 선택에 의한 결과라 보여진다. 어찌 보면 이웃나라 일본식 이미지 경향 연극의 어떤 방식을 생각나게도 하고, 또 어찌 보면 한국판 이미지 지향극의 한 체현이라고도 할 수도 있다. 더불어, 현시점에서 우리 관객은 어떤 경향의 공연을 선호할까 하는 점도 생각 키운다. 스펙터클을 통한 메시지 전달은 우리 연극의 한 모드로, 다양성의 일부로 존재해야 하겠지만, 대학로를 휩쓰는 동시대적인 패션으로 풍미하는 일은 바람직하지 못할 것 같다.

(한국연극. 2001.11.)

'감동'이 사라지는, 이미지 스펙터클의 최근 연극 경향
— 2001년 말 시점에서

　세계 연극제가 열렸던 1997년과 작년 2000년 서울 국제 연극제에 초청
되어 왔던 세계 유수의 공연 그룹들은 요즘 우리 연극경향에 막대한 영향
을 주고 간 것으로 나타난다. 소위 서구 '이미지 연극'의 대명사처럼 되어
있는 로버트 윌슨의 〈바다의 여인〉이나 마부 마인즈 그룹의 리 부루어즈
의 공연, 또 리튜아니아 극단의 〈햄릿〉 등이 대표적인 경우로, 이들은 전
통 사실주의 혹은 변형 사실주의극에서 중심이 되어온 대사 대신, 이미지
중심의 시각적 스펙터클과 청각적 효과, 몸 동작과 제스처를 통한 시각적
재현의 연기 등을 그 특징으로 한다. 올 가을 우리 무대에서 공연된 상당
수의 작품들이, 부분적으로 혹은 전폭적으로 상기한 이미지 경향 공연의
특징들을 채용하고 있다. 우선, 연희단 거리패가 이윤택 작·연출로 무대
화한 〈시골 선비 조남명〉의 경우를 보자.

　최근 몇 년간 이윤택 연출의 경향을 기억하는 관객은 〈시골 선비 조남
명〉이라는 약간 엄숙할 수도 있는 역사적 주제를 대하면서 약간의 의아
스러운 호기심이 들 수도 있다. 과연 연출자는 이 같은 주제를 어떻게 무

대화 할 것인가? 또 무슨 말을 하고자 하나? 등등.

그의 희곡 텍스트는, 삽화적 장면과 그 속 인물들간의 짤막한 경귀적 대사, 시, 시조, 코러스 등을 자유롭게 끌어다 쓰면서 자신만의 독특한 희곡 쓰기 스타일을 보여준다. 각각의 삽화는, '나는 사람을 만나고 싶소' '똥이로구나' 등의 제목이 보여주듯 소주제를 중심으로 구성 되어있다. 이윤택 자신이 밝히고 있는바, 그는 시골선비 남명 조식의 대쪽같았던 삶을 통해 '선비 문화'를 창조 하고자 했다고 한다. 무대 장면 만들기를 보면, 선비들이 시조를 서로 읊으면서 시작되는 공연은, 장면마다 꼼꼼하게 시각적, 청각적 스펙터클을 강조하면서, 마치도 아름다운 한 폭의 동양화를 연상시킨다. 궁궐과 서당의 대비, 매화나무, 우물, 사약 마치시는 장면 등. 연기도 시각화를 강조하여, 예들 들어, 사약받는 장면에서 신하 역의 배우들은 몸 동작을 통해 그 고통을 이모저모로 시각화해 내야하고, 무대 지시대로 '남은 사약까지 꼼꼼히 핥아 마신다.'를 실연해 내야한다. 연희 단거리패 배우들의 연기 수준이 눈에 띄게 다듬어진 느낌이다. 개인기 뿐 아니라, 택견 등 한국적 몸 움직임에 바탕을 둔 집단 율동 등 연기의 앙상블이 미적 질서감을 창조한다. 또 다른 장면에서는 똥까지 시각화되어 무대 위에 보여진다. 마지막, '상소문체'라는 제목이 붙은 에피소드에서 조식의 상소문 낭독이 이 공연의 감정적 에너지를 실어주고, 우리의 사회적 현실에 거울 역할도 한다. 문제는, 그럼에도 불구하고, 이와 같이 감각적으로 아름다운 장면 만들기는 흔히 전체 공연적 차원에서 '찡한 감동'을 약화시키는 경향이 있다. 마치 로버트 윌슨식의 이미지 극이 그러하듯.

또 다른 작품인, 극단 표현과 상상이 김윤미 작, 손정우 연출·각색으로 공연한 〈의자〉(Chair)의 경우를 보자. 억압적인 아버지(김동수 분)로 인해 빚어지는 가족간의 소외와 해체를 다루는 이 작품은, 아버지와 어머니의 각기 다른 욕망과 소외, 아버지와 아들, 아버지와 딸간의 억압적 소외적 관계를 다룬다. 장면 구성은 역시 삽화적 콜라주 형식으로, 이야기 방식이 아닌 이미지 부각 방식으로, 극이 진행된다. 환상과 현실이 교차되면서, 많은 대사보다는 상징과 암시에 의해 분위기를 창조하는 이 공연의 해석은 전적으로 관객에게 맡겨진다. 구체적 장면 만들기는, 역시 시각적 스펙터클과 많이 움직이는 동작 연기를 통한 내면 감성의 시각화가 그 기본 원칙이 된다. 예를 들어, 어머니의 결혼식 장면 회상에서, 어머니(이영란 분)의 머리 위에 씌어진 흰 면사포는 크고 길어서 무대 전체를 덮고, 무대는 흰색의 이미지가 된다. 또 좌절감에 못이긴 어머니는, 무대 위를 온몸으로 누비며 버둥댄다. 억압적 아버지는 딸에게 '어머니를 닮지 말라'면서, 그 억압의 구체적 표현으로, 딸의 머리를 자른다. 무대 윗 배경막 부분에는 이러한 이미지 성향을 강조하듯, 영화 장면의 프레임으로 구성되어 있다. 한시간 이십 여분의 짤막한 이 공연 역시, 사실주의 연극에서 느낄 수 있는 감정이입에 의한 찡한 감동은 없다. 다만 극의 의미에 대해 아련히 거리감을 두고 생각나게 할뿐이다.

시각 스펙터클과 신체 연기의 시각화를 기조로 한 또 다른 공연이 극단 악어 컴퍼니가 김태웅 작·연출로 무대화한 〈풍성 교향곡〉이다. 김태웅은 작품 〈이〉에서 보여준 사실주의적 이야기 구조를 이 공연에서는 완전 탈피하고, 이미지와 몸 동작의 다이내믹한 장면 전환으로 방향을 틀었다. 우리 나라의 최근대사인 광주 항쟁, 군부 통치에 이어 현 사회까지 포함하는 역사적 배경을 바탕으로, 어머니와 딸의 모녀관계를 전경화 시키며 극이 진행된다. 광주항쟁으로 어머니는 쇼크사로 돌아가시고 혼자 남게되는 딸아이의 이야기 사이사이로, 여러 가지 다양한 장면들이 삽입된다. 예를 들어, 두 남성 게이의 장면, 전투복 입은 특전사 군인들의 장면, 세 여자의 장면 등등. 이 장면들은 모두가 사실주의적 설명 대사보다는, 짧은 상징적 대사와 마임 등으로, 이미지 만들기 차원에서 구성된다. 장면은 스피디하게 진행되며, 극적 대비와 반전을 빠르게 구사, 관객이 지루할 틈을 주지 않는다.

그러나 이 공연의 중심 생각인, 우리 역사의 억압적 면모와 그로 희생되는 두 개인 모녀의 이야기의 어두운 주제는, 이미지와 동작의 빠른 흐름 속에서, 다양한 콜라주적 가볍고 밝은 정서의 장면들과 어우러져, 이 공연의 의미는 시청각적 오락성에 의해 회석되거나, 혹은 사실주의의 극의 '찡한 감동' 없는 산뜻하고 경쾌한 대중적 구조로 포장된다. 이런 식의 퓨전 스타일 공연이 요즈음 신세대 관객들에겐 또 다른 '감동'을 주는지 모를 일이긴 하다.

이와 같은 시청각 이미지 스펙터클과 신체연기의 즉흥화를 통한 시각적 도해를 강조하는 공연들은 아마도 상당 기간 또 한국연극계의 한 '패션'으로 풍미할 것 같다. 중요한 것은, '찡한 감동'을 주는 연극도 동시에 공존할 수 있는 다양성 문화에 대한 존중이라 할 것이다.

(예술세계, 2001. 11.)

실버 버전 '비극적 히로'
— 〈그래도 세상은 살만하다〉

    21세기 들어 우리나라가 급속히 고령화 사회로 접어들고 있다. 실버층 인구가 급격히 늘고 있는 것이다. 이에 따라 노인층 관객들이 동일시하고, 공감할·수 있는 실버 문화에 대한 요구도 늘고 있다. 딱히 노인 연극이라는 독립 장르는 없지만, 노년기 삶을 소재로 하는 영화나 연극은 선진문화권에서는 이미 보편화된 지 오래다. 극단 신화가 이근삼 작, 김영수 연출로 올린 공연 〈그래도 세상은 살만하다〉는, 우리연극계에 드물게 올려지는 노인연극 중의 하나다. '장민호의 자서전적 연극' 이라는 부제를 붙이고 있어, 그 '기념적' 어감 때문에 작품이 지니는 그 어떤 보편성이 가려질 뻔했다. 또한 대배우 장민호를 익히 아는 중·노년층 관객과 요즈음 신세대 관객이, 이 부제에 반응하는 방식도 다를 수밖에 없다.

    지난 이십여 년 간 우리 연극계를 돌아볼 때, 필자의 기억으로는, 이근삼 극작가가 아마도 유일하게 〈막차 탄 동기동창〉을 시작으로, 〈아카시아 꽃은 바람에 흩날리고〉, 〈엄마 집에 도둑 들었네〉 등 일련의 노인극을 발표해왔는데, 작가 본인의 삶의 현시점에서 맞닥뜨리는 노년기 삶의 실존의 모습과 그 의미를 기탄 없이 솔직하게 토로함으로서, 연극을 통한 노인문화 개척에 선두적 역할을 했다고 할 수 있다. 공연 〈그래도 세상은 살만하다〉에서도 역시 이전 작품들과 비슷한 대사 위주의 극을 통해 노년기 삶의 실존적 화두를 쉬운 일상적 장면을 통해 풀어간다. 이 공연의 의미라면, 우리 연극계의 두 거목인 대작가와 대배우가 함께 작업을 한다는 역사적 의미가 무엇보다도 우선적일 것이고, 이와 더불어 필자가 찾고 싶었던 것은 작품이 갖는 보편적 대중적 호소력이었다. 다행히도 이 공연의 이야기는 대배우 장민호의 구체적 삶을 소재로 하고 있지만, 그 속에는 노년기 삶의 문제들이 자연스럽게 녹아 있다. 즉 사회로부터의 소외와 고독, 세대간 격차에서 오는 오해와 분노, 주변 친구들과의 사별, 실존의 의미에 대해 자신의 내면과 끝없이 되풀이되는 회의적 대화, 죽음의 유혹과 환상 등등, 이러한 나날들 중, 노년기 삶의 현실적 토대인 돈을 잃게 되는 사고가 발생하고, 주인공 황포는 삶의 바닥이 무너져 내리는 충격과 허망함으로 죽음의 유혹에 깊숙이 말려든다. 먼저 간 친지들의 혼령 장면은 주인공의 환상일 수도, 내면과의 대화일 수도 있다. 타협 모르는 꼿꼿한 자존심으로 삶을 일관한 한 노인은 여기서 그만 흔들리게 되고, 자신의 삶의 의미를 죽음과의 거래에서 타협할 지경에 이른다. 아찔한 장면이다. 그러나 곧 그의 꼿꼿한 자존심은 다시 실존의 의미를 일으켜 세운다. 주변의 하찮은 보통사람들의 작은 행복에서 다시 실존의 의미를 재확인한다. 이로서 노년기 인간 삶의 존엄성이 재확인된다.

　어찌 보면, 꼿꼿한 자존심의 성격, 이로 일관된 삶, 저축한 돈을 잃게 되는 일종의 재앙적 사건, 죽음에의 유혹, 작고 평범한 삶의 의미를 다시 깨닫고, 실존의 의미를 재확인 혹은 실존적 승리의 선택이라는 과정으로 이어지는 극구성이, 희랍 비극의 히로의 깨달음 과정과 유사하다. 다만 이 경우에는 히로가 한 노인인물로 바뀌었을 뿐이다. 실버 버전의 비극적 히로라고 할 수 있을까.

연출가 김영수는 대사중심의 이 공연에서, 어두운 장면과 밝은 장면의 교차 구성, 현실 삶의 장면과 극중극 대사 장면의 자연스러운 전환, 극적 대비와 정확한 템포감으로 결코 가볍지 않은 극 주제를 지루함이 없이 펼쳐간다. 장민호의 리어왕 독백대사 장면은, 대배우의 위엄이 건재함을 과시했다.

(한국연극, 2001. 12.)

포스트모던 '몸'의 메타포로 그려내는 '한국성'의 지형도: 〈지네와 지렁이〉

한국 무대 위에서 스핑크스가 질문을 던진다면? 이라는 가정을 해보자. 어떤 공연이 되어 나올까? 아마도 그중 하나는, 오태석 작·연출로 극단 목화가 공연중인 연극 〈지네와 지렁이〉도 끼일 것이 틀림없다. 왜냐하면, 오태석 작가는 이 작품에서도 다층 구도의 추상표현주의 그림을 생각나게 하는, 일종의 '지적 수수께끼'를 무대공간 위에 구성해놓기 때문이다. 이는 공연 텍스트의 의미를 헤아려 보고자 하는 심각한 관객에게 상당히 흥미로운, 그러나 만만치 않은 지적 도전을 제기한다.

실제로, 최근의 예술작품과 관객간의 변화하는 관계에 대해, 서구의 저명한 예술 비평가인 아서 단토(Arthur Danto)는 뉴욕 타임즈와의 인터뷰에서 "이제 예술은 더 이상 심미적인 반응을 일으키지 못한다. 오히려 요즘 예술은 지적인 반응과 더 관계가 있다고 해야 할 것이다."라고 말한 바 있다. 이는 소위 말하는 포스트모던 계열의 예술작품 경향을 일컬어 말하는바, 오태석 작가의 여러 작품에 나타나는 일반적 경향과 연결시켜 보아도 크게 무리가 없을 것 같다. 예로, 이번 〈지네와 지렁이〉 작품

뿐 아니라, 〈천년의 수인〉〈잃어버린 강〉〈여우와 사랑을〉 등 비교적 최근 작품들만 살펴보아도 그러하다. 그의 작품이 지니는, '은유적 지시성'이랄지, 작품의 '자기 반영성'이라는 특성들 때문에, 〈천년의 수인〉 같이 우리의 역사를 소재로 하는 작품의 경우, 역사적 인물에 대한 왜곡이니 하는 논란도 없지 않았는데, 이는 재현적 사실주의에 익숙한 작품 해석자(들)이, 작품/공연을 오독한 결과라고도 볼 수 있다. 지면 관계로 이론적 토론은 이 정도로 그치고, 〈지네와 지렁이〉 공연의 다층적 의미 구조와 무대 공간적 체현(구체화)의 여러 이슈들 중 '몸'의 문제와 오태석 작가가 끈질기게 추구해 온, 한국과 한국인의 정체성 문제인 '한국성'의 구도 설정을 살펴보자.

우선, 이 공연의 극적 구도는, 첫째, 2010년의 카지노 〈남간도〉, 둘째, 무장공비침투와, 셋째, 한국의 자연 환경이라는 세 화두를 중심으로 코라쥬적 구성을 보인다. 그런데, 이 세 상황은 모두 오염과 부패의 이미지들로 가득 차 있다. 우선, 카지노 〈남간도〉에서는, 카지노 지하에 갇힌 한국인 채무자들이 일본인 히라따에게 진 빛을 갚기 위해 장기적출 수술을 반복할 수밖에 없는 상황이 벌어지고, 이 구도 속으로 패주하는 북한 무장집단의 장면들이 끼어 들면서, 이 장면들에서는 말조차 통하지 않는 남북문화의 이질화를 보여준다. 한국의 자연환경과 연관된 구도에서는, '노루귀꽃', '금낭화', '꿩의 바람꽃' 등 아름다운 우리말 이름의 식물들이 사는 우리의 강산이, 나날이 오염되어 절멸 직전에 이르고, 이 같은 환경을 탈출하려는 이민자 수는 증가 일로에 있다. 이는 곧, 외세에 진 국가채무, 남북분단 및 우리 국토의 자연환경 파괴라는 작금의 한국인의 집단 무의식 속에 잠재해있는 악몽 내지는 위기의식에 대한 메타포(은유)라 할 수 있다.

공연장을 나오면서 필자는 참 묘하다는 생각이 들었다. 왜냐하면, 저 같은 심각한 지적 화두들이, 무대 위에서는, 다이내믹한 액션과 스피드, 시, 청각적 에너지를 바탕으로 '열불춤'의 대중 친화적 감각모드로 체현되고 있기 때문이다. 그리고 이러한 감각모드의 중심에는 다층적 차원의 '몸'의 메타포(은유)가 위치한다. 그 한층 위에는, 노루귀꽃, 금낭화로 대표되는 아름다운 우리강산의 식물적 몸의 세계가 있고, 다음으로 생물계에서는 '영물'이라는 지렁이와 지네의 몸의 세계가 있고, 이들은 변신기법을 통해 카지노 〈남간도〉의 지하에 갇혀있는 채무자들의 인간세계 속으로 넘나들며, 또한 저 세상에 있는 조상님들의 과거 세계와도 소통한다. 즉, 우리 땅에 사는 자연 생물들의 몸은 곧 사회/역사적 한국인의 몸으로 이어지며, 이는 다시 전통/신화 속 조상의 몸과, 나아가서는 우주계의 별자리와도 동일화된다. 한국적 일원론적 세계관의 구도다.

이러한 일원론적 세계관을 에워싸고, 극중 공간을 암시적으로 지배하는 힘은, 글로벌 시대 자본주의 제국주의의 힘이다. 일본은 이러한 글로벌 의미구도에서 막강한 힘으로 암시만 되어 있을 뿐, 극중 공간에서는 하나의 '부재'로 나타난다. 채무자 히라따를 일본인이 아닌, 일본인으로 귀화한 재일 한국인으로 설정한 것은, 이와 관련하여 흥미로운 해석들을 가능케 하는데, 이 이중적 정체성의 인물은, 때에 따라 일본적 입장을 대변하기도, 또 한국인의 입장을 대변하면서, 때로는 작가의 입장을 부분적으로 대변하는 듯 하다. 또 다른 인물인, 아마추어 카메라맨 정씨는, 이러한 위기상황에 처한 우리 사회/역사를 응시하는 '낯설게 보기' 시각이자, 작가의 시각과 맞물린다 할 수 있다.

2010년의 카지노 〈남간도〉의 상황 속에서, 우리 한국인의 몸은 어떤 지형 속에 위치해 있는가? 이들의 몸은, "밖으로 나가는 문도, 계단도, 엘리베이터도 없는" 지하 22층 대기실에 갇힌 상태다. 그들 위에는 채권자 일본인이 존재한다. 이들 한국인 채무자들은, 빚을 갚기 위해, 이미 간, 콩팥을 들어내 팔았기 때문에 '속'이 없다. 그야말로 '속이 빈' 한국인의 몸이다. 대신 비닐 대용품 장기를 끼우고 있을 뿐이다. 카지노 〈남간도〉는, 곧, 중국영토가 되 버린 북간도에 대한 환유이며 동시에, 일본의 지배 속에 속한 하나의 무대적 공간이자, 한국의 현 사회적, 역사적 위기감에 대한 은유다.

그렇다면, 이들 한국인 채무자들에게 대안책은 없는가? 채무자들에게 마지막으로 다치는 상황은 사린가스 세례와 어뢰공격이다. 한국인의 몸은 이와 같이 글로벌적 상황에서, 끊임없이 공격과 지배의 대상일 뿐이다. 작가는 딱히 명확한 대답을 제시하지는 않는다. 그러나 군데군데 희망의 가능성은 제시하는 듯 보이는데, 예를 들어, 아이러니 하게도 한국계 일본인 히라따의 입을 빌려, 이념차이에 매달려 서로 싸우지 말고, "용서하고, 통일에 준비할 것"을 당부한다. 작가는 또한 우리의 자연세계를 통해 잠재적 저항성을 암시하는데, 모든 독을 해독하는 오리의 은유를 통해, 그리고 극 종결부 가까이 채무자 모두가 살풀이하듯 읊어대는, 한국의 자연계 생물들의 이름 속에 한국인의, 한국민중의 저항의 가능성을 새겨 놓고 있다: "사슴 칼새 돌마자 참마자 송사리 가물치 붕어 잉어…" 등등.

이 공연의 관객반응 효과는? 마치 한국판 대중버전의 잔혹극 효과라고나 할까. 작금의 한국인의 집단 사회 무의식 속에서 악몽과 강박관념을 무대 위에 끌어내 구체화함으로서, 아마도 작가는 그 끔직한 악몽을 정화하고, 현실적으로 치유하고 싶었는지도 모를 일이다. 동시에 그는, 심각한 지적 사유를 피하고 싶은 관객들에게도, 빠른 스피드감, 다이내믹한 액션, SF처럼 전개되는 판타지적 상황, 팝 뮤직 등의 충분히 오락적인 대중 친화적 장면 만들기를 채용하고 있다.

일본 전통극을 변용한 무대디자인, 딱히 한국적이지도 일본적이지도 않은 무대의상, 일본어 대사의 사용, 자막의 사용, 변신기법 및 짧은 '액션단위'적 장면 만들기는, 연출자의 문화상호적 감각을 대변해 준다. 집단연기와 액션 지향적 공연이라, 오랜 연습의 필요성은, 공연의 집단적 하모니와 앙상블 창조를 위해 강조함이 지나칠 수 없을 것이다.

(한국연극, 2002. 2~3.)

뮤지컬 〈카바레〉를 보고

　'인생은 카바레…'인가? 한국 뮤지컬의 '마돈나' 최정원이 부르는 뮤지컬 카바레의 주제가다. 정말로, 명멸하는 휘황찬란한 조명 아래 카바레의 어두운 공간을 무엇을 상징할까? 그건 바로 우리의 무의식 속에 억눌려 있던 섹슈얼리티와 사랑의 욕망이라고 이 공연은 풀어간다. 그래서 이 공연의 무대 위에는, 여러 다른 형태의 사랑의 방식이 교차한다.

　우선, 가난한 미국작가 클리프는 국제도시 베를린에서 카바레 여가수 샐리와 사랑에 빠지게되고, 하숙집 주인인 독일인 슈나이더 할머니와 과일가게 주인 유태인 슐즈 할아버지의 인종차이를 넘은 로맨스 그레이가 전통적 이성애를 보여준다면, 그 주변 남성인물들은 동성애, 더 나아가 남성과 여성을 동시에 사랑하는 양성애의 관계들을 자유롭게 즐기며 살아간다. 그러나 베를린이 나치치하가 되면서, 이들 다양한 사랑의 형식들은 정치적 상황의 도전을 받게된다.

　이성애, 동성애, 로맨스, 훈훈한 인간애가 뒤섞인 장면들은, 이들 화두가 지니는 보편성 때문에, 브로드웨이에서 현재도 공연중인 히트 뮤지컬

〈카바레〉를 우리 관객들이 즐기기에 전혀 부담이 없다. 그래서인지 관람하는 관객들의 호응이 대단했다. 여기에 김철리 연출은, 튀는 문화감각과 템포감을 바탕으로, 우리 관객의 취향에 맞는 다이내믹하고 재미있는 장면 만들기를 구사한다. 필자가 관람한 브로드웨이 원 공연에 비해, 이번 극단 신시의 〈카바레〉 공연은, 매우 효과적인 한국적 무대화였다는 생각이 든다. 또 이에는, 폭발적 관객 흡인력을 과시한 뮤지컬 스타 최정원의 마법 같은 뮤지컬 기량이, 또 이를 무리 없이 받쳐준 정동환의 안정적 연기가 한 몫을 했다.

(문화일보, 2002. 2. 14.)

국립극단의 '가족극' 시리즈를 보고

　국립극단이 공연중인 '가족극' 시리즈는 기획이 신선하다. '가족사랑'이라는 주제로 세 편의 공연이 진행중인데, 장성희 작, 김영환 연출의 〈길 위의 가족〉, 박근형 작, 연출의 〈집〉과 최인호 작, 최용훈 연출의 〈어머니가 가르쳐준 노래〉로 이어진다. 이들 작가나 연출가 거의 모두 30대로, 이들이 그리는 가족 이야기들은 젊은 시각과 스타일로 무대에 그려진다.

　장성희는 세상의 '매서운 칼바람이 불어도' 가족의 사랑으로 극복할 수 있다고 철저하게 믿고있는 작가로, 이번 〈길 위의 가족〉에서는 IMF로 삶의 터전을 잃고 방황하는 한 대가족의 이야기를 진솔한 어조로 그려낸다. 치매에 걸린 할머니, 직장을 잃은 아버지, 무능한 아버지, 속수무책 어머니 등 이들은 각기 한번쯤 자살을 생각해 보지만 가족이라는 사랑의 지지대가 이들에게 다시 삶의 용기를 준다. 새내기 배우 한 윤춘이 소년 역을 귀엽게 연기한다.

　이에 비해 박근형의 〈집〉은 첫 장면부터가 코믹하고 시끌벅적하다. 동네 아줌마들의 화투판이 무대 중앙에서 벌어지기 때문이다. 그의 작품에서 여성적인 힘은 항상 말릴 수 없이 막강한 것으로 그려진다. 이 집 엄마 이혜경이 입심 센 동네 아줌마 역을 맡아 오랜만에 생동감 넘치는 연기를 보여준다. 이 공연에서 눈에 띄는 장면은 초대형 비만의 몸집을 가진 '진주'라는 아가씨로, 여성적 힘에 대한 표현주의적 아이콘이라고 할까. 아들 철수는 이 초대형 몸을 실수로 건드렸다가, 그만 그 막강한 여성적 힘에 저항할 틈도 없이 혼인으로 끌려 들어가는데, 장모 역의 조은경과 철수 엄마 이혜경의 불꽃튀는 말싸움이 흥미진진하다. 이렇게 박근형이 그리는 요즈음의 가족은 뭐하나 제대로 되는게 없는 뒤죽박죽의 꼴불견 세상이지만, 그 속에는 따뜻한 인간적 정취가 있다. 코믹한 터치의 연출로 공연에 웃음거리를 만들어준다. 이제 소설가 최인호가 자신의 어머니 이야기를 그린 연극 〈어머니가 가르쳐준 노래〉가 9월 14일부터 막이 오른다. 그는 어머니와 가족 이야기를 어떤 식으로 풀어갈까? 가족해체 시대에 물어 볼만한 질문이다.

(조선일보, 2002. 9. 12.)

제3부 글로벌 연극 공연과 문화

가. 동시대 해외 연극계 경향

(1990~2000)

1990년 에딘버러 연극제 참관기

세계 연극의 프론티어 지대에서는 어떤 일들이 일어나고 있는가? 바야 흐로 21세기로 진입하는 시대의 문턱에서 필자는 다음 세기의 연극예술 의 미래적 전망을 예시할 수 있는 곳이 바로 세계 각국의 연극이 만나는 국제적 연극축제라는 생각이 들었다. 그래서 국제적 연극축제 중 규모가 가장 큰 에딘버러 연극축제를 참관하기로 했었다.

'에딘버러 축제'는 잘즈부르크, 아비뇽, 글라스고우 등지에 해마다 열 리는 음악 및 연극축제들과 비교해볼 때 그 규모 면에서 엄청나게 크다. 에딘버러 축제는 음악, 영화, 연극, 댄스, 출판물 등등 7개 분야의 축제로 구성되어 있다. 필자가 참관한 연극 축제만 하더라도 8월 중순부터 3주간 에 걸쳐 계속되었는데, 이 기간 중 9천여 명의 공연자가 참가하는 300여 개의 공연이 오전, 정오, 오후, 자정의 공연 시간에 마라톤식으로 공연되 었다.

연극축제는 주로 대극장에서 공연되는 〈국제 연극축제〉와 소극장 공연 이 중심 공연 형태를 이루는 〈프린지 연극축제〉로 나누어진다. 전자에는 연극제 주최측에서 초청이 있어야 참가할 수 있고, 후자의 경우에는 신청만 하면 누구나 참가할 수 있다. 예술적인 면에서 에딘버러 연극축제는 강한 실험성을 그 특징으로 하고 있는데, 특히 〈프린지 연극축제〉는 실험적 형식의 연극, 아마추어 정신의 연극들의 박람회라 할 수 있다.

연극 연출가이자 동시에 에딘버러 축제 총 위원장인 프랭크 던롭 씨는 축제의 성격을 다음과 같이 정의한다. "에딘버러 축제는 1944년 제2차 대전 직후에 시작되었지요. 각 나라의 서로 다른 문화를 사람들에게 알리고 이해시킴으로서 세계평화를 도모하고자 했지요. 그래서 우리는 흥미로운 모든 종류의 연극에 관심을 갖고 있고, 모든 연극을 보여주려고 합니다." 즉 세계적인 차원에서의 문화교류와 각기 다른 문화에 대한 이해 증진이라는 축제의 궁극적인 목표로 비추어 볼 때, 에딘버러 연극축제가 갖는 실험성은 새로운 세계적 차원의 문화창조를 목표로 하고 있다는 점에서 같은 맥락으로 이해될 수 있다.

흥미롭게도 1990년과 1991년 2년에 걸쳐 에딘버러 연극축제의 주제가 '태평양 연안국들'로 결정되었고, 우리 나라는 올해 처음으로 고전무용과 궁중음악 및 국립극단의 〈도미부인〉을 가지고 참가했다.

축제의 주제를 태평양 국가들로 결정한 배경에 대해 던롭 씨는 "세계의 문화적 중심이 지중해에서 대서양으로, 이제는 대서양에서 태평양으로 바뀌고 있으며, 미래의 시대에 태평양 연안국들이 중요한 역할을 할 것임을 확신한다. 또한 나는 이들 국가의 오랜 찬란한 문화전통에 매료되었다. 특히 한국이 그렇게도 독특하고 찬란한 전통문화를 갖고 있음을 처음으로 알게 되었다"고 피력한다. 스코틀랜드 왕립 박물관 공연장에서 열린 한국의 고전무용 및 음악공연은 입장권이 매진되었고 절찬리에 공연을 마쳤다는 점에서 앞으로 해외 무대에의 우리문화의 진출에 성공적인 한 전기를 마련했다고 하겠다.

이제 좀 더 구체적으로 에딘버러 연극제에 출품된 연극 작품들의 내용과 특징을 이야기해 보자.

우선 공식적 축제인 '국제 연극축제'에 참가했던 공연 중 필자에게 가장 인상 깊었던 작품은 인도 연극 「카타칼리 리어왕」이었다. 인도의 전통 연극 양식인 카타칼리에 셰익스피어의 리어왕 이야기를 접목시킨 실험성이 크게 주목되는 공연이었다. 원래 카타칼리 공연 양식에서는 배우들이 대사를 하지 않고 몸의 움직임과 율동만을 보여준다. 그리고 이야기 줄거리는 무대 뒤에 서서 음악을 연주하는 악사가 노래로 들려주는 형식이다. 양식화된 카타칼리 의상을 입고 인도식 가면을 쓴 배우들의 몸 동작은 언뜻 보면 영국적 셰익스피어 작품의 분위기와는 전혀 무관한 듯 보였다. 리어왕의 줄거리를 악사들이 무대 뒤에 서서 노래하면 카타칼리 배우들이 양식화된 몸 동작으로 연기를 한다.

이러한 작업은 영국적 무대언어를 인도의 전통양식의 무대언어로 바꾸어놓는 작업이다. 이러한 작업이 갖는 의미는 우선 서로 다른 문화가 갖는 표현양식의 차이를 이해하고 극복해 보려는 예술적 차원에서의 노력에서도 찾아볼 수 있다. 궁극적으로는 동·서양의 각기 다른 문화·사고 방식 및 세계관의 차이를 좀 더 폭넓게 이해하고 수용하려는 미래를 향한 의지로도 해석될 수 있다.

이 공연에 임한 영국 및 각 나라에서 온 관객들은 인도적인 몸 동작, 인도 언어로 노래되는 스토리의 진전이 생소하게 느껴질 수밖에 없었다. 2시간 여의 공연이 스릴 있고 재미있는 공연은 되지 못하였지만, 이러한 실험적 공연이 갖는 의미를 충분히 이해하는 듯 그들은 시종 침착한 관람태도를 유지했다.

역시 영어가 아닌 자국어로 공연을 하면서 상당한 자신감을 보여주었던 작품이 일본의 지진가이(지인회)극단이 공연한 〈야부하라 겐교〉였다.

장님 야부하라가 세속적인 야망의 노예가 되어 온갖 사악한 짓을 다 행하고 겐교(일종의 행정직)의 위치에 올랐으나 패망하고 만다는 이야기가 줄거리를 이룬다. 고이치 기무라의 연출로 서구적 연출 테크닉과 가부키 공연양식을 선택적으로 혼합 구사하는 실험적 공연이었는데, 연출은 이 일본판 〈파우스트 박사〉의 비극적인 이야기를 해학과 풍자가 넘치는 블랙 코미디로 효과적으로 구사하여 무대화했다.

극중 배우들은 일본어대사와 영어대사를 자유롭게 혼합적으로 구사함으로서 공연에서 언어의 차이는 장벽이 되지 못한다는 자신감을 보여준 점 또한 인상적이었다. 또한 장면 처리에서 한시도 잊지 않고 일본의 춤, 노래 등 전통문화를 효과적으로 삽입하여 오락성을 높이고, 자신의 문화에 대한 선전도 도모하는 연출의 예지는 기억할 만했다.

한 가지 재미있었던 점은 이 작품이 지니는 일본적 정서를 영국 및 서양관객들이 이해치 못하고 예상과는 다른 반응을 보였던 점이었다. 그 한 예를 들면, 야부하라의 어머니는 장님 아기를 낳고 슬피 울면서 이렇게 이야기한다. "내 아들아, 비록 네가 내 자식이긴 해도 너를 내 옆에 두고서 살다보면 어떤 화난 순간에 너를 '병신자식'이라 부르면 원통해할 때도 있을 테니, 장님들 사는 곳으로 가거라" 하는 대사 중 "내 자식인 너를 병신이라고 부른다"는 대목에서 서양관객들은 웃음을 터뜨렸다. 부분적으로는 직역된 영어 자막의 탓도 있었지만 많은 부분은 동양적 정서와는 다른 서양적 태도에 기인한다고 하겠다. 그러나 이러한 정서의 차이야말로 바로 에딘버러 축제가 목표로 하고 있는 "문화의 교류를 통한 상호 이해의 증진"의 명제가 극복해야 할 차이이기도 하다.

'국제연극제'의 많은 초점은 축제 위원장이자 연출가인 프랭크 던롭이 연출한 〈보물섬〉에 쏠렸다. 연출가로서 확고한 명성을 갖고 있는 던롭의 연출 역시 거칠 것이 없이 자유로운 실험적 스타일의 연출로 노련한 명연출가의 그것이었다.

로버트 루이스 스티븐슨의 소설 〈보물섬〉을 연극화한 이 공연은 에딘버러 시의 공회당에서 열렸다. 공회당의 구조를 최대한 활동하여 사면의 벽을 그대로 무대공간으로 구사함으로서 공연중의 액션은 객석과 연설대와 사면의 벽에 덧붙여 가설한 통로를 종횡무진으로 넘나든다. 스피디한 액션과 많은 볼거리를 제공한 이 공연은 〈보물섬〉 원작이 지니는 지적인 문제점을 희석하여 가족연극으로 만들어버렸다는 비판을 받기도 했다. 르네상스 극단이 공연한 셰익스피어의 〈한여름밤의 꿈〉 역시 현대의상을 사용한 실험적 스타일의 공연이었다.

'국제 연극축제' 출품작들이 뛰어난 전문성을 바탕으로 한 실험적 스타일이 특징이라면, 주로 소극장 공연인 〈프린지 연극축제〉는 아마추어적 실험성이 그 일반적인 특징이라 하겠다. 에딘버러 시 곳곳의 소극장, 공회당, 문화센터, 교회 등지에서 공연되는 프린지 연극들은 농아극단, 대학극단, 전문 소극단 및 외국의 많은 소극단들이 참여하여 이루어진다.

필자가 관람한 몇 소극단 공연을 이야기해 보자. 태평양 연안국가 중에서 우리와 비교되는 국가가 일본이라는 점에서 일본이 국제적 문화행사에 어떤 방식으로 임하고 있는지 알아야 할 필요가 있을 것 같아 프린지 연극축제에도 서너 극단이 참가하고 있는 일본공연을 눈여겨보았다.

홍미로웠던 공연은 일본 여배우 1인이 단독으로 셰익스피어의 주요 작품의 여주인공 역을 편집 · 연기하는 공연이었다.

〈맥베스 부인〉이라는 제목의 이 공연에서 셰익스피어의 여주인공 역만을 이십여 년 해왔다는 아키 이소다라는 여배우는 몇 명 안 되는 관객을 놓고 일본말로 맥베스 부인과 햄릿의 연인 오필리아 역을 연기했다. 맥베스 부인의 역은 영국 고전의상을 입고 연기했으며, 오필리아의 역은 완전히 일본화하여 기모노 의상을 입고 버림받은 일본적 여성을 연기해냈다.

필자가 감명을 받는 점은 1인 극이라 따라온 스태프도 두서너 명밖에 되지 않고, 객석도 거의 텅 비다시피 한 공연에서 이 여배우는 한 치의 흔들림도 없이 소신껏 연기를 하고 있었다는 점이다. 또한 1인 극 공연은 공연의 모든 점은 혼자서 이끌어야 하기 때문에 자국의 관객 앞에서 공연할 때도 만만치 않다는 점을 감안할 때 더욱 더 그러했다. 결국 그녀는 자기 나라의 문화를 세계무대에 알리기 위하여 세계연극의 프론티어 지대를 혼자의 힘으로 용기 있게 개척하고 있는 것이 아닌가 하는 생각도 들었다.

역시 비슷한 상황에서 비슷한 작업을 하고 있었던 공연이 남아프리카 공화국에서 온 흑인극단이 공연한 〈슬픈 뿔Horn of Sorrow〉이었다. 필자까지 포함하여 관객이 고작 8명, 공연장소는 축제가 일어나는 중심가에서 멀리 떨어진 문화센터의 한 작은 방, 그러나 아프리카의 자연환경과 그 속에 사는 코뿔소가 상업주의 때문에 훼손되고 멸종되어 간다는 이야기를 그리고 있는 이 공연에서 4명의 흑인배우들은 무대장치도 없이 소도구만 몇 개 사용하면서 그들의 삶의 현실을 세계에 알리기 위해 열심히 땀을 흘리며 연기를 했다.

프린지 공연의 경우 스폰서를 스스로 구하지 못하면 여행경비, 체류비, 공연장 사용료 등을 참가하는 측에서 부담해야 한다. 관객 입장료가 거의 없는 경우에는 그 부담은 더욱 커진다. 이러한 점에도 불구하고 아무도 관심을 별로 기울이지 않는 이 공연이 어김없이 진행되고 있었다는 점에서 용기 있는 프론티어들이라는 생각이 들었다.

그러면 영국의 고전작품들은 프린지 무대에서 어떻게 소화되고 있는가?

셰익스피어와 동시대인으로서 역시 유명했던 크리스토퍼 말로우의 〈파우스트박사〉의 공연을 예로 들어보자. 프린지 공연에서는 상당히 정평을 얻고 있는 케임브리지대학 극단이 공연한 〈파우스트박사〉 역시 실험적 스타일의 연출로 무대화되었다. 소극장무대에서 원작에 나오는 수많은 장면, 인물, 사건을 커버할 수 없었음인지 연출가에 의해 과감히 편집된 것 같았다. 파우스트와 메피스토필리스 2인에 의한 공연으로 재구성된 이 공연은 의상 역시 보통의 현대의상을 사용했다. 꼭 필요한 인물은 메피스토필리스 역의 배우가 1인 다역으로 처리했다.

홍미로웠던 점은 모든 것에 싫증난 파우스트가 여성과의 성적쾌락에 탐닉해보는 장면을 메피스토필리스와 파우스트와 동성애적인 장면으로 변경하여 처리했다는 점이다. 그 당시 우리 무대에서는 상상도 할 수 없는 장면이었다.

또 다른 홍미로웠던 공연은 역시 케임브리지 대학의 여대생 극단이 공연한 〈잔인한 사랑Savage Love〉이었다. 미국의 극작가 샘셰퍼드의 시를 주로 신체동작으로 즉흥 연기한 공연이었는데, 두 여배우의 신체동작의 발란스 및 조화와 플루트의 음향효과가 하나의 아름다운 무대의 그림을 창조하고 있었다. 소설을 극화하거나 시를 낭송하는 경우와 달리, 시를 무대적 신체 언어로 재구성하는 작업도 상당히 홍미로운 실험이 되는 것을 증명해 준 공연이었다.

중세의 영국 도덕극은 어떤 식으로 실험적 공연이 이루어지고 있는가를 보기 위해 〈모든 사람Everyman〉의 공연을 가 보았다. 미국의 대학극단이 공연한 〈모든 사람〉은 작품 배경을 완전히 현대의 산업사회로 바꾸어 등장인물 역시 모두 현대의상을 입고 있었다. 주인공인 '모든 사람'은 현대의 회사원으로 바뀌어 있었고 TV, 춤, 노래를 삽입시켜 오락적인 요소를 높이고 대중화를 꾀한 공연이었다.

이외에도 표현주의 원조인 알프레드 제리 원작 〈우부 로이Ubu Roi〉 공연을 가 보았다. 이 공연은 농아와 정상인 배우와 공동으로 출연한 공연이었는데, 텅 빈 무대 위에 검은 T셔츠와 청바지를 입은 배우들이 주로 현 영국 정부를 비판하고 풍자하는 현대판 사회·풍자극으로 재구성되어 있었다.

이외에 '프린지 공연'에서나 '국제 연극축제' 모두에서 빠뜨릴 수 없이 중요한 연극 주제로 나타나고 있는 것이 여성연극이었다. '국제 연극제'에는 입센 작 〈헤다 가블러〉가 크게 각광을 받고 있었고, '프린지 축제'

에서는 수많은 여성연극들이 소극장에서 공연되었다.

그 중의 한 공연이 〈요부Femme Fatale〉라는 공연으로 프린지 연극제에서 상당히 좋은 반응을 얻고 있었다. 내용은 아내와 남편의 불화관계를 다루고 있었는데 아내의 불만을 도저히 이해할 수 없는 남편이 급기야는 여장을 하고 여성의 경험을 하려고 하지만 실패하고 만다는 이야기다. 역시 소극장 무대에서 별 무대장치 없이 배우의 신체연기가 중심적인 공연이었는데 두 남녀배우의 열연이 관객을 압도했었다.

이상과 같은 여러 공연을 보면서 필자는 국제무대에서의 실험적 작업이 갖는 궁극적인 의미를 생각해 보게 되었다. 결국 국제적인 무대 상황에서 실험적 작업을 통한 동·서양의 연극전통의 만남과 조화 등은 궁극적으로는 서로가 가지고 있는 각기 다른 가치관·세계관 및 정서의 차이를 뛰어넘어 공동인식의 장을 마련하고자 하는 것이 아닌가 하는 생각이 들었다.

다시 말해 각국의 문화적 주체성에 바탕을 두되, 그러한 모든 차이를 총괄적으로 포용할 수 있는 또 다른 하나의 '세계적 문화전통' 확립을 위하여 나아가고 있는 것이 아닌가 하는 생각이 들었다. 이렇게 볼 때 앞으로 21세기의 '보편적 지구문화'의 확립을 위해 우리 나라도 그러한 장에 적극 참여해야 될 것이라는 생각이 들었다.

(문화예술, 1990. 10.)

1991년 여름의 '런던 국제연극제'(LIFT)

여름이 되면 런던 연극계는 더욱 활기를 띤다. 세계 전역에서 몰려드는 문화관광객들로 대부분의 극장들이 만원을 이루기 때문이다. 그래서인지 런던뿐만 아니라, 에딘버러, 스트렛퍼드, 버밍햄, 옥스퍼드 등지에서 연극제와 여름 드라마 학교가 개설된다. 익히 알려진 바이지만 런던의 연극계는 전문 상업 연극계인 웨스트 엔드 연극과 소극장 연극계통의 프린지 연극과 여름이면 올해로 10주년을 맞는 런던 국제 연극제(LIFT)가 대대적으로 열리고 있어 또 다른 국제적 초점을 제공한다. 필자가 본 주요 공연을 토대로 이야기를 엮어보자.

1. 올리비에 수상작 〈루나사에서 춤을〉

우선 1991년도 올리비에상 수상작인 〈루나사에서 춤을〉(Dancing at Lughnasa)은 여러 가지 점에서 흥미로웠다. (올리비에상은 웨스트 엔드와 프린지 연극을 통 털어 우수 작품에 주어지는 상이라고 한다.) 이 작품의 원작자인 브라이언 후리엘(Brian Friel)은 50대 후반의 아일랜드 작가로 영국에서는 상당히 공연이 많이 된 꽤 잘 알려진 작가이다.

흥미로운 점은 아일랜드작가가 자신의 자전적 경험을 바탕으로 아일랜드적인 문화를 리얼하게 그려내고 있다는 점이다. 남자들이 먹고 살길을 찾아서 다 떠나고 난 도네갈 마을에서 가난과 매일 매일의 단조로움을 벗삼아 살아가는 중년의 다섯 자매들의 이야기가 이 작품의 내용이다.

로르카의 〈베르나르다 알바의 집〉을 연상케 하는 점도 없지 않지만, 후리엘이 이 작품에서 강조하는 점은 아일랜드적인 독특한 문화이다. 작품의 중심적 갈등을 아일랜드 문화적 배경은 이루는 로만 카톨릭 종교의 엄격함, 억압적 질서와 아일랜드 토착신의 축제인 〈루나사〉로 상징되는 해방적 무질서의 에너지간의 대립으로, 이 다섯 여인들의 삶 속에서 구체화된다. 내레이터를 사용하여 과거와 현재의 장면을 통시적으로 효과 있게 구사하면서 동시에 사실주의적 감정이입을 적당히 통제, 감정 절제효과를 성취한다.

이 공연에서 무엇보다 인상적이었던 점은 과감한 삭제를 통해 극도로 단순화시킨 변형 사실주의적 무대장치였다. 무대 중앙에 그대로 놓여져 있는 서양식 찬장과 그 앞의 식탁이 무대장치의 중요 포인트로 자연과 여주인공들이 사는 집안 내부가 아무런 구분 없이 열린 공간 속에서 연결되어진다. 갈대 숲은 아련하게 서글픈 아일랜드적 전원의 서정적 분위기를 창조하고 그러한 전원을 배경으로 자매들의 집안에서의 아기자기한 나날들이 잘 어우러져 이 공연의 독특한 분위기를 창조한다.

더블린의 저 유명한 애비극단(Abbey Theatre)의 공연으로 작가, 배우, 제작자가 모두 아일랜드 출신이라는 점과 올해 올리비에상을 수상했다는 사실 및 공연 내용이 아일랜드적 여성문화를 다루고 있는 점은 영국 연극계의 문화적 시류의 변화에 대해 시사하는 바가 크다. 즉 어떤 면에서는 영국 연극계의 관심이 지금까지 문화적 중심을 이루어왔던 잉글리시 남성 문화에서 저변 문화를 이루어왔던 아일랜드적 여성문화로 확대되고 있다는 이야기도 되겠는데, 이를 서구문화의 한 일반적인 특징으로 나타나고 있는 탈중심화의 포스트모던적 문화현상과도 무관치 않다고 하겠다.

2. RSC의 〈실수 연발〉

셰익스피어극은 영미 연극계에서 항시 중요한 레퍼토리를 제공하지만, 셰익스피어극 공연에서는 영국을 능가할 나라는 없다는 사실을 다시금 상기시켜준 공연이 로얄 셰익스피어 극단의 〈실수 연발〉이다.

요즈음 서구의 셰익스피어 공연은 동시대적인 안목에서 해석, 현대화하여 공연하는 것이 주된 경향으로, 이안 져지(Ian Judge)가 연출하고 마크 톰슨(Mark Thompson)이 창의적인 디자인으로 시각화한 〈실수 연발〉도 이러한 경우다. 두 형제와 두 하인의 신원이 엇갈려 소동이 벌어지는 이 희극은 서구 관객들에게는 이미 진부한 플롯인데, 연출은 이러한 진부함을 무대장치에 팝 아트 개념을 파격적으로 적용하여 성공적으로 극복해냈다.

잠깐 설명을 부치면, 17세기 영국의 여관마당(Innyard)를 팝 감각으로 알록달록한 색채를 넣어 단순화 현대화시킨 기본구조에, 무대바닥을 흑백으로 모자이크하여 시각적 단조로움을 커버하고 있으며, 작품 속에서 언급되는 해마, 술병 등을 크기를 확대·제작하여 무대 위에 매달아 놓아 무대 세트는 시각적으로 많은 볼거리를 제공한다. 또한 이러한 모든 것들은 그 크기나 모양·색상·상호간의 비유 등이 좋은 예술적 밸런스를 이룬다는 점 또한 강조하고 싶다.

이외에도 구애장면에서는, 무대바닥 일부가 뒤집어져 잔디밭이 된다든가, 무대바닥에 구멍을 내어 trap연기장소를 무대바닥 아래층까지 확장시키는 기술 등으로 관객은 지루할 틈이 없다. 여기에 역시 알록달록한 색깔의 의상을 서로 맞추어 입은 배우들은 빠른 템포로 무대 위를 누비면서 좋은 앙상블 연기를 보여준다.

〈실수 연발〉은 셰익스피어의 초기 희극으로 대단한 걸작은 아니지만, 이 공연에서는 현대적 팝 감각을 중심개념으로 강조·확대하여 재미있고 창의적인 공연을 구사했다.

3. 소련 말리극단의 〈가우데머스〉

실험적 무대표현 형식에 관심이 많은 터라, 필자는 런던 국제연극제(LIFT)에 더 많은 관심을 가졌고, 그런 면에서 놀라울 정도로 뛰어난 공연들을 접하게 되었다.

그중 가장 인상적인 공연이 상트페테르부르크 말리극단의 〈가우데머스〉(Gaudeamus)공연이다. 세르게이 칼레딘(Sergei Kaledin)의 단편 소설을 극화한 이 공연은 악명 높은 소련 공병대 내부의 이야기들—폭력, 억압, 성폭행 등의 비리들—을 폭로하는 내용으로, 서방에 이름이 잘 알려진 연출가 레브 도진(Lev Dodin)이 말리극단의 젊은 배우들과 연극학교 학생들을 캐스트로 구성한 작품이다.

'충격적으로 뛰어난 공연성'으로 평가되는 이 공연의 연출가 도진은 자기 자신과 연습진을 혹독하게 몰아쳐 가슴이 부서지는 훈련과정을 거치게 하는 것으로도 유명하다.

이 공연의 내용이 "서구 자본주의에 의한 소련체제에 대한 비판을 한층 더 정당화시키는데 도움이 된다고 생각하느냐"는 질문에, 도진은 "그렇지 않다. 소련체제에 대한 비판은 페레스트로이카와 함께 우리 스스로가 이미 한 것이기 때문이다." 라고 대답한 점으로 미루어 이 공연은 연극에 나타난 페레스트로이카의 한 반영이라 볼 수 있겠다.

"소련 공병대 내부생활의 폭로"라는 내용을 상기할 때, 필자는 흔히 상상 가능한 어둡고 지리하고 괴로운 공연을 연상했었다. 실제 무대화된 공연은 피상적인 연극이론이나 형식을 넘어 상상을 초월하는 무서울 정도의 뛰어난 미적 감각을 보여주는 것이었다. 19개의 즉흥 연기장면으로 구성된 이 공연은 빠르고 힘있는 역동적 신체동작과 연극적 게임의 요소가 두드러진 특징으로 30여 명의 캐스트가 뛰어난 미적 질서감과 앙상블을 이루었다.

BBC 스튜디오에서 공연된 이 작품의 무대장치는 무대 면이 앞쪽으로 경사져 있고 눈은 벌판을 상징하느라 인공 눈이 뿌려져 있었고 위 무대와 아래 무대에 각각 좌우 일렬로 6~7개 정도의 맨홀들은 열고 들어가게 되어 있어 연기 층위의 다양성을 무대바닥 밑까지 확장하고 있었다.

연극 게임적 특징이 어떻게 구체화되는지 몇 장면만 예를 들어보자.

병정들 훈련장면에서 대장은 단상에 올라가서 연설을 하고 몇몇 병정들은 땅위에서 듣고 있는가 하면, 나머지 다른 몇몇 병정들은 맨홀에서 채 나오지 못해 몸을 반쯤만 밖으로 보인 채 연설을 듣는다. 연기하는 위치가 세 개의 층위로 나뉘어 있다. 곧이어 군가에 맞추어 벌어지는 병사 훈련장면에서 아래 무대에 일렬로 장화를 벗어 세워놓은 채 위 무대에 병정들이 서있다. 교관이 훈련 구령을 부르니까 그 중 꺾여져 있던 한 장화가 똑바로 발딱 선다. 이러한 섬세한 게임성의 강조로 작품의 주제가 갖는 심각성은 일종의 소격효과를 얻게 된다.

이 부대 안에서 일어나는 연애 장면의 경우, 시각적 구체화가 뛰어난 한 장면을 살펴보자. 무대 위의 맨홀은 어느새 물구덩이가 되어 한 여인이 슈미즈 바람에 머리를 감는다. 그런데 실제로 물구덩이에 머리를 집어넣고 비누로 벅벅 문질러 감는다. 그것도 박력 있는 빠른 동작으로. 신기한 점은 이러한 사실주의적 행동이 흉내만 냈을 때보다 더욱 진하게 '진짜 느낌'을 전달해 온다는 것이었다. 여기에 한 남자가 나타나고 그 남자는 물이 뚝뚝 떨어지는 여자의 머리채를 휘어잡고 물구덩이 주위를 빙글빙글 발레 동작으로 춤을 춘다. 그리고는 둘이서 사라져 간다.

또 다른 정사정면. 두 남녀가 뒤쫓고 쫓기고 하는 동작 장면에 피아노가 무대위로 매달려 들어오고 두 남녀는 피아노 위에서 엎치락뒤치락하다가 관객이 기대하는 그 절정의 순간에 두 남녀는 갑자기 지금까지의 행동을 바꾸어 발가락으로 피아노 음반을 두드려 멜로디를 연주한다.

이와 같이 연극 게임과 반전 외에도 영어 팝송에서부터 모차르트에 이르기까지 다양한 음악을 장면에 따라 거침없이 구사하는가 하면, 신체동작에서도 발레 등 무용 동작을 장면에 따라 자유롭게 구사한다. 놀라운 것은 이와 같이 다양한 때로는 상반된 연극적 요소들을 선택적으로 자유롭게 구사하면서도 무대 위에서 완벽한 예술적 결정을 이루어내는 점으로 연출가 도진의 노련한 미적 통찰력을 대변해 준다.

4. 말리극단 〈형제와 자매들〉

말리극단 뻬떼르부르그는 런던 국제연극제에 〈형제와 자매들〉이라는 사회주의 사실주의계열의 또 다른 공연을 가져왔는데 역시 레브도진 연출이다. 〈형제와 자매들〉은 러시아의 한 집단농장을 배경으로 농장사람들의 삶을 통해 스탈린주의가 약속했던 희망과 그 좌절의 주제를 파헤친다.

30여 명의 캐스트로 구성되는 이 공연에서 인상적이었던 점은, 뗏목을 무대 중앙에 매달아서 그것이 지붕이 되고, 옆으로 바닥에 세워서는 벽이 되고, 바닥에 내려놓으면 마루가 되는 등 기능적인 무대 디자인이었다.

1부와 2부로 각기 다른 날 공연이 되었는데, 2부 공연이 끝나고 기립박수에 인색한 영국관객들이 약 20여분간 기립박수로 답례한 것도 작품의 완성도를 짐작케 해준다.(필자는 1부만 보았음)

5. 남아연방 〈별빛〉

이외에도 연극제의 관심을 끈 공연이 남아연방의 마켓극단이 바니 사이몬(Barney Simon) 연출로 공연한 〈별빛〉(Starbrites)이다.

시골 사는 전젤레 소년이 대도시에서 사는 밴드단장인 아저씨 봉고를 찾아오는 장면으로 시작되는 이 공연은 배우 두 명과 사람크기의 인형(두 흑자가 양쪽에서 조작) 및 작은 인형들이 함께 캐스트가 되는 공연이다. 1987년 이 극단이 세계 순회공연을 했던 〈아씨나말리!〉가 역동적인 신체동작 위주로 당시 남아프리카 공화국의 정치상황에 대한 저항의 메시지를 담고 있었다면, 이번 〈별빛〉 공연은 두 배우의 대사를 위주로 사실주의적인 기본구조를 갖추고 있다. 그러나, 다른 실험적 공연들과 마찬가지로 다양한 연극적 요소를 선택적으로 구사하고 있었는데, 앞서 말한 인형의 사용 외에도 그림자극 및 노래가 중요한 요소가 된다.

이 공연에서 특히 재미있었던 점은 연기장소를 4단계의 층위로 구성하고, 4개의 층위를 원근법적으로 구성, 무대장치를 만든 점이다. 위 무대에 '별빛' 동네의 전경이 배경으로 보이고, 그 앞에 일직선상의 동네 길거리가 있다. (주로 동네 사람들의 이야기가 크기가 작은 인형극으로 이 층위에서 구체화된다.) 이보다 더 아래쪽 무대에 봉고 아저씨의 침실이 있고, 이 층위에서 사람 배우들이 공연한다. 침실 아래에 마당과 대문으로 이르는 층위가 있고, 그 아래가 객석으로 이어지는 층위다. 배우들은 아래쪽 세 층위를 두루 다니며 연기를 한다.

작품 내용은 부인을 잃고 밴드단도 그만둔 채 실의에 빠져있던 봉고 아저씨에게 부인이 돌아오고 다시 재기하게 된다는 희망적인 결말을 보여주는데, 일반적인 평가는 넬슨 만델라가 해금된 이후의 남아프리카 공화국의 희망적 사회분위기를 반영하는 것으로 풀이하고 있다. 대단한 감동이나 연극 미학을 보여주는 공연은 아니었으나, 연출자가 보여주는 세계적 연극자원에 대한 폭넓은 이해와 그것을 선택적으로 구사하는 열린 연극적 감각을 느낄 수 있는 공연이었다.

6. 스페인 연극 〈죽음〉

'연극'이라는 범주가 어떻게 확대되어가고 있는지를 보여준 흥미 있는 공연이 스페인의 코닉극단(Konic Theater)이 한 미술갤러리에 설치한 〈죽음〉(Natura Morta)이라는 작품이다.

커다란 식탁 위에 썩어 가는 과일·야채·조각난 사람의 신체일부 등이 널려있다. 한쪽 구석에 촛불이 켜져 있고, 식탁 머리에 나체의 한 여인(배우)이 커다란 렌즈를 통해 이 죽음과 부패의 이미지를 조각같이 앉아서 움직이지도 않은 채 들여다보고 있다. 물론 작은 방 주위에는 역시 석고조각으로 된 사람의 잘린 팔·다리가 여기 저기 널려있다.

조각가, 화가, 배우가 합동으로 구성했다는 이 작품에는 한꺼번에 5명 이상의 관객이 입장되지 못한다. 필자는 나체 여성 공연자가 어떤 훈련을 받아서 저렇게 눈도 깜박하지 않는지 한참 서서 보고 있다가 관객을 'Change'해야 된다는 여자 안내원의 주의를 듣기도 했다.

이외에 이 연극제의 또 다른 한 흐름이라면 셰익스피어의 〈한여름밤의 꿈〉을 루마니아와 불란서 극단이 각기 다른 실험적 스타일로 공연을 했는데, 셰익스피어 작품에 대한 동시대적인 안목과 세계관에 의한 작품해석의 경향은 독자반응이론이나 수용미학 등 예술작품에 대한 포스트모던적 비평적 접근방법과 같은 맥을 이루는 것으로 풀이할 수 있겠다.

필자의 주관적인 관점이기는 하지만, 이번 여름 런던연극제 관극의 수확이라면 소련 연극이 갖는 무서울 정도로 앞서가는 연극 미학적 잠재력에 대한 확인이었다고 하겠다.

(한국연극, 1991. 9.)

복고적 경향이 확연한 1993년, 올 여름 런던 연극계

  '벗기는 연극'이 우리 연극계에 중요한 이슈가 되고 있는 이즈음 바깥
세상의 공연계는 어떻게 돌아가고 있는가?

  대표적인 연극의 나라 영국의 올 여름 연극무대를 살펴보는 일은 지구
촌 시대에 문화 선진국의 연극계 경향을 대략적으로 파악할 수 있는 하
나의 거울이라 해도 과언이 아니다. 유럽의 많은 나라들과 달리 7,8월의
런던 연극계는 많은 자국민 관객과 관광객들의 열정적인 후원으로 극장
마다 거의 만원을 이루고 있었다. 또한 그럼에도 불구하고 지구촌 경제상
황의 전체적인 불황으로 제작비 상승, 예술 지원금 삭감, 후원자금 축소
등으로 런던 연극계 역시 경제난으로 허덕이고 있고, 한 구체적인 예로
격년으로 열리던 런던 국제연극제(LIFT)도 지원금 부족으로 거의 무산되
다시피 했다고 한다.

  그러나 이러한 어려운 상황 속에서도 런던의 웨스트엔드 연극계는 공
연의 다양성이라는 서구 문화선진국들의 일반적 공연계 특징을 잘 견지하
고 있다. 그 중 가장 호황을 누리는 공연이 뮤지컬로 〈미쓰 사이공〉, 〈레미

제라블〉,〈오페라의 유령〉등 수년간의 장기 공연물의 대표적인 경우로 웨버의 〈썬셋 불르바드〉가 최신 뮤지컬로 서서히 각광을 받고 있다.

정통 고전극으로는 역시 셰익스피어가 단연 위주로 로얄 셰익스피어극단과 로얄 내셔널 극단(왕립국립극단)에서 〈겨울 이야기〉,〈뜻대로〉,〈맥베스〉 등의 레퍼토리로 많은 관객을 끌고 있다. 현대 작가로는 아서밀러가 〈마지막 양키〉를, 데이비드·마멭이 〈올리아나〉(Oleanna)라는 작품을 새로 내놓았다.

올 여름 런던 무대의 뚜렷한 특징이라면 3,4년 전 무대와 비교해 볼 때 공연되는 작품들의 경향이 복고풍이 완연하다는 점이다. 주로 대학의 희곡 시간에 대표적 작품으로 선정되어 가르치는 현대적 고전작품들이 대거 무대화되고 있다. 오스카 와일드의 〈진지함의 중요성〉, 숀·오케이시의 〈쥬노와 공작〉, 제이·비·프리스틀리의 〈형사의 방문〉(An Inspector Calls) 등이 그러한 예다.

그 대신 실험성이 강한 연출이나 무대화 경향은 눈에 띄게 퇴조를 보이고 있으며, 상기의 현대 및 고전작품들은 '시각화'를 강조한 무대연출이 하나의 큰 주류적 특징을 이루고 있다.

그 몇 구체적인 예를 들어보면, 프리스틀리 작 〈형사의 방문〉은 1930년대 영국사회를 배경으로 하는 사회비판적 작품으로 전통 사실주의적 작품이다. 스티븐·덜드리(Stephen Daldry) 연출로 왕립국립극단에 의해 무대화된 공연은 뛰어난 상상력을 발휘한 공연으로 사실주의 작품을 공상과학소설(SF) 스타일로 연출하였다.

앞 무대에서 한 어린아이가 라디오를 틀어 1930년대 음악을 듣는 상황을 설정하여 원작의 내용을 극중극으로 처리한 이 공연은 상류층인 벌링가와 하류층 사회의 위화감을 강조하기 위해 무대를 안개가 자욱한 벌판으로 설정하고 벌링가의 가정 내부를 이 벌판 위에 착륙한 우주선으로 시각화한다. 그리고 원래 돌출 무대인 올리비에 극장에 프로씨니움 무대를 반만 설치하여 사실주의적 공간 사용과 비사실주의적 공간 실험을 혼합 연출한다. 그리고 무대 커튼은 위로 걷어올려지는 대신 아래로 떨어진다. 전통적인 무대적 약속을 해체시킨다고 하겠다.

소위 말하는 '해체'의 개념은 많은 공연에서 자연스럽게 채용되고 있는데, 셰익스피어극에서도 무대화 전통은 과감한 해체적 연출로 신선감을 자아냈다. 로얄 셰익스피어극단이 아드리안 노블(Adriane Noble) 연출로 공연한 〈겨울 이야기〉나 왕립국립극단이 리차드 에어(Richard Eyre) 연출로 공연한 〈맥베스〉 모두 우리가 흔히 상상하는 서양의 고대왕국이나 시대 의상에 대한 기대를 과감히 해체시킨다.

두 공연 모두 단순하면서도 스케일이 큰 구조물을 무대 위에 설치하여 현대적인 시각적 효과를 최대한으로 강화시킨다. 의상 역시 전통적인 시대 의상이 아닌, 단순화된 시대 의상과 현대 의상을 복합적으로 사용하여 의상 연출의 개념에서도 '공시적 시간' 개념을 채용한다.

현대 작품으로 연출기법이 흥미로웠던 경우는 1993년도 올리비에 상을 수상한 〈이모님과 여행〉(Travwl with Aunt)이다. 그레함 그린의 소설이 원작으로 영화화되었던 이 작품은 가일즈 · 하버걸(Giles Havergal)의 연출로 무대화되었다.

이 공연에서 상당히 흥미로웠던 점은 소설식의 서술을 연극의 대사로 모두 환원함이 없이 그대로 무대화하고 있는 점이다. 또한 세 명의 남자 배우가 번갈아 가며 화자와 극중 이야기의 인물 역을 해낸다.
따라서, 극의 서술자이자 주인공인 헨리 폴링과 그의 어거스타 이모님의 두 인물은 상기한 세 명의 남자배우에 의해 시시각각 연기된다. 한 인물을 여러 배우가 나누어서 연기하는 것이다. 각 배우의 성격과 연기 방식에 따라 시시각각으로 변모되어 나타나는 극중 두 주인공의 인물묘사는 빠른 속도감과 뛰어난 유머감각으로 무대장치도 별로 없는 공연에 단조로울 짬을 주지 않는다. 이와 같이 런던 무대는 어려워지는 경제적 여건 속에서도 나름대로의 새로움을 창조하기 위해 최선의 노력을 다하는 성실한 무대였다.

요즈음 '벗기는 일'이 무슨 대단한 연극적 아방가르드나 되는 양 이슈화하고 있는 우리 연극계의 따지고 보면 안이한 상업주의적 방편은 이미 지구촌 무대에서는 과거지사가 돼버린 '벗기기'작업을 시대착오적으로 실천하고 있는 셈이다.

올 여름 런던의 왕립국립극단이 공연한 〈맥베스〉는 이와 좋은 비교가 된다. 리차드 에어 연출은 맥베스의 부인을 매우 섹시한 여인으로 부각하여 맥베스의 살인을 교사하는데 그녀는 성에 의한 남성조작이라는 에로틱한 수법을 사용한다. 그러나 실제로 무대 위에 나타난 그녀의 모습은 기껏 벗었어야 평범한 속치마를 걸치고 금발의 머리를 풀어헤친 요즈음의 20대 젊은 여성으로 나타날 뿐 더 이상 노출장면은 절제되어 있다.

서구에서 60년대 말 이후 포스트모더니즘적 조류로 무대 위에서 벗는 행위는 억압적인 전통적 체제에 대한 도전의 표현이었다고 볼 때, 그리고 포스트모더니즘은 서구의 역사 발달과정에서 나타난 한 구체적인 문화현상이었다고 볼 때, 요즈음 포스트모더니즘을 운운하거나 않거나 간에 무대 위에서 '벗기는 작전'은 상업주의적, 감각적 쇼크 요법 이외에는 별다른 이데올로기가 뒷받침되지 못하고 있다는 사실을 함께 지적하고 싶다.

(예술세계, 1993. 9.)

복고 형식에 담아낸 미국의 위기의식
— 에드워드 올비의 〈델리케이트 밸런스〉(1996)

올 여름 뉴욕 브로드웨이 연극가의 풍경은 어떠한가? 현지의 학계나 연극계에서는 연극의 위기를 운운하며 우려하는 목소리가 돌출 되고 있지만, 필자에게 비친 브로드웨이는 오히려 의아하리만큼 유유히 돌아가고 있었다. 아니 어찌 보면 작년 여름 시즌보다 더 많은 관광객들로 극장들이 북적대고 있었다. 최근 '브로드웨이 연극 기금'의 설립 영향도 만만치 않거니와 미국 대중문화라는 거대하고 다양한 강물의 건재한 흐름도 만만치 않은 것 같다.

특히 한국 여행객들의 급증으로 뉴욕 곳곳에서 한국인들을 접할 수 있었다. 실제로 어느 날 타임즈 스퀘어에 있는 연극표를 파는 티켓박스 앞에서 줄서서 기다리다가 전 세계에서 온 연극 애호가들 틈에서 현재 미국에서 수학중인 극단 서울 앙상블의 예전 단원 3명과 맞닥뜨릴 정도였다. 물론 브로드웨이 연극가의 활력에 비해 오프 브로드웨이와 오프오프 브로드웨이는 눈에 띄는 흥미로운 공연이 많이 줄어든 느낌이었고, 그나마 공연기간이 더욱 짧아져 공연 회전 속도가 더욱 빨라진 느낌을 주었다.

이렇게 미국 연극계 내에 존재하는 다양한 조류 속에서 극작가 에드워드 올비의 부상은 과연 어떤 의미를 가질까?

극작가 에드워드 올비는 1960년대 말 이후로 활동이 저조했었다. 그러나 작년 시즌에 〈키 큰 세 여자〉의 퓰리처상 수상으로 다시 부상하기 시작해 올 시즌에는 〈델리케이트 밸런스〉(A Delicate Balsnce—역시 퓰리처상 수상 작품)로 다시 연극계에서 그의 영향력을 입증하고 있다. 이 작품은 1996년 토니상에서도 '최고의 리바이벌 작품상'을 수상해 올비의 존재를 더욱 강하게 인식시키는데 일조했다.

결론부터 말하면 올비의 재부상의 의미는 영미 연극계에 건재하는 언어 중심 연극의 필연적 필요성과 존재증명에서 찾을 수 있다. 브로드웨이 연극인들에 의하면 미국 대중관객들은 60년대 이후 감정이입을 차단하는 연극들의 범람으로 이제는 그런 연극에 식상해 있다는 것이다. 이제 이곳의 관객들은 마음놓고 편안히 감정을 이입하고 자신을 연극세계 속에 침잠시켜 주는 '이야기 연극'에 대한 향수를 느끼고 있고, 또한 이런 연극을 다시 요구하고 있다는 것이다.

물론 미국의 다양한 관객층을 이 한마디로 다 설명할 수는 없다. 작년 시즌에 뉴욕 비평가그룹상의 최고 작품상을 받았던 헨리 제임스 원작의 〈여 상속인〉도 사실주의적 이야기 중심으로 진행되는 대사극 형식의 뛰어난 공연이었던 점을 기억한다.

올비의 〈델리케이트 밸런스〉 공연의 매력이라면 거의 완벽한 사실주의 무대장치와 극적 상황을 설정해 놓고서도 실제로는 유럽 부조리극적 세계관을 접목시켜 미국 특유의 부조리극의 패턴을 창조하고 있다는 데에서 발견된다. 사실주의적 극중 상황 설정과 사실주의적 대사를 채용하면서도 부조리극적 세계관을 나타냈다는 점에서 올비는 동시대 영국 작가인 헤롤드 핀터와도 비교될 만하다.

1. 관계의 붕괴에 대한 올비의 날카로운 시각

〈키 큰 세 여자〉의 경우나 〈델리케이트 밸런스〉의 경우에서 볼 수 있듯 올비 극의 묘미는 역시 대사의 묘미이다. 올비 극의 대사는 상당히 사실적이면서도 실제로는 언어 게임의 방법론을 구사하여 과장, 모순적 대사 수단의 적절한 사용을 통해 언어적 의미의 해체를 시도하는 특유의 스타일을 갖고 있다. 그리고 이러한 언어게임의 효과는 희극적·모순적·풍자적 효과를 창출해 관객들의 반응을 놀랍게도 즉각적 폭소로 유도해 낸다.

〈델리케이트 밸런스〉는 제목부터가 모순적 어귀를 이룬다. '허약함'과 '균형 관계'의 의미가 상반되는데, 이러한 두 대치적 어귀의 사용을 통한 언어해체 게임이 바로 올비적 패러디 수법이고 대사적 재미를 창조하는 방법론이 된다.

이 공연의 주제는 제목 그대로 여러 가지 허약한 관계들을 다룬다. 특히 올비의 관심은 60년대 말 이후 급격히 변화하고 있는 가족관계, 부부관계, 전통적 남성·여성의 성 역할 관계, 부모와 자녀의 관계 등 다양한 층위를 다루는데 이러한 모든 관계들이 급변하는 미국적 사회·문화 상황에서 붕괴하고 있다는 위기의식을 저변에 깔고 있다. 올비가 작가로서 파악하는 이러한 모든 인간관계는 현대 미국의 상황 속에서 안간힘을 다한 노력들에 의해 겨우 지탱하고 있지만 조금만 건드리면 마구 붕괴될 그야말로 델리케이트한 균형을 유지하고 있다는 것이다. 이러한 허약한 인간관계들 속에는 삶의 무의미성에 대한 실존적 세계관도 엿보인다.

〈델리케이트 밸런스〉는 올비 작품에 단골로 등장하는 드센 아내와 겁

먹은 남편이 나온다. 전통적인 가부장적 남편과 복종하는 아내라는 구도와는 정반대의 구도다. 아내 아그네스와 남편 토비아스 사이에 사랑의 부재는 아들의 죽음으로 상징된다. 드세고 강한 아내는 안정된 생활수준에도 불구하고 자기는 정신이 돌아버릴 것 같다는 생각을 항상 가지고 있다. 각방을 쓰는 이 부부는 한 집안에서 살지만 서로에게 '타인'처럼 느껴진다.

이 가족을 이루는 인간관계는 그야말로 뒤죽박죽이다. 아그네스의 언니인 클레어는 알콜 중독자로 이 집에서 더부살이를 하고 있는데, 아그네스의 남편 토비아스와 한때 염문이 있었던 걸로 암시되며, 아내인 아그네스도 이 사실을 감지하고 있는 것으로 암시된다. 그러니까 아그네스와 언니 클레어 사이에는 한 남자 토비아스를 사이에 두고 암암리에 라이벌 의식이 작용한다. 그래서 클레어는 술에 취하면 토비아스에게 "왜 아그네스를 안 죽이지?"라고 질문하는데, 이러한 대사가 주는 극중효과는 심각하게 비극적 위협이 아닌 과장된 언어게임에 의해 관객들의 폭소로 나타난다.

남편 토비아스는 부부간의 사랑의 부재를 자신이 사랑하던 고양이의 이야기를 통해 알레고리화 시켜 이야기한다.

"고양이는 나와 함께 오래 살았고 우리는 친구였는데, 어느 날 난 고양이가 날 더 이상 좋아하지 않는다는 걸 깨달았지……. 그녀는 날 더 이상 좋아하지 않았어……. 그런데 왜 그러는지 이유를 몰랐어. 그래서 나도 그 고양이를 미워하게 됐지……아마도 내가 그녀의 기대를 만족시켜주지 못한 데 대한 비난이었나 봐…나는 나 자신이 판단을 받는 게 싫었지. 일종의 배신감이랄지."

무능한 남편은 계속해서 말한다.

"난 그녀와 살면서 모든 것을 다했어. 내가 다하지 못한 책임이 있다면 내 힘으로 어쩔 수가 없는 거야."

이러한 허약한 부부관계는 이제 그 사이에 다른 인간관계가 끼어들도

록 허락하는 단계까지 온다. 또 다른 부부인 해리와 에드나가 '불안하다'
며 이 집 속에 끼여들어 살게 된 것이다. 이 부부는 뚜렷한 이유도 모른
채 항상 공포에 질려있다. 허약한 부부관계의 붕괴의 위험성에 대한 막연
한 실존적 공포인 것이다. 남편 토비아스는 "오랜 친구 관계인 그들을 어
떻게 나가라고 하느냐"고 하면서 그들의 딸인 줄리아의 방을 내준다. 흥
미로운 점은 그들의 딸 줄리아가 네 번째 결혼마저도 실패하고 친정 집
으로 찾아오는데, 그녀의 방은 이미 다른 사람들이 차지하고 있어 그녀의
공간이 없어져 버린 것이다. 그런데 아버지 토비아스는 오랜 친구관계를
중히 여기면서 줄리아의 방을 되찾아줄 생각을 안 한다. 부조리한 상황이
가족 내에 벌어진 것이다.

전통적 부모와 자식의 관계가 이 작품 속에서 도전 받는 것으로 나타
난다. 즉 아버지 토비아스는 아내 아그네스와의 사랑의 부재로 허약한 균
형을 유지하며 살아가는 결혼생활의 무의미함 속에서 이러한 부부관계를
대치할 수 있는 관계로 '오랜 친구관계'를 대치해 보는 것이다.

이러한 토비아스에게는 전통적 부녀관계조차 의미가 없는 것으로 나타
난다. 딸 줄리아만 '내 공간'을 내놓으라고 소리칠 뿐이다. 이와 같이 〈델
리케이트 밸런스〉 속에 나타나는 한 가족과 그 가족 내의 인간관계는 뒤
죽박죽 얽혀 허약하기 짝이 없는 관계로 그려지고 있다. 이것은 궁극적으
로 미국적 삶의 존재양식에 대한 부조리한 실존적 세계관으로, 또한 붕괴
하고 있는 모든 미국의 전통적 인간관계 및 이를 바탕으로 유지되어 온
사회가 급변하는데 대한 위기의식의 반영으로까지 작품의 의미가 확장된
다.

한 가지 특기할 만한 사항은 올비의 부조리극은 전통 유럽 부조리극과
는 다르게 포스트모던적 정서를 더욱 뚜렷이 부각시킨다는 점이다. 이 작
품 속에서도 전통적 남성/여성 역할, 부모/자식관계, 정상/비정상, 안정·
불안정의 이분법적 체계가 해체되어 일종의 자유로운 '차이들'의 세계로

해방된다. 그리고 이러한 이분법적 해체의 가장 대표적인 특징으로 올비는 남녀의 전통 역할의 해체를 들고 있으며, 전통적 여성의 억압된 입장에 대해 상당한 연민도 보여준다.

부인 아그네스의 대사를 보자.

'남자들의 관심사란 아주 단순해요. 돈하고 죽음이지요……. 남자들이 여자의 입장이 어떤 것인지 알기나 하는지 몰라요 아내도 되어야 하고, 엄마 노릇도 해야 하고, 게다가 애인·주부·간호사·호스테스·선동가·달래주는 사람, 또 진실도 말했다가 거짓말도 했다가……"

"요새 새 책이 나왔는데……성 역할이 바뀌고 있고, 양성은 역할이 서로 비슷해지고 있대요……. 이런 모든 것들이 우리의 안정감을 흔들어 놓지요"

이제 현실적 공연 차원에서 생각할 때 이와 같이 결코 가볍지 않은 부조리적 세계관의 작품을 어떻게 소화해낼 것인가라는 문제가 관건으로 남는다. 대본의 성격상 이 작품은 자칫하면 지루한 공연이 되기 쉽기 때문이다.

그러나 놀랍게도 〈델리케이트 밸런스〉의 평판이 확립되어서인지는 몰라도 공연 초부터 막이 올라가자 관객들은 환호하기 시작했다. 아그네스 역을 맡은 영국 출신의 로즈마리 해리스는 수많은 연기상을 수상한 관록 있는 여배우로 남편 토비아스 역을 맡은 조지 그리저드와 8번째로 함께 공연하는 작품이다. 그래서인지 두 배우는 "완벽한(연기의) 밸런스를 창조했다"는 평을 받고 있으며, 이 작품으로 조지 그리저드는 1996년 토니상 최우수 남자 배우상을 수상했다. 관객들은 또한 클레어 역의 일레인 스트리치가 무대에 처음 등장할 때도 환호를 보냄으로서 대단히 열띤 호응을 보여주었다.

2. 다시 언어극을 그리워하는 관객들의 열띤 반응

무엇보다도 이 공연의 성공은 적절한 템포감, 예민한 무대감각으로 이 공연을 대중적 예술품으로 무대화해낸 연출자 제랄드 구티에레즈의 역할이라 하겠다. 그는 이 작품으로 1996년 토니상 최고 연출상을 수상했으며, 또한 작년 시즌에는 〈여 상속인〉의 연출로 연극상을 수상하기도 했다.

원작이 가질 수 있는 지루함과 무거운 분위기를 커버하기 위해 연출은 3막 연극에서 두 번의 휴식을 허용했으며, 인물들간의 개성을 뚜렷이 대조적으로 부각시키는데 성공했다. 예를 들어 아그네스— 토비아스 부부의 대조적인 차이라든가, 아그네스와 언니 클레어의 성격 부각은 연기·몸짓·발성 및 의상 등의 차이를 통해 극적으로 부각시켜낸 것 등이 그 예이다. 무대 디자인은 사실주의적 무대장치의 본보기라 할만큼 완벽을 기해 거실의 작고 섬세한 부분까지도 철저하게 구성한 미장센(장면 만들기)을 보여주었다.

1996년 작금의 시점에서 볼 때, 브로드웨이 연극가는 수많은 다양성과 서로 다른 연극 조류가 공존하는 다양성의 문화의 장으로서 여전히 건재하고 있으며, 언어 중심 연극에 대한 관객들의 향수도 여전히 중요한 미국 연극문화의 일부로 건재하고 있다. 그래서 일까. 우리가 익히 알고 있는 현대 고전작품의 공연들이 꾸준히 리바이벌 되고 있는 것도 최근 브로드웨이의 한 현상이라 하겠다.

(객석, 1996. 8.)

오프 브로드웨이의 역사적 공연들

― 열린 문화, 다양성의 문화가 갖는 힘

　미국 연극의 다양성에 관해서는 익히 알려져 있지만, 그 다양성의 실제적인 모습에 관해서는 한국의 대학로 연극계에만 익숙해 있는 관객들의 상상력만으로는 거의 가늠하기 힘들다. 우선 흔히 알려진 상업 연극계로서 브로드웨이 연극이 있는가 하면 브로드웨이의 상업성을 지양하고, 순수 연극성을 좀 더 추구하기 위해 생겨난 오프 브로드웨이와 이에 한 걸음 더 나아가 실험적 예술연극공연을 추구하는 오프오프 브로드웨이 연극계가 있고, 여기에 미국 각 지역에 중심을 두고 활동하는 지역극단의 활동과 영향력도 만만치 않다.

　이 글에서는 오프 브로드웨이의 중요했던 공연들을 주제별로 나누어 살펴보고자 한다.

　우선 필자가 본 공연 중 가장 기억에 남는 공연은 〈오, 캘커타〉였다. 필자가 이 뮤지컬 공연을 봤을 때는 1980년대 초 브로드웨이 공연으로 한국의 연극무대에서는 상상할 수도 없는 전라의 장면들이 무대 위에서 펼쳐졌다. 그러나 뚜렷이 기억에 남는 점은 전라의 연극장면 속에서도 인간적·예술적 품위를 지키기 위해 배우들의 신체의 중요한 부분은 적절히 커버하고 있었다는 점이다.

원래 〈오, 캘커타〉는 1960년대 후반 오프 브로드웨이 공연으로 시작되었는데, 후기 자본주의사회인 미국 사회와 문화에서 기계문명에 의한 비인간주의, 인간의 도구화에 반발하는 반문화적 조류의 한 갈래로, '인간 본연의 자연적 모습으로 돌아가자'는 주제로 극중에서의 나체 행위는 이러한 도전적 의미의 한 형상화였다. 그러나 이 공연의 성공으로 무대가 브로드웨이로 옮겨지면서 장장 20여 년 간 공연이 지속되었고, 이와 함께 필자가 이 공연을 관람한 1980년대 초에는 이미 반문화적 도전적 메시지보다는 상업주의적 볼거리로서 공연의 생명력이 많이 퇴색되어 있었다.

미국의 기계문명에 의한 인간소외 및 가족관계의 해체를 비판한 또 다른 작품이 당대 미국의 중요 대표작가 중의 한 명인 샘 쉐퍼드의 〈트루웨스트〉(1982년 초연)였다. 성공한 형과 무능력한 동생간의 질투와 라이벌 의식을 통해, 또 자식들에 관해 전혀 무관심한 어머니의 모습을 통해, 쉐퍼드는 풍요로운 미국의 산업사회가 낳은 것이 무엇인가를 묻고 있다. 이 작품은 작년에 극단 한양 레퍼토리에 의해 우리 나라에서도 공연되었다.

1960년대 말부터 일기 시작한 서구문화의 전반적인 '자신을 새롭게 보기' 작업은 서구문화에서 권위요 엄숙함의 상징으로 여겨지던 기독교와 성직자 및 성경에 대해서도 '새롭게 보기'의 해체작업을 일으키게 되고, 뮤지컬 〈넌센스〉(1985 초연)와 〈가스펠〉(1971년 초연) 같은 공연을 내놓게 된다. 뮤지컬 〈넌센스〉는 우리 나라에서도 장기 공연된 바 있는 뮤지컬 코미디로서 전통 기독교 문화에서 엄숙하고 존엄한 수녀들의 모습을 완전 해체, 노래하고 춤추고 즐거운 세속적 인간으로서의 수녀들의 이야기를 보여준다. 뮤지컬 〈가스펠〉 역시 우리 나라에서 여러 번 공연된 바 있는 작품으로 성경에 나오는 전통적으로 경건한 기독교적 이야기들을 세속화시켜 재미있고 쉽게, 또한 록 뮤직을 배경으로 구성한 공연이다.

대략 오프 브로드웨이에서 성공을 거둔 작품들의 공통적인 특징을 살펴보면, 공연의 형식이 언어연극이든 재미있게 대중적으로 꾸민 뮤지컬 형식이든 간에, 미국 문화와 사회에 대한 하나의 거울로서 자신들을 평가하고 비판하고 돌아보는 작업을 작품 속에 반영시키고 있다는 점이다. 그리고 예술작업을 통한 이러한 자신을 '다시 보기' 내지는 '새롭게 보기' 작업을 통해, 미국의 순수연극공연들은 국민의 의식 향상에 기여하면서 동시에 건전한 대중적 오락도 제공한다는 생각이 들었다.

이러한 '다시 보기' 작업 내지는 자신들 문화에 대한 거울 비추기 작업 속에는 전통적 권위에 대한 해체와 더불어 지금까지 소외되고 억눌려 왔던 사회의 주변 인간들에 대한 문제도 심각하게 제기된다. 그렇게 억눌려 왔던 한 대표적인 계층의 사람들이 여성들로서, 여성문제는 여러 가지 복합적인 세련된 예술적 구성방식으로 많은 연극작품 속에서 제기된다.

그 중의 하나가 우리 나라에 영화로도 소개되었던 〈드라이빙 미스 데이지〉(1987년 초연)로 퓰리처상 수상작이며, 후에 영화화되었다. 흥미로운 점은 오스카상 수상작인 이 영화가 우리 나라 관객들에게는 별 관심을 못 끌었다는 사실이다. 단일민족, 단일문화, 학연, 지연, 혈연으로 끈끈하게 맺어져 있는 우리의 폐쇄적인 씨족사회(?) 문화권에서는 인종을 초월한다거나, 계급을 초월해서 각각의 한 개인으로서 보편적 인간애를 이루는 일은 관심 밖의 일인가 하는 생각도 들었다.

또 다른 여성문제를 다룬 작품이, 웬디 와서스틴의 〈로맨틱하지 않아요?〉(1983년 초연)이다. 웬디 와서스틴은 예일대학교 연극학교 출신으로 베스 헨리, 마샤 노만과 더불어 당대 미국의 가장 대표적인 여성 연극작가로 이 공연 이후에 쓴 〈하이디 연대기〉(1991)는 퓰리처상을 수상한 바 있다. 이 공연의 특징은, 결혼하지 않으려는 딸과 그 어머니의 관계를 전통적인 심각한 문제의식을 갖고 그리는 대신, 희극형식으로 처리하고 있으며, 작가인 웬디 와서스틴은 여성연극을 코미디로 쓰는 작업을 계속하고 있다.

미국문화와 연극이 '다양성'을 그 특징으로 하고 있다는 말은 미국 연극문화의 정체성이 복합성을 바탕으로 구성된다는 개념으로서 이해되어야 한다. 왜냐하면, 브로드웨이 연극가이든, 오프든, 오프오프든, 공연되는 많은 작품들은 미국이라는 문화·사회 및 그 세계관에 대한 끊임없는 거울 비추기 작업으로 그 뚜렷한 문화·사회적 특징을 나타내기 때문이다.

다양성을 통한 문화적 정체성 확립이 뚜렷한 것이 미국연극의 특징이라면, 요즈음 우리 연극계는 개방화, 국제화의 물결과 더불어 우리 연극의 문화적 정체성 확립과는 관계없이 국적 모를 정서의 오락만을 목표로 하는 공연들이 늘어가고 있음을 볼 때 상당히 대조적인 인상이 드는 것도 사실이다.

미국 연극의 다양성이 갖는 또 다른 특징은 다른 나라의 연극이 갖는 문화적 정체성을 포용력을 가지고 받아들인다는데 있다 하겠다. 예로, 영국의 대표적인 여성 연극작가인 캐롤 처칠의 〈클라우드 나인〉이 오프브로드웨이에서 공연되었는데, 이는 사회주의 페미니즘 계열의 공연으로 남녀의 성 역할이나, 전통적인 이성애의 개념을 해체한 유토피아적 페미니즘적 비전을 제시하는 작품이다. 이후 〈클라우드 나인〉은 미국 전역의 페미니스트 극단들에 의해 수없이 공연되었으며, 우리 나라에서도 몇 년 전에 공연된 바 있다. 이후 캐롤 처칠의 또 다른 작품인 〈비밀자금〉(1987. 웨스트엔드 초연)은 런던에서 성공을 거둔 후에 브로드웨이에 진출함으로서 이 작가는 사회주의 페미니즘계의 연극으로 세계적인 평판을 얻게 되었다.

1980년대 이후로 들어오면서 남성작가들도 여성문제를 다루는 극을 쓰기 시작한다. 당대 대표적 미국작가 중의 한 사람인 데이비드 마메트가 쓴 〈올리아나〉(1992년 초연)라는 작품은 한 남성 대학교수와 한 여대생 제자간의 대화로 이루어진 극으로, 여성 제자에 대한 전통적 남성우월주의 태도를 가진 대학교수가 결국 성희롱이라는 사건에 휘말려 대학교수 종신임용에서 탈락된다는 내용의 극이다.

이 공연은 미국 대중들 사이에서 상당한 논란을 일으켰던 공연으로, 많은 보수주의적 태도를 가진 관객들은 대학생 제자에게 언어를 잘못 구사했다는 이유로 한 남성교수의 전문 커리어를 망친데 대한 항의의 목소리와 함께, 성희롱 반대측의 관객들로부터는 데이비드 마메트가 여성운동에 대한 반작용으로 그런 작품을 의도적으로 써서 성희롱 문제를 왜곡시켰다는 비난이 함께 일었던 공연이다. 우리 나라에도 1994년 〈바보들의 천국〉이라는 이름으로 공연되었으나, 문화·사회적 배경이 다른 이유 탓인지 커다란 관심을 끌지 못했다.

그러면 아주 최근의 오프 브로드웨이는 어떻게 돌아가고 있는가?

연극이라는 장르 자체에 대한 위기설이 나도는 가운데 브로드웨이 연극가에서는 천정부지로 상승하는 제작비를 낮추고, 언어극 연극을 좀 더 많이 제작하자는 움직임이 일부 일고 있으며, 그래서인지 올해 토니상은 오프오프 브로드웨이에서 초연되어 오프 브로드웨이로 진출하고, 다시 브로드웨이로 진출한 소규모 록 뮤지컬 〈렌트〉(1995년 초연)에게로 돌아갔다. 브로드웨이가 막강한 자본력 없이 생산될 수 없는 메가 뮤지컬을 컨트롤 해보겠다는 의지의 표현으로 해석될 수도 있다.

실제로 〈렌트〉는 10여 명의 캐스트와 3~4인조 록 뮤직 컴보밴드가 무대 위 한 구석에서 오케스트라 역할을 한다. 등장인물도 사회의 주변적 인물들인 호모·흑인·에이즈 환자·창녀들로, 이들은 집도 없는 하루살이 쓰레기 같은 인간들이지만, 나름대로 죽기 전에 좋은 음악을 작곡하고 싶다든가, 영화를 찍는다든가 하는 소박한 꿈을 버리지 않고 살아간다. 90년대 판 '웨스트 사이드 스토리'라고나 할까.

어떤 면에서는 주변의 다양한 개인들의 문화를 부상시키는 포스트모더니즘의 대중화라고도 해석할 수 있는 이 공연은, 우선 제작 규모가 작으면서도 미국 대중에게 어필하는 음악으로 성공을 거둔 작품으로 전통적으로 엄청난 제작비를 들인 화려한 볼거리의 브로드웨이 뮤지컬 공연의 시대에 또 하나의 이정표를 제시했다 하겠다. 또 다른 센세이셔널한 공연이 젊은 연극인 집단이 공연하고 있는 퍼포먼스 공연인 〈튜브〉나 〈스텀프〉다. 젊은 캐스트진으로 구성된 '불루맨 그룹'이 무대화한 〈튜브〉공연에는, 젊은 관객들로 북적거렸다.

90년대 중반의 시점에서 볼 때, 오프 브로드웨이는 지난 수십 년 동안 추구해 온 순수 언어극 및 예술연극 정신이 많이 퇴색되어버린 느낌이고, 어쩌면 센세이션이라도 창조하지 않으면 존속의 위협을 받는 정도까지 되었나 하는 의문을 가져봄직도 한 것 같다. 그러나 뉴욕의 연극인들은 브로드웨이나 오프나 오프오프는 항상 힘들어왔으며, 그래도 연극은 지속된다는 확신을 갖고 있는 듯했다. 또한 미국의 연극은 전국에 퍼져있는 지역 극단의 활동과 그들을 지원하는 고정 관객들을 간과해서는 안 된다는 이야기들도 덧붙이는 것을 잊지 않았다.

(객석, 1996. 11.)

1998 세계 연극계 동향

— 런던 연극계에 부는 미국 문화의 바람

미래학자들의 관측에 의하면, 21세기는 경제전쟁, 문화전쟁의 시대라고 한다. 이미 이러한 조짐들을 우리는 익히 경험하고 있다. IMF사태가 그 단적인 예로, 각국의 지역경제는 미국을 비롯한 세계 경제대국들의 글로벌 시장의 일부로 재편되어 가고 있다. 이러한 흐름 속에서 세계를 향한 각국의 문화적 공세는 점점 더 경제적 각축의 양상과 맞물려 돌아가는 경향을 보이고 있다.

영국은 '연극의 나라'라고 할 정도로, 금세기까지 그 문화의 우위성을 자랑스러워했다 해도 과언이 아니다. 신생 미국의 '부'와 문화적 우위성은 별 상관없는 듯 했다. 그러나 이러한 신화도 21세기를 앞두고 상당히 흔들리고 있음을 알 수 있다. 외신보도들에 따르면, 요즈음 유럽 경제도 아시아 경제만큼 최악의 상황은 아니지만, 역시 고전을 면치 못하고 있으며, 유일하게 미국 경제만 호경기를 구가하고 있다고 한다. 그래서인지 올 여름 영국의 연극계는 예년처럼 영국적 연극 전통의 부각보다는 미국 문화의 바람이 거세게 불고 있는 듯 느껴졌다. 어쩌면 미국 경제의 위력의 여파인가 하는 생각도 들었고, 또 다른 한편으로는 보수적 영국문화가 21세기 글로벌 시대를 맞아 타문화에 대해 적극적 수용의 태세를 취하는 것인가 하는 생각도 들었다. 그 몇 예를 들어보자.

우선, 예전 같으면 뮤지컬의 경우만 해도 영국의 웨스트엔드가에서 상업적 성공을 거둔 뮤지컬 공연들이 궁극적으로 뉴욕 브로드웨이 무대에 진출하는 경우가 많았다. 우리가 익히 알고 있는 작품만 해도 〈레미제라블〉, 〈캣츠〉, 〈미쓰 사이공〉 등등이 그러하다. 그러나 작년 브로드웨이에서 오픈한 미국 뮤지컬 〈시카고〉와 〈렌트〉가 올 여름 영국 웨스트엔드에 진출해 있었고, 그 외에도 〈미녀와 야수〉, 〈쑈 보트〉 등 많은 미국 뮤지컬들이 공연되고 있었다. 그러면 순수 연극과 셰익스피어 공연을 전문으로 하는 영국 국립극단과 로얄 셰익스피어극단은 각각 어떠한가?

영국 국립극단은 영국 극작가의 작품을 시리즈로 공연하거나 하던 예년의 관행과 많이 다르게 몇몇 아일랜드 극작가들의 작품과 미국의 페미니즘 성향이 강한 작품 〈진 브로디양의 전성기〉를 공연하고 있었다. 항상 최고수준의 셰익스피어 공연을 올렸던 로얄 셰익스피어극단은 올 여름에는 미국으로 공연을 떠나고 없었고, 전속 공연 극장인 바비칸 센터에는 여름 내내 '바비칸 국제연극제'가 열리고 있었다.

바비칸 센터는 우리 나라 예술의 전당을 연상케 하는 복합 문화공간으로, 연극, 영화, 콘서트, 미술전시장을 겸한 공간이다. 이번 '바비칸 국제연극제'는 올해를 '미국문화의 해'로 이름짓고 7월부터 10월까지 4개월간에 거쳐 행사를 진행하는데, 그 주요 초청공연 레퍼토리를 보면, 역시 많은 부분이 미국 공연들로 채워져 있었다.

예를 들어, 미국의 유명한 스테판울프극단이 〈저녁에 초대된 손님〉을, 미국의 유명한 동양연극 연출가인 피터 셀라스가 중국 경극인 〈목단꽃 정자〉를, 이외에도 미국의 머스커닝햄 무용단 역시 공연이 예정되어 있었다. 이와 같이 미국 공연 위주의 페스티벌 프로그램에서 눈에 띄는 것이 러시아 상트페테르부르크 말리 극단의 〈신들린 사람〉 공연과 일본 니나가와 극단의 〈햄릿〉 공연이었다.

그러면 필자가 관람했던 몇 공연을 간략히 살펴보자.

우선, 가장 볼만했다고 생각되는 공연이 러시아의 말리 극단이 공연한 〈신들린 사람〉이었다. 도스토예프스키 소설을 각색한 이 공연은 세계적으로 이름이 잘 알려진 레브 도진 연출로 바비칸 센터 무대에서 공연되었다.

모두 3부작으로, 공연시간 8시간 40분인 이 작품은 하루종일 공연되었는데, 필자는 그 중 가장 잘 되었다는 2부만을 보게 되었다. 비밀 혁명그룹의 지하운동을 배경으로 벌어지는 혁명에 관한 사회주의적 토론들, 그 중에 부각되는 주인공 스타브로진의 내면적 깊은 세계, 한 소녀를 강간한 죄의식과 그 이후의 허무주의적 행동으로 이어지는 개인 심리적 차원이 갈등과 대조를 이루면서 전개되는 이 공연에서 연출가 레브 도진은 몇 년 전 세계가 극찬했던 공연 〈형제와 자매들〉에서 보여주었던 뛰어난 연출력을 발휘했다. 지루해질 수 있는 사실주의 토론장면에 레브 도진은 부분 무대세트를 다용도적으로 구사하는 특유의 공간구사기법을 다시 절묘하게 구사했다.

작년에 오픈한 템즈강 동남쪽에 셰익스피어 글로브극장에서는 셰익스피어극을 전적으로 공연한다. 올해는 〈좋으실 대로〉를 마침 공연하고 있어서 관람하게 되었는데, 필자는 이 공연을 로얄 셰익스피어극단 등에 의한 무대화 작업을 통해 수없이 접했던 작품이었다.

린다윌리암즈라는 여성 연출가가 연출한 이 공연은, 〈좋으실 대로〉(As You Like it) 작품에 나오는 레슬링 신을 무대 밖 입석 관객석으로 끌고 나와 장면을 펼쳤으며, 코러스를 3층으로 된 객석 사이사이에 배치하여 관객과 공연과의 효과적 접속을 꾀했다. 지붕이 뚫어진 글로브 극장은 옛 셰익스피어 시대의 글로브극장을 복원한 것으로, 공연 날 마침 비가 몹시

내렸는데 입석 관객(groundling)들은 비가 갑자기 쏟아지기 시작하자 소란함이 없이 조용히 비닐우비를 걸치더니, 3시간에 걸친 공연을 서서 끝까지 관람하는 성숙한 태도를 보여 주었다.

피터 홀 극단이 세계적 연출가 피터 홀 연출로 공연한 버나드 쇼의 작품 〈바바라 소령〉은 캐스트들의 노련한 연기의 앙상블이 감탄할 정도의 공연 수준을 과시했다. 그러나 관객이 많이 몰리는 공연은 역시 뮤지컬 공연으로 월트디즈니의 만화영화를 뮤지컬로 만든 〈미녀와 야수〉는 관광객들 덕택인지는 몰라도 입추의 여지가 없는 만원극장이었다.

올 여름 런던 연극계 방문은 지난 15년간 런던 연극계를 자주 접해온 필자에게는 특히도 미국문화에 대한 런던 연극계의 열린 분위기로 인해 새로운 글로벌 현상의 도래를 감지케 하는 그런 경험이었다.

(예술세계, 1998. 9.)

한국 연극학이 가야할 먼 길
― 제13차 세계연극학회 총회(FIRT/IFTR)에 다녀와서

    필자는 지난 7월 6일부터 7월 12일까지 영국 캔터베리에서 열렸던 세계연극학회 총회(FIRT/IFTR)에 참가했다. 한국에서는 한국연극학회를 대표하여 신일수 회장과 필자가 다녀온 셈이다.

    필자는 매 3년마다 열리는 이번 학회 총회에서 논문 발표, 패널 좌장 및 페미니즘 연극에 관한 기조 연설을 공동으로 하게 되는 경험을 했다. 필자는 이번 총회/학회 참가를 통해 한국의 한 개인 학자로서 느끼고 배운 바를 지면을 통해 피력함으로서, 앞으로 한국 연극학 연구에 가능한 전망을 조금이라도 제시할 수 있었으면 하는 마음이다.

    우선, 세계연극학회는 그 구성적 측면에서 다분히 유럽 중심적(Eurocentic)이라는 생각이 들었다. 이는 이 학회에 참석한 많은 학자들도 동감하는 바이지만, 탄생 자체가 '영국 연극학회'의 주도로 40여 년 전에 이루어졌음을 상기할 때 이해가 가는 일이기도 하다. 이 학회는 올해부터 각 분야별 분과활동을 강화하여 총회 사무국에서 관장하던 논문 발표회―논문 섹션―의 구성을 각 분과에 많은 부분을 위임했다. 워킹 그룹(working group)이라고 불리는 각 분과 중 페미니즘 연극분과는 최근 새로 강화된 분과로 가장 많은 회원수를 기록하고 있으며, 그 외에도 무대미술분과, 공연 분석분과, 사무엘 베케트 분과, 공동체 연극 분과 등등 뚜렷한 주제별로 분과구성이 되어 있다. 세계연극학회 현 회장인 베를린 대학의 여교수 에리카 피셔 리히테의 설명에 따르면 이 학회는 주로 이론 연구가 중심 관심사인 단체이며, 예를 들어 ITI와는 성격이 좀 다르다는 설명이었다. 덧붙여 이 학회의 공용어는 영어와 불어인데 이번에는 거의 모든 논문이 영어로 발표되었다.

에리카 피셔 리히테(Erika Fisher Lichte)교수는 학회 첫날 기조연설에서 올해 학회의 주제인 (연극과 연극학 연구: 그 한계 영역 넓히기)라는 제목에 걸맞게 알차고 논리적인 내용과 시의 적절한 강연을 통해, 세계연극학회의 회장다운 연극 학자로서의 비전과 통찰력을 보여주었다. 그녀의 기조연설문의 요지는 우리의 연극 학자들에게도 도움이 될 것 같아 간략히 적어 본다.

그녀는 21세기에 많은 다른 경쟁적 미디어들에 의해 위협받고 있는 연극과 연극학 연구의 현재 위상을 점검해 보고 앞으로 방향을 제시하겠다고 전제를 한 후 연설을 시작했다. 그녀에 따르면 연극학 연구가 금세기에 직면한 상황적 한계성에 대처하기 위해 생겨난 것이 연극학 연구 방법론에 관한 새로운 개념이라는 것이다.

리히테 교수는 이러한 새로운 연극학연구 개념의 등장을 20세기 초로 잡는다. 즉, 20세기 초 연극과 연극학연구의 개념은 대대적인 변화를 겪게 되는데, 19세기까지 희곡 텍스트를 중요시하던 전통 연극과 그 연구의 개념은 연극 전위주의(Avantgardism)에 의해 대대적인 공격을 받게 되면서 연극학연구에서 연극만이 갖는 '본질'에 관심을 갖기 시작했다는 것이다.

그 결과 연극은 질료성과 중재성을 중요 특징으로 하는 공연성이 강조되면서 더 이상 인문학적 연구 대상이 아닌, 학제적 연구방법론에 바탕을 둔 문화적 연구의 대상으로서 '연극학에 대한 학제적 연구(Theatre Studies)'가 성립되게 되었다는 것이다. 또한 문화연구와 공연 연구가 서로 많은 용어 및 개념들을 공유하게 되면서 문화적 현상들을 '문화적 수행성(cultural performativity)'을 지니고 있는 것으로 보는 개념으로까지 확장되었다는 것이다.

후기 기호 학자로 알려져 있는 그녀의 연설 중에서 놀라웠던 점은 연극 기호학이 가지는 한계를 텍스트성과 공연성 사이의 차이를 적절히 설명해주지 못하는데 있는 것으로 지적한 점이었다. 그녀는 자신의 연구방법론을 끝없이 해체함으로서 학자로서의 성숙한 통찰력 및 열린 자세를 보여주었는데, 실제로 최근에 나온 그녀의 저서는 피상적·기호학적 도상 방식의 적용보다는 문화적 수행성에 관한 연극 문화학적 연구로 방향을 선회하고 있음을 알 수 있었다.

그녀는 연극을 문화적 수행성의 개념 속으로 포함시켜 학제적 연구방법론의 중요성과 이론적 체계화를 강조했으며, 기호학도 공연적 요소의 질료성과의 관계에서 새롭게 발전되어 나가야 함을 강조했다. 또한 학제적 연극 연구 방법론(Theatre Studies)이 궁극적으로는 연극의 새로운 예술 이론체계의 모색을 이룩해야 한다는 점도 강조했다.

리히테 교수 및 다른 명망 있는 연극학자들의 기조연설을 들으면서 필자는 세계차원에서의 연극연구가 총체적 문화연구의 개념 속에 포함되면서도 나름대로의 구체적 연구방법론을 끝없이 동시에 모색해가고 있음을 파악할 수 있었으며, 이러한 입체적, 복합적 연극연구를 위해서는 이론체계에 의지하지 않고는 체계화될 수 없다는 사실도 다시 한번 절감했다.

동시에 세계적 지평에서 진행되는 연극연구의 이론적 체계화 작업과 이것이 바탕이 되어 공연행위로 이어지는 이론과 연극적 실천과의 눈부신 공조 작업을 실감할 때, 한국의 연극학연구의 지평은 아직도 가야할 길이 멀다는 것을 실감하지 않을 수 없었다. 한 외국학자가 "세계연극학

연구에서 한국 연극은 빠져 있다며 왜 이런 기회를 열심히 이용하지 않는가"라는 충고는 마치 채찍질 같이 느껴졌다.

이번 세계연극학회 총회에서 가장 눈에 띄는 아시아 학자들은 일본학자들로, 일본의 여러 학술단체에서 다양하게 참석한 듯했다. 일본 연극에 관하여는 서양학자들과 일본 학자들이 모두 논문을 발표했는데, 예를 들어 연극 〈물의 정거장〉 등 정거장 시리즈로 우리 나라에 잘 알려져 있는 오타 쇼고의 작품을 일본 소피아 대학의 마리 보이드 교수가 슬라이드를 보여 주며 작품 분석 논문을 발표했다.

필자가 사회를 본 '욕망과 투쟁의 공연들'이라는 페미니즘 패널에서도 일본 청산대학의 나오미 토노오카 교수가 일본의 여성주의 행위예술이 갖는 페미니스트적 해체성에 대해 논문을 발표했고, 역시 또 다른 일본의 여성주의 행위예술 그룹의 공연에 관해 조지 워싱턴 대학의 캐서린 미저 교수가 발표를 했다. 필자는 이 외에도 페미니즘 기조연설을 맡은 미국의 수 엘렌 케이스 교수-페미니즘 연극이론의 세계적인 권위자-의 요청으로 중국, 미국, 스웨덴 교수와 공동으로 기조연설에 참여했다.

필자는 탈식민주의적 페미니즘 입장에서 한국의 정신대 연극을 이야기하겠다고 전제한 후, 연극 〈노을에 와서 노을에 가다〉-1997년 아일랜드 세계여성극작가회의에서 공연돼 갈채를 받았음-에서 나오는 정신대 여성들에 대한 육체적 고문에 관한 증언을 짧게 인용했다. 그리고 페미니즘은 "부당한 파워게임 및 힘의 정치와 그에 따르는 불공평한 자원의 분배에 대항해서 싸우는 한 형식이며, 연극은 그 독특한 방식으로 이러한 노력에 동참해야 하며, 궁극적으로 삶의 질을 높이는데 기여해야 한다"고 말함으로서, 만장의 박수갈채를 받았다. 기조연설이 끝난 후 많은 교수들이 격려를 해주었으며, 특히 필리핀을 포함한 아시아 교수들은 유럽 위주의 담론 속에 아시아의 입장을 대변해 주었다는 데 지지를 보내주었다.

이 총회에는 연극공연도 초청되었는데, 스웨덴 극단이 이오네스코의

〈의자〉를 스웨덴어로 공연했고, 일본의 전통극 노 공연의 배우이자 인간 문화재인 쯔무라 레이지로가 직접 출연하는 공연 〈노:토마스 베켓〉이 일본어로 공연되었다. 이 후자의 공연은 T · S엘리엇의 시극 〈대성당의 살인〉을 일본 전통극인 노의 공연방식으로 무대화한 연극문화교류주의 (interculturalism) 경향의 공연으로, 참석한 서양관객들의 환호를 받았다. 우리 나라도 앞으로 세계적인 연극제뿐만 아니라 학술회의에도 우리의 연극공연을 선보임으로서 문화선전효과와 함께, 세계연극의 학문적 전통 속에 자리 매김을 하기 위한 노력을 게을리 하지 말아야 할 것 같다.

올해로 현 회장인 독일의 에리카 피셔 리히테 교수와 사무총장인 영국의 마이클 앤더슨(캔터베리 대학) 교수의 임기가 끝나고, 새 부회장으로는 일본의 미쭈야 모리 교수가 강력한 후보라는 이야기를 뒤로 필자는 총회를 떠났다. 다음 학회는 2000년 1월에 인도에서 열릴 예정이며 많은 한국 교수들의 참여가 요망된다.

(한국연극, 1998. 9.)

포스트모던 '몸'/포스트모던 '영혼'의 연극
— 요즈음, 서구연극의 몇 가지 경향들

　　요즈음 후기 산업자본주의 서구연극에 흥미로운 몇 현상이 새롭게 눈에 띈다. 3~4년 전만 해도 흔히 보이지 않던 현상이다. 즉 포스트모더니즘 이론 차원에서만 논의되던 '몸담론'이 일반관객을 겨냥한 무대공연의 시각화 작업에서도 구체화되고 있다는 사실이다. 동시에 이와 뚜렷이 대조되는 영혼추구의 담론도 대중 문화적 무대표현 기호를 바탕으로 무대화되고 있다. 다양성을 특징으로 하는 서구연극에 대해 분류하는 관점에 따라 여러 다양한 경향을 이야기할 수 있겠으나, 이 글에서는 요즈음 많은 관심을 끌고 있으며 동시에 많은 다른 담론들을 파생시키는데 기본적 담론이 되는 몸담론과 그와 반대 위치에 있는 영혼담론의 무대화 경향에 대해 이야기하고자 한다.

　　국내에서도 몇 해 전 몸담론에 관해 몇몇 평자를 중심으로 토론이 있었던 것이 기억난다. 그러나 당시의 어떤 주장은 '몸담론'의 연극은 신체를 바탕으로 하는 연극이고, 그러므로 한국연극은 몸의 연극이라는 피상적 차원에 머물렀던 것도 기억난다. 그러나 실제 포스트모던 몸담론에서 이야기되는 몸의 개념은 신체연극의 개념과는 다르다.

'몸의 담론'에서 몸의 개념은 몸의 물질성(materiality)개념에 바탕을 둔 개념으로, 공간, 인간 존재로부터 존엄성이 사라져버린 구성주의(constructionism)의 세계관 속에서, 인간 존재는 곧 육의 물질성과 동일하다고 보는 개념과 다름 아니다. 육의 물질성에 관한 개념은 1990년대 들어와 새로 생겨난 개념은 아니다. 이는 과학주의 세계관이 생겨난 이래 줄곧 지속되었던 경향이다. 예를 들어, 여성의 몸을 잘 빠진 섹시한 육(flesh)의 덩어리로 보는 시각도 몸의 물질성을 강조하는 한 시각이다. 그러나 1990년대 후반에 들면서 서구의 실험공연을 중심으로 나타나는 몸의 물질성에 관한 시각화작업은 육의 물질성을 미화시켜 무의식적 욕망을 자극하는 성 상품화의 방식으로 나타나기보다는, 영혼이 빠져버린 물질의 덩어리로 몸을 보는 시각으로 그 저변에는 기계적 냉혹함 내지는 인간 존재에 대한 비판적 시각이 깔려있다.

그러면 이러한 몸 담론이 최근의 뉴욕 오프 오프가(街)를 중심으로 어떻게 무대화되는지 살펴보자.

최근 몇 년 사이 영·미 실험연극계에서 상당한 관심을 끌고있는 연출가가 네덜란드 출신의 이보 반 호브(Ivo Van Hov)이다. 현재는 그가 연출한 테네시 윌리엄스 작 〈욕망이라는 이름의 전차〉가 빌리지 보이스 등 평단의 관심을 끄는 공연중의 하나다. 1950년대 사실주의 연극인 〈욕망이라는 이름의 전차〉는 원작 텍스트를 그대로 무대화하면, 1990년대 말 대중 관객들의 취향으로는 지루할 것이 틀림없었다. 그러나 그의 연출은 적당히 실험적인 기초를 바탕으로 윌리엄스 원작의 골격을 그대로 유지하면서 몸 담론의 시각을 전경화하는 것이었다.

이보 반 호브는 〈욕망이라는 이름의 전차〉 작품의 연출에서 사실주의 무대장치를 없앴다. 대신 스탠리, 블랑쉬, 스텔라의 심리적 축(spine)을 최대한 강화시켜 세 인물간의 갈등구조를 단순화시켰다. 현실도피자이면서 이상을 추구하는 블랑쉬, 현실에 안주해버린 그녀의 여동생 스텔라, 블랑쉬의 세계를 인정하지 않는 스텔라의 남편 스탠리, 이 세 사람간의 인간 소외적 갈등을 암시하듯 텅 빈 무대 뒤에는 양쪽에 차가운 느낌의 쇠기둥이 서있고, 이 쇠기둥을 연결하는 나선형의 굵은 코일이 팽팽하게 긴장을 표현한다. 그 뒤에 현악기 등 서너 명의 연주자가 서서 장면 장면마다 불협화음의 소리를 만들어낸다.

아니나 다를까 첫 장면은 전개부의 대사를 과감히 삭제하고 곧바로 블랑쉬 자매의 재산상속문제에 대해 스탠리가 추궁하는 장면으로 시작되고 스탠리의 야수 같음에 블랑쉬는 의자에 앉아서 실신해 버린다. 이어서 진행되는 장면 만들기는 인물간의 심리적 갈등을 극대화시키는 방향으로 과감한 대사 삭제의 과감한 갈등 양상의 강화라는 연출문법으로 진행된다.

블랑쉬를 자기 집에서 제거하려는 스탠리는 기차표를 사서 블랑쉬의 생일선물로 준다. 밋지와의 사랑의 기대에 차있던 블랑쉬는 크게 실망한다. 그리고 그녀는 무대 한구석에 놓여있는 거품 투성이의 목욕통 속으로 푹 빠져 잠수하듯 한동안 수면 위로 나타나지 않는다. 극도의 절망을 이보 반 호브는 이런 식으로 시각화한 것이다. 얼마 후 목욕통 속에서 맨몸으로 기어 나오는 블랑쉬의 모습은 섹시한 몸과는 거리가 멀다. 머리에는 비누거품이 뒤범벅이 된 채 진흙탕에서 기어 나온 듯 그녀의 몸은 처참한, 삶의 투쟁에서 지친 절망감의 대명사로서 처절한 인간존재의 물질성의 재현으로 관객에게 다가온다.

실제로 이 공연 내내 블랑쉬는 여러 번 옷을 갈아입는데, 그때마다 맨몸을 들어내 보인다. 그러나 그녀의 몸이 무대 위에서 연출된 시각은 성적 욕망을 자극하는 방식과는 거리가 먼, 인간 삶의 처절한 생존방식을 관객들에 일깨우는 방식으로 무대화된다. 그리고 그것을 보는 관객은 '아나도 생존을 위해 지탱해 나가야 할 물질 조건으로서 몸이 있었지'라는 물질적 현실성에 대한 시각을 일깨우게 된다.

블랑쉬가 이상세계로의 도피를 통해 생존의 고통을 잊고자 한다면, 스탠리와 스텔라에게 생존방식은 둘만의 성적 접촉을 통한 생존 고통의 순간적 망각이다. 몸과 몸의 물질성이 그들의 존재방식을 지탱해주는 것이다. 공연이 진행되면서 이러한 처절한 인간존재의 물질적 비전은 그 도를 더해가면서 결국 블랑쉬는 스탠리에게 성폭행을 당해 정신병으로 끌려가고 마지막 장면을 스탠리와 스텔라 두 몸의 존재가 가진 것뿐인 두 개의 몸을 서로 섞는 장면으로 끝난다.

많은 관객들이 이러한 물질적 인간관에 대해 '우울하다'는 느낌을 이야기했다. 그러나 이보 반 호브의 연출은 몸 담론의 시각이 하나의 연기 훈련 원칙으로, 또한 장면 만들기 원칙으로 통일성 있게 효과적으로 적용되었음을 보여 주었다.

상기한 물질주의적 몸 담론의 시각을 구체화하는 또 다른 공연이 여성극작가 마리아 아이린 포네즈(Maria Irene Fornez)의 〈진흙(Mud)〉과 〈빠져죽기(Drowning)〉 두 공연이다. 오비(Obie)상을 수상한 〈진흙〉과 〈빠져죽기〉는 모두 단막극으로 두 편이 데이비드 에스비욘슨(David Esjornson) 연출로 연속 공연되었다.

이 두 작품은 제목만 보아도 인간 생존의 처절한 물질성에 관한 암시를 읽을 수 있다. 〈진흙〉 공연에서 20대 여성 '매'는 재산이라고는 성불구와 반신불수인 20대 남성 로이드와 살고 있다. 찢어지게 가난한 집안에서 로이드를 병원에 데려갈 돈도 약을 사줄 돈도 없이 매는 로이드에게 밥 떠 먹이는 등 수발을 들며 하루종일 허리가 휠 지경이다. 그러나 매의 꿈은 언젠가 이 지긋지긋한 현실을 떠나는 것이다. 그래서 그녀는 불구의 로이드에게 늘 "나는 언젠가 너를 떠난다"며 반복해서 말하고, 그 날을 위해 그녀는 알파벳을 깨우치고 글읽기를 배운다. 이는 그녀의 삶을 지탱해주는 유일한 욕망이다.

어느 날 이 집에 매가 노인 헨리를 데려오고 그들은 동거에 들어간다. 하나뿐인 침대에서 로이드는 쫓겨나고 이때부터 헨리와 로이드 간의 심리적 갈등이 시작된다. 심리적 갈등은 물질적 갈등으로 번지고 로이드가 약을 사먹기 위해 헨리 노인의 돈을 훔치면서 매의 몸과 두 남성의 몸을 중심으로 벌어지는 심리적 힘의 갈등은 이제 물질적 힘의 싸움인 '돈'을 중심으로 한 갈등으로 번져나간다. 로이드와 헨리간에 몸싸움이 나고 (무대 위에는 안 보여짐), 헨리가 다쳐서 반신불수가 된다. 극 중반부에 이르러 로이드가 병을 고치고, 몸을 다시 쓰게 되면서 극 전반부에서 헨리와 로이드의 반신불수의 상태가 역전된다. 이번에는 헨리가 성 불능 상태가 되고 로이드가 헨리에게 죽을 떠 먹여주는 신세가 된다.

이 공연에서도 장면 만들기의 연출수법은 몸의 물질성을 처절한 방식으로 부각한다. 노인 헨리는 반신불수의 몸으로 불쑥 튀어나온 배를 들어내고 의자에 앉아있는데, 배에는 수술 바늘자국이 눈에 띄게 흉측하다. 게다가 노인의 다리는 관절염으로 붕대가 보기 싫게 감겨있다. 죽을 삼키지도 못하는 노인 헨리는 로이드가 한 수저 떠 넣으면 그 불쑥 나온 배 위로 주르륵 하고 토해낸다. 이러한 과정이 여러 번 반복동작으로 무대 위에 되풀이되면서 관객들은 자신의 육의 물질성에 대해 섬뜩하게 깨우치게 된다.

헨리가 성불구가 되면서 매는 어느 날 헨리가 자신의 돈을 훔쳤다고 주장한다. 그리고 헨리의 목을 조르고 그 목에서는 시뻘건 피가 뚝뚝 덜어진다. 매를 사이에 두고 로이드와 헨리는 서로 "사랑한다"고 애원하지만 매는 "당신 둘 모두 내 피를 빨아먹는다"며 떠날 것을 선언한다. 매가 문밖을 나서서 떠나가자 로이드가 쫓아나가 매를 끌어오는데, 어느새 매의 등에는 홍건히 피가 흐르고 그녀는 지긋지긋한 삶의 물질성에서 헤어나지 못한 채 죽어간다. 매가 떠나가지 못하게 로이드가 그녀에게 총을 쏜 것이다.

연속공연으로 이어지는 〈빠져죽기〉 작품은 〈진흙〉에서 나온 주제를 더욱 시각적 메타포로 기호화한다. 고릴라인지 사람인지 분간할 수 없는 육(肉)의 세 존재들이 하염없이 나누는 대사는 다음과 같다. "그녀가 말했어. '당신은 단지 한 조각의 고기 덩어리예요. 그러니 나에게 살을 대지 말아요'라고" 그리고 또 이렇게 이야기한다. "자네는 '사람이 그립다'는 이야기의 뜻을 아는가?" 또한 이 세 육의 존재는 다음과 같이 이야기한다. "사랑의 실패는 '빠져 죽는 것'과 같아 마음이 너무 아프지" 결론적으로 작가 포네즈는 이 두 작품에서 인간의 실존과 욕망의 문제를 몸의 물질성을 전경화 시켜 재조명한다.

반면에 상기한 몸 담론의 시각과는 전혀 다른 연극의 경향도 서구 무대에 공존한다. 영혼 추구 혹은 영적 세계의 추구에 관한 연극이 그것이다. 그러나 포스트모던 방식의 영적 세계의 추구는 성스럽고 엄숙한 방식 대신에 대중친화적인 표현전략을 채용한다. 그래서 고스트니 환타지 같은 형식이 흔히 사용된다.

이러한 공연 중의 하나가 극단 라마마가 참여해서 제작한 〈영혼. com(Soul. com)〉이라는 뮤지컬이다. 영혼의 문제를 컴퓨터의 세계와 연결시켜 대중 뮤지컬 형식으로 풀어낸 이 공연은 1960년대에 저항적 뮤지컬 〈헤어〉를 연출했던 톰 오 호건(Tom O Hogan) 연출로 구성되었다. 필자는 워크숍 공연을 관람하게 되었는데, 〈영혼. com〉이라는 제목은 서양 관객들에게는 즉각적으로 그 뉘앙스가 전달되는 듯 바로 흥미를 보이는 것이 흥미로웠다.

이 공연의 화두는 이 시대를 사는 서구인들의 '깨진 꿈(Broken Dream)'이다. '차세대 뮤지컬'이라는 부제가 붙은 이 공연은 작품구성 방식이 매우 흥미롭다. '깨진 꿈'의 화두를 현대 미국의 20대 청년세대의 층위에서, 또한 1960년대 베트남 전쟁을 겪은 중년세대 층위에서 동시적으로 펼쳐간다. 캐스팅에서는 요즈음 서구를 휩쓰는 문화담론인 '다문화주의'가 확실하게 눈에 띈다. 흑인, 백인, 황인종의 배우들이 앙상블을 이루고, 흑인 남자와 백인 여자부부, 백인 남녀부부 등의 인물들이 골고루 설정된다.

주인공인 16세 소년 빌리는 부모의 갈등 속에서 불안하다. 아버지 톰이 처남 해리를 베트남 전에서 죽게 했기 때문이다. 이들은 모두 인터넷 세계에 들어가 과거 장면을 다시 체험한다. 1960년대 히피였던 삼촌 해리의 인도를 따라 빌리는 60년대 록 스타들−존 레넌 등−을 만나 그들의 영혼과 삶의 이야기를 음악을 통해 배우게 된다. 이들 과거의 록 스타들은 빌리에게 인간에 대한 신뢰를 가르쳐주고 그 자신의 꿈을 추구할 것을 가르쳐 준다. 아버지 톰 역시 컴퓨터를 통해 과거의 세계로 다시 돌아가 베트남전을 재확인함으로서 죄의식을 씻게 된다. 이와 같이 인간간의 화해·용서·사랑을 그린 후반부는 유명한 무용가이면서 배우인 캐서린 던햄의 춤을 통해 그 승화적 의미를 최대한으로 펼쳐 보인다.

이 공연은 인종간, 세대간, 가족 및 개인간의 갈등을 해결하는 방식이 죽음 혹은 다른 인간에 대한 폭력이나 상처를 주지 않는 비폭력적 평화주의적 방식을 천거한다는 점에서 흔한 전통적 극 해결방식과 다르다 하겠다. 이러한 극 종결방식은 궁극적으로는 인종, 성, 국가, 계급 등의 차이를 넘어 글로벌리즘의 창조를 향한 하나의 대중문화적 비전을 제시한다. 그리고 관객들은 이러한 공연에서 '평화로운 고양감'을 느끼게 되는데, 이러한 느낌은 전통적 '극적 갈등의 해결에 의한 카타르시스'나 그 유사한 방식과도 또 다른 느낌을 준다.

영적 치유 혹은 영적 세계에 대한 집단적 무의식 차원의 접근을 보여주는 또 다른 공연이 유제니오 바르바의 최근작인 〈미토스(Mythos)〉이다. (최근 유제니오 바르바의 주요 공연과 워크숍이 2주간 뉴욕에서 진행중이다) 〈뉴욕타임즈〉에 의해 바르바의 대표적 작품이라고 평가되는 〈미토스〉 공연은 극 구조가 두 개의 축을 중심으로 펼쳐진다. 그 하나는 지하세계를 중심으로 인간영혼의 여행을 그리고 있고, 나머지 하나는 브라질의 한 혁명전사의 삶을 중심으로 펼쳐진다. 발보사라는 한 혁명전사의 장례식으로 시작되는 이 공연은 이야기의 진행이 직선적으로보다는 바르바의 말을 빌면 "동시적 내러티브"로 신화와 혁명의 여러 요소가 무대 위에 펼쳐진다.

발보사 병정의 죽은 영혼은 사자들의 세계를 여행하면서 새롭게 태어난다. 그 영혼의 이중적 차원에서 여행은 과거의 인간역사를 거슬러서 또한 동시에 신화적 차원에서 전개된다. 이러한 과정에서 죽음과 삶, 전쟁, 억압, 희생 등에 관한 이미지와 은유들이 무대공간을 '부드럽게' 채워 넣는다.

120여 명의 관객을 좌우로 나눠 앉게 하고 그 중심에서 진행되는 공연은 신화와 혁명의 이야기를 이끌어가면서도 관객들에게 전혀 감정적으로 무리한 요구를 하지 않는다. '연극문화교류주의'를 바탕으로 잘 확립된 연기방식, '다문화주의'의 무대적 재현이라고 여겨지는 그리스·영국·독일 및 스페인어의 교차적 사용과 그들 각 문화의 노래 및 의상 등이 잘 어우러져 오딘 극단(Odin Theatre)이 추구해 왔던 공연스타일의 한 아름다운 완성을 보는 것 같다.

이 공연은 역사성의 메시지와 연극적 다양성에 바탕을 둔 형식미의 완성이 함께 앙상블을 이루면서 부드러운 여성적 '평화적' 톤으로 공연 에너지를 발휘한다. 관객은 〈영혼. com〉의 공연에서처럼 평화롭고 고양된 편안함 속에서 무대 위에 전개되는 희랍신화 속 인물들-카산드라, 오이디프스, 데달로스, 시지프스, 오르페우스-의 간결한 대사를 들으면서 마치도 다른 세상의 언어들의 아련한 노랫소리를 듣는 느낌마저 갖게 된다.

관객반응에 관한 흥미로운 현상은 몸 담론을 중심으로 하는 공연의 연출방식이 관객으로 하여금 비관적이고 처절한 자신의 몸의 물질성을 되새겨 보게 한다면, 영적 세계 추구의 공연들에서는 흔한 이분법적 극적 갈등구조에 바탕을 둔 공연들과는 다르게 동시적 짜맞추기 구조(bricolage)

에 바탕을 두고 '옛날 이야기'하는 방식으로 관객반응을 여성적이고 부드러운 공동체적 유대감/정서 창출에 두고 있는 듯했다.

또 하나 기억나는 점은 〈욕망이라는 이름의 전차〉에서 몸담론의 극명한 시각화를 보여주는 장면-블랑쉬가 무슨 인간 이하의 물체처럼 목욕통에서 맨몸으로 처절하게 기어 나오는—의 사진을 극단 측에 요청하자 '나체장면은 사진 찍도록 허가되어 있지 않다'는 대답이었다. 필자에게는 서구연극문화의 어떤 측면에 대해 또 다른 여운을 남기는 말이었다.

(한국연극, 1999. 11.)

21세기 초입에서 본 '브로드웨이' 상업 연극계 경향

　기대했던(?) 컴퓨터 오작동 등등으로 인한 세기말의 대란은 다행히도 기우로 끝난 듯, 2000년대가 시작된 지 벌써 반년이 가까워 간다. 포스트모더니즘 이론가 중의 하나인 불란서 학자 보드리야르는 세기말의 위기의식은 '시작과 끝의 직선적 사고에 바탕을 둔 서구적 모더니즘의 한 현상일 뿐'이라고 이미 그의 저서에서 갈파한 바 있다. 오히려 최근 미국의 경제는 사상 최대의 호황을 구가하고 있고, 아시아의 금융위기로 인한 경제적 어려움이나 아시아인들의 의기소침과는 대조적으로 미국인의 자부심은 의기충천해 있다. 필자가 만난 여러 미국연극인들은 "미국은 세계에서 가장부자"라는 말을 서슴지 않고 늘어놓았다.

　이러한 경제적 호황에 힘입어 뉴욕의 연극가도 전례 없는 호황을 누리고 있다. 90년대 중반만 해도 운영문제가 힘들다던 미국의 연극계는 공연마다 매진이기가 일쑤다. 브로드웨이건 오프 연극가건 예약 없이 당일 가서 표를 구하기가 쉽지 않다. 너무도 부러운 남의 나라 이야기다.

　뉴욕시 중심으로 한 달에 공연되는 크고 작은 공연 수만도 200여 개를 상회하는데 뉴욕 연극가의 가장 뚜렷한 특징은 그야말로 다양성 그 자체다. 브로드웨이의 몇 천 석 짜리 극장과 몇 백만 불 제작비를 들인 대형 뮤지컬이 있는가 하면, 200~600석에 이르는 오프·브로드웨이 극장들이 있고, 200석 이하의 오프·오프 연극가가 있다.

흥미로운 것은 오프오프 극장의 경우 상당수의 극장이 30~60석 정도의 미니 공간이고, 이중 상당수의 극장이 교회의 공간을 이용하거나, 뉴욕시 소유의 허름한 건물의 비용이 안 드는 공간을 이용하고 있다는 점이다. 오프오프 공연의 경우는 제작비도 싸지만, 관람료도 10~15불 정도로 미국인의 일인당 국민소득이 3만 불 정도임을 감안해보면 엄청나게 싼값인 셈이다.

그러면, 이번 글에서는 브로드웨이와 오프 브로드웨이를 중심으로 어떤 공연이 올려지는지 살펴보고자 한다.

우선 브로드웨이 상업 연극가에서 꽃이라 할 수 있는 공연들은 대형 뮤지컬이다. 우리 나라에도 공연된 바 있는 〈레미제라블〉, 〈켓츠〉, 〈오페라의 유령〉, 〈카바레〉, 〈미쓰 사이공〉 등이 장기공연을 계속하고 있고, 최근에 〈지저스 크라이스트 슈퍼스타〉가 재공연 막을 올렸다. 중소형 뮤지컬 공연도 만만치 않게 장기공연 중인데, 〈렌트〉, 〈환타스틱스〉가 그것으로, 〈환타스틱스〉는 장장 40년째 장기공연 중이다.

연극으로 브로드웨이 상업무대에 오르는 공연들은 이미 확고한 명성을 쌓은 기성작가와 고전작가들의 작품들이다. 주로 셰익스피어의 다양한 작품들은 항상 인기가 있으며, 현재는 체호프의 〈바냐 아저씨(Uncle Vanya)〉, 피터 쉐퍼의 〈아마데우스〉, 현대작가로는 영국의 톰·스토파드의 〈진짜(The Real Thing)〉, 미국 작가로는 샘 쉐퍼드의 〈진짜 서부(True West)〉, 데이비드 매밋의 〈미국 버팔로(American Buffalo)〉, 아서밀러의 〈모간산 내려가기(Ride Down Mt.morgan)〉 등을 헤아릴 수 있다.

최근 뉴욕 타임즈지의 호평을 받은 톰 스토파드의 〈진짜〉를 살펴보자.

영국 극작가 톰 스토파드는 영화 〈셰익스피어 인 러브〉의 각본을 쓰기도 한 요즘 '한창 뜨는' 작가이다 브로드웨이 연극가가 호황을 누리다보니, 영국 작품 뿐 아니라, 영국 무대배우들도 요즘 브로드웨이로 대거 진출하고 있는데, 이 작품에서도 주인공 극작가 역을 맡은 영국 배우 스티븐·딜레인(Stephen Dillane)이 그런 경우다.

현대 부부간의 사랑의 문제를 해체적 시각에서 다루고 있는 연극 〈진짜〉 공연은 주인공인 극작가 헨리가 쓴 작품의 한 장면에서 남편이 부정한 아내의 행동을 목격하는 극중극 장면으로 시작된다. 실제로 주인공 극작가 헨리는 자신의 예술세계에 탐닉해 있는 한편, 남의 부인인 여배우 애니를 사랑한다. 이러한 피상적 부부관계는 결국 이혼으로 이르고, 재혼한 헨리는 시간이 지나면서 다시 자신의 예술세계로 몰입한다. 그러나 이제는 부인 애니가 외도를 하게되고, 서로는 서로에게 상처를 주면서도 부부관계는 그저 그렇게 지속하는 것으로 끝난다.

변형 사실주의 형식의 이 공연에서 스티븐 딜레인은 복잡한 감정과 정서로 얽혀있는 주인공 헨리 역을 뛰어나게 연기해 냈다. 그는 이 공연으로 브로드웨이의 스타덤에 오른 것으로 평가되고 있다. 또한 사실주의 대사중심의 극 형식을 뛰어난 템포감을 구사하여, 외형상으로 심플하면서도 내면적인 복합적 정서의 무대를 연출한 연출자 데이비드 르보(David Leveaux) 역시 영국 연출자로 토니상 수상경력의 뛰어난 연출자다.

영국 출신 배우인 데렉 자코비(Derek Jacobi)를 기용, 또 하나의 화제가 되고 있는 공연이 체호프의 '바냐 아저씨'다. 그는 영국 여왕으로부터 기사작위를 로렌스·올리비에 경에 이어 부여받았고, 뉴욕 타임즈로부터 "가장 강렬한 정서적 힘을 가지고 있는 당대 영국의 고전극 배우 중의 일인"이라는 평가를 받고 있다. 그는 1985년 토니상 수상자이기도 하다.

체호프 연극이 갖는 희비극적 요소를 적절히 균형감 있게 무대화한 마이클 메이어(Michael Mayer)의 연출은 러시아적 중후감과 어둡고 깊이 있는 분위기 대신 미국적 메소드 연기를 바탕으로 작품의 분위기를 미국적 대중적인 것으로 완화시켜 놓았다. 구 러시아를 상징하는 듯 바냐 아저씨의 집안은 〈벚꽃 농장〉의 기울어져 가는 집안의 모습과 흡사하다. 바냐의 형인 세리브리야코브는 젊은 부인과 결혼생활이 행복하지 못하고 그 딸인 쏘냐는 의사인 아스트로브를 연모하나 별 반응이 없어서 불행하다고 생각하고 바냐는 그 나름대로 기울어져 가는 집안 상태에서 삶의 허무와 지루함만을 느낄 뿐이다.

이렇게 가족 모두가 희망 없이 권태와 허무함을 느끼는 상황에서 각 인물은 자신의 이야기를 독특하게 무대에서 펼쳐 보인다. 또한 각기 다른 인물들의 각기 다른 관점과 인생관이 맞닥뜨리면서 아이러니한 시각의 교차가 곳곳에서 발생하면서 관객들은 쓴웃음을 터트린다.

형님의 젊은 부인이 의사 아스트로브와 키스하는 장면을 바냐 아저씨가 목격한 이후 집안 식구들의 관계는 어색하게 극으로 치닫고, 결국 오래된 저택을 팔고 도시로 떠나겠다는 형과 바냐 아저씨 사이에 싸움이 일어난다. 권총 발사까지 하지만, 바냐 아저씨는 집안 식구들의 만류로 형과 형식적 화해를 하고 형님부부가 도시로 떠나고 이 오래된 시골 저택에는 바냐 아저씨와 조카딸 쏘냐가 남게 된다. 마치 구 제정 러시아의 앞날을 상징이나 하듯 빚더미의 이 오랜 저택에는 암담함만이 남아있는 것으로 극은 끝난다.

이 공연에서 영국 배우 데렉 자코비는 관객의 기대에 부응이나 하듯 (실제로 그가 극중에서 처음 무대에 등장하자 관객들은 박수갈채로 환호를 표시했다.) 강력하고 통찰력 있는 감정적 에너지를 창조하면서 바냐 아저씨의 역할을 설득력 있게 감동적으로 연기해냈다.

뮤지컬로는 40년이나 장기공연 중에 있는 〈환타스틱스〉를 살펴보자. 이 공연은 그 동안 69개국에 걸쳐 900회의 공연을 했으며, 미국 내 공연 횟수만 12,000여 회를 돌파했다. 소극장용 뮤지컬이면서도 극적 구조가 오랜 공연횟수를 통해 잘 다듬어져 있는 뮤지컬 〈환타스틱스〉는 우리 나라의 소극장 공간에도 잘 맞는 그런 뮤지컬 형식으로 우리 공연계가 모델로 삼을 만한 적절한 공연형식을 갖추고 있다.

우선, 우리가 잘 알고 있는 〈로미오와 줄리엣〉의 스토리를 단순화시킨 듯한 극 줄거리는 젊은 남녀 주인공과 각각 그들의 두 아버지, 소도구를 운반하고 장면전환을 돕는 벙어리 배우, 두 명의 극중극 배우와 음악을 무대 위에서 연주하는 피아노와 하프 연주자 2명이 출연진 모두이다.

무대장치는 셰익스피어 이전 시대의 간이 이동무대를 생각나게 하는 것으로 포장이 앞에 쳐져있다. 줄거리는 이웃에 사는 10대의 소년·소녀인 주인공들은 아버지들 몰래 담벼락 너머로 연애를 한다. 두 아버지는 이 사실도 모르고 자신들끼리 정해놓은 혼사에 자식들이 혹시라도 반대할까봐 연극을 꾸민다. 즉 사람을 시켜서 소녀를 납치하게 하고 소년으로 하여금 그녀를 구출케 하자는 전략이다. 그러나 이 연극은 그만 도중에 발각이 나버리고 두 남녀는 그만 서로에게 김이 새버린다. 서로 헤어진 남녀는 세상을 두루 다니며 여러 경험을 하지만 서로 못 잊어 다시 돌아와 결합한다는 해피엔딩으로 끝난다. 이 공연은 장면구성이 매우 시각적으로, 예를 들어 피 흘리고 죽는 장면에서 빨간 종이부스러기가 우수수 가슴에서 떨어져 내린다. 또 지루한 장면에 이르면 극중극의 배우를 등장시켜 색다른 에피소드를 삽입시키거나 한다.

연출은 두 젊은 남녀의 수수한 로맨스를 중심으로 젊은 세대와 부모세대간의 '가치관'을 대비시키는 등 넓은 관객 층을 겨냥한다. 또한 간간이 대사들 사이에 끼어 넣은 줄리어스 시저의 "친구여 국민이여……" 등의 연설구문이라든가, 셰익스피어 대사의 인용 등은 문학적 패러디로서 질 높은 유머를 창조해낸다. 문학성과 연극성을 모두 겸비한 알찬 소형 뮤지컬이었다.

결론적으로 브로드웨이 상업 연극가는 아직도 대형 뮤지컬이 주류를 이루고 있지만 5~6년 전에 비해 볼 때만 해도 대사연극이 (주로 사실주의극)눈에 띄게 숫자적으로 늘어났다는 점이다. 이는 브로드웨이 연극가의 호황과 더불어 공연형식의 다양화라는 말로 요약될 수 있을 것 같다.

(예술세계, 2000. 6.)

21세기 초입에서 본 '오프' 및 '오프오프' 브로드웨이 연극가의 최근 경향

　지난번 글에서 브로드웨이 상업 연극가의 최근 연극공연 경향에 대해 이야기한데 이어, 이번 글에서는 오프와 오프오프 연극가의 공연 경향에 대해 살펴보고자 한다.

　브로드웨이의 무대를 채우는 공연들이 주로 대형 뮤지컬이나 상업적 성공이 입증된 아서 밀러, 톰 스토파드, 안톤 체홉, 유진 오닐 등 주로 기성 대극작가들의 사실주의 경향의 공연들이라면, 오프 브로드웨이나 오프오프 연극가는 이와는 대조적으로 다양한 형식의 비사실주의 공연 형식이 그 주류를 이룬다. 이러한 경향은 오프오프로 갈수록 더욱 뚜렷한 특징으로 나타난다. 흥미로운 점은 우리가 흔히 생각하는 실험적 형식의 연극은 재미없고 관객도 들지 않는다는 선입견이 요즈음 오프오프 브로드웨이에서는 별로 설득력이 없다는 사실이다. 다시 말해 오프오프 연극가의 대중관객은 이미 비사실주의적 공연형식에 익숙해 있고 그것을 즐기고 있으며, 공연 제작자들 역시 이미 실험적 형식의 공연 기법들을 효율적으로 발전시켜 대중관객들에게 효과적으로 전달되는 무대화 방식으로 채용하고 있다는 점이다. 실험적 형식의 공연은 재미가 없다는 전통 이분법적 불문율이 깨지고 있는 것이다.

그러면 화제가 되었던 몇 공연들을 구체적으로 살펴보자.

우선, 뉴욕 타임즈지 등에서 좋은 리뷰를 받은 유명한 세계적 실험극단인 '존재론적 히스테리 극단'이 리차드 포만(Richard Foreman) 작, 연출로 공연한 〈나쁜 녀석, 니체〉(Bad Boy, Nietzche)가 흥미롭다. 이 공연은 사실주의적 구조로 공연을 이끌어 가는 대신, 당시의 상식적 수준으로는 이해가 되지 않는 한 일탈적 인간으로서 니체를 재구성한다. 이런 경우에 니체는 어떻게 행동했을까 라는 몇몇 가정들을 바탕으로 장면구성이 즐거운 게임장면의 연속처럼 진행된다. 니체가 "알아 맞혀 보세요?"(guess what?)라고 말하는 장면으로 시작되는 이 공연은 포스트모던적 패러디가 공연 구성의 원칙이 된다.

또 다른 실험적 대중형식의 공연이 존·게어(John Guare)가 쓴 이부작 공연의 〈라이디 브리즈〉(Lydie Breeze)로 총 7시간에 걸쳐 진행된다. 미국 남북전쟁 후 전쟁에 환멸을 느낀 일단의 젊은이들이 이상향 건설을 꿈꾸고 먼 고도에서 삶의 비전을 일구어 보지만, 복잡한 각 개개인의 욕망의 교차로 어떻게 꿈이 일그러져 가는가를 그린 공연이다. 이 이야기의 중심에 라이디 브리즈라는 여성을 배치시키고 허물어진 이상향의 꿈이 바로 이 여성의 몸에 대한 남성들의 지배적 욕망에 기인했음을 밝힘으로서 이 공연 역시 인간적 삶에 대한 패러디가 극 구성 원칙이 되고 있다. 전통 사실주의 극 구성에서 비극적으로 다루었을 '꿈의 패배'라는 주제는 패러디화 되어 이부에 가서 희극적 아이러니로 펼쳐진다.

상기한 공연 구성방식과 그 감정적 에너지로서 '포스트모던 패러디'는, 또한 남성 가부장 사회를 비판하고 풍자하는 작금의 오프 및 오프오프가의 미국 여성연극의 특히 퍼포먼즈적 공연구성의 기본원리로 효과적으로 사용된다. 그러한 대표적인 공연이 흑인 여성 극작가이자 퍼포먼스 배우인 아나 드비어 스미스(Anna Devere Smith)가 쓰고 연기한 〈가택연금〉(House Arrest)이다.

제퍼슨 대통령의 흑인 하녀와의 스캔들부터 현 클린턴 대통령의 섹스 스캔들에 이르기까지 역대 백악관 주인들이었던 미국 대통령들의 삶을 분석하고 풍자한 이 공연은 자유, 평등 등 그들이 내걸었던 민주주의 명분에 비추어, 많은 경우에 모순이 되었던 그들의 실제 삶에서 인종차별주의, 성차별주의 및 위선에 대한 또 다른 하나의 패러디다. 이 공연에서 스미스는 28인 인물들의 역할을 두 시간 사십여 분에 걸친 공연에서 혼자 모두 무리 없이 거침없이 연기해낸다. 이 공연에서처럼 극작가가 자신이 쓴 작품에서 직접 연기하거나 연출을 하는 경우가 최근 서구의 여성연극에서 두드러진 한 공통적 현상이기도 하다.

또 다른 화제의 '여성주의 퍼포먼스' 공연이 뉴욕대학 교수인 이브 엔슬러(Eve Ensler)가 쓰고 연기한 〈질의 독백〉(Vagina Monologue)이다. 이 공연 역시 가부장 사회에 대한 패러디를 바탕으로 여성의 성 정체성을 규명하고자 하는데 역시 이십여 명의 여성인물이 등장하고 이를 작가 자신이 모두 연기한다. 몽타주적 짧은 장면 구성과 패러디적 희극성이 아나 드비어 스미스의 공연과 공통적인 특징을 이룬다.

그러나 상기한 특징 외에 고전작품의 리바이벌 공연도 뉴욕 연극가의 또 다른 현상으로, 여성연극의 경우 미국판 〈인형의 집〉이라는 평을 받고 있는 1900년대 초기 사실주의 경향의 작품인 여성작가 조나 게일(Zona Gale)의 〈미쓰 룰루 벳〉(Miss Lulu Bett) 같은 작품도 공연된다. 남의 집 보모로 이십여 년간을 살아온 순박한 룰루 양은 어느 날 갑자기 찾아온 주인 아저씨의 남동생과 사랑에 빠져 결혼 약속을 믿고 그를 따라 나서지만 그에게 이미 아내가 있었다는 사실을 알고 주인집으로 다시 돌아온다. 그녀는 의아해하는 동네 사람들에게 사실을 밝히겠다고 하자, 주인 아저씨는 자기 가문의 명예문제임을 내세워 이에 반대하나 룰루 양은 가부장

사회의 모순을 깨닫고 홀로 서기를 결심하고 이 집을 떠난다.

이상에서 말한 바, 오프와 오프오프 연극가는 다양한 주제와 실험적 공연형식을 바탕으로 대중성을 동시에 성취하고 있는 점이 흥미롭다고 하겠다. 새로운 연극적 형식에 대한 실험은 계속되어야 하지만 동시에 관객 친화성을 염두에 두어야 함을 우리에게 일깨워준다고 하겠다.

(예술세계, 2000. 7.)

나. 베세토 연극제

한·중·일 「베세토 연극제」를 보고

— 우리극 국제화 작업 필요성 실감

한·중·일 삼국의 연극문화축제인 제 1회 베세토 연극 축제가 서울 정도 6백년을 기념하여 11월 10일부터 26일까지 예술의 전당에서 열렸다. 현재 세계 각국은 국제화를 부르짖으면서 동시에 경제 및 문화 등 상호 공통적 이해관계를 바탕으로 지역적 블록을 형성하고 있는 추세에 있다. 이에 비추어 볼 때 공통적 문화배경을 지닌 동북아 삼국이 연극문화를 통한 만남의 장을 마련한 것은 문화지역주의의 한 중심을 탄생시켰다는 데서 의미가 있다.

우리 나라는 극단 목화의 〈백마강 달밤에〉와 극단 미추의 〈오장군의 발톱〉이, 일본은 세계적인 명성을 얻고 있는 스즈키 다다시가 이끄는 스코트 극단의 〈리어왕〉이, 중국은 북경 인민예술극원의 〈천하 제일루〉가 각각 참가하여 관객들의 호응을 얻었다. 이번 삼국 공연들의 공통적인 연극문화현상은 자국의 고전 연극전통을 어떻게 현대적으로 새롭게 창출하느냐의 문제로 요약된다.

스즈키 다다시의 스코트극단은 지난 1986년 〈트로이의 연인〉의 서울 공연으로 이미 우리 관객들에게 소개된 바 있다. 스즈키는 가부키나 노등 일본 전통극의 연기법을 현대적으로 체계화한 '스즈키 연기 훈련법'으로도 유명하다. 이번 〈리어왕〉 공연의 특징이라면 일본 고전극의 전통과 영국 고전극의 전통을 조화롭게 연결시킨 점, 포스트모던적 시각에서 극 구조를 재구성해 연출함으로서 보편성에 바탕을 둔 국제적 연극문화를 창출하고 있다는 점이다.

셰익스피어극과 일본 전통극의 의상을 혼합해 놓은 듯한 차림을 한 리어왕 옆에 현대적 복장을 한 남자 간호사가 책을 읽는 것으로 시작되는 〈리어왕〉 공연은 리어의 이야기와 남자 간호사가 읽는 소설의 이야기라는 이중적 시각이 통시적으로 설정되면서 진행된다. 또한 리어왕의 세 딸역할을 남자배우들이 여성다움을 재현하지 않고 남성적 정체성을 그대로 살리면서 연기를 한다. 이 점은 영국 및 일본의 고전극전통의 영향과 함께 성적(性的) 정체성에 대한 포스트모던적 해체시각도 함께 반영한다고 할 수 있다.

북경 인민예술극원의 〈천하 제일루〉는 중화민국 초기 북경의 명물인 오리 요리점을 배경으로 한 현대 사실주의 극. 시대변천과 함께 요리점의 작은 세계 속에서 변화해 가는 인간세태의 여러 측면을 짜임새 있게 구성한 작품이다. 주제면에서 체호프의 〈벚꽃 농장〉을 상기시키기도 한다. 이 공연에서 흥미로웠던 점은 중국판 현대 사실주의 연기방식으로, 서구적 사실주의 연기와 함께 중국 경극의 고전 연기법을 자유롭게 선택적으로 구사한다는 점이었다. 동시에 치밀한 사실주의 극작법과 군더더기 없이 예술적으로 잘 여과된 연기표현이 인상적이었다.

극단 목화의 〈백마강 달밤에〉의 경우도 우리의 문화전통인 대동제와 굿 형식을 바탕으로, 극적 서사를 현대적으로 구성했다. 또 극단 미추의 〈오장군의 발톱〉 역시 우리의 고전음악 오케스트라와 창을 가미해서 사극적 요소를 강화시켜 극의 삽화적 장면들과 독특한 조화미를 창출했다.

이번 한·중·일 삼국의 연극제는 우리의 전통연극문화를 보편성 있는 국제적 무대언어로 체계화하는 작업이 한층 더 가속되어야할 필요성을 일깨워준다.

(세계일보, 1994. 11. 25)

현대극에 대한 세 가지 양식적 접근

— 제8회 베세토 연극제(도가) 참관기

고닷쓰 공항에서 내려 구불구불 산골길을 버스로 두어 시간쯤 들어가면 첩첩산중에 일본의 세계적인 연출가 스즈키 다다시가 세운 연극촌 '도가 예술공원'이 있다. 도가 촌(村)은 하루에 버스도 두 번 밖에 다니지 않는 그야말로 두메산골이다. 그런데도 매년 연극행사 때가 되면 세계도처에서 사람들이 모여든다. 스즈키 다다시의 명성 때문이다.

올해로 8회 째를 맞는 베세토 연극제의 전반부가 지난 8월 25일 이곳에서 개막되었다. 10월말까지 계속되는 이번 연극제는 도가, 도쿄 및 시즈오까에서 연속적으로 진행되며, 올해는 한·중·일 3개국 외에 인도, 러시아, 프랑스 등 참가국이 늘어난 것도 눈에 띈다. 이번 연극제는 한·중·일 삼국의 '전통예능의 현대적 수용'과, '오늘의 한·중·일 연극'이라는 보편적 주제를 추구한다. 오늘의 연극 부문에서는 한·중·일 3국의 포스트모더니즘 연극에 초점을 둔 듯하다. 우리 나라는 전통예능으로 서울 새남 굿이, 오늘의 연극으로는 서구 포스트모더니즘의 한국판 공연인 극단산울림의 〈고도를 기다리며〉(임영웅 연출)와 서울 시립극단의 〈길 떠나는 가족〉(김의경 작, 기국서 연출)이 참가했다. 이번 연극제에는 또한 심포지엄이 함께 계획되어 있어 한국에서는 현대극 주제에 유민영 교수의 〈현대 연극의 전통예능 수용상황〉, 여석기 교수의 〈한국의 오늘의 연극〉, 채승훈 교수의 〈90년대 젊은 연극인들의 연극적 특질〉이 발표되었고, 전통의 수용 문제를 주제로 조흥윤 교수의 〈새남 굿의 개괄/특질〉, 강춘애 교수의 〈동아시아연극의 원류와 산악백희〉와 이상일 교수의 〈전승 예능의 현대적 수용 현황〉이 발표된다.

도가 연극 촌에서 개막된 베세토 연극제 첫날에는 스즈키 다다시 연출의 〈세상 끝에서 안녕〉이 수변 야외무대에서 공연되었다. 2차대전후 일본 역사를 배경으로 일본의 전통문화가 맞닥뜨리게 되는 미국 글로벌 문화의 영향, 이로 인해 파생되는 일본 전통문화의 해체 및 글로벌식의 잡종 문화화 경향 등 전후 '방황하는 세대'의 일본의 모습을 내용으로 한다. 이 공연은 전형적인 포스트모던 스타일의 공연양식을 보여주었는데, 무대 디자인, 의상, 연기 등에서 일본 전통극 스타일을 현대적으로 변용하여 스즈키 스타일의 잘 정리된 일본연극 전통의 현대적 수용을 극적으로 재현했다. 수려한 호수를 배경으로 반원형 무대를 위치시킨 야외무대는 무대의 연장선으로 수변 속으로 등·퇴장 길이 나있는데, 가부끼의 하나미치의 현대적 변용으로 볼 수도 있는 경우였다. 반면, 칠, 팔백 명 정도를 수용할 수 있는 객석은 반원형의 층층 계단식으로 만들어져 많게는 일 천 여명까지 끼어 앉을 수 있을 것 같이 보였다. 이러한 객석의 구조는 뒷좌석의 기둥과 어우러져 전체적으로는 희랍 고대 극장구조를 언뜻 생각나게 했다.

야간에 진행된 스즈키의 공연은 약 한시간 10분 정도의 길지 않은 공연이었다. 극 시작 전 스즈키 자신이 나와서 관객들에게 환영의 인사와 더불어 베세토의 각 나라 대표들을 소개하고 이 공연에 대한 소개도 덧붙이는 듯 했다. 공연은 화려한 시각적 이미지로 구성되었는데 일본 전통의상을 입고 얼굴에 흰색 횟칠을 한 코러스와 현대식 복장을 한 코러스들이 스피디한 장면 변화 속에서 시시각각 등·퇴장을 반복하고 무대 위에서는 일본 전통의상을 입은 한 남성인물이 이 변화무쌍한 장면 사이사이에 대사를 말한다. 시시각각 수변 무대 위 하늘을 뒤덮는 불꽃놀이와 붉은 연기 효과는 시청각적으로 마치 전쟁장면을 방불케 한다. 가히 액션 중심적 충격적 이미지 공연으로 관객들의 오감을 끊임없이 질타한다. 공연 직후 서양 기자들과의 인터뷰에서 한 미국 여기자가 일본의 교과서 문제 등, 한국과의 관계에 대해 질문하자, 스즈키씨는 "베세토 연극제가 일본과 다른 나라와의 대화를 마련하는 하나의 장이 될 수 있다"고 대답했다.

역시 개막 첫날에 중국의 중앙 실험화극단이 연극 〈비상마장〉(이육을 작·연출)을 공연했다. 이 공연은 세 명의 의형제를 맺은 극중 인물들이 마작 게임을 하기 위해 나머지 한 명의 의형제가 오기를 기다리는 '상황 중심'의 극이었다. 막이 열리면, 무대 좌·우측과 위 무대에 탁자가 하나씩 놓여있고, 각각의 탁자 앞 의자에 각 한 명의 남성배우들이 앉아있다. 그리고 그들은 나타나지 않는 한 명의 또 다른 인물을 기다리며 각기 독백식의 대사를 말한다. 이런 류의 극에서 액션은 인물들의 심리상태 속에서 일어나는데 결국 끝까지 나타나지 않는 한 인물에 대한 이 세 남성인물의 내면적 태도가 극 진행을 이끌고 간다. 극의 끝 장면이 극 시작 장면으로 되돌아오는 원형적 구조로 구성된 이 극은 〈고도를 기다리며〉의 극 구조를 생각나게도 했는데, 마작게임이라는 한 가장 대표적인 중국적 문화의 패러다임을 중국적 삶의 모습에 대한 한 은유로 사용하고 동시에 서구 포스트모더니즘 극의 원형구조인 〈고도……〉적 구조를 전용함으로서 중국적 포스트모더니즘 극을 창출한 한 공연이라 볼 수도 있는 경우였다.

서울 시립극단이 공연한 〈길 떠나는 가족〉은 일제시대 천재 화가 이중섭의 비극적 삶을 그린 극으로 삽화적 장면 구성을 보이고 있으나, 크게 보아 대사중심의 사실주의 극이었다. 한국 혼(魂)을 추구했던 그의 예술정신과 편치 못했던 한일의 역사로 인해 해체된 그의 일본인 부인과의 슬픈 가족이야기 등이 대사중심의 극으로 전개된다. 이중섭 역의 강신구, 그의 일본인 부인 역에 이은미, 이중섭의 어머니 역에 박승태의 열연과 박윤초의 창이 어우러져 한국적 정서를 무리 없이 창출했다. 대사 중심의 극 장면들은 한국을 제대로 잘 모르는 일본 대중관객들에게는 오히려 한국의 역사와 극 이해에 적극적인 역할을 한 듯, 상당수의 관객들이 '찡한 감동'을 받았다고 이야기했다. 그도 그럴 것이 스즈키의 공연이나, 중국의 〈비상마장〉 공연은 충격적인 이미지와 대중관객에게는 난해할 수도 있는 희곡적 구성을 보인 반면, 우리의 〈길 떠나는 가족〉은 한 인물의 역사적 연대기임으로 해서 오히려 외국의 대중관객과의 공감대 형성 면에서는 어떤 면에서 효과적인 점도 없지 않았다. 또한 포스트모더니즘 극의 한 특징이 무대 위의 시각적 기호들을 통해 지시대상에 대한 사유를 촉구하는 그런 극이라면, 우리의 사실주의 극은 무대 위의 시각적 기호와 사실주의 대사가 극 내용에 대한 관객들의 즉각적인 이해를 돕는 극형식인 데다, 한국인 특유의 원초적인 감성 에너지가 극 전체에 넘쳐흘러 많은 일본 관객들이 '박력 있는' 공연이었음을 지적해 주었고 동시에 '감동적'이었다고 관극 소감을 말했다. 한 젊은 관객은 "오랜만에 감동이 찡하게 왔다"고 말했다.

필자는 공연이 끝난 후 나오는 일본관객을 서너 명 붙잡고 관극 소감을 물어 보았는데 그 중 한 관객이 도가촌 촌장 히로타까 요네자와 씨로, 그는 이번 한국 공연은 "자신을 웃기고 울리고 걱정시키는 등 감동적이고 박력 있게 진행됐으며, 한국 역사에 대해서 더 많은 것을 알게 됐다"고 말했다. 〈길 떠나는 가족〉이 공연되기까지 여러 가지 국내 사정이 힘들기도 했지만, 도가 연극촌에서 보여준 일본 관객들의 진지한 반응은 우리 공연 팀에게 많은 위로가 되었으며, 다음 도쿄의 공연은 좀 더 잘할 수 있다는 자신감을 불어넣어 주었다고 할까.

필자의 개인적 소감으로는 이 세계적인 연극촌 도가의 하늘에 한국 혼을 자신의 작품 속에서 죽는 순간까지 추구, 체현하고자 했던 이중섭의 애절한 탈식민적 욕망의 절규가 한 순간이나마 울려 퍼지는 듯했다. "메피스토를 데려다 줘. 그리고 내 영혼을 바꾸어서 마지막 한 장의 그림을 그리게 해 줘……" 아마도 이 순간 콧등이 시큰거리지 않은 관객은 없었으리라. 이번 연극제에 이중섭을 주제로 한 공연을 가져간 것은 시의적절한 선택이었다는 생각이 든다. 왜냐하면, 글로벌화의 진행과 더불어, 문화상호적 이슈들이 이 시대의 중심 담론을 형성하고 있는 이 때, 식민지 불우한 천재예술가 이중섭의 삶은 그 자체가 문화상호적 족적이 서리서리 얽힌 그러한 삶이었기 때문이다. 결론적으로, 이번 베세토 연극제에서는 한·중·일 3국이 모두 나름대로 특징 있는 공연을 보여준 것 같다.

(공연과 리뷰, 2001. 10.)

다. 글로벌 무대의 한국 공연들

LA에서 공연된 미국판 〈금도끼〉
― 한국적인 분위기와 세계적인 이야기

한국의 민속동화 〈금도끼〉가 미국에서 무대화되어 절찬을 받았다. 올림픽 해인 올해 명문교인 UCLA(캘리포니아 주립대학교, LA소재) 연극학과 정기공연으로 채택되어 4월 20일부터 일주일간 공연된 〈다까라노 쭈루하시〉(금도끼)는 바로 우리의 동화 금도끼의 이야기를 바탕으로 현대적 시대상황에 맞게 아동극으로 재구성한 것이다.

이 미국판 금도끼 공연의 줄거리는 우리의 금도끼 이야기에 비해 구성이 복잡하고 현시대가 당면하고 있는 여러 가지 사회적·도덕적 문제들을 아동 관객들이 쉽게 이해할 수 있는 형식을 통해 그들에게 제시하고 있다.

광산촌에 살고 있는 소년 세돌이는 한 노파를 구해주고 그 보답으로 도끼를 받게 된다. 이 도끼는 산 속에 파묻혀 있는 숨겨진 보물을 찾아내는 마술의 힘을 가지고 있다. 세돌이가 도끼를 얻게 되자 지신·천신·수신 및 보물의 여왕은 도끼를 슬기롭게 좋은 목적을 위해서만 사용하라는 명령을 내린다. 그러나 도끼는 탐욕에 가득찬 일본 왕자에 의해 훔쳐내어진다. 왕자는 자신의 탐욕을 위해 도끼를 남용하여 한국 땅에서 온갖 보물을 다 캐어내고 그 캐어낸 보물을 일본으로 가져가려고 하나 실패한다. 결국 도끼는 세돌이 손으로 되돌아오지만 세돌이는 그러한 마술의 도끼는 원래의 주인인 산신령께 돌려야 된다고 결정하고 산신령께 되돌려주는 해피엔딩으로 이야기는 끝난다.

이 공연은 1986년 일본의 청소년 극단인 〈가제노꼬〉에 의해 초연된 작품으로 각본은 도루다, 연출은 유끼오세끼야가 맡았었는데 이들은 한일관계 및 세계평화와 자연자원의 보호라는 현시대의 사회적·도덕적 문제에 지대한 관심을 가지고 있는 것으로 알려져 있고, 금도끼의 일본판 이야기에서도 결국 인간의 탐욕, 자연환경의 파괴, 일본의 한국 약탈에 대한 양심의 문제의 차원까지 작품의 의미를 넓히고 있다.

미국판 〈금도끼〉 공연을 연출한 UCLA 연극학과 교수인 패트리샤 하터 (Patricia Harter) 교수는 금도끼 공연을 결정하게 된 동기를 다음과 같이 밝히고 있다. "동양의 민속동화를 동양적 공연스타일로 연출하여 LA의 청소년 관객들에게 보여주고 싶었다. 왜냐하면 LA에는 동양계 인구가 날로 증가하고 있고, 금도끼 같은 이야기는 우리가 살고 있는 땅을 사랑하는 마음과 각기 다른 민족문화에 대한 자존심과 뚜렷한 정체성을 가르치기 때문이다." 일본판 금도끼 공연과는 달리 미국판 금도끼 공연에서 하터 교수가 강조하고자 했던 점은 독특한 한국적인 분위기를 창출하는 것이었다. 이를 위해서 그녀는 한국의 전통음악(장고·북·노래) 및 춤 등의 요소를 도입했을 뿐 아니라, 한국의 전통의상과 가면 등 소도구 구입을 위하여 지난 2월 내한을 했었다.

LA 댄스컴퍼니의 단원인 김응화가 무용과 장고 훈련을 맡아서 6명의 시녀들이 추는 궁중무 장면을 연출했는데 한국계·중국계·일본계·미국계 및 멕시코계로 구성된 캐스트진의 열의가 대단해서 장고 치는 장면에 가서는 공연이 거의 중단될 지경에 이르기도 했다.

"이 공연의 근본 취지는 청소년 관객들에게 심미적인 경험을 제공하는 것이지만 이 공연에 참가하는 배우들이 얻는 교육적 효과 또한 큽니다. 이 공연의 내레이터 역을 맡은 배우는 김이마라는 한국계 미국인인데, 내레이터는 극을 관객들에게 소개하고 장고를 쳐가면서 극 진행을 관객들에게 설명합니다."

하터 교수에 의하면 이러한 소수민족의 작품을 공연함으로서 얻는 교육적 효과 또한 대단하다고 한다.

"리허설이 얼마간 진행된 후 김이마의 한국인 엄마는 그에게 그의 할아버지가 장고 치는 사람이었다는 이야기를 해주었지요. 그 이야기를 들은 후로 김군은 장고에서 떨어질 줄을 몰랐어요. 말하자면 그의 정체감이

LA에서 공연된 미국판 〈금도끼〉(1988)

내가 한국서 가져온 북과 하나가 되어버린 것입니다. 학생들은 이러한 다른 나라의 이야기를 통해서 미국문화 뿐만이 아닌 다른 나라의 문화를

사랑하고 존경할 줄 알게 됩니다. 학생들의 세계관이 넓어진다고나 할까요.”

공연이 끝난 후 미국판 금도끼의 출연진과 하터 교수는 학교들을 순회하면서 이 작품이 제시하고 있는 주제들에 대해 드라마 워크숍을 갖게 된다. 이러한 드라마 워크숍을 통해서 청소년들은 탐욕·진정한 우정·올바른 판단의 문제 등에 대해 토론을 할 뿐 아니라, 작품 속 인물들의 역할을 스스로 연기해보는 기회를 갖게 된다. 왜냐하면 이러한 기회를 통해서 청소년들은 연극 관람의 경험이 단순히 재미있는 오락만이 아니라 가치있는 예술적 경험이라는 것을 배우게 됨으로서 미래의 연극관객을 훈련시키는 것이 되며, 또한 창조적이고 느낄 줄 아는 인간으로서 그들의 성장을 돕는데 필요한 것이기 때문이라는 것이다.

한국적 이야기가 미국의 대학극단에 의해 공연된 예가 별로 없는 상황에 비추어볼 때, 또 대학극이 미국연극에서 차지하고 있는 의미를 따져볼 때, 우리의 문화가 차츰 세계의 관심을 받기 시작한다는 사실은 좋은 일임에 틀림없겠으나 이번 공연이 UCLA의 자체적인 결정에 의한 것인 만큼 우리측에서도 더욱 적극적인 문화홍보의 자세를 취할 때가 온 것 같다. 특히 공연 제목이 일본어로 붙어진 것을 생각할 때 그러한 아쉬움이 더하다.

(객석, 1988. 6.)

종군위안부 문제 다룬 연극

― 〈노을에 와서……〉 기립박수

아일랜드 골웨이 세계 여성극작가 대회

1997년 6월 22일부터 29일까지 아일랜드 골웨이에서 열린 제4회 세계 여성극작가 대회에는 31개국 극작가, 연출가, 평론가들이 희곡과 연극 92편을 출품했다. 1988년 뉴욕에 본부를 두고 창립된 세계여성극작가대회(IWPC)는 3년에 한번씩 열리는 여성연극축제다. 미국, 캐나다, 호주에서 열린 데 이어 이 유명한 관광도시까지 왔다. 올해 주제는 '국가적 정체성과 세계화'. 여성연극에서는 이 주제를 어떻게 다룰 것인가 조명했다.

이번 연극제의 하이라이트는 미국 작가 메리 매닝(1992)의 초대작 〈가요, 사랑스런 로즈〉였다. 케네디 미국 대통령 어머니인 로즈 케네디의 일대기를 극화해 한 인간으로서 꿈과 좌절, 자아추구를 그렸다. 독일 작가 크리스 파울의 〈그녀 어머니의 딸〉은 모녀관계의 양면적 심리관계를 표현주의적 수법으로 연출해 호평을 받았다. 탄자니아 작가이자 배우인 실라 랑게버그의 〈차가랜드의 마이자〉는 흑인 여성의 홀로 서기를 그려 공연성이 강한 작품으로 평가받았다. 넌즈 아일랜드 극장에서 공연한 미국 여성극작가 도로시 루이스의 〈사랑의 응어리〉는 부부간 심리적 역학관계를 섬세하게 묘사했다.

한국의 종군위안부 문제를 증언형식으로 다룬 극단 「빛누리」의 〈노을에 와서 노을에 가다〉(허길자 작·홍민우 연출·심정순 드라마투르그)는 주최측과 한국팀의 끈질긴 홍보 덕분에 이번 연극제에서〈가장 관객을 많이 동원했고 가장 큰 감정적 충격을 준 공연〉(공연 매니저 톰 브레너)이라는 평가를 받았다. 실제로 넌즈 아일랜드 극장을 꽉 메운 관객들은 막이 내리자 기립박수를 보냈다.

(조선일보, 1997. 7. 3.)

뉴욕 라마마 극장에서 공연된 핑총의 〈보자기〉

— 한국의 문화와 역사 한눈에 볼 수 있었던 무대

DMZ 2000행사의 일부로 올해 2000년 1월 1일에 한국에서 공연된 바 있는 핑총의 '동·서 4부작'(East·West Quartet) 중 마지막 작품인 한국편 〈보자기〉가 뉴욕의 라마마 극장에서 공연되었다. 라마마 극장은 세계적으로 알려진 오프오프가의 극장이고 핑총 역시 오프오프 연극가에서 세계적으로 알려져 있는 중국계 미국인 극작가이다. 이 공연은 단국대 연극학과의 이동일 교수와 미국인 샌드라 스미스가 공동으로 드라마 트루그를 담당했다.

1. 세계적인 극작가 핑총의 〈보자기〉 공연

라마마 극장에는 30여 석 정도의 작은 찻집 형식의 미니무대와 150여 석의 소극장이 두개 있어 공연시간 1시간 내지 한시간 반 정도의 소품 공연이 대개 2~3편 동시에 공연된다. 한국을 주제로 다룬 〈보자기〉 공연 역시 현 시기 미국문화에서 중요한 주제인 '동성애'를 다룬 '볼드윈씨가 하늘나라로 가다'(Mr Baldwin Goes to Heaven)와 동시에 라마마 극장에서 공연되었다.

〈보자기〉 공연이 시작되기 전 라마마 극장대표인 엘렌 스튜어트가 늘 하듯, 무대에 나와 공연에 관한 소개를 했다. 그녀는 "라마마 극장이 한국과 매우 깊은 관계를 갖고 있음에도 불구하고 지난 20여 년 간 한국 작가의 작품은 한번도 여기서 공연되지 않았다"는 말로 소개를 시작했다. 국내에서 생각하는 바와는 달리, 이곳 뉴욕의 다양한 문화적 배경의 국제적 관객들에게 한국에 관한 공연이나 정보는 중국이나 일본에 비해 턱없이 부족함을 실감케 하는 말이었다.

〈보자기〉 공연은 흰 한복을 입은 두 명의 배우들이 가면극의 가면을 쓰고 무대 양쪽에서 춤을 추며 등장하는 것으로 시작된다. 이후 두 서양 남녀인 찰리와 에스터가 한국의 역사에 관한 내레이션을 번갈아 가며 대사와 몸짓을 섞어서 전달하는 형식으로 1시간 여 진행된다. 무대는 1997년 한국에서 개최된 세계 연극제에 초청되었던 핑총 작 〈슬픔 그 이후〉(이 공연은 베트남을 소재로 했다)에서도 보았듯이 절제와 경제성이 그 구성의 기본이 된다. 극중 인물 찰리와 에스터 사이에는 긴 장방형의 사각 탁자만 있을 뿐 아무런 장치가 없다. 그리고 두 배우는 탁자(형광등이 탁자 속에 켜져 있어 형광빛을 발한다) 양쪽에서 한국의 5000년 역사를 간략하게 중요 사건별로 짚어가며 서술을 시작한다.

네델란드인 하멜 표류기에 나오는 난파선과 부두 상륙의 서술기록으로 시작되는 한국에 관한 역사적 담론은 단군신화를 시작으로 한국인의 얼굴모양, 성격에 관한 묘사로 이어지며 이어 조선조의 양반문화, 여성들의 규방생활, 이순신 장군, 거북선, 삼강오륜에 관한 서술과 풍자로 이어진다. 거북선 묘사에 이르러 배우는 〈보자기〉의 상징적 의미를 서술한다. 즉 "임진왜란 때 조선의 부녀자들이 보자기에 돌을 싸서 쳐들어오는 왜병들에게 던져 나라를 방어했다"는 설명이 붙진다.

이어서 찰리와 에스터는 조선과 주변국들간의 정치적 관계를 이야기한다. 즉 중국은 큰 형제의 나라와 같았고, 미국은 1882년에 군함을 몰고 와서 동양의 문호를 개방시켰다는 등. 이는 다시 일본의 한국 합방과 명성황후의 시해에 관한 서술로 이어진다. 그리고 서양인의 역사적 기록인 듯 명성황후의 죽은 모습에 대한 서술이 인용된다. 이후 일제 식민지 치하에서 일본의 한국문화 말살 정책에 관한 서술이 나오고 공연이 중반부에 이르자 서술식 공연에 변화감을 주기 위해 에스터와 찰리가 탁자 양쪽 의자에 자리를 바꾸어 앉는다.

이어 2차 대전 원폭 피해자의 문제에 이르러 서술은 "원한이 한국인의 가슴속에 뱀처럼 똬리를 틀고 있다"(Resentment coils in our heart like snake)라고 표현한다. 이어 한반도 분단 문제에 이르러는 남한의 병폐는 "부익부 빈익빈"이며 북한은 "어린 소년들까지 김일성을 우상화하고 전쟁준비를 한다"고 소개한다. 이러한 기나긴 한국의 오 천 년 역사를 서술로 훑어 내리는 동안 간혹 배경음악으로 〈엄마가 섬 그늘에〉 노랫소리가 들린다. 이어 분단 가족의 설움, 군사분계선에 관한 서술로 한 시간 여의 공연이 끝이 난다.

위에서 서술한 바와 같이 이번 핑총의 〈보자기〉공연의 의미는 크게 두 가지로 나누어 볼 수 있을 것 같다.

2. 핑총 〈보자기〉 공연의 의미

우선 글로벌 시대의 문화 전략적 차원이다. 공연 〈보자기〉는 한국의 역사나 문화에 대해 거의 알지 못하고 있는 뉴욕의 서양관객들에게 짧게나마 한국을 알리는데 적지 않은 기여를 했다. 특히 핑총이라는 세계적으로 인정받고 있는 극작가의 작업과 명성을 통해 상당히 효과적으로 서양

관객에게 접근했다.

150여 석이 되는 라마마 극장이 연일 매진되다시피 한 것은 핑총이라는 작가의 예술적 신뢰성과 함께 한국에 관한 서양 관객들의 잠재적 관심도를 나타내준다 하겠다. 한편 이 공연을 한국역사에 관한 소개공연이라 볼 때 문제는 있다. 즉 공연 시간 1시간 여 내리 한국역사에 관한 서술 내용은 약소국으로서의 설움이나 전통적으로 억압적인 사회문화제도들로, 밝고 긍정적인 면보다는 부정적이고 슬픈 감정을 더욱 강조하고 있다해도 과언이 아니다.

이 경우 국내에서의 관객반응과 한국을 전혀 모르는 서양관객의 반응은 크게 달라질 수도 있다. 즉 한국인으로서 필자를 포함한 무대 위의 두 한국인 배우들에게 이 공연은 역사적 사건 하나 하나가 북 받치는 분노와 설움을 자아내게 한다. 실제로 공연 중 찰리 역과 에스터 역을 맡은 두 배우는 감정이 울컥 치미는 듯 눈물을 보이기도 했다.

대조적으로 필자가 참관했던 첫날 공연에서 대부분의 서양관객은 거의 무반응으로 조용히 앉아 있었고, 한두 명의 서양관객은 미국의 강제적 동양권 개항에 관한 서술 장면에 이르자 크게 너털웃음까지 터뜨리기도 했다. 일반적으로 슬픈 감정이나 눈물을 지극히 부담스러워하고 꺼리는 서양관객들의 일반적 성향에 비추어볼 때 〈보자기〉 공연이 한국에 대한 밝고 긍정적인 면도 반영했더라면 서양관객에 대한 호소력이 더욱 컸을 것 같은 느낌이 든다. 특히 한국인은 "의심이 많고 교활하다"(Suspicious and cunning)라는 묘사는 한국을 잘 알지 못하는 서양관객들에게 한국인에 대한 상투적 이미지를 줄 수 있다는 점에서 상당히 치명적일 수 있다는 생각이 들었다. 비록 "이러한 점은 모든 아시아인이 다 가지고 있는 특징입니다"라는 말로 또 다른 일반화의 오류를 범하고는 있지만.

예술적 차원에서 〈보자기〉 공연은 주로 두 배우에 의한 서술 낭독식의 공연으로 주로 청각에 의존한 공연이었다. 또 간간이 덧붙이는 배우들의 팔 움직임과 손 움직임에 바탕을 둔 몸 동작 역시 핑총이 설명하듯 〈중국 경극〉에 바탕을 둔 동작이어서 한국적 몸 동작이었으면 하는 아쉬움이 남는다 그리고 무대 후면(위 무대) 공간을 거의 사용치 않고 암흑상태로 남겨둔 것은 핑총이 베트남을 소재로 한 〈슬픔 그 이후〉 등에서 많은 시각적 이미지와 무용동작을 사용했던 것과는 많은 대조를 보인다.

3. 한국을 알리는 중요한 역할을 한 공연

그러나 이 공연에서 얻은 예술적 성과 중의 하나는 찰리 역의 한국계 배우 C. S. Lee와 에스터 역 역시 한국계 배우 에스터 채와 배경 동작을 담당했던 이신영 등 연기와 재능 면에서 출중한 배우들을 발굴하여 선보이고 있다는 점이다. 특히 C. S. Lee와 에스터 채 두 배우는 예일대학 연극학교에서 연기로 예술석사(MFA)를 받은 바, 한국무대에서도 이러한 국제적 수준의 훈련된 한국계 배우들을 연계하여 공연의 질을 글로벌화 하는 것도 이 시대에 걸맞는 좋은 문화적 전략이 될 수 있다는 생각이 들었다.

또 하나 〈보자기〉의 문화·사회·정치적 의미가 임진왜란을 서술하는 한 장면에서만 소개되어 전체를 통해 충분히 강조되고 연결되지 못한 점 또한 아쉬움으로 남는다.

〈보자기〉는 공연이 끝난 후 두 차례에 걸쳐 극작가 핑총 및 한국역사 전공 교수인 E.E. 커밍즈 교수와 미국 내 한국계 작가인 이창래씨(그는 정신대 문제를 소설로 쓴 〈제스처 같은 인생〉의 작가로, 미국 내에서 상당히 재능을 인정받고 있다)를 모시고 토론회를 가졌다.

돌아가지 않고 대부분 객석에 남아 토론회에 참석하는 서양관객들을 보면서 필자는 한국에 대한 그들의 문화적·역사적 관심이 잠재적으로 대단히 강하다는 느낌을 받았다. 또한 이와 함께 한국에 관한 문화적 자료가 일반 서양관객 차원에서 얼마나 부족한지도 알 수 있을 것 같았다. 이번 핑총의 〈보자기〉공연은 극작가 본인에게나 공연을 보는 서양관객에게 한국을 알리는 우선적인 중요한 역할을 했다고 하겠다.

(문화예술, 2000. 4.)

라. 세계 저명 극단/연극인사 인터뷰

제임스 브랜든과 동양 연극
― '우주적 공간과 시간이 존재하는 동양연극'

      ― 제임스 브랜든 박사는 미국 하와이주립대 연극학
과 교수로, 미국 내 뿐 아니라 세계적으로도 잘 알려진
동양연극의 권위자이다. 전통 일본연극이 전공이지만,
동양연극 전반에 걸쳐 해박한 지식을 가지고 있는데,
심정순 교수가 인터뷰했다.―

심정순: 동양 연극에 관심을 갖게 된 직접적 동기는?

브랜든: 우연이다. 한국전쟁 때 한국과 일본에 군인으로 파견되어 복
무하게 된 것이 계기였다. 일본 연극인 분라꾸와 가부끼가 난생 처음 본
동양연극이었고 홍미를 느껴 그 후 필리핀・자바・인도・발리 등 동남아
여러 나라들을 다니며 전통연극을 많이 보았다. 제대 후 위스콘신대학에
서 박사를 마치고 미시간 주립대학교를 거쳐 하와이대학에서 현재 17년
째 동양연극을 가르치고 있다.

심: 1982년 한국에서 개최한 국제연극제에 초대되었던 걸로 알고 있는
데?

브랜든: 그렇다. 1950년 철원에서 군복무를 처음 하기 시작한 후 현재

까지 4~5차례 다녀온 바 있다. 한국연극도 몇 편 보았다.

심: 한국연극에 대한 당신의 견해는?

브랜든: 전통 연극형태와 서구로부터 도입된 현대연극 사이에는 상당한 차이가 있다. 이러한 갭을 줄이려는 노력을 많이 하고 있는 걸로 알고 있다. 그러나 한국연극은 잘 알지 못하고, 더 많이 볼 수 있는 기회를 얻고 싶다.

심: 동양의 전통적 연극형태와 서구적인 연극형태를 결합시키려는 노력에 관한 얘기가 나왔으니 말인데, 미국의 연극계 일부에서도 이러한 노력이 일어나고 있는 걸로 알고 있다. UCLA의 캐롤 소겐프라이 교수는 희랍극 〈메데아〉의 이야기를 일본의 가부끼 형식을 빌어서 새로운 희곡 〈메데아〉를 썼는데 그 공연은 얼마나 흥미로운 것이었는가? 이러한 노력 등으로 비추어볼 때 궁극적으로 동양의 전통연극 형태가 서구연극전통에 어떠한 기여를 할 수 있다고 보는가?

브랜든: 우선 미국 관객들은 동양의 전통 연극에 대단한 흥미를 가지고 있다. 그 구체적인 이유를 서너 가지로 들 수 있는데, 첫째, 사회적인 이유다. 미국 사회가 고도로 산업화·도시화됨에 따라 개인의 소외현상이 일어나는데 연극계 일부에서는 동양의 전통연극 형식인 '제의'의 연극형태를 통해 공동체적인 분위기를 창조해보려는 노력이 일고 있다. 둘째로, 종교적인 사상 및 신앙 등을 포함한 동양문화 자체가 미국인들에게 커다란 흥미를 주고 있다. 셋째로 동양의 전통연극은 놀랄 만큼 예술적인 요소들을 지니고 있다. 이러한 요소들은 매우 연극적이면서도 활력적이다.

심: 미국 내에 동서의 연극형태를 융합 내지는 결합시키는데 특별히 관심을 가진 극단들을 예로 들자면 어떤 극단들이 있는가?

브랜든: 뉴욕에 있는 '팬 아시아 레퍼토리 극단'은 동양계 미국 극작가들의 창작극을 주로 공연하는데, 소재는 동양적인 생활방식이라든가 연

극형태들을 바탕으로 한다. LA에는 '이스트 웨스트 플레이어즈 극단'이 있고, 샌프란시스코에는 '씨어터 오브 유겐'이라는 극단이 주로 일본의 교겐을 많이 공연한다. 나 자신도 내년에 하와이대학교의 케네디 극장에서 한 작품 연출할 계획이다.

심: 동서연극의 융합이라는 시각에서 연출을 계획하는가? 구체적으로 말해달라.

브랜든: 그렇다. 셰익스피어의 〈코리오라누스〉나 〈맥베드〉나 〈리차드 3세〉 중의 한 작품을 선택하여 동양의 전통연극 방식으로 연출을 하려고 한다. 동서 연극전통을 결합하려는 노력에도 정도의 차이가 있다. 예를 들어 브레히트처럼 동양연극의 전통을 그의 극 속에 최소한으로만 도입한 경우가 있다면 나의 경우는 1950년에 처음으로 동양을 방문한 이후 지금까지 겪은 수많은 동양연극의 경험이 나의 체계 속에 축적되어 있다. 그러므로 내게 있어서는 의식적으로 어떤 연극의 스타일을 선택한다기보다 이미 나에게 내재해 있는 경험을 사용한다고 보는 것이 옳을 것이다. 또한 동서양의 양 전통에 대한 나의 충분한 이해와 지식을 바탕으로 어설픈 결합이 아닌, 완전히 새로운 연극을 창조해 보고자 한다.

심: 대단히 야심만만한 포부라고 생각한다. 결국 동양연극이 국제적인 차원에서 기여를 할 수 있다면, 그것은 서양의 연극전통과 다른 본질적인 차이에 있다고 보겠는데, 그 구체적인 예 중의 하나가 동양연극만이 가지는 독특한 시간과 공간의 개념이라고들 하는데 이에 대해서는 어떻게 생각하는가?

브랜든: 동양연극에 나타나는 독특한 시공간의 개념은 불교나 힌두교 등의 종교적 및 정신적 바탕을 가지고 있다. 즉 직선적인 시간의 개념은 서구적인 것이다. 불교적인 세계관에서 시간개념은 직선적인 것이 아니며 물질적 세계는 실재하지 않는다. 이러한 세계관을 가진 관객들이 공연을 볼 때 의식의 상태는 서구의 관객들과는 근본적으로 다르다. 시간은

전혀 다른 방식으로 의식된다. 좋은 예가 일본의 노(Noh)인데, 노의 세계에서 시간의 흐름은 매우 더디며, 과거와 현재의 시간은 뒤섞여 있다. 노자체가 꿈의 세계를 바탕으로 한 것이긴 하지만 한국의 굿도 좋은 예다. 이승과 저승이 연결되어지고 두 개의 다른 시간이 혼합된다. 이와 같은 시간의 혼합은 동양의 독특한 정신적·종교적·심리적인 세계관 때문에 동양연극에만 가능한 것이다. 이러한 세계관의 차이는 동서연극간의 예술적인 차이로 나타난다.

미국에서는 속도와 변화를 중요시한다. 브로드웨이에서 상연되는 연극들은 진행이 빠르고, 활력적이며, 수십 개의 일들이 매 순간에 일어난다. 관객들은 이러한 연극을 좋아하고 이러한 연극에 반응을 보인다. 예술적인 면으로 볼 때, 동양의 연극은 8시간 내지 10시간 지속되는 연극이 흔히 있다. 동양의 관객은 이러한 연극에 만족해하고, 노래 하나가 10분 내지 15분 계속되고, 같은 춤이 20분간 계속돼도 즐거워한다. 자바의 와이양 쿨릿(Waiyang Kulit) 극은 10시간이나 계속되는데, 10여분 동안 무대위에 아무런 동작도 일어나지 않기도 한다. 서양 연극에서는 절대로 볼수 없는 현상이다. 우리들에게 있어서 시간은 반드시 채워져야 하는 것이라면, 동양인들에게 있어서 시간은 항상 비어있는(open) 것이기 때문이다. 이러한 개념을 어떤 이들은 불교의 '무'(無)사상과 관련지어 해석하기도 한다.

공간의 개념도 마찬가지다. 서양 연극에서는 관객의 시선은 공간을 채우는 '것'들에 의해 집중된다면, 동양연극에서 관객의 시선은 존재하지 않는 것들, 즉 채워지지 않은 공간에 의해 집중된다. 즉 동양연극에서 채워지지 않은 공간은 부정적인 의미가 아닌 대단한 가능성을 지니는 것이고, 이것은 예술적으로 엄청난 효과를 낸다고 본다. 또한 동양연극에서 '공간'은 옥외의 자연과 연결되는 개념이라면, 서양연극에서의 '공간'은 거의 항상 실내의 공간을 의미한다. 서양의 프로시니움 무대가 이러한 개념을 강조해 준다. 동양의 연극은 옥외에서 공연된다. 예로 한국의 산대놀이는 옥외의 탁 트인 공간에서 공연된다. 트인 공간에서는 어떤 공연이든지 할 수가 있다. 그러나 서구 연극에서는 일반적으로 '공간'이 무엇인가를 명시한다. 우리는 '공간'이라는 말로 무엇을 확실히 지칭하고자 한다. 그래서 특정된 연극을 나타내 주는 무대장치가 따른다. 그러나 바로 그렇게 하는 순간부터 우리는 '공간'이 가지는 가능성을 구체화하고, 제한하고, 좁히는 것이다. 구체적이 아닌 텅 빈 공간이란 대단한 가능성을 가지는 것이다. 채워지지 않은 시간처럼.

심: 동양과 서양 연극의 또 다른 근본적인 차이점은 서양연극이 주로 '앉아서 말로 하는' 연극이라고들 하는데……

브랜든: 일반적으로 이야기할 때, 서양연극은 역사적으로 점점 더 전문화되어 가는 추세에 있고, 그 전달 수단도 점점 더 한정되어 가고 있다. 특히 대사를 위주로 하여 의미를 전달하려고 한다. 그러나 외국인의 시각으로 나는 동양연극에서 대화 이외의 수많은 전달수단을 발견한다. 발성·노래·음악·공간구성·공간과 다른 공간 사이로의 행렬·색깔·꿈의 동작 등등 모든 가능한 전달수단이 동원된다. 동양연극에서의 의미의 전달체계는 이와 같이 복합적이고 제한되어 있지 않다.

심: 그밖에 다른 치이점이라면?

브랜든: 동양연극에는 독특한 '변신'이라는 개념이 있다.

심: 최근의 미국의 실험극단들이 그 개념을 쓰고 있지 않은가?

브랜든: 그렇긴 하다. 그러나 근본적으로 서구연극에서 한 개의 사물은 어디까지나 한 개의 사물이라고 본다. 그러나 동양연극에서의 '변신'의 개념은 시공간의 복합적인 개념과도 연결이 된다. 즉, 동양연극에서는 현실에 대한 인식 역시 복합적일 수가 있는 것이다. 그래서 하나의 극중 인물은 극이 지속되는 동안 내내 같은 인물이 아닐 수도 있는 것이다. 그래서 한 인물이 극 진행 도중 돌연히, 갑자기 다른 인물로 변신한다. 이것

은 서구연극에서 한 인물은 10년쯤 걸려 심리적인 변화를 거친다고 생각되는 것과는 근본적으로 다르다. 서구연극에서는 인도네시아의 그림자극이나 인도의 무용극에서처럼 일순간에 극중 인물이 변신하는 일은 상상할 수 없다. '노'에서도 마찬가지다. 중심인물이 한 극중인물로 등장하고는 갑자기 전혀 다른 극중인물로 변신을 한다. 가부끼에서는 분장과 의상의 변화와 함께 변신이 일어난다. 즉, 인물이 입고 있는 의상을 벗어 던지면서 그 인물은 다른 인물로 둔갑한다. 한 인물이 이렇게 복합적인 역할을 한다. 이러한 모든 것은 결국 우주가 존재하는 방식에 대한 문화적인 인식이 다르기 때문이며, 또한 연극이 그러한 세계를 표현하는 방식이 다르기 때문인 것과 관련된다.

이와 같은 세계관은 서구적인 사고체계에서는 찾아볼 수 없다. 여기서 내가 말하는 서구적 사고체계는 서구의 중심을 이루는 기독교적인 바탕을 둔 현대 과학적인 사고를 의미한다. 이런 사고체계에서는 하나의 요소는 불변하는 하나의 요소인 것이다. 그러나 반면에 우리는 상대성 이론도 가지고 있다. 그래서 우리는 원자가 변화할 수 있다는 것도 알고 있다. 이렇게 볼 때 아마도 고도로 이론적인 차원에서는 현대 서구의 사고체계가 동양의 전통적 사고체계와 비슷해지고 있거나, 가까워지고 있다고 주장할 수도 있을 것이다. 복잡한 이야기라 내가 주장할 수 있을 것 같지는 않다.

심: 한국관객에게 하고 싶은 말씀은?

브랜든: 미국관객들은 동양연극에 매우 지대한 흥미를 가지고 있다. 앞에서 말한 바와 같이 문화적인, 예술적인, 사회적인 이유에서 미국이 많은 결점을 가지고 있기는 하지만 확실한 한가지 특징이 있다면 그것은 미국문화는 일반적으로 상대적으로 말할 때 '개방적'이라는 것이다. 그래서 많은 여러 나라의 문화적인 요소가 미국문화 속에 흘러 들어오고 있다.

최근에 한국 이민들이 많아지고 있는 걸로 알고 있다. 앞으로 한 세대 쯤 지나면 한국의 문화적 요소도 미국 내에서 확립될 수 있지 않을까? 이 와 더불어 많은 한국 학생들이 하와이대학 연극과에 와주기를 환영한다. 지금까지 기억나는 중요한 한국 학생들이라고는 심 교수와 안민수 씨, 요 새 이곳에 와있는 김의경 씨 정도다.

심: 한국 연극은 공연을 했는가?

브랜든: 별로 하지 못했다. 지금까지는 한국 학생들이 한국 연극을 번 역하고 공연했었다. 이런 점에서도 우리는 한국 학생들이 한국연극을 알 리는데 커다란 기여를 할 수 있다고 본다. 학생연극도 케네디극장과 실험 극장(하와이대학교내)에서 올려진다.

심: 한국 극단들이 미국 순회공연을 가끔 갖는 걸로 알고 있는데 하와 이대학의 공연을 원하면 도와줄 수 있는가?

브랜든: 교내 극장들이 미리 예약이 되므로 공연의사가 있으면 미리 미리 알려주기 바란다. 도울 수 있는 대로 돕겠다. 흥미가 있을 것으로 생각된다. 또 한가지 말해둘 것은 전통연극의 경우는 의상이나 춤으로 대 사가 없거나 큰 비중을 차지하지 못하므로 해외공연이 비교적 수월하지 만, 현대극의 경우는 언어문제 때문에 힘들 것으로 생각된다. 일반적으로 동양의 극단들은 현대극으로 순회공연을 하지 않는다. 몇몇 전위극단들 이 오기는 했는데, 춤이나 음악 등 전통연극이 갖는 연극적 요소들을 강 조한 공연형식을 사용했다.

심: 하와이대학 연극과에서 '아시아 연극저널'(Asian Theater Journal)을 얼마 전에 창간했고, 당신이 편집장인데 창간 취지는?

브랜든: 다른 아시아 연극을 다루는 학술지와는 달리 공연 중심의 논 문들에 중점을 두려고 한다. 물론 연극의 문학적인 면을 배제하는 것은 아니지만 아시아 연극에 관심 있는 학생 및 연구가들에게 좀 더 많은 자 료를 제공하고자 한다. 한국 연극에 대한 논문이나 보고 등도 환영한다.

개인적으로 아시아 연극 전문지의 주필로서 좀 더 한국 연극을 많이 볼 기회를 갖고 싶다. 또한 많은 한국의 연극 애호가들이 우리의 '아시아 연극저널'을 애독해 주기 바란다. 하와이대학교 연극과에서는 이번 봄 시즌에 중국 경극 '불사조 둥지로 돌아가다'를 공연한다. 이 공연은 미국에서는 최초로 시도되는 영어 공연으로 이를 위해 중국에서 일류급 경극 전문가 3명이 초대되어 미국학생들을 한 학기 동안 훈련하고 있다. 이 극의 연출은 현재 하와이대학 연극과 교수이자, 외국인으로서는 최초로 1980년 북경에서 경극공연에 주역을 맡았던 엘리자베스 위크만(Elizabeth Wichman) 박사가 맡고 있다.

(객석, 1985. 3.)

LA 지역극단 '마크 테이퍼 포룸'(The Mark Taper Forum)을 찾아서

1. 미국의 대표적인 '지역극단'

로스앤젤레스 시내 중심부에 위치하고 있는 '마크 테이퍼 포룸(Mark Taper. Forum)' 극단은 미국의 대표적인 '지역극단' 중의 하나이다. UCLA에 소속된 한 연극 그룹을 모체로 하여 1967년에 창단된 이 극단의 당초 설립 목적은 실험정신을 바탕으로 한 새로운 연극 발전과 로스앤젤레스 지역의 다양한 인종적 문화적 배경을 가진 모든 계층의 관객들에게 봉사하고자 함이다.

이러한 근본 취지는 이 극단의 이름인 '포룸(Forum)'이라는 단어에서도 엿볼 수 있는데, 이 극단의 상임 대표 연출가인 고든 데이빗슨(Gordon Davidson)에 의하면, "포룸이라는 말은 곧 관객과 예술가가 의견이나 대화를 함께 나눈다는 것을 의미하며, 이런 과정을 통하여 재미있는 생각이나 새로운 인식이 생겨나며 궁극적으로는 예술가뿐만 아니라 관객들 쌍방이 그들 자신을 표현하게 된다"는 것이다.

'마크 테이퍼 포룸' 극단은 새로운 극작가의 발굴을 위해 '현재를 위한 새로운 연극 (New Theater for Now)이라는 프로젝트를 만들고 신인 극작가 및 연출가·배우들에게 공연 장소를 제공하고 있다. 이외에도 이 극단은 다양한 프로젝트를 가지고 각기 다른 공연활동을 하고 있는데, 그 중에는 학교 등지로 관객을 찾아가서 공연활동을 하는 청소년 연극 프로젝트(Improvisational Theater Project)와 난청 관객들을 위한 연극공연 프로젝

M.T.F 극장 전경

마크 테이퍼 포럼 극장 외부와 내부 사진

트(Deaf Audience Theater Encounter)', 그리고 TV 및 영화 프로젝트도 운영하고 있다.

이 극단은 또한 관객들의 의견에도 많은 관심을 쏟고 있다. 스태프 멤버들이 고등학교 및 대학교의 연극수업에 참여, 학생들과 의견을 교환하거나 혹은 대학 캠퍼스에 가서 공연활동을 하며, 정기공연기간 중에는 관객과 출연진 및 연출가 때로는 극작가와의 대화의 만남을 주선하기도 하며, 혹은 설문지를 돌려 관객들의 의견을 묻기도 한다.

다음은 필자가 이 극단의 총지배인인 스티븐 엘버트를 만난 대담 내용

으로 특기할 사실은 이 극단은 로스앤젤레스 지역의 인종적 다양성을 공연활동 등에도 반영하고자 하는 근본 설립취지에 따라 한국 이민이 이제 상당한 수에 달한다는 사실을 감안, 한국연극의 공연에 상당한 관심을 갖고 있다는 것이다.

2. 작품 소요경비 6억 원이라는 엄청난 투자

심정순: 마크 테이퍼 극단은 어떻게 조직되어 있고 운영되고 있는가?

앨버트: 구조적으로 좀 복잡한데, 로스앤젤레스 지역의 종합 공연센터인 LA뮤직센터 소속 공연단체로 미국 내에서 가장 큰 비영리 공연단체 중의 하나다. 마크 테이퍼 극단은 연중 내내 공연을 계속하는 750석의 '마크 테이퍼 극장'을 가지고 있으며, 99석의 소극장 '테이퍼 투'(Taper, Too)와 헐리우드에 있는 제임스 에이 두리틀 극장을 UCLA와 공동으로 소유하고 있다. 본 극장인 '마크 테이퍼 포럼' 극장에서는 정규 레퍼토리가 올려지고 '테이퍼 투' 극장에서는 관객과 배우간의 밀접한 관계가 요구되는 공연이 올려지고 있다.

심: 그러면 동시에 세 개의 공연이 함께 진행될 때도 있는가?

앨버트: 그럴 때도 있다.

심: 극단 소속 전속배우가 없고 작품마다 고용한다고 하는데 경제적인 이유 때문인가?

앨버트: 우선 지적하고 싶은 것은, 로스앤젤레스에는 연극관계 종사자들의 수많은 조합들이 있다. 그리고 뉴욕 다음으로 이곳에는 가장 큰 배우조합이 있는데 우리 극단은 이 배우들을 모두 활용하는 방법을 모색하고 있다. 예를 들면 우리는 로스앤젤레스 지역사회의 다양성을 우리의 공연활동에 반영하고자 하므로, 여러 다른 인종적·민족적 배경을 가진 공

연물의 특성에 따라 필리핀 배우나 중국인 배우 등 다양한 배우들을 선택할 수 있다는 장점을 가지고 있다.

또 다른 이유를 들자면 로스앤젤레스에는 TV와 영화산업이 강세이기 때문에 배우들은 연극보다 수입이 열 배나 많은 영화 및 TV출연을 위해 연극공연에만 그들의 활동을 제한하려고 하지 않는다는 것이다.

심: 이러한 거대한 조직을 움직이려면 많은 예산이 들텐데 자금관리는 어떻게 해결하고 있는지?

앨버트: 예산은 다양한 방법으로 확보된다. 우리의 현재 1986년 연간예산은 8백만 달러로, 이중의 50%는 입장권 판매로 얻어지고, 30% 정도는 개인 후원자나 캘리포니아주(州) 내에 있는 기업체 및 재단에서 기부를 받는다. 나머지는 연방정부의 예술보조기금 및 록펠러 재단·슈버트 재단 등 전국적인 단체에서 도움을 받고 있다.

심: 한 작품을 공연하는데 대개 어느 정도의 예산을 책정하고 있는지 알고 싶다.

앨버트: 공연마다 다르지만, 소극장인 테이퍼 투에서의 공연은 한 작품에 6만 불 내지 8만 불, 그리고 본 극장인 마크 테이퍼에서의 공연은 60만 불 내지 70만 불이 소요된다. 이것은 물론 리허설부터 공연이 끝나기까지의 모든 비용을 포함한 것이다.

마크 테이퍼 포룸극단이 1982년 공연한 〈염세주의자〉

일반적으로 마크 테이퍼 본 극장 공연의 경우, 나는 7개 내지 10개 가량의 노동조합과 접촉해야 한다. 배우 조합·연출가 조합·무대장치가 조합·의상가 조합·또한 뮤지컬의 경우에는 음악가 조합 등등. 이 조합들은 제각기 적정 임금제를 채택하고 있다.

심: 이 조합들이 파업을 한 적이 있는가?

앨버트: 지금까지는 없다. 우리 극단은 미국의 대표적인 극단의 하나로서, 가능한 한 최선의 작품을 공연하려고 한다. 이 '최선'이라는 말속에는 우리와 일하는 연극인들에게는 충분한 생계비를 지급한다는 의미도 포함되어 있다. 연극활동으로 부자가 되는 사람은 없지만 적어도 우리 극단과 일하는 동안은 합당한 대우를 받는다.

3. 다양한 입장권 가격으로 다양한 관객을 흡수

심: 리허설에 소요되는 시간은 대개 어느 정도인가?

앨버트: 보통 3주반 정도가 리허설에 소요되고 반주일은 무대장치 및 조명 등과 맞추어 보는 테크니컬 리허설, 그리고 나머지 일주일 반 가량 동안 예비 공연을 한다. 리허설에서 끝날 때까지로 보면 작품당 12주 가량 걸리는 셈이다.

심: 공연에 임하는 스태프 및 캐스트들은 이미 잘 훈련된 사람들인가?

앨버트: 그렇다. 그럼에도 우리는 리허설 기간을 일주일 정도 더 연장해야 할 필요를 느끼고 있으며 앞으로 그렇게 할 예정이다. 유럽의 경우에는 리허설 기간이 훨씬 길어서 6개월에서 1년간 리허설을 하는 경우도 상당히 많이 있는 것으로 알고 있다. 우리는 궁극적으로 레퍼토리 극단시스템을 우리 극단에 정착시키려고 하는데 레퍼토리가 될 공연의 리허설 기간은 8주가 된다.

4. 1984년 LA올림픽 공연부문 주도

심: 이 극단의 모든 활동을 뒷받침해 주는 기본 원칙이나 이념이 있다면……

앨버트: 여러 가지 측면에서 말할 수 있겠는데, 우선 입장권 판매에 있어서 우리의 기본원칙은 로스앤젤레스에 있는 사람이면 누구나 우리의 공연을 와서 볼 수 있도록 하자는 것이다. 그래서 우리는 입장권 가격을 10가지로 조정해서 판매한다. 즉, 제 가격을 다 받고 파는 경우, 노인들과 학생들을 위한 할인제, 공연 날에 파는 반 가격의 할인제, 단체가격 등등 다양한 가격으로 다양한 관객을 흡수하려고 노력하고 있다.

공연측면에서 말할 것 같으면, 마크 테이퍼 포럼은 신인작가들의 새로운 작품, 문제성을 띠고 논란의 여지가 많은 작품들을 공연하는 단체로 평판이 나있다. 동시에 우리는 이미 존재하고 있는 고전화 된 작품들을 바탕으로 레퍼토리 공연 방식을 첨가하려고 한다. 왜냐하면 신인 극작가들은 체홉·쇼오·입센·오닐 등의 작품을 볼 기회를 가짐으로서 얻는 것이 많을 것이기 때문이다.

심: 실험적 연극공연이라는 말과 관련하여, 이 극단은 여성연극에도 관심을 가지고 있는가?

앨버트: 그렇다. 여성문제를 다루는 공연을 몇 개 했는데, 생각나는 공연이 엔토자키 샹게의 '무지개가 충만할 때 자살할 것을 생각했던 흑인 소녀를 위하여'(For a Colored Girl Who had Considered Suicide When the Rainbow Was Enough)인데, 서부지역에서의 초연이었다. 그 외에도 일본인 부부관계를 배경으로 여성문제를 다룬 공연도 있었다. 내 개인적인 생각은 우리 사회는 인종적인 차이를 초월하는 보편적인 차이로 인하여 생겨

나는 문제에 관심을 가지고 있다.

심: 인종적인 차이를 초월하는 말이 나왔으니 말인데, 이 극단은 외국의 극단과 교류하는데 관심이 있는가?

앨버트: 우리는 이런 면에 매우 많은 흥미를 가지고 있다. 예술을 통하여 서로 다른 문화를 경험한다는 것은 예술가들에게 매우 중요한 일이라 생각된다. 사실 우리 극단은 오는 7월부터 시작되는 우리 극단 20주년 창단 기념 시즌에 세계순회공연을 계획하고 있다.

심: 어떤 작품을 가지고 어느 나라를 갈 계획인가?

앨버트: 오닐의 〈서자의 달〉(Moon for the Misbegotton)과 현대작품인 〈테라노바〉(Terra Nova)로 전자는 호세킨테로, 후자는 고든 데이빗슨이 각각 연출한다. 총인원은 15~20명이 될 것 같고, 우선 일본을 첫 번째 공연지로 생각하고 있으며, 거기서 중국이나 뉴질랜드로 갈 것을 고려하고 있다.

심: 공연비용은 누가 대는가?

앨버트: 아마도 연방정부와 여러 재단에서 보조를 받을 것 같다.

심: 공연 주최국에게는 아무런 조건도 요구하지 않는가?

앨버트: 공연에 드는 비용을 분담하게 될 것이다. 일본 공연예정이 확정되면 한국이나 중국공연에도 관심이 있다.

심: 다른 나라, 예를 들면 한국의 극단을 초청, 공연을 주최할 마음이 있는가?

앨버트: 그렇다. 현재 우리는 밴쿠버 연극페스티벌에 참가 예정인 중국 극단을 이곳으로 초대하여 공연할 계획을 가지고 있다. LA에 한국 인구가 증가하고 있어 한국연극 공연도 흥미가 있을 것 같다.

또한 우리 극단은 지난 84년 LA올림픽 공연부문을 주최했었고, 88년 서울 올림픽에도 참가할 수 있기를 바라며, 이에 관한 자료가 있으면 얻어볼 수 있기 바란다.

* 이 극단의 연출가 고든 데이빗슨은 1977년 토니상(연출부문)을 수상했고, '쥬
  트 슈트'(Zoot Suit)는 홍행에서나 작품의 질에서나 히트를 쳤던 대표적 공연이
  다. 이외에도 이 극단은 수많은 연극부문의 상을 수상했다.

(객석, 1986. 7.)

'호놀루루 청소년극단'
(Honolulu Theater for Youth)

1. 창단 31년의 비영리 전문극단

미국 내에서 청소년극단으로 이름이 나있는 몇 개의 극단 중의 하나인 호놀루루 청소년극단(HTY)은 하와이주(州)에서 유일한 비영리 전문극단으로 1955년에 창단, 올해로 31주년을 맞이했다. 하와이주 내의 청소년을 위한 공연활동을 목표로 세워진 이 극단의 가장 두드러진 특징은 주 정부와 지역사회 경제계가 조직적으로 연결되어 있는 튼튼한 극단의 행정·재무구조였다. 이러한 효율적인 구조가 이 극단이 하와이주 내에서 청소년 학생들을 위해 공연을 통한 진정한 교육 및 봉사활동을 가능케 하고 있다.

HTY는 지역사회에서 선출된 이사회와 예술담당 디렉터 존 카우프만(John Kauffman), 행정담당 디렉터 제인 캠벨(Jane Campbell)에 의해 이끌어지며, 현재 14명의 스태프를 두고 있으며, 공연 때마다 자원봉사자들에게 도움 받아 1년을 한 공연시즌으로 하고 있는 이 극단은 연간 5편 내지 9

편의 작품을 공연하며, 전체 공연 횟수는 3백 회 가량, 동원되는 총 관객의 수는 4만 명에 이른다. 하와이주 내의 모든 공립학교 재학생들은 매년 이 극단이 공연하는 작품을 적어도 1편 이상은 보도록 하와이주 문교성과 협약이 이루어져 있다.

호놀루루 청소년 극단은 전용극장이 따로 없고, 하와이주 내의 공립학교와 사립학교 등 청소년 관객을 찾아다니며 공연활동을 하는데, 미국에서 최초로 공립학교의 정규수업 시간에 공연활동을 하게 된 최초의 극단이다.

HTY의 행정담당 디렉터인 제인 캠벨은 인터뷰를 통해 청소년극단의 진취적인 활동상황을 펼쳐 보여 주었다.

2. 초등학생부터 성인까지 관객으로 끌어들인다

심정순: 청소년연극 공연으로 미국 내에서 이름이 나있는 극단 중의 하나인 오마하 매직 극장(Omaha Magic Theater)의 경우 주로 관객들과의 토론을 통해서 그 지역사회의 문제거리를 찾아내고, 그것을 공연의 소재로 삼는다고 전속 극작가인 미간 테리(Megan Terry)가 얘기한 바 있다. 호놀루루 청소년 극장의 경우는 어떠한가?

캠벨: 우리극단은 사회 및 정치적인 문제를 공연의 소재로 하기보다는 1년이라는 공연기간 동안 여러 가지 소재를 바탕으로 균형 있는 공연계획을 짜려고 노력한다. 왜냐하면 우리 극단은 하와이주 전체 초등학생 수의 90%와 고등학교 학생 및 성인들 등 다양한 관객층을 목표로 하고 있기 때문이다.

예를 들어 올해 1985~1986시즌의 공연계획을 보자. 고전동화인 '신데렐라'는 전가족을 관객으로 삼고 있으며, 현대판 고전작품인 일본 작가의 작품 〈라쇼몬〉은 초등학교 6학년 이상 성인을 관객으로 잡는다. 또한 중국 이민의 이야기를 그린 〈에프 오 비〉(FOB)는 고등학생 이상 성인을 대상으로 하는 공연이며, 닭의 우화를 바탕으로 한 '벅 벅 버 딕'이라는 공연은 유치원과 유아원 어린이들을 그 대상으로 한다. 이와 같이 우리 극단은 한해 공연기간 동안 모든 나이의 청소년 및 성인 관객을 연극과 접하도록 하고 있다.

공연 작품 중 창작극의 수는 제한되어 있어서 한 시즌에 한두 편 정도 공연하는데, 창작극의 소재는 주로 하와이와 태평양지역을 다룬다. 그 이유는 하와이라는 독특한 장소에 위치해 있는 만큼 하와이 및 태평양지역의 청소년들에게 그들의 지역적 전통 및 유산에 대한 자부심을 길러주고 나아가서는 전체 연극계에도 기여할 수 있기 때문이다.

심: 한 시즌을 구성하는 공연작품은 어떻게 선택하는가?

캠벨: 원칙적으로는 이 극단의 예술담당 디렉터인 존 카우프만(John Kauffman)이 하는 일이지만, 실제로는 나와 교육담당 디렉터와 의논하여 결정하게 된다.

우리 극단은 이외에도 이사회와 예술자문 위원회를 가지고 있는데, 일년에 한번씩 회합을 갖고 시즌에 공연할 작품들에 관해 조언을 한다. 또한 하와이주 문교성 내에 교장자문위원회와도 연관을 맺고 있어서 의견을 교환할 뿐만 아니라, 문교성과 협약을 맺어 공연시에는 이들 학교의 학생들을 관객으로 보내게 되어 있다. 그래서 한 작품을 3~4주 공연하는 경우 2만 내지 2만 5천의 청소년 관객을 동원한다.

심: 교육담당 디렉터는 어떤 일을 하는가?

캠벨: 교육담당 디렉터는 원하는 학교를 돌아다니며 청소년연극 워크숍을 지도한다. 여기에는 학생들을 대상으로 하는 프로그램과 선생님들을 대상으로 하는 프로그램이 있다. 워크숍은 어린이들에게 재미를 줄 뿐만 아니라, 그들 자신들을 표현하고 자신감을 갖는 훈련을 시킨다. 실

제로 우리의 교육담당 디렉터인 카렌이 몇 학년 학생들에게 어떤 작품이 맞는지에 대해 가장 잘 알고 있다. 존이 이번 작품공연을 구상할 때 그는 카렌에게 그 작품의 관객을 몇 학년 학생으로 잡아야 할 것인지에 대해서 묻는다. 왜냐하면 아무리 좋은 공연이라 해도 그에 적합한 관객을 만나지 못하면 성공을 거둘 수 없기 때문이다.

3. 연간 예산의 절반 이상, 보조금으로 충당

심: 연간 예산은 얼마나 되며, 어떻게 충당되는가?

캠벨: 1986년 현재 연간 예산은 50만 달러이며, 이중 절반 이상이 보조금으로 이루어진다. 입장권 등을 팔아서 얻는 수입은 절반이 좀 못 된다. 보조금은 주 정부와 연방 정부 및 하와이주 내의 개인 기업과 재단들로부터 받는다. 올해부터는 중소기업들에게서도 보조금을 얻기 위해 활동하고 있다. 이외에도 개인 후원자들과 이사회의 이사들도 기부금을 내고 있다.

심: 이사회는 어떤 사람들로 구성되며 하는 일은?

캠벨: 이사들은 하와이 지역사회의 재정적 중심이 되는 사람들이다. 주로 기업가들로 구성되어 있다. 왜냐하면 지난 5년 동안 비영리 순수극단은 재정적인 문제를 해결하기 위해 이전보다 더욱더 많은 노력을 기울이지 않으면 안되었기 때문인데 이것은 전미국적인 현상이다. 이사회는 우리 극단의 정책을 수립하고 예산을 승인하고, 그리고 극단의 중요한 역할을 하는 예술담당 디렉터와 행정담당 디렉터를 고용한다. 그리고 배우 및 기타 인원들을 고용하는 일은 디렉터들이 맡게 된다.

심: 배우는 어떤 조건으로 고용하는가?

캠벨: 동시에 몇 개의 공연이 진행되고, 또 각기 다른 종류의 공연이

올려지기 때문에 배우는 공연에 맞추어 잠정적으로 고용 계약을 맺는다.

예를 들어, 〈라쇼몬〉 공연에는 아시아인 배우가 필요한데 비해, 〈신데렐라〉에는 백인 어린아이 배우가 필요하다. 〈라쇼몬〉 공연에는 배우 고용기간이 6주이고, 〈신데렐라〉는 2달, 〈항해사의 노래〉의 경우는 고용기간이 5개월 정도이다. 배우들의 월급은 처음 시작하는 신인 배우가 한 달에 9백 달러 정도를 받고, 일 년이 지나면 1천 달러로 인상되는데, 우리 극단에서 가장 높은 배우의 봉급은 1100달러를 받고 있다. 하와이에는 우리 극단이 유일한 직업극단이므로 본토와는 달리 배우를 구하는 문제가 힘이 들 때도 있다. 어떤 때는 오디션이 끝나서 배역이 결정된 후에도 배우가 본토의 더 좋은 자리를 따라 가버리기도 한다.

심: 관객 동원 문제는 어떠한가?

캠벨: 관객동원 숫자와 공연의 질과는 반드시 일치하지 않는다. 공연평을 좋게 받은 공연에 객석이 비어있는 때가 있는가 하면, 혹평을 받은 공연에 관객이 몰리기도 한다. 그 이유는 나도 알 수가 없다. 학생 관객들의 경우에는 공연시즌이 시작되기 전인 봄에 이미 예매가 끝나게 된다.

심: 그럼 입장권 판매에 신경을 쓸 필요가 없다는 말인가?

캠벨: 그렇지는 않다. 공연평이 좋지 않거나 소문이 나쁘게 나면 예약이 취소되기도 한다. 그 대신 평이 좋게 나면, 예약된 이상의 학생 단체 관객이 관람신청을 해온다. 공연의 인기도가 한 시즌에 약 1만 명 정도의 학생 관객을 더 불러오기도 하고 빼앗아 가기도 한다. 일년간 우리의 모든 공연을 관람하는 학생 관객의 총 숫자는 13만~13만 5천 명에 이른다.

심: 한 시즌에 공연되는 작품들은 하와이에서만 공연되는가?

캠벨: 기본적으로 한 시즌에 포함된 모든 공연은 오아후섬(호놀루루가 있는)에서 공연되고, 이중에서 적어도 일년에 한 편은 하와이주 내의 다른 섬으로 순회공연을 하고 있다. 그러나 현재 교육담당 디렉터는 오아후 지역에만 그 활동을 국한시키고 있고, 옆 섬까지 활동영역을 넓히지 않고

있다.

심: 이 극단의 공연 시즌은?

캠벨: 우리는 다른 극단과 달리 특별한 시즌을 가지고 있지 않고 우리가 한 시즌이라 말하는 것은 연중 내내 공연한다는 것을 의미한다.

심: 이 극단의 공연에 대한 당신의 기본적인 입장이 있다면?

캠벨: 우리극단의 헌장에 나타난 바에 의하면 우선 청소년들을 위한 공연을 하는 것이고 무엇보다도 하와이에 위치해 있는 만큼 이 지역의 인종적 다양성, 즉 일본계·중국계·한국계·필리핀계·마이크로네시아 계통 등에 속한 사람들의 문화적 특성을 공연에 반영하려고 한다. 그 외에도 연극은 생각을 표현하는 발표장이라는 것과 예술에서의 철저한 전문성을 바탕으로 양질의 공연을 만든다는 것이 우리 극단의 기본방침이다.

심: 일본 및 중국적인 소재를 바탕으로 청소년연극을 공연하고 있는데,

호놀루루 청소년극단의 〈배고픈 까마귀〉 공연 (1985)

하와이지역에 한국인 인구가 상당히 증가했다는 사실을 감안할 때, 한국의 옛날 이야기나 한국적 소재를 바탕으로 한 공연은 계획되고 있는지?

캠벨: 현재까지는 없다. 그러나 한국적 소재를 바탕으로 한 연극공연에 우리 극단은 관심을 가지고 있다. 지난번 일본을 방문했을 때 일본어로 공연된 '금도끼'를 보고 많은 감명을 받고 나서 더욱 관심이 있다. 현재 일본어로 된 금도끼 동화집을 가지고 있는데 번역해서 공연을 할까 생각하고 있다.

심: 한국 연극인들과는 알고 지내는가?

캠벨: 지난번 청소년연극협회 총회에 갔을 때 김의경 씨와 김우옥 씨를 만난 것을 기억하고, '방황하는 별들'의 각본도 가지고 있다.

*   *   *

호놀루루 청소년극단의 1985년 시즌 공연작품은 6편으로 일본 사무라이 이야기를 청소년연극으로 각색한 〈라쇼몬〉, 서양동화인 〈신데렐라〉, 태평양 마이크로네시아 사람들의 전설을 바탕으로 한 〈항해사〉, 미국에서 살고 있는 중국이민 청소년의 이야기를 그린 〈FOB〉, 식탁으로 가야 할 운명에 놓여있는 돼지의 이야기인 〈사롯트의 그물〉과 욕심 많은 소녀가 닭이 되어버린 이야기인 〈벅 벅 버 딕〉으로 구성되어 있다. 이와 함께 이 모든 공연들에는 시각 및 청각 장애자들의 관람을 위해 보조수단들이 동원되고 있다는 것이 주목을 끌 만한 일이었다.

(객석, 1986. 9.)

샌프란시스코 지역극단, 아메리칸 컨서버토리 씨어터(American Conservatory Theater)

1. 미국 서부 연극무대의 꽃, A.C.T 극단

큼직하고 시원하게 뚫린 보통의 미국 도시의 거리들과는 달리 샌프란시스코의 거리들은 좁고 오밀조밀한 것이 마치 서울의 거리들처럼 친밀감을 준다. 이러한 거리 중의 하나인 기어리가(街)를 따라가다 보면 카페 등 여러 조그만 가게들이 다닥다닥 붙어있는 한 곳에 에이 씨 티 극단(A.C.T: American Conservatory Theater)의 낡아 보이는 4층 짜리 건물 입구가 끼어있다. 그리고 바로 길 건너편에는 이 극단의 전용극장인 기어리 씨어터가 있다.

이 극단은 샌프란시스코의 지역극단으로, 같은 캘리포니아주 안에 있는 로스앤젤레스의 지역극단인 마크 테이퍼 포름 극단과 여러모로 비교가 된다. 우선 규모 면에서 두 극단은 큰 차이가 있다. 로스앤젤레스의 거대한 도시적 성격처럼, 마크 테이퍼 포름 극단의 규모는 엄청나다. 극장을 세 개나 소유하고 있고, 수많은 공연 프로젝트가 동시에 진행된다.

또한 이 극단이 받는 공공적인 보조도 대단하다. 그래서 어떤 면에서는 이 극단은 거대한 기구로서의 인상이 강하다.

이에 비해 에이 씨 티 극단은 좀 더 인간적인 인상을 준다고나 할까. 규모가 테이퍼 포름보다 작고, 역시 공적인 보조를 받고 있으나, 자체 내의 이유로 상당한 빚을 지고 있기까지 하다. 공연작품으로 보면, LA의 마

샌프란시스코 A. C. T.극단 건물 전경

크 테이퍼 극단이 창작극과 순수연극 및 신인 극작가 및 연출가의 발굴 및 훈련에 많은 노력을 기울인다면, 에이 씨 티 극단은 세계적인 고전작품들을 많이 공연해왔다는 특징이 있다. 또 하나, 에이 씨 티 극단의 특색이라면, 이 극단의 이름인 미국 연극학교 극단(American Conservatory Theater)이 말해주는 바와 같이, 배우 훈련학교를 자체 내에 가지고 있어 끊임없이 배우들을 양성해 낸다는 점이다.

이 극단의 매니저인 데니스 파우어즈(Dennis Powers)는 1967년부터 이 극단에서 일해왔다고 하는데, 그 전에는 연극평론을 했었다고 한다. 다음의 인터뷰는 파우어즈의 사무실에서 행해진 것으로, 인터뷰가 진행되는 동안 옆방에서는 배우들의 탭댄스 클래스가 열리고 있는 듯 계속 스텝소리가 들리고 있었다.

2. 배우 훈련학교의 연극활동

심정순: 극단이 정규 배우학교를 갖고 있다는 것은 매우 재미있는 일 인데, 그 훈련 프로그램에 대해 이야기해 달라.

파우어즈: 우리 극단의 경우 연극공연 작업과 배우를 전문적으로 훈련 시키는 교육부분이 아주 밀접하게 연관되어 있다. 우리 극단소속의 직업 배우들과 연출가들이 배우학교의 학생들을 가르치고, 또 학생들은 우리 극단의 연극공연에서 엑스트라 역을 맡는다. 그리고 그 중에서 재능이 있 는 학생들은 극단에 남게된다.

심: 연극학교는 몇 년 과정인가.

파우어즈: 3년 과정으로, 주로 대학교를 졸업한 사람들이 온다. 매년 한 6백 명 가량의 지원자들 중에서 50명을 뽑는다. 2년차가 되면 50명중 에서 25명을 탈락시킨다. 그리고 마지막 해인 3년차에서 다섯 내지 여섯 명이 남게 되고, 이들은 우리극단 소속의 직업배우가 된다.

심: 수업료는 어느 정도인가?

파우어즈: 1년에 약 5천 불 정도인데, 학생들의 75%는 장학금 혜택을 받고 있다. 왜냐하면 배우지망 학생들을 선발할 때 돈이 있느냐 보다는 재능이 있느냐를 우선적으로 보기 때문이다. 그리고 재능 있는 학생들이 우리에게는 소중하기 때문이다..

심: 무대술에 대한 교육도 이 학교의 교육프로그램 속에 포함되어 있 는가?

파우어즈: 우리극단은 배우 훈련에 중점을 두고 있다. 무대술의 훈련을 받고자 하는 경우에는 인턴으로 공연에 직접 참가하여 배울 수가 있다.

심: 배우 훈련을 위한 과목들은 어떤 것이 개설되어 있나?

파우어즈: 발성 · 스피치 · 노래 · 발레 · 탭댄스 · 작품해석 · 시대적 몸동작 및 요가 같은 과목들이다.

심: 극단의 배우를 뽑을 때 인종적인 다양성도 고려를 하나?

파우어즈: 우리에게 여러 다른 피부빛깔을 가진 배우를 갖는 일은 매우 중요하다. 흑인 배우 · 아시아인 배우 · 스페인 계통의 배우 등등. 실제로 이번 시즌에 흑인배우들만 나오는 공연을 계획하고 있고, 또 1930년대 쓰여진 〈황무지〉라는 중국연극 공연을 기획하고 있는데, 아시아인 배우들과 백인배우들이 함께 공연한다. 이 중국연극은 신화적인 성격을 띤 작품으로 인물이나 스토리가 매우 중국적인 것이다.

심: 사회성이 강한 연극도 공연을 하는가?

파우어즈: 그런 방면으로 좀 더 노력을 하려고 한다. 작년에 에이즈(AIDS: 후천성 면역결핍증)에 관한 연극을 하려고 했으나 공연권을 얻지 못했다. 우리 극단의 공연 특징은 고전적 연극공연에 있다. 30년 전만 해도 미국 연극배우들에게 고전연극을 공연할 수 있도록 훈련하는 과정이 없었다. 그래서 미국배우들은 사실주의 연기만을 잘 할 수 있다고 생각된 적도 있다. 셰익스피어극의 공연은 잘할 수 없다고 생각했었다. 이 극단의 창시자이자 연출가였던 윌리암 볼은 미국배우들이 테네시 윌리암즈 · 윌리암 인지 · 아서 밀러의 연극뿐만 아니라 셰익스피어나 몰리에르 등 고전연극을 공연할 수 있도록 하기 위해서는 배우들간에 연기에 관한 지식을 함께 공유해야 한다고 보았다. 그래서 성숙하고 노련한 배우들이 젊은 배우들에게 연기 지식을 물려주도록 하는 것이 우리 극단의 전통이다. 실제로 우리 배우 학교에서 1학년 학생들은 미국 사실주의 연기를 집중적으로 배우고, 2학년이 되면 버나드 쇼나 왕정복고시대의 희극연기, 그리고 나아가서 셰익스피어나 몰리에르 등의 고전연기를 공부한다.

심: 화제를 좀 돌려서 이 극단의 공연 시즌에 대해 얘기해 달라.

파우어즈: 10월부터 다음해 5월까지가 보통 한 시즌이고, 대개 여덟 작

품쯤 공연을 한다. 공연은 바로 길 건너편에 있는 기어리극장에서 하는데 좌석수가 1,400석이다. 이외에도 우리 배우학교 학생들의 공연 등 여러 공연이 이루어진다.

심: 공연 제작비용을 조달하는데 상당한 어려움이 있을 것으로 보이는 데…….

파우어즈: 75%는 입장권 판매 등 우리 극단이 벌어들이고 나머지는 공공보조로 이루어진다. 그런데도 많은 지역극단들의 경우와 마찬가지로 적자를 면치 못하고 있다. 미네소타주에 있는 것스리 극단(Guthrie Theater) 역시 마찬가지이다.

심: 이러한 적자의 근본적인 원인이 어디에 있다고 보는가?

파우어즈: 근본적으로 관객수가 예상에 미치지 못하기 때문이다.

3. 공연작품 선정에 반영되는 관객의 요구

심: 어떤 사람은 로스앤젤레스가 연극이 번영할 수 있는 분위기가 못 된다고 하기도 하는데, 샌프란시스코의 예술우호에 대한 태도는 어떠한가?

파우어즈: 내가보기에는 로스앤젤레스는 그 어느 때보다도 연극이 번창하고 있는 것 같다. 우리 극단의 경우 샌프란시스코에서 20년이나 공연해 왔기 때문에 관객들의 사이에 우리 극단에 대한 일종의 충성심 같은 것이 형성돼 있다고나 할까. 그러나 관객들도 우리 극단과 함께 늙어가고 있기 때문에 젊은 층의 관객을 끌어들여야 하고, 그래서 젊은 층과 나아든 층의 관객 모두에게 어필할 수 있는 공연들을 선택해야 하는 어려움이 있다.

심: 공연작품의 선정에도 어떤 기준이 있을 텐데.

파우어즈: 이번 시즌부터 우리 극단과 일하게 된 대표 연출가인 에드 워드 헤이스팅즈(Edward Hastings)가 나와 극단의 중요 배우들과 의논하여 결정한다. 올 시즌에는 우리 극단의 회원제 고객 등에게 미리 18개의 연 극작품의 리스트를 보내서 고객들이 보고자하는 공연을 선택하도록 했 다. 물론 반드시 이 결과가 반드시 공연작품으로 선정되지는 않지만, 관 객들의 취향이나 요구를 반영해주는 지표로 삼고 있다.

심: 상당히 민주적이다..

파우어즈: 이 앙케이트에 따르면 가장 인기 있는 작품이 톰 스토파드 의 '진짜'(The Real Thing)였다.

심: 이 극단의 회원 고객은 얼마나 되는지?

파우어즈: 보통 1만 8천 명에서 2만 명 가량 된다.

심: 공연은 어떤 방식으로 무대에 올리나? 레퍼토리 방식인가?

파우어즈: 그렇다. 첫 공연 작품이 2주 가량 계속된 다음, 다음 작품이 한 2주 가량 공연되고, 그 다음 작품이 다시 2주 가량 공연되고, 나중에 는 이 모든 공연들이 이틀씩 번갈아 공연되기도 하고, 어떤 경우에는 두 공연이 하루에 행해지는 경우도 있다. 무대장치를 자주 바꾸어야 하므로 경비가 많이 드는 반면, 배우들에게는 무척 좋은 방식이다. 여러 역할을 번갈아 하므로 연기 면에서 훈련이 될 뿐 아니라, 한 작품을 장기 공연할 때 오는 권태 같은 것이 없다. 영국 국립극단·로열 셰익스피어극단·베 를린 앙상블 및 모스크바예술극단 등 모두가 같은 제도를 채택하고 있다.

심: 다른 극단과의 교류관계는 어떠한가?

파우어즈: 미국 내 극단과 공연 교류 계획이 있고, 외국극단으로는 중 국의 상해 인민예술극단과 3단계 교환 계획이 짜여 있다. 우선 연극을 가 르치는 선생님들을 교환했고, 그 다음으로는 연출가들을 교환했고, 이제 는 공연작품 교환을 계획하고 있다. 그밖에 일본과 소련에도 공연을 가지 고 갔었다.

심: 외국 공연 중에 재미있었던 이야기가 많을 것 같은데…….

파우어즈: 몇 년 전에 소련에 공연을 갔었다. 레닌그라드에서 손톤 와일더의 〈매치 메이커〉(중매쟁이)라는 희극을 공연했다. 공연 첫날 연극의 통역을 맡았던 통역사가 아픈 바람에 다른 통역사를 불러왔는데 배우들의 대사 속도를 따라가지 못했다. 그래서 관객이 웃어야 할 대사가 실제 극 진행보다 몇 분씩 늦어지는 바람에 관객은 무대 위에서 무엇이 일어나고 있는지를 몰랐고, 배우는 배우대로 난데없는 관객들의 웃음에 어리둥절하고 진땀을 뺀 공연이었다. 그래서 도쿄에서는 내용을 일본어로 요약하여, 각 막간에 방송을 통해 설명하면서 영어로 공연을 했다.

심: 마지막으로 이 극단의 공연철학이나 혹은 목표에 대해서 한마디로 요약해 달라.

파우어즈: 우리 극단은 배우중심의 극단이므로 배우들의 창의적인 재능을 마음껏 발휘할 수 있도록 길러주고 지원한다. 그래서 가능한 최선의 질 높은 공연을 만드는 것이다. 또한 예술인들이 우리 극단의 공연정책에도 의견을 반영하도록 하고, 이 지역사회의 취향과 요구에 항상 깨어있고자 한다.

(객석. 1987. 2.)

미국 연극배우 잭 포지(Jack Poggy)

— '아무리 힘들어도 연극은 계속됩니다'

—잭 포지는, 미국 내 '독백연기 훈련 워크숍'을 시작한 창시자로, 이에 관한 책도 발간한 연극배우이자 연극학 교수로 다양한 경력을 지니고 있다. 심정순 교수가 그를 뉴욕에서 만났다.—

미국의 지성파 배우 잭 포지(Jack Poggi)는 단지 '연기가 좋아서' 대학교수의 자리를 박차고 무대로 나온 특이한 경력의 소유자로 우타 하겐의 메소드 연기법을 발견시켜 모놀로그 중심의 배우 연기훈련을 창안한 인물이다. 뮤지컬과 엔터테인먼트의 땅 미국에서 진지한 언어연극을 지키려고 노력하는 그를 브로드웨이에서 만났다.

— 만나 뵙게 되어 반갑습니다. 뉴욕에서 활동하는 연극인들로부터 당신에 대해 많은 이야기를 들었습니다. 제가 듣기로는 미국 메소드 연기법의 기수인 리 스트라스버그(Lee Strasberg)의 3대째 제자라고 하던데요.

"네 그런 셈이지요. 지금도 배우로 활동하고 있는 여배우 우타 하겐이 바로 액터즈 스튜디오 출신이고, 저는 그 우타 하겐으로부터 연기를 배웠습니다. 또 로스토바 선생에게도 많은 영향을 받았지요. 그녀는 인물들의 의도가 순간순간 어떻게 바뀌는지에 대해 정확하게 분석하는 방법을 가르쳐 주었지요. 예를 들면 배우가 어떤 대사구절을 이해하지 못할 때 로스토바 선생은 비슷한 상황을 설정해 문제가 되고 있는 대사와 같은 의도를 지니는 말을 대치시켜 상황을 연습하게 함으로서 배우 훈련을 시켰지요. 물론 이것은 그녀의 다양한 방법 중의 하나입니다만."

— 당신의 경력을 보니 아주 다양하더군요. 하버드 대학에서 공부했지요?

"네. 처음에는 작가가 되려고 하버드대학에서 석사과정을 밟았고. 그 후 연기에 매혹되어 콜롬비아 대학에서 연극학 박사과정을 마친 후 뉴저지대학의 연극학과 과장을 20여 년 지냈습니다."

— 배우로서의 활동도 활발하던데요.

"연기 생활이 너무 좋아 교직생활을 일찍 은퇴하고, 지난 10여 년간을 브로드웨이와 TV 드라마 및 여러 지역극단에서 배우생활을 했습니다. 동시에 배우들의 연기지도 워크숍을 계속해 왔구요."

— 저술활동도 병행한다는 말을 들었습니다만…….

"네. 미국 연극의 경제사에 관한 책과 배우들의 연기를 지도한 경험을 바탕으로 '독백연기지도 워크숍'에 대한 책도 냈습니다."

— 스승이었던 우타 하겐의 연기훈련의 특징이라면 어떤 것을 들 수 있습니까?

"메소드 연기방법의 기본은 감각의 기억(sense memory)이라든가, 개인적 경험의 순간(private moment) 등을 중심으로 하지만, 실제로 스트라스버그의 액터즈 스튜디오 출신 배우들은 각기 조금씩 다른 스타일을 개발했습니다. 우타 하겐은 개인적인 느낌을 바탕으로 그것을 표현하는 연기방식에 있어서 개인적인 차원뿐만 아니라, 그것을 지배하는 상황과 주변적 관계를 동시에 강조했고, 또한 배우들간의 상호연관성을 강조했지요. 그 점에서 저는 좋은 것을 배웠다고 생각합니다."

— 최근 중요한 연기훈련방법의 경향은 어떻습니까?

"지난 10여 년 간 액터즈 무브먼트 스튜디오(Actor's Movement Studio)가 중심이 되어 발전시켜온 연기훈련방법이 그 중요한 한 조류입니다. 배우의 몸과 감정간의 상관관계를 이성적 콘트롤에 의하지 않고 자연스럽게 풀어서 살려보자는 방식입니다. 명상에 의한 긴장완화라든가 호흡방법 훈련체계인 알렉산더 테크닉 및 즉흥연기방식의 채용 등인데요. 특히 샌포드 마이즈너의 연기훈련방식인 배우들 상호간의 주고받는 연기 호흡 맞추기가 그 기본이 되고 있지요."

— 즉흥연기는 실제로 스타니 슬라브스키의 연기 이론에도 들어있지만, 요즈음에 와서는 즉흥연기를 비사실주의적 실험연기 스타일로 발전시키고 있지 않습니까?

"네. 오픈 씨어터에서 특히 그런 작업을 많이 했는데, 저 자신도 한 3년간 그들과 작업했습니다."

—당신은 자신이 배우로서 또한 다양한 스타일의 메소드 연기법의 계승자로서 어떤 구체적인 연기 훈련을 하십니까?

"쉬운 일은 아니지만 저는 전통적인 텍스트 위주의 연기 훈련방식과 즉흥 연기방식을 혼합하고자 합니다. 그래서 테네시 윌리엄스·데이비드 마메트·A. R거니 및 체호프의 전통적 텍스트를 바탕으로 연기를 구성해 나갑니다. 또 배우의 개인연기 지도방법으로 독백 대사훈련에서부터 출발하지만 즉흥연기방식을 많이 채용합니다."

1. 배우 훈련에는 독백연기가 중요

— 최근 미국에서는 연기리허설에서도 즉흥 연기법을 많이 차용하고 있는 것으로 알고 있는데요. 당신이 강조하는 것은 무엇입니까?

"미국에서는 대략 10여 년 전부터 연기훈련에서 독백연기를 많이 강조하고 있는 경향입니다. 요즈음에는 연기훈련에도 여러 다양한 방법이 새롭게 계속 차용되고 있습니다만, 제가 독백연기 훈련 워크숍을 아마 제일 먼저 시작한 것 같습니다. 이것에 관한 책도 그러한 경험을 바탕으로 발간했지요."

— 즉흥연기 훈련방식은 미국에서 이미 작품구성 과정에서 많이 씌어지고 있는데요. 당신의 즉흥연기 훈련방식에서 독특한 점은 무엇입니까?

"일반적으로 즉흥 연기법을 작품구성 과정에서 사용한다 해도 대개는 작은 분절로 대사를 나누어 즉흥연기로 구성해가지요. 제가 하는 여러 방법중 한 방법만 소개해 본다면, 저는 작품 속 상황과 대사를 배우에게 먼저 보이지 않고 그와 비슷한 상황과 의도를 설정해 주고 배우로 하여금 즉흥연기를 통해 그 상황을 구성하게 합니다. 그리고는 이러한 과정을 반복·되풀이함으로서 원래의 텍스트에 설정된 상황과 의도에 가깝게 접근해 가는 방법을 씁니다."

— 이곳 연극인들과 연극 교수들의 이야기를 들어보면, 브로드웨이를 비롯한 미국의 연극계가 오랫동안 힘들게 버티어왔다고들 이구동성으로 말하는데요. 최근의 경향은 어떻습니까?

"글쎄요. 연방정부의 예술지원 예산(NEA)이 없어진다고 했는데, 예술인들의 반대로 명맥은 유지하게 되었습니다. 또 브로드웨이 무대에서 뮤지컬이 아닌 전통적 언어연극을 살리기 위해 제작자들로 구성된 기구와 배우 및 기타 스태프들의 노동조합간에 협정을 맺어 급료를 조금 낮추더라도 제작비를 줄이는 방향으로 나가자고 합의했지요. 브로드웨이 연극계는 벌써 오래 전부터 힘든 상황이었지만 그래도 연극은 계속됩니다."

(객석, 1996. 10.)

글로벌 시대의 한국연극 공연과 문화 Ⅱ

2003년 6월 15일 1판 1쇄 인쇄
2003년 6월 20일 1판 1쇄 발행

지은이 • 심 정 순
펴낸이 • 한 봉 숙
펴낸곳 • 푸른사상사

등록 제2-2876호
서울시 중구 을지로3가 296-10 장양B/D 202호
대표전화 02) 2268-8706(7) 팩시밀리 02) 2268-8708
메일 prun21c@yahoo.co.kr / prun21c@hanmail.net
홈페이지 //www.prun21c.com

값 17,000원

*저자와의 합의에 의해 인지 생략함